辇二红旗

LIANER HONGQI

节延华 / 著

南方出版传媒
花城出版社
中国·广州

图书在版编目（CIP）数据

连二红旗 / 节延华著. -- 广州：花城出版社，2018.10
 ISBN 978-7-5360-8744-6

Ⅰ.①连… Ⅱ.①节… Ⅲ.①长篇小说－中国－当代 Ⅳ.①I247.5

中国版本图书馆CIP数据核字(2018)第203284号

出 版 人：詹秀敏
责任编辑：欧阳蘅　李珊珊
技术编辑：凌春梅
封面设计：

书　　名	连二红旗 LIAN ER HONGQI
出版发行	花城出版社 （广州市环市东路水荫路11号）
经　　销	全国新华书店
印　　刷	佛山市浩文彩色印刷有限公司 （广东省佛山市南海区狮山科技工业园A区）
开　　本	787毫米×1092毫米　16开
印　　张	22.75　　1插页
字　　数	330,000字
版　　次	2018年10月第1版　2018年10月第1次印刷
定　　价	60.00元

如发现印装质量问题，请直接与印刷厂联系调换。
购书热线：020-37604658　37602954
花城出版社网站：http://www.fcph.com.cn

我家住东红旗，属镶红。爷爷，甚或我爷爷的爷爷，都种的是折家的地。因为折家对佃户们不薄，所以日子还是能过得下去。

变故发生在民国九年，就是1920年。

这也是本书故事开头的时间。

起因就是我爹和我娘成亲……

目录

引子 ………… 001

上篇 家仇

第一章 祸从天降 ………… 011

第二章 同命相怜 ………… 037

第三章 长夜之光 ………… 077

中篇 国恨

第四章 腥风血雨 ………… 123

第五章 暗流涌动 ………… 159

第六章 引狼入室 ………… 190

下篇 春归

第七章 苦尽甘来 ………… 239

第八章 穷途末路 ………… 271

第九章 春风化雨 ………… 306

尾声 ………… 342

后记:
我与"连二红旗"的缘 ……… 344

引子

本书中说的红旗，与人们一般情况下认知的红旗无关。

这里说的是"连二红旗"。

"连二红旗"是个地名。准确讲，是坐落在东北黑土地上的一个普通村庄的名字。

红旗的名称来源于清朝的"八旗"，即镶黄旗、正黄旗、镶红旗、正红旗、镶蓝旗、正蓝旗、镶白旗、正白旗。

有史记载，清乾隆九年（1744年）至乾隆二十一年（1756年），大清皇帝为了统治政权的需要，从关内把八旗子弟大批移民到土地广袤、人烟稀少的关外，建立起一个个旗人的屯落。

连二红旗村就是其中之一。

所谓连二红旗，就是东红旗和西红旗两个自然村落连在一起形成的一个屯子，所以称之为连二红旗。其中东红旗居住的是镶红，而西红旗是正红。

连二红旗村所在的方圆百里的旗人居住的区域，近代历史上曾先后属于过阿城县、双城县、拉林县管辖。而阿城、双城、拉林又曾先后分别归属于过吉林省、松江省、黑龙江省。

连二红旗虽然是个不知名的小小村庄，在广阔的东北版图上，如同一颗玉米粒那么大，但是地理位置并不是十分的偏僻。连二红旗离拉林十八公里，距阿城二十五公里，距双城四十五公里。其中的阿城，历史上曾是金国故都。金兵最早就是从这里起兵，进犯中原，与北宋王朝血战多年。现在的中国读者中，不少人一定很熟悉民族英雄岳飞，"岳母刺字""精忠报国"的故事千年传颂。当时与岳飞对垒的主要是金兵元帅金兀术和他率领的铁骑。离连二红旗仅二十多公里的阿城，便是他们的老家，至今仍有许多遗迹可寻。

当然，那时候还不曾有八旗子弟一说。虽然金国和大清都是从关外进入的中原，但二者不是一回事。中间隔着两个朝代呢。其实，从我爷爷和我父亲那两代人开始，或许更早，人们基本上没有什么八旗子弟或后人的概念了，更没有因为属于什么旗的缘故，而选择亲或疏来。即使同属一旗，谁也不会因此产生特别的亲情。人们所认的还是和关内及中原人一样，以姓氏分出族亲，以族亲来区分远近。这些都是题外话。

书归正传。连二红旗中的东红旗与西红旗之间，有一条约百米长、东南与西北走向的大路相连接，大路两侧各有一个南方人称之为水塘的大坑。这两个夏天水满冬天冰厚的大坑，也便成为了分隔东红旗和西红旗的明显地理标志。

这两个大坑并非天然，而是屯子始建时，人们挖土建房留下来的。后来随着人口的不断增加，盖房取土量越来越大，土坑也便越挖越大越挖越深。说大，大到两个坑加起来足有十亩见方，说深吧，最深的地方至少是三丈以上。一年四季都保持着几乎与岸平的绿水碧波，俨然形成了一片黑土地上难得一见的湖上风光。

如此让连二红旗人低头不见抬头见的两口大坑，既不是东红旗的，也不是西红旗的，当然更不属于任何私人所有。后来，不知在哪一代，也不知是哪个有心人，最早在坑的南岸，栽上了第一棵柳树。没过两天，不知又是谁在柳树的旁边栽上了第一棵白杨树。再后来，接连不断有人效法，岸边的杨柳树越来越多，越长越大。从此，每年的冬去春来，杨柳吐絮，大坑也便成了连二红旗村的一道最宜人的去处。夏日，人们在树下纳凉，孩童在碧澈的坑中嬉水。即使到了寒冬腊月，这里也同样会成为全村人的一片乐土，有不少的年轻人聚集到这里堆雪人打雪仗，更多的当然是滑冰、追逐，引来全村的男女老少们观看，笑声、呐喊声，此起彼伏……

最早一批从关内迁来时，连二红旗总共也就十来户人家，人口不足百人。经过一两百年的生生不息，到了民国时期，全村已经达到五六百口人，成为了方圆几十里较大的一个屯子，可耕地总面积也达到了两三万亩之多。粮食生产主要有玉米、高粱、谷子、大豆、小麦、土豆等。这里土地肥沃，风调雨顺，向来有十年九收成之说。而且，出于大清皇帝对八旗子弟的特殊呵护，凡是正宗旗人，全部免去赋税、皇粮，加上民风纯朴，人们勤劳善良，连二红旗曾一度呈现的是路不拾遗、夜不闭户的和谐景象。

然而，岁月更迭，人心不古。

不知何年何月，民风遭污染，和谐被吞噬。更不知从哪一代哪一天开始，连二红旗出现了两极分化的格局：有的人家成了东家，坐拥大片良田，收租收息，过着人上人的生活；有的人家却成了佃户，披星戴月，辛勤耕种，仍然衣不蔽体，食不果腹，在水深火热中煎熬，挣扎。更有一句在连二红旗村流传甚久的乡谚俚语，成了当年连二红旗村的真实写照："东红旗的财主西红旗的恶霸"。

有了财主，说明土地和财富已经在向少数人手里集中；有了恶霸，也说明人与人之间的关系，已经不再是平等与亲善，欺压与被欺压的现象便由此而生。

我不知道我们老关家究竟从何年何月来到连二红旗的，只知道连二红旗村是我的祖祖辈辈赖以生存和延续生命的地方。

不说太远了，就从我的祖父关玉成他们那一代人说起吧。

那时，东红旗的财主以"老折家"和"老富家"为代表。所谓西红旗的"恶霸"主要是指"那家"。

折家有良田千垧，几乎占去全村近一半的土地。另外，折家在哈尔滨和双城、阿城、拉林还都开着药房、珠宝、粮店等铺子，做着生意。折家大掌柜折景山，一年中有大半年不住在村里，只有在春种大忙或秋后收租时，才会回到连二红旗小住时日，也只有他偶尔在村里走动走动时，人们才能有幸一睹他的尊容。

折家那么大的家业那么大的院子，平时主要靠他一位叫折景水的最小的弟弟，留在连二红旗掌管和打理。

我爹曾说过，从他出生记事到二十岁那年从家出逃，他也只见过折景山屈指可数的几回。折景山个子细高，偏瘦。我爹见到折景山，多是在春秋季节，印象中折景山习惯的穿着是深色的长衫，黑色的礼帽，走起路来腰杆笔直，不慌不忙，四平八稳。折景山基本不和村里人说话，即使在田间或村里与人走对面了，他也就是点点头，最多是笑一笑，算是打了招呼。

他那位叫折景水的弟弟，从小得了小儿麻痹症，走路不方便，一瘸一拐的。其实，折家有四兄弟呢。折景山是老大，老二叫折景峰，老三叫折景海。折景水是老四。据说老二老三出生后就没有在村里待过，甚至村里人大多不知道折家还有那两个兄弟。也有人说，折景水要不是腿不方便，也不会一直生活在连二红旗，一定是和老二老三一样，早远走高飞了。

别看折景水就这么个残疾人，他却代替大哥顶起了折家在连二红旗的大半个家，把折家在连二红旗的偌大家业，打理得顺顺当当。可见他是身残心不残，脑子好使哩。平时他虽然不参加体力劳动，但整天和佃户们以及家里的长工短工们泡在一起，说话和气，待人友善，还乐于助人，所以大家都听他的，亲切地称他为"二掌柜"。他也不忌讳腿上的毛病，所以，年轻人、比他岁数小的叫他为"瘸哥"，比他辈份低的叫他"瘸叔"，他听进耳朵里一样地受用，并不会认为是别人拿他的残疾取笑。

折家的院子很大。院子呈东西长南北窄的矩形状，在东南西北四个方向都开有大门。围墙虽然都是土垒，但墙体很厚，墙头上可以走人。院的四角修有四个炮台。所谓炮台，也就是能在那里支枪瞭望的哨楼。这当然主要是对付"胡子"的。

"胡子"是土匪的别称。

折家平时是西门为正门。从西门到东门足有两百米。南门至北门也有五六十米。平时只开西门。

院内的房子建筑并不多，也都是和普通农家差不多的平房。其中最靠东边的几排主要是仓库，存储粮食用的。每年秋后，收的粮食先放进来。然后经常有双城、拉林和阿城来的大马车，一车车地把收回并晒干的粮食运出连二红旗。

东红旗另外一家能够提得起来的大户，就是富家了。折家的田地号称千垧，而富家却少多了。说少是和折家比。富家虽说只有百把垧地，可一百垧也是上千亩呢。仅凭土地的多少，别说是连二红旗，就是在方圆十里八里，也是数不出几个的。

富家的院子在折家西面，两家隔着一条宽约三丈的南北大路。比起折家的大院，富家的院子自然也就小了很多。富家平时以东门为正门，与折家正好对门。富家在城里没有生意，主要靠这百垧土地的收成过生活，是地道的土财主。富家还有一点比不上折家的，那就是人丁不旺。富家掌柜的叫"富秀才"，年纪和折景山以及我的爷爷，都上下差不了一两岁。富秀才是富家的独苗，只弟兄一人。秀才不是他的原名。原名叫富有才。因为小时候有一年过年玩鞭炮，不小心炸瞎了左眼。人长大后，觉得一只眼不好看，被人称作"独眼龙"，也不好听，便到阿城找洋大夫，给他配了一副眼镜。那时候在乡下，戴眼镜的人很少，走个十里八里碰不到一个，即使碰到一个，不是教书先生就是给人看病的大夫，都是有学问的人。在村里，人们看着富有才也戴着眼镜，觉着稀罕，便把他的名字给悄悄改了，有才成了秀才。因并无恶意，叫的人多了，时间长了，他自己也就默认了。

其实，这个富秀才，除了鼻梁上架着那副眼镜，别的和他们家的长工并无二样，整天也是面朝黄土背朝天，死干。家里虽然也雇有长工，但农忙时富掌柜便率领全家老少一起下地，和几名长工们一起起早贪黑。

人们把富秀才与东院的折景山相比，觉得虽然财主有大有小的区别，这不假，但也不至于一个是天上一个地下呀。可是富秀才与折景山过的日子，就是一个地一个天的差别。

东红旗除了折家和富家，大部分就都是像我们关家一样，田没有一分地没有一垧，他们共同的名字叫佃户。

说了东红旗，再说说西红旗吧。

西红旗和东红旗的情况略有不同。首先，不同的是西红旗没有像折家和富家那样的大财主。有几家田多的人家，也最多只有几百亩土地。第二，就是前面说的，西红旗出恶霸。这也不是说西红旗的人都是恶霸，或者是出了很多的恶霸，说白了，真正的恶霸只有一家，也就是姓那的一家。

那家名下的土地虽比不上东红旗的折家，甚至比不上富家，也就五六百亩的样子。但那家之所以能在连二红旗称之为"一霸"，并非因为是财主，而是另有原因。

那家有兄弟四人，分别以"福禄祯祥"取名，即老大为那连福，后面依次是老二那连禄、老三那连祯、老四那连祥。老大老二一直生活在连二红旗，守着那家祖上传下来的家业，老三老四基本没有回过连二红旗，很多人从来没有见过面。

但是，老三老四的名字在连二红旗却是如雷贯耳，他们的影响，在连二红旗之外方圆百里几乎是家喻户晓。

此言不虚。老三那连祯在东北军张大帅帐下当兵，一直官至团长。团长是个多大的官，这在连二红旗人的心中，完全是个模糊的概念，后来有一年，那连祯带着人马从沈阳来到拉林剿灭胡子，在这一带前后活动了两个多月。期间，虽然大队伍没有进连二红旗，但那连祯带着三十多名腰挎"盒子炮"的护兵，回来过两趟。其中一次还去祭了祖坟。别人家祭祖是放鞭炮，而那连祯带着那三十多名兵，在祖坟地里朝天放了十分钟的洋枪。那动静，别说是在连二红旗，就是拉林、阿城一带三十里五十里，传诵得惊天动地。据说，那连祯那次离开连二红旗时，还为他们那家做了两件事：一是给大哥那连福在拉林县城谋到了一个警察局长的差事，二是给二哥那连禄留下了十把崭新的盒子炮。正像坟地里放枪很多人听到了一样，那十把崭新的手枪，也是很多人亲眼见过的，因为老二那连禄经常拿出来，似乎是故意要给村里人开眼似的，以此显示他横行霸道的合理性。

当团长的老三，帮了大哥二哥，在哈尔滨当大官的老四也没有袖手旁观。

老四那连祥在连二红旗老百姓印象中，与行伍出身的老三完全不同，因为他是个读书人。据说是在哈尔滨国民政府里做高官，究竟是多大的官，在连二红旗同样没有人说得清楚。

据说，有一次老四那连祥派人从哈尔滨往连二红旗拉回来一马车的银元给大哥二哥。一马车的银元是多少钱，没有人能算得出来。因为在连二红旗压根儿就没有人见过那么多的钱。还据说，因为那一马车的银元，是在一天夜里运到连二红旗的，所以真正知道这件事的人也不多。大多数的连二红旗人，所能知道并亲眼看到的是，两年之内，老二那连禄用四弟捎回家的钱，买了五十垧好地，让那家一夜之间成了西红旗首屈一指的财主。

同时，那连禄把原本一个很好的院子，又下大功夫重新整治了一遍。在以前院子的基础上，南北方向，前后各往外扩大了两丈；东西方向，左右各向外扩大了三丈。原坐北朝南的四间正房扩成了六间，并新建了四间西厢房和四间东厢房，并在正房上面加盖了一层，二楼只有四间，两间做卧室，另两间合为一间，是个大的客厅。有人说，那家那么大的院子和那么多的房间，老三哪天再回连二红旗来，带一个排的护兵都不用在外面找住的地方了。

仅论占地面积，那家的院子显然没有东红旗的折家院子大，可是，从既新潮又实用的设计，到建筑用材和施工质量的讲究，给人的总体感觉，那家完全超过了折家。包括一丈高的院墙，全是砖混结构，完全不像是折家，都是用土坯垒起来的。而且那连禄还专程跑了一趟内蒙古，买回来三匹高头大马和两头骡子，为此又打了两挂大车。只要你能看到那家的两挂大车出门，那阵势，那动静，就一定会懂得，什么叫作威风、排场！什么叫作不可一世！

那家以前多少年以来，在连二红旗也就是一般意义上的财主，不显山不露水，他那家上几辈人在乡亲们中的口碑也还是可以的。不用说，正是当团长的那连祯和做高官的那连祥，改变了那家在连二红旗的地位与形象，给了老大那连福和老二那连禄财大气粗的本钱，成了他们在连二红旗仗势欺人的靠山。

不过，单就把那家的老大和老二两个人放在一起说，在连二红旗村给人们的印象，也还是有所区别的。

老大那连福，早年读过几年私塾。他平时喜欢穿一身黑长衫，戴一顶黑礼帽，年纪还没有怎么老的时候，就一根黑拐杖从不离手了。走在村里无论碰见谁，先打声招呼再说话，而且面带三分笑容七分和蔼，一副斯文模样。后来，自从三弟那连祯给他在拉林买了个警察局长以后，他也很少在连二红旗出现了。

连二红旗的人最熟悉的还就是老二那连禄了。所谓"西红旗的恶霸"，主要指的就是他。

那连禄，人长得原本就五大三粗，加上平时又常是衣衫不整，袒胸露怀，在村里人面前的形象是，腆着肚子，迈着八字步，如同是腰里别了根扁担——横行。说起话来，像是谁都欠了他二两狗肉账没还似的，吹胡子瞪眼，三句话没有说好，无论男女老少，他张口就骂举手便打。所以，如果看到他来了，大家都躲着走。更有人说，若是有谁家小孩儿半夜三更哭了，只要大人说声"那老二来了"，孩子马上就会把哭声给吓得憋回去……

我家住东红旗，属镶红。爷爷，甚或我爷爷的爷爷，都种的是折家的地。因为折家对佃户们不薄，所以日子还是能过得下去。

变故发生在民国九年，就是1920年。

这也是本书故事开头的时间。

起因就是我爹和我娘成亲……

上篇　家仇

第1章 祸从天降

1

"老关头上吊了！老关头上吊了！"

东红旗的那位名叫"傻砖"年轻人，上身穿着一条露着前胸后背的破羊皮棉袄，下身穿条单裤，光着脑袋赤着双脚，一大早顺着那条斜大路，来回在东红旗的村西头和西红旗的村东头之间奔跑着，高喊着，惹得杨柳树上的鸟们"扑腾扑腾"一阵乱飞，远近的野狗家犬也相继狂吠起来，此起彼伏，连成一片。

"傻砖"是年轻人，并不准确，他实际年龄应该比我爹还要大几岁，"傻砖"也不是他的本名。本名是什么，连二红旗没有人清楚。说实在话，连他自己都不知道。但为什么大家都异口同声地叫他"傻砖"，说起来那可就是十多年前的事了。

一个年关将近的雪后清晨，折家二掌柜折景水让伙计们套好马车，要去拉林城里进年货。他刚在车上坐定，一旁侍候的伙计立即去打开大门。大门打开的瞬间，把人吓了一跳：一个横躺着的人挡在了门口，全身几乎都被雪给埋住了。折景水看到此景，大声说："看看清楚，是活的还是死的？"伙计闻听不敢怠慢，走上前去把那个横躺着的人先是踢了两脚，看没有反应，便弯下腰推了两把，这才大声对折景水说："二掌柜！活的！活的！身上还热乎着呢！"这时，折景水迟疑了片刻，说："既然还活着，我们也不能见死不救呀。那就把他先抬进来吧，弄碗热汤给他喝喝。"

折景水去拉林办年货回来后，有伙计问他那个人怎么处理。他开始愣了一下，因早晨出门时的那一幕早已经忘记了。等他明白以后，又问了几句，伙计也一一说清楚了。基本情况是：那是个看上去十五六岁的小伙子，随身除了身上穿的破得如同破棉絮条的衣服，和怀里抱着的一块半截砖头，其他什么都没有。看样子有点傻，从哪来的，要去哪里，一问三不知，甚至叫什么名字，都说不出来。几个伙计得出了一致的结论：这是个标准的傻瓜。

折景水又问道："你们没有问问他，抱着半截砖头干什么？"伙计们说："咋没问，问了？可他说不出个道道来。要不我们怎么断定他是个傻瓜呢？"

折景水想了想，做出了一个他认为最平常的决定："如果这个孩子自己愿意，就让他留下来吧。再给他找几件旧衣服，每顿饭，好歹你们给他留一口。平时干活，有适合的喊他一起干。至于名字嘛，我看大家就叫他砖头吧。"

从此，在折家的伙计中，便多了一个只管饭不要工钱的长工"砖头"。没过多久，"砖头"这个名字，便传遍了连二红旗。奇怪的是，时间一长，他这个"砖头"的名字，只有折景水叫，其他人，包括西红旗的人，约好了似的，便全改叫他"傻砖"了。更奇怪的是，村里人叫折景水，称呼前面总加上一个"瘸"字，什么"瘸哥""瘸叔""瘸大爷"等等，可"砖头"一次也没有这么叫过。所以也有人说，从这点上看，"傻砖"并不是真傻，还记得是折景水救了他的命，懂得要尊敬恩人的礼法。

"砖头"到了折家，正是长身体的时候，不管好的歹的，一天三餐起码能把肚子填饱，所以没过半年人就吃胖了。两三年后便长成了一个人高马大结结实实的大小伙子。令折景水遗憾的是，他只顾长身子骨了却没有长心眼，一直还是脑子不会转弯，说起话来颠三倒四的。不过，干起活来也还行，身上有劲，有时也舍得下力气。但就是有一条，他想干的时候他才干，他要是不想干了，谁都无法叫得动他。有几次，大家忙得正不可开交时，他突然把手里活一扔，说声"不干了"，便往地头一倒，呼呼大睡起来。有的时候干脆跑回村里，在大坑沿的柳树荫里，舒舒服服躺下，瞪起两只眼睛，专心致志看蚂蚁上树，就是不愿下地干活了。

遇到这种情况，除非你去把折景水喊来。因为"砖头"有句话常挂在嘴边："我就只听二掌柜一个人的，你们谁也别想管我。"可是有人把他的事说给折景水听后，折景水的态度也出人意料，说："他一个傻瓜，你们和他计较个什么？他和你们不一样。他一不要我给他发工钱，二不要我给他分粮食。所以，往后他干多干少没有什么关系。他想干就干不想干了就歇着，随他去吧。"

折景水的一句"随他去吧"，给"傻砖"定了位。他平时和折家其他长工一样，吃住在折家。吃什么不重要，只要不缺他往嘴里填的东西就行。哪怕是喂猪喂狗剩下的拿给他，他也照样是狼吞虎咽地往嘴里塞。至于穿的，折景水有时也让人给他送些旧衣服，可是，就算是一件囫囵的，套他身上不出三天，就会变得像一缕一缕碎条似的了。平时除了为折家干活，人们见他最多的是，在村子里没有目标也不分时间点儿地背着两只手游荡。见了村里大人，也会像个正常人一样和别人说话、打招呼，好的时候也会大爷大娘地叫，可经常从他嘴里说出的话，一句在天上一句在地下，让人听得云里雾里，弄不明白他在说什么。

其实，村里原来已经有个"傻子"的，名叫赵彪，被大家叫成"傻彪"。这个人也傻，但与"砖头"的傻也还是有很大的不同。赵彪人家有老婆孩子，就是因为平时说些话，经常前言不搭后语，做起事来比正常人往往慢那么半拍，用现在的说法是，脑子常常短路，便被人当成了傻子。这下好了，现在来了个"砖头"，"傻瓜"的帽子便从"傻彪"的头上取下来，给"傻砖"戴上了。

还说那天早晨吧。

当"傻砖"在斜大路上来回跑到第三趟时，西红旗有人出来，把他拦了下来，着急地问道：

"傻砖，喊啥呢？谁上吊了？"

"老关头！老关头！"

"救下来没有？"来人又着急地问。

"死了！死了！"

"傻砖"一边大声地回答着，一边继续地在奔跑。

西红旗村东头集结的人越来越多，又有人想拦下"傻砖"打听更多的消息，可是从他嘴里除了能听到"老关头上吊了"和"死了"两句话外，什么也没有问出来。有人埋怨起来：

"怪不得人家叫你'傻砖'，真是个傻瓜蛋！好像长到三十好几了，就学会了这两句话！"

人们从"傻砖"那里得不到更多的消息，也便纷纷议论起来：

"那老关家不是昨天才娶儿媳妇吗？大喜的日子怎么就上吊了呢？"

"谁说不是呢？老关头这一辈子也不容易呀，三十岁才娶上女人，之后生了一儿一女，年过半百了，又给儿子娶上了媳妇，现在过得好好的，啥事能闹到要上吊呀！"

"说起来，老关头这人实在了一辈子，平时没有听说与谁红过脸，多大的事会让他寻这个短，非走这条绝路呢？"

"红事白事要一起办了，老关家这回可遭殃了哇！"

"别听'傻砖'胡说八道。傻瓜嘴里说出的话要能信，那癞蛤蟆还能叫春呢？"

有人想不通，有人压根就不信。

人们七嘴八舌地议论着。

于是便有不少人顺着斜大路，成群结队地往东红旗拥去。

时值深秋，人们的齐呼乱叫伴着杂乱无章的脚步声，再次惊起大坑边的杨柳梢头一群飞鸟，呼啸着从树枝丛中腾空而起，展翅远去。随之，一片片白杨树枯黄的叶子，手牵着手似的往大坑里纷纷坠落。平静的水面上没有一丝声响，也没能荡起道道涟漪，却给老实巴交的连二红旗人的心头，不禁又增添些许阵阵寒意。

  人们嘴里说的老关头，就是我爷爷。
  没有错，那年我爷爷上吊死，五十一岁。
  爷爷的上吊，与我爹和我娘成亲有关。
  如今说起来，话可长了。
  当时我家是五口人，我爷爷，我奶奶，我爹，我爹刚过门的媳妇，也就是我娘。
  另外，我爹还有个刚刚16岁的妹妹。
  我爹大名叫关高粱，我姑名叫关柳枝儿。我娘的娘家姓田，是离连二红旗十里远的田家窝棚的人。
  我家住在东红旗靠村中间的位置。村中间有条东西大路，我家在路南，三间草房，一个小院，院门朝北。这房子也是爷爷的父亲给他留下来的。爷爷的父亲，包括爷爷的爷爷，都是折景山他们祖上的长工。也许是从小就出过大力，他们都寿命不长。爷爷的爷爷六十岁不到就殁了。爷爷的父亲更短命，死时还不到四十岁。他们都是病死的。爷爷的父亲死时，爷爷才十二岁，跟着母亲过活。孤儿寡母全是靠着折家过日子。祖奶奶给折家做些洗衣做饭一类的家务，我爷爷12岁起就开始给折家当长工。
  爷爷16岁那年，有人给他说上了媳妇，可是还没有过门，奶奶不知得了什么急病，从发病到咽气，不到半天的工夫。娘死了，爷爷的婚事也就泡汤了。人家女方父母不愿意把自家女儿嫁给一个房没有一间地没有一垄，而且人还没有长大的没爹没娘的孤儿。那等于是把女儿往火坑里推。就这样，爷爷的婚事就此给搁下了。一拖也便没有了个期限。
  爷爷苦等苦熬到了三十岁那年，从关内来了一家人，说是到牡丹江投亲的，路经连二红旗。两个大人拖带着三个孩子，当时已经是全都要饿死的样子。从记事起，日子过得比黄连还苦的我爷爷，却最看不得比自己还苦还受罪的人。出于同情，他把这一家五口人领到了东红旗西北角上关帝庙住了下来，并每天从折家偷偷拿些剩馍和剩汤剩水的给他们吃，这才没有能让那一家老小五口人的性命断送在连二红旗。几天过后，一家人要走了，那当爹妈的看爷爷是个靠得住的善良老实人，走之前与我爷商量，要把三个孩子中最大的那个17岁的女儿，给爷爷留下当媳妇。真的是善有善报，老天爷从云彩缝里给我爷爷扔下来一个年轻貌美的媳妇！

她就是我奶奶。

我奶奶娘家的人，一走便再也没有音讯。他们说是去牡丹江投奔亲友，是什么亲友，在牡丹江什么地方，我爷爷不知道，我奶奶也不知道。

我奶奶是穷苦人家出来的，自然知道与我爷爷能走到一起的日子来得不容易，所以十分珍惜，吃苦耐劳，勤俭持家，自不必说。连村里人都说我爷爷是"有福不在忙，没福跑断肠"，白捡了一个天上掉下来的好女人。

第二年，我爹出生了。

我爹出生恰逢高粱熟的时候。爷爷看着奶奶怀里的孩子，说："看咱们儿子小脸红扑扑的，多像熟透的高粱穗子。"奶奶接着说："那就起名高粱吧。"爷爷高兴得一跳三尺高，说："好哇！关高粱！关高粱！我儿子叫关高粱！"

又过四年，我姑姑出生了。

姑姑出生是早春的一个上午。爷爷把在外面玩耍的我爹喊回家来，告诉他："高粱啊，快回家，看你娘给你生了个小妹妹！"当时我爹已经四岁，听了我爷爷的话，便蹦蹦跳跳地往家里跑，一边挥舞着手中那根长长细细的柳枝儿，一边兴奋地高喊："我有妹妹了！我有妹妹了！"跑到家里，把手里的柳枝儿往门口一扔，便一头扑进了我奶奶的怀里。跟在我爹后边的我爷爷，捡起那根柳枝儿，若有所思地细细端详一会儿，便走到我奶奶的面前，说："高粱他娘，我看咱们女儿，就取名柳枝儿吧！看，多细嫩，多软和。"

热乎乎的一家四口人。我爷爷在折家一天忙到晚、一年忙到头，庄稼把式样样精通，还不偷懒，也不奸猾，深得折家上上下下的人待见。奶奶在家精心操持着，做饭不抛洒一粒粮食籽儿，烧火舍不得丢掉一根柴火棒，拆拆洗洗、缝缝补补不浪费一拃长的线头、巴掌大的布片。就连每到春天青黄不接的时候，村上不少人家都揭不开锅了，可我们家大人孩子从来没有饿过一天肚子。夏天热不着，冬天冻不着。两个孩子穿的衣服，虽然补丁摞补丁，但浆洗得干干净净、整整洁洁，村里的人见了，都会高看一眼。

在我爹十岁那年，我爷爷在村中央置了宅子，盖起了带小院的三间新房。虽然是土坯草房，但那毕竟是用自己的双手盖起来的。况且，村里除了财主家外，佃户们的房子也都是一样的土坯草房，所以在村里也并不觉得矮人一等。

在我爹二十岁那年的秋后，由我爷爷一手操办，让我爹正式把我娘娶进了门。

2

开头说的我爷爷上吊的事，并不是"傻砖"在村里瞎吆喝的，而是真的，就发生在我爹娶我娘后的第二天大清早。

说起我爹和我娘的婚事，那还得从我姥爷说起。

正像人们叫我爷爷老关头一样，人们叫我姥爷老田头。

我姥爷那个村叫田家窝棚。田家窝棚在连二红旗西北边，两个村相距有十几里路。虽然不住在一个村，但我姥爷每年农忙季节，都要到折家来打一段时间的短工。也正是因为经常在一块地里干活，低头不见抬头见，我爷爷和我姥爷他们老哥儿俩从年轻的时候就熟识。我爹出生没两天，老哥儿俩在地头歇息唠嗑，我姥爷说："关大哥，你这也算是中年得子，可喜可贺呀！过两年，你弟妹的肚子要是不争气给我生个闺女，长大后就给你们老关家当儿媳妇。"

我姥爷当时的话，也许是随意说出来的，说过也可能就不记得了。可我爷爷没有忘。两年后，我娘出生第二天，我爷爷便得知了。当天晚上，爷爷蹚着三尺深的大雪，提溜着两瓶高粱酒兴冲冲地去了我姥爷家，没有进门就喊道："田老弟，老哥给你贺喜来了！"

我姥爷闻声赶紧出门把我爷爷迎进屋里，说："老关哥，你不是来贺喜，是来取笑你老弟来了。"

我爷爷说："你这话说哪去了？我可是真心来给你和弟妹道喜来的。"

我姥爷一边把我爷爷往屋里让，一边说："生了个不中用的，长大还不是人家的人？是啥喜呢！"

重男轻女的思想，在乡下并不是个别现象，而我姥爷的脑子里更是根深蒂固。

我爷爷说："瞧你这话说的！咱们俩是裤子都能换着穿的老兄弟，今天怎么在你嘴里，我老关家倒成了别人家了？"

我姥爷说："老关哥，你啥意思呀？咱们兄弟之间还要套什么近乎吗？"

我爷爷说："想得美！谁给你套近乎了？"

我姥爷又问："不套近乎？怎么你的话我越听越糊涂了？"

我爷爷说："你没有糊涂，你是装糊涂。你忘记三年前，我们一起收高粱那天，你在地头歇着时给我说的啥？"

我姥爷好像是丈二的和尚，一时摸不到自己的脑袋，再问："我说啥了？"

我爷爷这时索性把那层窗户纸给捅破了，说："我儿子刚出生那天，你对我说，弟妹将来要是生个闺女，长大就给我们老关家做儿媳妇！你敢说你没有说过吗？"

我姥爷这时拍了一下脑门子，仿佛是恍然大悟，说："哦！想起来了。说过说过。不过么——"他这时"嘿嘿"一笑，说，"就算是我说过，又怎么样？那不过是我们俩干活时闲唠嗑的话，这又过去好几年了，不瞒你说，我忘了，确实忘了。你这个老东西，记性好，没有忘就说个没有忘，莫不是今天你还当真了不成？"

我爷爷顿时把脸拉了下来，说："我就是当真了！不仅那个时候当真了，现在更加当真了！"

我爷爷说出的话，像连珠炮，轰得我姥爷一时哑口无言。我爷爷似乎是余怒未消，一副得理不饶人的架势，接着说："你老田头说得倒轻巧，什么闲唠嗑！你现在往脚底下吐口唾沫，我看你有没有本事再舔起来？如果你有这个本事，我立马滚蛋！要不然，今天你不给我个明明白白的说法，咱没完！"

就这样，我爷爷和我姥爷那天晚上，一边斗嘴一边斗酒，结果一人喝了一瓶高粱烧酒。半夜时分了，我姥爷完全醉成了一摊泥。我爷爷似乎还清醒，给我姥爷来了个不辞而别，摇摇晃晃在雪地里摸到大半夜才回到家。后来用他的话讲，路上差点没把自己这一百多斤给喂了狼崽子。

虽然我爷爷当晚并没有在我姥爷那里讨到个"明明白白的说法"，而且从那天起，我爷爷甚至再没有向我姥爷提起过儿女的婚事。但从此以后，或许是缘分，或许是老哥儿俩太了解太默契，两家人的关系越走越近了。连我姥爷给我娘起的名字，都学着我爷爷。那几天正是麦收时节，我姥爷说："你老关头给儿子起了个高粱的名字，我们家闺女就叫麦子了。"我爷爷一听，拍着大腿，说：

"好，好，麦子，麦子好！"

以后逢年过节，两家人总要走动走动。有时是我爷爷和奶奶带着我爹高粱，去我姥姥家，有时又是我姥爷姥姥带着我娘麦子到我爷爷家来。

用青梅竹马来形容我爹和我娘是最恰当不过了。每次两家人在一起的时候，两个孩子就像过年一样开心。两家四位长辈看在眼里喜在心头。但是两个孩子的婚事，谁都不愿先张口。我爷爷心想，我把话早说前头了，我就不相信你这个老田头，这回又会给丢到脖子后面去。我姥爷心里头有数，想，我就不捅破这张窗户纸，看你老关头能憋到啥时候！

也就在我爹满了十八岁那年的秋后，天凉了，人也闲了。这一天，我爷爷把正在院子里翻地的我爹叫到跟前，说：

"高粱啊，你今天啥活也别干了，去您田叔叔家一趟。"

我爹停下手里的活，说：

"这不逢年不过节的，去看个啥呀！"

"你这孩子长这么大了，咋说话的呀！"我爷爷不高兴了，"你田叔叔从小就疼你，去看看他不应该吗？"

我爹委屈地说："我不是这个意思。我是说，前几天我还在路上碰到过田叔，他老人家身体都挺好，今天没有必要再专程跑一趟不是。"

"你经常能见到你田叔不假，可你多长时间没有见到你田婶和你麦子妹妹了？"我爷爷一提到"麦子妹妹"，我爹脸一红，没有再吭声了。我爷爷说："去洗把脸，把衣服换一下，提着篮子去吧。给你田叔的礼物我都给你装好了。"

我爹挎着竹篮子出了家门，觉得篮子还挺沉，就把上面蒙的毛巾掀开，看到里面放了两块新鲜猪肉，每块约有两三斤重，另有两条大约三斤重的鲤鱼，再加上四根大葱，四把粉条。不用说，大葱和粉条是家里就有的，而猪肉和鲤鱼是我爷爷一大早去西红旗赶集刚买的。这天是十月初九，西红旗逢九赶集。我爹都是十八岁的人了，啥事不懂？所以看到爷爷给他预备的这四样送给我姥爷家的礼物，心里已经像明镜似的了。

人逢喜事精神爽。我爹一路哼着小曲，脚下生风。

也就一顿饭的工夫，我爹走进了那个熟悉的小院。

我姥爷从堂屋里迎上来问道："高粱，你咋这时候来了？"

我爹啥也没有说，红着脸把手里的篮子递了过去。我姥爷一边接住篮子一边说："我看看高粱今天给您田叔带啥好吃的了。"

我姥爷接过篮子掀开来一看，没再吭声，急忙把我爹让进屋里坐下，然后自个儿进里屋去了。不一会，我姥爷和我姥姥一起从里屋出来了。我姥姥一见到我爹，笑得合不拢嘴，似乎对我爹比往日更加热情了，热情得让我爹感到了几分不自在。接着我姥姥说："高粱，今天中午就别走了，婶儿这就做饭去，等会你陪你田叔喝两盅。"说着又细细地打量起我爹，然后用十分爱怜的口吻说："瞧这孩子，像杨树秧子一样，长这么快，比你田叔都高出半个头了！"

我姥姥走后，我娘从外面回来了，看到我爹，立即跑到跟前，拉起我爹的双手，高兴地问道："哥，你啥时候来的呀？是不是想我了呀？"

我爹和我娘从小一块长大，这些亲昵的动作以前司空见惯，这样的话也是常挂在嘴边，可今天，有所不同了，我爹脸上红一阵白一阵的，也悄悄把手从我娘手中抽了出来。

一旁的我姥爷干咳了两声，说："麦子，一个大闺女家，在客人面前该讲点规矩了。"

我娘也是平时在我姥爷面前撒娇惯了，这时把嘴一撇，说："爹，高粱是我哥，亲哥，啥时候成客人了？"说着又拉起我爹的手，说，"哥，来，咱们俩比比个头，上次比的时候，我才到你耳朵下面，看看现在是你又长高了还是我又长高了。"

我姥爷这时脸色不好看起来，厉声对我娘说："麦子，别闹了！去帮您娘做饭去！"

我娘一定不知道为什么今天我姥爷脾气那么不好。她不开心地朝我姥爷撇了撇嘴，然后还是乖乖地跑开了。

后来一定是在做饭时我姥姥给我娘悄悄说了什么，所以，到吃饭的时候，我娘再没有跟我爹说一句话。

这或许就是我爹和我娘"两小无猜"的少年时代关系的结束。他们都已经明白，自己已经长大成人了。

也就是从那一天开始，我爹与我娘的婚事，已经是两家老人不可能再回避的事情了。后来，我姥爷不无挖苦地对我爷爷说："你这个老关头，给我玩起心眼了哈！自己不出面，让孩子去向我挑明，你以为你很高明，很有面子了是吧？我是看高粱这孩子确实好，要不然，我才不与你做亲家呢！"

我爷爷也不生气，说："事先没有给打声招呼，是我错了。老哥这里给你赔不是了！不过，你老弟把一百个心都放进肚子里去，麦子到了俺们家，我会看她比柳枝儿都金贵！"

两家老人商定，再等两年，我爹满了二十岁，我娘也迈进十七岁的门槛了，就给他们完婚。

3

两年很快就到了。

在连二红旗，包括方圆一带，儿女办喜事，也是很多规矩的。不过，也要看是谁家。家境好的大户人家，自然是往大的操办，怎么着风光就怎么着办。有用八抬大花轿去抬的，也有用三挂马车去拉的。可对穷人家就不同了，很多规矩，能免的就免了。

我爷爷家是佃户，像骡马一类的大牲口和像马车一样的大的生产工具，都是东家的。雇花轿，我们家的经济实力，我爷爷想都没敢想。但是，折家也曾让人传话说，可以考虑借给马车和大牲口用一天。我爷爷也婉言谢绝了。

本来我们老关家是几代的外来户，在连二红旗没有什么亲戚，十里八里、远的近的都没有。所以，我爷爷和我姥爷早商量好了，两边都不办酒席不请客。只是我奶奶头一天用一张红纸剪了个锅盖大的喜字贴在门上，别的什么仪式都免了。其实，穷佃户，想操办排场一些，有那个心也没有那个力不是，操办不起呀。

那天，一大早，我爹牵头小毛驴，出了村。

毛驴是我爷爷从张子元家借的。平时这条驴是张子元家专用来拉磨使唤的。人们常说，大姑娘坐轿头一回，而张子元家这条拉磨的驴，接新媳妇，恐怕也是头一回。其实，在连二红旗，驴只有一种作用，那就是拉磨，连拉车拉犁都稀罕，更别说是让人牵去迎亲给人骑了。我爷爷之所以要借人家的驴，让我爹牵着去娶我娘，也只是做个样子，并非真的要我娘骑着驴过来。

爷爷愿借张家的驴而不用折家的马，也是因为穷人向穷人家借东西好张口，以后这人情也好还。

我爹关高粱出村的时候，正是日上树梢头的时辰，红红的太阳迎面照着他，他只觉得浑身上下暖洋洋的，心情好极了。

爹一出村口，就和扛着锄头刚从田里往村里走的双河叔碰了头。双河叔问他："高粱啊，一大早牵头驴干啥去呀？"

爹一时不知道怎样回答，红着脸说："不干啥，不干啥。在家没啥事，出来溜达溜达。"

两人擦肩而过后，双河叔望着我爹的背影，摇了摇头，十分不解地自言自语："人家都说是好吃不过饺子，舒服不过躺着。这孩子今天咋了？怎么和别人不一样啊？没啥事，不在家里躺着，牵头驴出来溜达！真没有听说过。"

我爹听到了双河叔在背后的嘀咕，但没再吭声，直管闷着头往前走，心里却充满着幸福与甜蜜。

十几里路，对脚下生风的我爹来说，也就一会儿的工夫。

当然是我爷爷与我姥爷早商量好的，我姥爷那边也没有像人家嫁女儿那样那么多礼数和排场，一切从简。

我爹牵着毛驴到了我娘家里，只有我姥爷在门口迎候，问了我爹一句："高粱，你来了？"

我爹一边答应着说"来了"，一边把驴在院里拴好，便随我姥爷进了屋。这时我娘两只手挎着两个大红的包袱，和我姥姥从里间走了出来，一脸的喜气洋洋。看到我爹便把手中的包袱往他怀里一塞，说："高粱哥，咱们走吧？"

还没有等我爹说话，我姥姥倒是两眼噙着泪花，问我娘："麦子，这可不是去你高粱哥家走亲戚，更不是陪你高粱哥去赶集，娘养了你一十八年，可舍不得像泼出的水一样就这么走了！"

娘这才又转身拉住我姥姥的手，说："妈，看你！谁说我是泼出的水？又不是百里千里的，不就大胯挪到屁股上这么点儿路，以后有空没空我都会和高粱哥一起来陪娘！"

我爹也赶紧接着说："妈！您老人家放心吧！今后无论啥时候，我都会三天两头地过来侍候您和爸。"

或许这是我爹第一次对我姥姥喊妈，而且叫得是那样亲那样甜，我姥姥听了特别受用的样子，眼里的泪花不见了，脸上现出笑容，拉着我爹的手，说："儿啊，今天妈把麦子交给你了。你们从小就不生分，比亲兄妹都亲。可是，往后不同了，往后是一起过日子。人家不都说，山好过水好过，日子难过吗？麦子以后有什么做得对不住你那边爸妈的，你多担待着点。实在不像话了，打也打得，骂也骂得，可不能惯着她。"

我爹说："妈！瞧您老人家说哪去了？麦子是您二老心头的肉，也是我手心里的宝，哪能说打就打说骂就骂呢？只是以后跟着我，少不了让她吃苦受累。"

我姥姥说："穷人家过日子，谁家不受苦受累？麦子也不是人家富贵家的大小姐，什么样的苦和累都能受得。"

一旁的姥爷这时说:"老太婆别啰唆了,让两个孩子上路吧。"

听姥爷这么说,我爹就去院里牵驴,然后把我娘的两个包袱系在一起,分别搭在驴背的两边,对我娘说:"麦子,咱走吧。"

我娘这时含羞地望了望我爹,小声地说:"哥,怎么走?我不要骑驴吗?"

我爹脸也红了,一时不知该怎么回答我娘。虽然我娘很小声,可一旁的我姥姥还是听到了,说:"傻闺女,别说是新娘子,在咱这三乡五里的,你见过谁骑驴呀!"

我娘不知是真的不明白,还是故意的,问:"那我哥牵了这头驴来又不让我骑,这是干么呀?"

我姥爷也解释说:"孩子,别问了,那是给你驮包袱的。"

我娘这时仿佛才明白,没有再问下去,对我爹说:"哥,那我就不骑了,咱俩一块走吧。"

我姥爷好像也放心了,说:"这就对了。赶早不赶晚,你们赶快走吧,走走身子暖和。"

我姥姥这时啥也不说了,一个人转过脸去,悄悄地抹眼泪。我娘没有看见,但我爹眼尖,看到了,他突然回转身,"扑通"一声跪在了我姥爷和姥姥面前,说:"爸,妈,感谢你们二老对麦子的养育之恩,我一辈子要让她只享福,不受罪!"

我姥爷赶紧把我爹扶起来,说:"快起来,快起来!"我爹站起来后,我姥爷又说:"孩子,有你这句话,我这当爸的也就放心了。但是,孩子呀,享福受罪,都是命里定的。咱穷人家哪有不受罪只享福的命?!记住了,爸不求你们大富大贵,只盼着你们靠着自己的双脚,走一条平安大路,靠着自己的双手,挣一天三餐饱饭,一辈子不饿着不冻着,比啥都强!"

在姥爷和姥姥的叮嘱中,我爹和我娘一步三回头地走出了养育我娘一十八年的双亲的视线,走出了陪伴我娘一十八年的这座篱笆墙圈起的小院。

我爹牵着驴走在前面,我娘跟在后面,两人悄无声息地走出了田家窝棚。

出了村不久，我爹对我娘说："麦子，哥没有八抬大轿，也没有高头大马，用一头驴来接你，你不怪哥吧？"

我娘说："不怪，不怪。"说着，对我爹俏皮地笑了笑，"高粱哥，我还是想骑驴。"

我爹往前又往后望了望，见没有什么人，才说："那好吧。"说罢，把驴停在我娘身边，然后又把驴背上的包袱取下来，挎在自己肩上，说："可以了，你扶着哥的肩膀，骑上去吧。"

我娘这时反而后退了一步，说："哥，我没有骑过驴不会骑呀！"

我爹说："这有啥不会的？驴这么矮，还没有到你的腰那么高，你一抬腿不就上去了吗？"

我娘说："我怕。"

我爹说："怕什么？"

我娘说："我怕驴踢我。"

我爹说："哎！不会的。过来吧。"

我娘慢慢踱到我爹跟前，小声说："哥，我要你把我抱到驴背上去。"说罢，用两只手捂着了羞红的脸。

我爹愣了一下。他手足无措地环视了一下四周。眼前是早已经秋收后的一望无际的原野，空空荡荡，看不到一个人影。时辰已近半晌午，几朵心不在焉的白云，慢悠悠地在头顶上飘着，明明亮亮的太阳，一副笑眯眯的慈祥面容，仿佛悄无声息地在我爹朦朦胧胧的脑海里洒下了一颗炽热的火种，这颗火种迅速点燃了我爹心头那堆积攒了二十年的干柴，几乎能听到"嘭"的一声，火苗冲天，即刻间蔓延到我爹全身。

我爹放下肩上的包袱，大喘着气，一下子把我娘揽在了怀里，我娘也趁势踮起脚跟搂住了我爹的脖子……

当我爹把我娘放在驴背上，坐稳后，我娘说："哥，你也上来吧，我想哥从后面抱着我。"

我爹说："傻妹子，哥六尺高的汉子，不把驴给压趴了！"

我娘"嘿嘿"笑起来，说："那我给哥哼支歌吧。"

我爹心里一阵甜蜜，使劲地朝我娘点点头。

一对有情人，就这么慢慢悠悠地行走在蓝天下旷野中。和着我娘轻轻哼出的歌声，两颗年轻的心，如同刚生出翅膀的小鸟，向着高空，向着远方，幸福地飞翔着……

一呀更里呀，
月牙儿刚出山呐，
谁家女人她难入眠，
梦儿还没做甜。
为何夜静心不静啊，
为何雨眠风不眠，
怎不叫那弯弯月儿挂在她梦里边。
五呀更里呀，
月牙儿要落山呐，
谁家女人她刚入眠，
梦儿还没做全。
为何星亮心不亮呀，
为何月安人不安。
怎不叫那圆圆月儿照亮她心里间。
女人是无边的水呀，
男人是浪上的船，
梦是风帆心在彼岸。
苦也别说苦啊，
难也别说难呐，
无限风光在峰巅呐，
月落五更艳阳天。
月落五更艳阳天……

其实，当时不难想象，在我爹和我娘心中，只要我娘进了我们关家的门，美好的日子便将开始。在他们的心中，所谓的美好的日子，也不过就像我爷爷我奶奶和我姥爷姥姥一样，或者像我爷爷他们更老的老辈人一样，种着别人家的地，日出而耕日落而息，到了秋后，把应该交给东家的一个籽儿也不少地交给人家，也为自己一家人挣一份能填饱肚子的食粮。同时，生儿育女，过完一辈子。

但是，后来发生的事情彻底改变了我爹和我娘的命运……

4

那天，我爹用一条毛驴把我娘接回家，到连二红旗村口，日头已经到了正头顶上了。我爹在前面牵着驴，我娘跟在我爹的身后，寸步不离。还没有进村，便不断碰到人，也不断有人问："高粱，你这是接的谁呀？""瞧这谁家的姑娘，多水灵！"

别人说什么，我爹红着脸装没有听见，别人问什么，我爹只点头，还是什么也不说。

不知"傻砖"从哪冒出来了，径直地凑到我娘面前，喊道："新娘子！新娘子！"

他这一喊不打紧，招惹得一群小孩子，一直尾随着我爹我娘走完了从村口到我家的那段不长的路。

到了家门口，我爷爷奶奶还有我姑柳枝儿，一起迎了出来。看到我娘，我奶奶笑得合不拢嘴，赶紧与我姑一起把我娘搀进屋里。一进屋，我娘便说："爸，妈，我给您二老磕头吧。"说罢，"扑通"跪在我爷爷奶奶面前。

我奶奶赶紧上前，要把我娘扶起来，说："麦子，快起来，咱不是说好了吗？啥礼都免了！"

我娘说："妈，别的礼可以免，磕头这个礼不能免。"这时正好我爹在院子里把驴拴好，进了屋。我娘一把扯着他，说："高粱哥，快跪下，咱一起给爹娘磕头！"

一个村里住过三代人了，我爷爷与我爹在乡亲们中间又口碑很好，就算是没有"傻砖"的喊声，像这样娶儿媳妇的大喜事，想瞒着乡亲们也是瞒不住的。所以，我爹和我娘给我爷爷奶奶磕罢头，我们家的小院里，已经站满了人，不少小孩子争着往我家堂屋里挤。

我爷爷只好出来，朝院子里站着的人招呼道："都来了？那就到屋里坐坐吧！"

有人说："这么多人，屋里哪能坐下！"

还有人说："你这个老关头，办这叫啥事呀？娶儿媳妇这么大的事这么好的事，还掖着藏着，不怕人家笑话吗？"

我爷爷尴尬地朝大家一一作揖，赔着笑脸。

堂屋里确实坐不了几个人，我爷爷只好把桌子搬到了院子里。其实爷爷也不是完全没有准备，起码有几坛子高粱烧酒，他是从两年前就预备下的。

女人和孩子们是不坐桌的，只有男人们才往桌前坐。他们坐下后，接过爷爷递过来的一碗碗的酒，有人喊起来："喝酒得有菜呀。没有菜，这酒怎么喝得下去？"

听有人这么喊，我奶奶也开始忙活了。别的菜是没有的。我奶奶切了两大盘子萝卜和白菜，拌上盐，端了上来。其实，这就是连二红旗穷人们最好的下酒菜。

后来人越来越多，爷爷又让人从邻居那里借来两张桌子，一个小院里，顿时传出吆五喝六的声音。

再往后，人越聚越多。识相的人，主动站起来，说："咱们先来的，该给人家后到的腾地方了。"说罢，一部分人撤退，新来的一拨坐下，接着往下喝。

就这样，从我爹和我娘进家门时的正晌午开始，院子里喝酒的人一直闹到太阳偏西。

当红红的日头都徘徊到了西红旗的柳树梢上了，人们还不肯散去。这一天，我奶奶和我娘瞅空吃了点东西，我爷爷和我爹一直在外面招呼人，一口水都不曾下肚。

眼看天黑了下来，再喝就要点灯了。我爷爷说："老少爷们，对不住了，家里就一盏油灯，灯苗比黄豆粒大不了多少，这外面有风，点不成啊。"

听我爷爷这么说，有人起身，表示理解，说："大伙闹一天了，也该让人家歇着了。咱们走吧。"

正当人们要离开时，从外面又来了几个人，一进院子就高喊着我爷爷的名字："关玉成！关玉成！请人到家喝酒，竟敢不叫上我！不想在连二红旗混了吗？"

来人正是西红旗的那家二少爷，大名那连禄。

听到那连禄的喊声，我爷爷不敢怠慢，立即迎了上去，低声下气地说道："小户人家办事，不敢惊动二少爷您呐！"说着，把那连禄往酒桌上让。本来那几个喝酒的人，也正要离开，这时趁机站起身就要走，被那连禄叫住了，厉声问道："怎么着？我来了你们却要走吗？我就这么不招人待见啊？今天我还就不信了，我倒要看看，没有我点头，你们哪个敢再往外走一步！"

他一句话吓得那些人又坐了下来。

那连禄连喝两碗酒后，把碗往地上一摔，朝我爷爷喊道："老关头，你这是啥酒哇？这么难喝，像他妈的马尿一样！"

我爷爷恭恭敬敬地站在一旁，嗫嗫嚅嚅地说："二少爷，我们穷啊。穷人家不都喝这种酒吗？"

那连禄一听，嗓门更高了："别给我哭穷！你穷不穷和我没有关系，是我让你穷的吗？"

我爷爷说："我没有说二少爷您呐！二少爷您别和我们下人一般见识！"

那连禄这时从腰里掏出一支手电筒，在众人面前晃了晃，大声问道："你们看这是什么？能认出来的，那二爷我这有赏！"

那时手电筒可是个稀罕物件，连二红旗的人别说见过，听都没有听说过。大家往他手里看去，发现那就像是一根裹着洋铁皮的萝卜，所以大家都瞪大了眼睛，谁也没敢吭声。

那连禄得意地说:"怎么样?说你们是群土鳖还不服气!这叫手电筒!知道吧?是前些日子我去沈阳,我们家老三让他手下一个营长送给我的,还是东洋人的玩艺呢!"说着,他把手电筒打开,一束强光朝我爷爷眼睛上照去。我爷爷哪见过这阵势,赶紧用双手把脸捂住。那连禄哈哈大笑,然后一把把我爷爷推向一边,说:"别挡我二少爷的路,我要进屋去闹洞房!"

那连禄说着进了堂屋,把手电筒在屋里乱扫。

先是照在了我奶奶的脸上。我奶奶一边像我爷爷一样去捂脸,一边说:"二少爷您来了?"那连禄根本没有理睬我奶奶,一胳膊把我奶奶推到一边:"躲一边去!让我看看新娘子!"

说着,把手电筒照在了我娘的脸上,我娘没有躲,只是用手挡住了照过来的光线,那连禄说了声:"哇!关高粱真是艳福不浅啊!这在连二红旗,真还找不到谁家媳妇这么俊呢。"说着就用另一只手往我娘脸上摸。

这时,一旁的我姑大叫一声:"你那猪蹄子往哪伸呢!"伸手打开了那连禄朝我娘伸过去的手。

那连禄没有想到这时会有人扫他的兴,把手电筒朝我姑姑照过去,一看是我姑,说:"哦,这不是柳枝儿吗?多长时间没有见了,出落成这么水灵的大姑娘了!来,让我掐掐嫩不嫩。"说着往我姑姑脸上摸去。这时,我姑姑一胳膊打在他的手上,骂道:"畜生!回家掐你妈去!"

这一骂把那连禄心里的火点了起来,说:"嘿!脾气还不小!我就喜欢有脾气的女人!不过,我今儿想玩的是新娘子,你个小丫头,早晚也跑不出我的手心!"说着就一把把我姑往一边一推,紧紧地抱住了我娘。我娘伸手往他脸上抓了一把,但还是被他趁势抱在了怀里。我姑姑这时骂得更凶了:"畜生!畜生!"

那连禄这时索性把手电筒收起来别到腰里,屋里一片漆黑。他更是把我娘使劲抱住,我娘死命挣扎着,突然一边站的我姑姑在那连禄手腕上狠狠咬了一口。那连禄"哎哟"叫了一声,可是并没有松手:"今天,不让我玩一回你别想躲得了!"

急得我奶奶在一旁不停地哀求道:"二少爷,你可不能干这缺德的事呀！二少爷你丧尽天良啊！"

堂屋里闹成了一锅粥。

这时我爹闻讯闯了进来，从背后抱住那连禄。我爹年轻力大，那连禄不是我爹的对手，很快被我爹制服，扛到院子里丢在地上，又踢了两脚，喊道："滚！"

那连禄好汉不吃眼前亏，爬起来跑了，边跑边喊："关高粱！你给我等着，老子饶不了你！老子不光要睡你的媳妇，还要睡你的黄花妹子！"他一路骂着走了，整个东红旗的人，都躲在黑暗处眼睁睁地望着，大气都不敢出。

那连禄走远了，人们这才开始议论起来：老关家这回可是把天给捅了个窟窿，往后恐怕要有难了。

人们议论得没有错，我爷爷和奶奶何尝不明白这事的厉害！对我们老关家，这必定是个不眠之夜啊。

这当儿，全家每个人都知道，那连禄不会善罢甘休。可是，谁也拿不出好主意该如何对付。

我奶奶吓得一直在发抖。我爷爷不停地说："我们老关家的天要塌了！"

我娘和我姑姑一直躲在一旁落泪。

我爹正是血气方刚的年纪，看全家人愁成这个样子，说："你们谁也不用怕！大不了和他们姓那的拼了！"

我爷爷说："孩子，都这个时候了，还说那些大话有什么用呢？你见过谁的胳膊能拧过大腿呀！那家有人有权有势，家里有盒子枪，你拿什么去和他们拼！咱全家人加起来，也就这五条命，拼得过人家吗？"

5

提心吊胆的一个夜晚过去了。

什么事情也没有发生。

第二天一早，保长折桂深来到了我家。

折桂深是折景山出了五服的堂侄子，虽然算不上地主，但毕竟有一垧多地，家境说不上有多富裕，但还算殷实，加上说话办事比较灵活，坏心眼不多，在村里人中间还是口碑不错，所以一直干着保长，倒也平平安安的。

我爷爷看保长来了，手里好像还提着两封点心，心想是为庆贺我爹成亲的呢，赶紧迎出了小院。

我爷爷接过保长提的东西，连说："桂深，您来了就来了，还带什么礼呀？高粱娶亲，我谁也没有告诉，谁家的礼也不收。你来就来呗，还带东西，这叫我以后咋还得起你这个人情啊！"

折保长给我爷爷做了个进屋的手势，说："老关哥，咱有话先到屋里说。"进屋后，我奶奶给折保长搬了个小板凳让他坐下。这时，折保长才开口说："现在，你们全家人都在，我有话也不掖着藏着了。这礼，不是我送的。"

我爷爷不解，问道："那是——"

折保长说："实话说给你们听，这是西头那家托我送来的。"

也许是为了方便，村里人平时说话，把东红旗说成东头，把西红旗说成西头。所谓西头那家，就是西红旗的那连禄家。

一听说是那家托保长送礼来了，我们全家人都愣了。

我爹说："一定是黄鼠狼给鸡拜年，没安什么好心。"说着拎起礼品就要往门外扔。

我爷爷赶紧上前拦住我爹，说："这孩子！你先别急，让你桂深叔把话说完嘛！"

我爹的感觉当然不会错。

原来，昨天晚上那连禄回家后，拿出手枪，并叫上几个家里的下人，要到我家来"给关高粱一个厉害看看"，可没等他走出大门却被那家老大，也就是在拉林当警察局长的那连福给拦住了。那连禄别看在外面横行霸道，可在家里最怕他这个大哥。当那连福问明情况后，说："你这样喊打喊杀地去关家，想做成什么？他们老关家爷儿俩在我们那家人眼里就是两只蚂蚁，说什么时候踩死他们，就能踩死他们，还要这样动枪动刀的去和他们拼命吗？我们一个人的命可比他们一家人都金贵。这样与他们拼命我看划不来。"

那连禄说："我这顿打总不能白挨吧！"

那连福说："打不会是白挨的。我问你，他老关家不是有个女儿叫柳枝儿吗，你见到了吗？"

那连禄不知大哥的心思，点了点头。

那连福说："前些天我也在村里碰上了，应该十五六岁了，长得如花似玉，我看别说在连二红旗，就算是你在拉林在阿城，也难以找出这么水灵的闺女。不如——"

没等大哥把话说完，那连禄顿时心领神会，眉开眼笑起来。那连禄已经是三十出头了。前面已经娶过三房太太，头两个都没有过多久，大太太一年后，被他给打得受不了上吊死了。老二过了三年，被他给折磨得受不了，一天晚上偷跑了，后被那连禄追到半路，一枪给撂在荒野里了，后来连尸首都没有让人收。三房，也就是现在的老婆，进门也三年了，那连禄也是张口就骂伸手便打，忍受不下去，也想到要偷跑，可那连禄放出话说，你只要有胆就跑给我看看，前面老二的下场，你没有看到过，也该听说过。你要是学她的样子也敢偷跑，死得比她还难看。到时，我要把你头朝下吊在村东头大坑沿的柳树上，吊你三天，然后浇上洋油，点你的天灯。这女人知道那连禄心狠手辣，说到就能做到，打消了偷跑的念头。跑是不敢跑了，同时指望能尽快为那家生个一男半女的，也好改变她在那家的地位。可是两年过去了，那不争气的肚子，一直没有动静。那连禄更是不甘心，一直想着再娶一房，又担心大哥不知道怎么想的，一时不敢造次。现在听大哥的意思，好像是要他娶了关家小女柳枝儿。这就好比，自己正打瞌睡呢，大哥给塞过来一个枕头。

那连禄把大腿一拍，说："大哥，你要这么说，我这顿打挨得也值过了。只要他们关家同意，让柳枝儿明媒正娶地嫁给我，那不仅昨晚的事就像一阵大风刮跑了一样，不再提了，而且就再是许给他关家一垧地两头牛，我都愿干呐！"

哥俩商量好后，连夜把保长折桂深叫到了家里。

折桂深虽然是保长，可是在那家兄弟面前，说好听点是唯命是从，说难听点，充其量也就是一条听话的狗，让你啥时候叫，你就啥时候叫几声，让你去咬谁你就要去咬谁。当那家兄弟把事情交代他以后，他没有敢说半个不字，答应第二天就到关家提媒。

临离开那家前，那连福让下人拿两盒点心交给折桂深。

那家老大那连福说："既然是托你去提亲，总不能让你空着手去是不是？人之常情，也算是不丢你折保长的面子了。"

霸道惯了的那连禄，说话却没那么好听。他说："折桂深，你去告诉他们姓关的，这桩好事，他们要是乖乖地答应下来，我许他关家一垧地，两头牛，你信不信？"

折桂深连忙把头点得像鸡啄米，说："我信，我信，我太信了。您那二爷腿肚子上拔根汗毛，也比他关高粱的腰粗呀！"

那连禄接着又说："不过咱丑话可说在前头，姓折的，你给听好了，若是他们关家不把这事答应下来，你就告诉他们，到时候那就别怪我那连禄不仁不义：我要去抢！"

那连禄的话，听得折桂深浑身直起鸡皮疙瘩。可他心里清楚，这事不好办。老关家爷儿俩的秉性、脾气他是知道的，人穷志不短，心肠不硬，但是骨头不软。那家是个什么名声？那连禄又是个什么东西什么德行？别说是在连二红旗，就是从拉林到阿城，四处打听打听，哪个不知道？眼看就是个火坑嘛，关家能同意把自己的闺女往里面推吗？特别是那个关高粱，村里有名的认死理，他若是犟起来，就算是三匹大马也拉不回头的主。还有那个柳枝儿，别看只是一个才十五六岁的黄毛丫头，从小就和她哥一个烈性子，能会心甘情愿地和那连禄那样的人睡到一个炕上？看来这个媒人不好当，悬！

折桂深保长预料得完全没有错。

听了折保长的话，我奶奶气得当即晕倒，我爷爷大叫一声，一头撞在了门框上，满脸淌血。我娘和我姑抱在一起放声痛哭。我爹把折桂深提来的点心扔在了院子里，然后掂起门后那把一人高的铡刀，在折桂深脸前不停地晃着，说："你去告诉那个姓那的畜生，我关高粱用这条命等着他！"

当天晚上，那连禄带了十几个打手，从西红旗闯到东红旗，刚过了那两个大坑，朝天上鸣了三枪。到了我家小院大门前又放了三枪，接着便开始抢人。

一场混战。

我爷爷先被那连禄带的人一顿暴打，倒在了院子里。我爹举着铡刀奔那连禄砍去，却被几名打手用木棒挡开，当即砍伤了一个打手，我爹被摁在了地上。这时，那连禄举起手枪对住了我爹的脑袋，我娘冲过去护住了我爹，那连禄一枪打偏，打中了一名打手的腿，那名打手哇哇哇大叫。我奶奶使劲抱住那连禄的腿，我姑朝摁我爹的人身上头上乱打几棍，我爹挣扎起来，冲向那连禄，再次被人摁在了地上，然后是一阵乱棍。那连禄这时又朝天上放了一枪，一脚踹在我奶奶的胸口上，接着一拳把我娘打倒在地，然后转身抱住了我姑姑，随即有人掀起我姑的两条腿，那连禄趁势把我姑姑横扛在了肩上，朝外飞奔而去。

东红旗的人，家家闭门，连看热闹的人都没有一个。

我奶奶被那连禄那一脚踹得当即没气了。我娘抱着奶奶哭天抢地。这时我爹从地上爬起来，身子摇晃着又去找到那把铡刀，然后又要去和那连禄拼命，被我娘抱住了腿。我爷爷这时挣扎起来，抱着我奶奶大声叫着，可是没有一点回应。

就这样，我奶奶被那连禄一脚踹得要了命。

还没有来得及把我奶奶安葬，我爷爷第二天夜里又含愤上吊了。

天还没有亮，"傻砖"便把我家发生的一切，以他独特的方式，第一时间传遍了连二红旗。

瞬间天塌地陷。极度悲愤的我爹，一次次地要去那家拼命，一次次地被我娘给拽着双腿，死不松手。如此这般，一对新婚燕尔的年轻人，抱着头，哭成一团。

这天下午，我爹和我娘在好心人的帮助下，把我爷爷奶奶草草地安葬后，夜里，我爹让我娘收拾好一些衣物，准备离开连二红旗。到了东红旗村西北角坑边的关帝庙，我爹让我娘等等他，说是要再回次家，忘记了一件事。

其实，我爹并没有回家，而是拐到了西红旗那家。他怀里揣着一把杀猪刀，计划潜到那家，先杀了那连禄，然后救出我姑姑，一起逃离连二红旗。

那家张灯结彩，那连禄准备正式与我姑拜堂成亲，可是我姑宁死不从。这时我爹闯了进来，一刀没有刺中那连禄，他喊叫起来，院子里立即有人跑动的声音，这时那连禄也从枕头下摸出了手枪，对准了我爹，这时我姑上去抱住了那连禄，对我爹喊道："哥，你别管我了，快跑呀！"

我爹无奈翻墙跑了。

接着，那家的人纷纷跑出来追我爹。追到我家，没有见人，于是便一把火把我家的房子点着了。

秋高物燥，火光熊熊，照亮了半边天。

在我爷爷我奶奶坟前，我爹长跪不起。

我娘哭得死去活来。

不知哭了多长时间，跪了多长时间。

第一声高亢的鸡鸣，从远处传来，让我爹我娘不禁为之一惊。随即，整个连二红旗的天空，完全笼罩在了一阵高似一阵的公鸡合唱的声浪中。这声浪仿佛裹挟着江河般流不尽的血泪和群山难以压抑的悲愤，海潮般汹涌澎湃，猛烈地撞向那两颗年轻的心灵。

我爹醒过来了。他朝着连二红旗村子方向磕了三个响头，咬着牙指天发誓：此仇不报，誓不为人！

我爹把我娘从我爷爷奶奶的坟前拉起来，什么也没有说，两人往连二红旗的东北方走去。

那是太阳即将露脸的方向。

那是1920年的秋天。

第 2 章 同命相怜

6

往哪里逃？

我爹心里根本没有一个明确的目标。我娘开始曾提出先回到田家窝棚暂避几天。我爹没有同意。他的理由很充分，因为这么近，那连禄一定会找过来，那样不仅逃不出魔掌，而且还会连累了两位老人。他不愿牵连两位老人，甚至不愿老人家知道连二红旗这边发生的事情，以免让老人家为他们担惊受怕。

听我爹这么把道理一摆，我娘完全是一点主意也没有了。这才有了前面说的往东北方向走的话。

前面说的东北方向是太阳露脸的地方，那是几十年后我对他们心态的一种美好猜想，我爹我娘当时根本没往这方面想。我爹的基本考虑是，连二红旗往西北不远是阿城，往南不远是拉林，往东不远是五常县城，那三个方向再远就是双城、哈尔滨和长春，哪个地方都不是久留的去处。唯有一直朝东北走，才可能躲开连二红旗人的眼睛，才能最终不会被那家的人找到。

就这样，餐风饮露，日夜兼程，我爹我娘在逃命的路上走了三天三夜。直到我娘实在走不动了，才央求我爹："哥，咱们这样闷着头走，走到哪里是个头呀？"

我娘话一出口就知道，这样问也是难为我爹。

我爹心里只有一个主意，那就是：离连二红旗越远越好，越远越安全。"君子报仇，十年不晚"。只要暂时逃出虎口，以后就有报仇的机会。

所以，听了我娘一路上不停地发问，我爹也不吭声，还是闷着头只往前走，但是我娘能听得出，一路上我爹一直把牙齿咬得咯嘣直响，让我娘心头一阵阵地疼痛不止。

到第四天的傍晚，我娘提醒我爹说："哥，咱身上带的干粮所剩不多了啊。"

还有多少干粮，我娘不说，我爹心里也像明镜一样。他不得不盘算着，今天晚上，无论如何也要先找个地方落一落脚才行了。

正在这时，我爹抬头看到远处路边似乎有两个人影。这一路因为他们全拣僻静的路走，尽量避开人多的地方，而且这两天，越往前走，似乎人口也越稀少，特别是像现在，天色将晚，前不着村后不挨店，半路上还能碰到人，实属有点稀奇。

走近才看清是一对老年夫妻。看上去也是赶路的，可能走累了，坐路边歇息。看年纪他们和我爷爷奶奶差不多。我爹走到跟前，叫了声"大爷大娘"，然后向人家打听，知道不知道这里是什么地方，最近的村庄还有多远。

大爷是个爽快人，热情地对他说，这里已经是吉林省的地界。并说，往前走二十里，有个村庄，叫榆树屯。

听了大爷的介绍，我爹谢过老人家，便领着我娘往前继续赶路。这时，眼看着日头已经落山，一阵凉风吹来，我爹身上不禁打了个寒战，对我娘说："二十里呢，脚下得快点才行啊。要是到得太晚了，深更半夜，就是到了榆树屯，也不好敲人家的门了。"

我爹和我娘急匆匆走出去约半里地的样子，我娘回头望了一眼，看到那对老人家依然坐在路边没有动弹。我娘不无担心地问我爹："哥，你说那两位老人是干什么的？"

我爹想都没有想，说："这里前后左右都看不到个屯子影，两个老人能干什么，和我们一样，也是赶路的呗。"

我娘说："那，眼看天已经黑下来了，又越来越凉，他们为啥坐在路边不走了呢？怕是走不动了吧？还有二十多里路呢，他们什么时候能走到榆树屯呀！"

听我娘这么说，我爹不由自主地停下脚步，回过头往后望了望，说："麦子，你说得是，我得回去问问他们。真是走不动了，我们得帮帮大爷大娘。"说罢，把肩上的包袱解下来，交给我娘，回头快步往回走去。

老人家看我爹又回来了，问道："小伙子，天都快黑了，你不快点带媳妇赶路，咋又往回走呢？"

我爹说："是呀，天快黑了，又起了风，我是想问问大爷大娘你们怎么不往前走呀？"

大爷叹口气，说："你大娘心口疼的病又犯了，加上我们带的东西吃完了，肚子饿，这不，想走走不动了，得走一会歇一会。"

听大爷这么一说，我爹有点急了，说："大爷，越往后就会越冷越饿，不更走不动了吗？这样吧，大爷，我们一起走吧，路上也好有个照应。"

大爷说："小伙子，谢谢你了。你们先走吧。"

我爹说："大爷，如果你们没有让我碰见，也就算了。既然碰见了，这就是咱爷儿几个的缘分，我们哪能先走呢？来，大娘，我扶着您，站起来走走看。"说着就弯腰把大娘扶起来，慢慢往前走去。当走到我娘跟前时，我爹对我娘说，"麦子，大爷大娘饿得走不动了，你看我们剩下的还有什么，都拿出来吧。"

我娘说："就只剩两个熟土豆了。"

我爹说："那就快点拿出来，大爷大娘一天没有吃东西了。"

我娘赶紧放下包袱，解开，然后把两个土豆拿出来，说："这么凉，怎么让老人吃呀？"

大爷一听，说："凉就凉吧。这漫天野地里，也没有火。"

我娘说："我放怀里暖暖吧。咱们慢慢往前走着，一会暖热了，再给老人吃。"

大约走出了二里地，我爹说："让大娘坐下休息一会。"我娘这时从怀里掏出土豆，说："大爷大娘，没有那么凉了，您二老将就着填填肚子吧。"说着，分别放到了两位老人手里。大爷捧着我娘递过来的带着我娘体温的土豆，老泪直掉，哽咽着说：

"孩子，你们俩莫不是老天爷派来的金童玉女，来搭救我们这两个不中用的老东西的吧？"

我爹说："大爷，我们俩不是什么金童玉女，但是，让我们碰上您二老，也算是天意吧。"

大娘在一边也是心有不忍地说："孩子，就这两块土豆，给我们吃了，你们怎么办呢？"

我爹说："大娘，我们不饿。我们年轻，有力气，比你们能扛。再说了，到了榆树屯总会有办法的。"

老人吃过土豆，四个人继续赶路。可走不了多久，大娘又捂住胸口说："好孩子，还是你们先走吧。再走下去，我这把老骨头恐怕要散架了。"

我爹想了想说："大娘，离大爷说的榆树屯，还远着呢？我们不能先走。这样吧，我来背着大娘走。"

大娘怎么也不同意，可实在也没有别的法了，大爷说："小伙子，这样能行吗？"

我爹笑着说："大爷，您老放心。我这副干活的肩膀，平时扛两百斤的粮食袋，走二十里路都不会喘气，背着大娘，没有问题。"于是，把身上的包袱又给了我娘，然后蹲下来，大爷把大娘扶到我爹背上。我爹站起身，大步往前走去，我娘和大爷在后边，小跑才能跟得上。

这样就快多了。路上，他们走了好一阵后，大爷就坚持让我爹把大娘放下，说："小伙子，让你大娘自己走一会，你也好歇歇。"

我爹说："不用啊。我不累呀。"但在大爷和大娘的坚持下，我爹把大娘放下。这时，我爹看到，远处的荒野上，有两束绿光在闪动，我爹大声对我娘说："麦子，我们唱歌吧？"

听我爹说唱歌，我娘完全不明白，这深更半夜又在荒野地里，唱啥子歌呢？可没等她问，我爹悄悄往她眼前指了指，这让她马上看到了不远处的那两束绿光。我娘多聪明啊，她顿时明白了，问了声我爹："莫不是就是人们说的张三？"所谓"张三"，就是狼，我们连二红旗一带的人，不知为什么都把狼说成"张三"。我娘只是听说过，却从来没有见过。她心里不禁咯噔一下。

其实，大爷大娘也早看到了，他们只是怕吓着两位年轻人，才没有声张。但令他们没有想到的是，这两个年轻人看到后，好像并没有害怕，更没有惊慌失措。

大爷毕竟是老人，对付这样的情况要比年轻人有经验得多。他知道，碰到这种情况，最怕的就是慌慌张张地往前跑。如果一跑，狼很快就会追上来。

我爹想的是，大声地吆喝几声，吼上几嗓子，可以给自己壮胆；同时，也是造声势，让狼感受到这里人很多，不敢靠近。

大爷立即制止说："孩子，不能喊也不能唱，那样说不定还会招来更多的狼。"

我爹没有主意了，问道："大爷，那我们这个时候该如何做？"

大爷胸有成竹，说："我们不管它，只管往前走吧。你越是不理它，它还越是不敢往前靠。再说了，前面离榆树屯已经不是很远了，只要看到村庄里的灯火，就安全了。"

听了大爷的话，我爹又重新背起大娘，四个人急步往前赶去。果然，过了不久，远处的那两束绿光不见了。

前边终于看到了零星灯火，并听到了一阵阵的犬吠声。几个人这才放下心事。俗话说，狼怕狗叫，鬼怕鸡鸣。走夜路，身边要有条狗跟着，就不会怕狼了。半夜里如果碰到鬼打墙，只要一听到鸡叫，说明天快亮了，什么样的鬼也都隐去了。

大爷说："瞧，榆树屯到了。小伙子，把你大娘放下吧。你一气背了二十里地，累了吧？"

我爹用袖子揩了揩额头的汗，说："不累不累。"

大爷心疼地说："说不累是假的，我空着两只手都直喘气，你背上驮个大活人，怎么会不累？"说着让我爹蹲下，把大娘搀扶下来，说，"要不是碰上你们两位好心的年轻人，我们这两把老骨头，说不定就回不到这榆树屯了呀。"

大娘也接着说："孩子，你大爷说得是呀。要不是在半路上碰到你们，今晚我们不冻死，也会被狼给吃了啊！"

我娘说："看大爷大娘说的！您二老才是有福气的人。有您二老给我们做伴，我们也是托您二老的福呀！"

我爹说："大爷，我也不知道您二位老人的老家在哪里，但不管在哪里，现在都到下半夜了，也不可能再往前走了。我看咱们今晚就在榆树屯找个人家住一晚吧。"

我娘说："太晚了，别敲人家的门了。我看，咱们就找个谁家的柴火垛或麦秸垛，靠着暖和暖和，等天亮了再说吧。"

正在我爹我娘为投宿发愁时，大爷突然说了一句话，完全出乎我爹和我娘的意料。

大爷说："孩子，我们就是这榆树屯的人啊。今晚你们哪也不用去了，跟着大爷大娘回家吧。"

为什么大爷没有在路上告诉我爹我娘他们就是榆树屯的人？毕竟是刚刚认识，还不熟悉更不了解，正所谓是路人，没有必要把自己家的事告诉他们，甚至还多少有点提防。而经过这二十里的夜路，不用说，他们已经完全相信了这一对年轻人。

大爷大娘的家就在村口不远。

我这里要把大爷家的基本情况简单介绍一下了。

大爷贵姓付。按说，我爹娘叫他们大爷大娘，我应该叫爷爷奶奶才是。但为了叙述方便，我还是跟我爹我娘一样称呼他们为付大爷付大娘吧。

付大爷家在榆树屯，并不是一个普通的农户，家境大概和连二红旗村的富家差不多，不算是特别大的大户人家，但也不是普通的佃户。家有三十垧上好的良田，平时雇了一个长工，农忙时，还要临时雇些短工，十人八人不等。

变故发生在十年前。

那是一个月黑风高的夜晚，一队胡子进村抢粮。这样的事情，每年在榆树屯都会发生一两次。胡子进村也只抢粮，基本上不伤人。但这一次，却出现了意外，付家除了被抢了两石高粱米之外，混乱中八岁的独生儿子也不见了。

两口子三十多岁才有这么个儿子，寄托着他们全部的生活希望。现在眼看儿子已经八岁，两口子也已年过四十，突然间儿子人间蒸发了一样，不见了。

付家两口子的天如同塌了一般。

为了寻找儿子，他们卖了二十多垧地，辞退了长工。还剩下的几十亩地，他们也没有太多的精力去打理，几乎是长年撂荒在那里。十年间，他们多次去过长春和哈尔滨，沿途那些城镇乡村，他们路过了多少次，打听了多少遍，无法数得清，可始终是杳无音讯。

十年，苦苦的寻找；十年，痛苦的煎熬。不知不觉中，他们衰老了，老得那么快，才刚刚五十岁的一双老人，在外人眼中分明已经与风烛残年无异。

这一次，也是在一个多月前，听屯里一个经常外出做小生意的人回来说，在阿城看到一个年轻人，十七八岁的样子，很像他们家十年前丢失的孩子。

听到风就是雨。两位老人没有仔细地问个究竟，便要动身。其实，就是细细打听，也打听不出什么更详细的东西，那个人也就说在大街上看到一眼，再多的也问不出什么了。于是，寻子心切的两位老人家，当天便打起行装匆匆奔了阿城。在阿城及周边乡村，逐门挨户地走访了十来天，没有任何收获。

这是预料中的事情。

仍然不死心，接着他们又拐弯多走了五十多里去了拉林。大海捞针，同样没有任何收获。

这也是预料中的事情。

但预料之外的是，在这次回来的路上，因没有找到儿子而已经绝望的老人家，遇到了我爹我娘。

更没有预料到的是，正是这次偶遇，却改变了两家人的命运。

或许这就是缘分。

多少年以后,他们四个人坐下来,一谈到那天的相遇,两位老人都说是老天爷赐给的福气,让他们饥寒交迫中遇见了我爹我娘,方能大难不死。而我爹我娘,更是认为是老天爷赐给的福气,让他们逃命的途中,认识了大爷大娘,从此这一对亡命鸳鸯的眼前露出了希望的光芒,命运出现了转机。更加准确地说,这不仅是我爹我娘的福气,也是我们老关家往后两代人的福气。

7

我爹我娘跟着付大爷大娘进了他们家。

虽然已经很晚了,但大爷大娘张罗着要先把我爹我娘住的地方安顿下来。

我娘说:"大爷大娘,你们走这么远的路,辛苦了。我们俩年轻,先随便找个地方对付着歇息一晚就行了,总比睡在别人家的柴火垛头强不是?现在当紧的是二老你们要告诉我,锅灶在哪里,有没有现成可以煮熟的东西,我得先给您二老做点吃的才行。别的等天亮了再说也不迟。"

两位老人离家这么多天了,一时也不知有什么可吃的东西能够拿出来。这时,我娘看到门外堆了一些玉米棒子,可能是老人出门前收回来但还没有来得及收拾。我娘从中抽出一根,掰开看看,说:"大爷大娘,我看这个就行。"

在付大娘的引导下,我娘来到正房东侧的偏房,这里是厨房。她打些清水,清洗了一下锅灶,又到院子里抱来一堆柴火,很快就煮熟了几根玉米棒子。今年的新玉米,煮出来香喷喷的,大爷大娘每人吃了两根,肚子不那么饿了,身上也热乎了。大爷大娘也劝我爹我娘每人吃了两根玉米。大娘拉着我娘的手,久久不愿松开,好像有很多话要给我娘说。

我娘依偎着大娘,说:"大娘,到自己家了,该把心放在肚子里了。您二老早点休息吧,有什么话咱明天再说不迟。"

大娘还不放心,一定要给我爹我娘把住的房间和床铺收拾出来。我娘怎么也不答应,说:"大娘,这么晚了,您老也累了,先休息吧。我们两个人年轻，怎么也能对付一个晚上，总比前几天蹲在人家屋檐底下强多了。"

见我爹我娘再三这么说，两位老人也便先去休息了。我爹我娘也就先在厨房里的柴火堆上对付了一个晚上。

第二天一大早，我爹我娘就起来了。我爹找来扫帚，忙着先去扫院子，我娘在厨房，找东西开始做早饭。

付家的院子很大，坐北朝南，正房共有四间，东西两头还各连着两个耳房。

院子的东西两侧各有两排厢房。

三间东厢房是养牲口的地方。现在没有了牲口，但并排三个石槽，都还原封不动地立在那里。屋子里面堆满了收回来的苞谷秆，还有一些晒得半干的黄豆秧土豆秧什么的。那是老两口一个多月前匆匆走之前，从地里收回来的，都还没有晒透，就顺手堆在了那里。

西厢房也是三间，里面安着一盘石磨，还有一盘碾子。想来也是有一段时间没有人动过了，上面落满了灰尘。屋里也和东厢房一样，乱七八糟地堆着割回来的庄稼，都还是湿的。

大门的东西两侧各有两间平房，中间是大门也是过道。门洞里能走下一辆马车。那四间平房，以前是给伙计们住的。人去房空，里面堆着乱七八糟的杂物。

偌大的一个院子，正房才是最主要的建筑。中间四间要高于东西厢房和大门两侧的平房，足足三尺有余。正房的中间是客厅，左右分东西两间，是给主人们住的，各放置了一个很宽的炕。东间一侧多出个偏房，就是前面说的厨房，西间紧挨着也有个偏房，这里多安了一铺炕。这样的格局都是和一般大户人家没有什么不同。只是付家这一代人丁不旺，正房西间的炕和西间耳房的炕，多年没有人睡过，一直空在那里，里面也是堆满了筐筐笸笸、坛坛罐罐，连个让人插脚的空地都没有。

就因为丢了孩子，一切都发生了变化，平静的生活完全被打破了。除了卖掉了二十垧地不说，这些年为了寻找儿子，家里的积蓄也基本上花去差不多了。又因为辞退了长工和伙计，一个不小的院子，十几间房子，疏于打理，也显得破败不堪，院里杂草丛生。

我爹和我娘从一开始就没有想过要在付大爷家久住，但是眼前的情景让他们不可能闲得下来。我爹先是忙着清理院子的杂草，我娘尽量找到吃的东西，在厨房准备早饭。等大爷大娘起床后，看到两位年轻人一个忙里一个忙外，心中百感交集。

吃过早饭以后，大爷和大娘劝我爹说，院子里的活可早可晚，当紧的是先把正房东间收拾出来，从今晚开始，不能再让他们在厨房里对付了。

正屋西间是大爷和大娘的卧室，东间原是儿子住的，但自从儿子丢失以后，一直空在那里。可我爹我娘坚持不能住进正房，大门一侧两间以前伙计们住的，清理了一下，勉强可以睡人了。

我爹说："大爷大娘，你们看，这不就挺好吗？"

大爷摇了摇头，说："这样不行。一定要住在正房里。"

大娘也说："你们要是不愿住在正房的东间里，西间不还有个偏房吗？偏房里有现成的炕，那炕又是和我与你大爷睡的炕连着的。你们再想想，现在天已经凉了，过不了几天就要烧炕了，咱娘儿四个挨着睡，暖和。"

我爹我娘完全能够领会大爷大娘的一片好心，可是大爷大娘这时还并不了解我爹我娘的心思。我爹我娘并没有像大娘讲的，想得那么远，也不可能想到天冷了要烧炕什么的。和大爷大娘萍水相逢，能在这里暂住几天已经难得了，哪里还能没完没了地麻烦两位老人呢？所以我爹我娘坚持还是住在伙计们以前住的房间里。大爷大娘见说不动我爹我娘，也就暂时作罢，没往下再说什么了。

一连三天，天天如此，不是忙这里就是忙那里，一个四口之家，生活在一个院里，一个屋檐下，显得是那么温馨和谐。原本破败凌乱的院子，完全换了模样。原本死气沉沉的院子，如今有了脚步声，有了说话声，甚至还时不时地有了笑声。这就叫人气。有了人气，锅台底下有了火，烟囱里冒了烟，整个院子充满了勃勃生机。

每当付大爷到院子里要给我爹帮忙，我爹就说："大爷，就这点活不够我一个人干的，您老人家就歇着吧。要不，你在一旁教我也行，我哪地方干得不像样了，您给我指出来。"

付大娘到厨房，也是插不上手。我娘说："大娘，你身体不舒服就不用沾手了。四个人的饭，我一个人忙得过来。"

三天过后，我爹我娘商量，要着手准备些干粮，该走了。

一说到真要走，我娘一脸的愁云，叹了口气，说："哥，说声走容易，可咱往哪走呢？"

我娘的一句话，让我爹的头低了下来。是呀，还往哪里去呢？都说天下很大，可是这么大的一个天下，怎么就没有一个能放得下这小两口两双脚的地方呢？

正在我爹我娘心绪纠结、举棋不定时，付家两位老人过来问他们，还在为啥事发愁。当得知我爹我娘准备走时，付大爷终于把憋在心里好几天的话说出了来：

"我们认识也好几天了，这几天我们亏得你们小两口照顾，你大娘的身体也好多了。我活在这个世界上也大半辈子，好人坏人我能分得清。你们就是好人。从刚认识的时候，我就猜出你们有很重的心事，有句话我也早想问，一直也没有张开口。现在你们说要走了，我不能不问一句，你们究竟是从哪里来的，家住哪里，家里还有什么人，现在又要往哪里去呀？"

听到付大爷这一问，我娘"哇"的一声放声大哭起来。我爹含着眼泪把家里的遭遇，从头到尾对老人细细讲了一遍。

在我爹叙说的过程中，大爷大娘也跟着流了不少眼泪。等我爹说得差不多了，大娘一边抹眼睛，一边劝一直还在饮泣的我娘，说："孩子，事情已经落到这步了，该伤的心也已经伤了，现在可不能再伤了自个儿的身子啊。"

我爹恨恨地说："大爷大娘，您二老都是经过世道的人，像我们家这血海深仇，这一生不报，我不就枉为做人了吗？！"

大爷说："孩子，你说得对，杀父之仇一定要报！但眼下这情况，你们老家，连二红旗，那个姓那的，站的是上坡，得的是上风，你关高粱，窝在了洼地里，连人家的脚后跟都够不着，吃着大亏呢，咱们既不能拿鸡蛋去碰人家的石头，更不能拿自己的头去撞墙呀！无论有多大的事，都要好好谋划谋划，想出个长远的办法才是。"

大娘也接上话头,说:"我这个老太婆,也不懂多少道理,但是也听人说过这样的话,'君子报仇十年不晚'。我看你们俩也别再着急地往什么地方去了,从今后就和大爷大娘一起住,有俺老两口吃的,就不能缺了你们俩一口,有俺老两口穿的,总不会让你们俩年轻人受凉。再说了,你们这几天也看到,我和您大爷,年纪大了,身体也不好,这个家里里外外,都离不开你们了哇。"

大娘几句话说到我爹我娘心里去了。大爷接着又说:"人家不都说,三十年河东三十年河西吗?我不相信这世道就没有变化的时候。如果等到老天爷什么时候开眼了,你放心,一定让姓那的那个恶人,血用血还,命用命偿!但是你们两个,首先得保证自己能活到那个时候,而且还要活得好好的。"

付大爷说的是实在话,也很给我爹我娘长精神。当然,这些道理我爹娘也不是不懂,不仅懂,而且也在脑子里想了几百遍了,只是这时候从大爷嘴里说出来,好像分量就有所不同了。

这时,大爷又说:"报仇是大事,可也不能着急。眼下最要紧的还是我前面说的,你们两个年轻人要好好地活下去。如果活下去都没有办法,还谈什么去报仇呢?"

大娘又接着大爷的话,说:"好孩子,我不知道你们心里是咋想的,但我觉着,到现在这时候了,你们还是要听刚才您大爷那句话,往后咱们就当一家人来过吧。"说到这里大娘又把前面的话,重复了一遍,"我说这话,不仅是说你们现在没有一个更好的地方去,离不开榆树屯我和您大爷这个寒酸的家,更重要的是,我们两个人年纪都大了。你们也看到了,往后,不是你们离不开我们,而是我们更离不开你们啊!"

我爹听到这里,"咚"的一声双膝跪在了二老的面前,大爷赶紧上前来扶我爹,说:"孩子,这使不得,使不得。"

我爹握着大爷的手,说:"老人家,你们就是我俩的再生父母,答应我叫您一声爸、一声妈,我才起来。"

我爹说话间,我娘也跪下了。

大娘也赶紧上前扶我娘，说："赶紧起来吧。孩子，我这个当妈的先答应了。"

我爹和我娘分别给二老各磕了三个头，然后异口同声地先叫声爸又叫声妈，之后才在二老的搀扶下站了起来。

既然正式地认了爹娘，那就说明暂时我爹我娘不能再提走的事了。这时大爷大娘又重新提出让我爹我娘搬到正房里去住的话。

大爷讲了两条理由。一是，现在已经是一家人了，我爹我娘理所当然应该住在正房里。二是，堂屋西间的炕是现成的，马上天就要冷了，长工伙计们原来住的房间，火炕早就不能用了，根本过不了一个冬天。

两个理由都很充分，容不得我爹我娘有异议。

到这一步，我爹我娘再也没有理由反对了。

最后基本是按照大娘先前说的，我爹和我娘把正房西间的耳房好好打扫了一遍，然后算正式住了进去。

自此，在榆树屯的老付家，两个破碎的家，组成了一个幸福完整的家。我爹曾和二老商量，把姓改过来。大爷没有同意。大爷说："我不让你改姓，并不是和你们不亲。一是，姓对于我们中国人，很重要，什么时候都不能改；二是，你们老关家的大仇没有报，你们什么时候都不能忘记。所以这个时候你的姓不能改。就是将来报仇了，姓也没有必要改。只要你们认我们这两个老人，我们就会把你们当成自己亲生的孩子。这点你放心。"

8

付家老人前些年为了找儿子，把三十垧地中的二十多垧都给卖了，但还留下了五六十亩。其实这笔账并不难算，把这五六十亩地种好，一家四口人的日子就不会有什么问题。

也就是一个多月前，付家大爷大娘离家之前，两位老人只请两个短工简单地把地里的庄稼收了收，什么大豆玉米高粱等，有的收到了屋里，有的就堆在了院子里，甚至还有两亩土豆，干脆撂在了地里，心想是等回来后再收拾了。

我爹我娘决定长期留下以后，天还不是太冷，我爹主要忙地里的活，先把那两亩土豆刨了，拉回家后放到了菜窖里。还有半亩地那么多的萝卜、白菜、大葱，已经被霜打了，能吃的已经剩下不多。我爹也一棵棵收回来，还能吃的一点也没有舍得扔，全放在菜窖里。就这些，也足够四口人吃一冬一春的了。菜窖都是现成的，我爹略清理和修整一下，就可以用了。至于土豆藤，与高粱秆、玉米秆、大豆秆，全部晒干，分别垛成垛，也足够大长一个冬天烧火做饭用的了。为了过冬，准备了足够的柴。

干这些活时，大爷主要帮助我爹，在地里忙，而大娘主要是给我娘当帮手。我爹我娘干这些活，不用说，样样拿得起放得下，得心应手。两位老人看在心里喜在心头。

忙完地里活以后，我爹又开始收拾院子和房子。院子没有太多要做的，把该清理的杂物归拢，也就可以了。收拾房子比较费劲。正房上面的瓦全部换了一遍。接着便是把正房西间和耳房的炕和厨房里的锅台，该补的补，该垒的垒，全都收拾如新。

我爹我娘又把收回的粮食，全部翻腾出来，趁天好，赶紧晒干后，全部放在了大门两侧那四间原来长工与伙计们住的地方。

三间东厢房原是牲口圈，三间西屋是磨和碾子房，也全都清理出来了。我爹想得没有错，既然过日子，这些不久就都会用得上。

大爷给我爹介绍说，家里原来有三头牲口的。一匹马，主要是用来拉车的；一头牛，用来耕地的；还有一头驴，平时是用来拉磨的，农忙时帮助拉车。前些年卖这些牲口时，不完全是为了花钱。付大爷考虑，一是地少了，用不太上了，再加上他准备辞掉长工，他又要经常外出，没有人侍候了。

爹一边收拾一边跟付大爷商量，今年的粮食虽然损失不少，但四口人一年也吃不完，不如卖掉一些，买两头牲口，为明年的生产做准备。

付大爷态度很明确，他说：“孩子，你大爷我老了，这个家的心就交给你操了。你觉着该怎么做，你安排就是了。"

老人家的信任，让我爹心里十分踏实。等到房子也全部收拾好了，我爹和付大爷一起,先把多余出来的粮食拉到镇上卖了,然后买回来一头半大牛犊和一头小毛驴。

看到新买回的两头牲口,我娘不无担心地问:"看这牛犊太嫩了,能拉得动犁吗?"

我爹笑笑说:"看现在的样子,不光你说它不行,我看也不行。可是,我把它好好喂一个冬天,明年春上,准成。"

我娘又说:"那驴呢?看它比咱东红旗折家养的看门狗大不了多少,能拉得动那么重的一盘磨吗?"

我爹还是那句话:"我喂它一个冬天,总会长大一些的。再说了,到时它如果还拉不动,就得我们的麦子帮助它在后面推了。就不知你在磨道里转圈,会不会头晕。"

我娘说:"这点你就放心吧,我从五岁就跟着大人推磨,推多长时间都不会头晕。不过,现在是高粱哥的媳妇了,你舍得让你麦子妹妹去跟着驴屁股后面在磨道里转圈吗?"

我爹没有回答我娘,只是笑了。傻傻的样子。

看着小两口斗嘴,一旁的大爷大娘也笑了。

当我爹和我娘把里里外外全部忙妥以后,已经到了1920年的农历10月底,榆树屯下了第一场雪。

漫长的一个冬天,我爹每天的主要工作是在西屋里侍候那两头牲口。正像他说的,由于他的精心饲养,那两个小东西很快就上了膘,接着比赛似的长个头,真是一天一个样。付大爷高兴得一有机会就会夸奖我爹一句,说:"高粱啊,你真是个好庄稼汉呐。"

我爹听了付大爷的夸奖,心里美滋滋的,但嘴上却说:"爸,你别老夸奖您儿子了。您看我做的哪些还不妥的,您老在一旁常给我指点着才中啊。"

付大爷说:"孩子,不是爸夸你,有你这样肯干、勤快、又能吃苦的小伙子,再穷的人家,日子也不会难过到哪里去呀!这可既是你媳妇麦子修了好运,也是老天爷开了眼,让我们这黄土埋了半截的两个老东西有了这份福气呀。"

东北的冬天很漫长。

我娘虽然是姥爷和姥姥的独生女,两位老人的心头肉,平时也是对她呵护有加,捧在手里怕摔了,含在嘴里怕化了,但毕竟是生在穷人家,也算是在苦水里泡大的了。常言说,穷人家的孩子早当家。我娘从小在家里,做起家务,无论是灶上灶下还是针线活,都是一把好手。加上她心灵手巧,嫁给我爹之前在田家窝棚就是出了名的。所以,在大长一个冬天,她当然也不会闲着。就在这一年的春节,一家四口人全穿上了我娘缝的新棉袄新棉裤。

由于我娘无微不至地关心呵护,付大娘的身体也好了很多,以前每到入冬就要犯的哮喘病,今年一次都没有犯过。大娘也常在我娘面前念叨,说:"我不知道哪辈子修来的福,快入土的人了又让我遇到你这么好个孩子,就像是观音菩萨下凡来到了我身边。"

我娘说:"妈,您是我亲妈,我就是您的亲闺女。"

我爹笑着纠正我娘,说:"麦子,你说得不对。你不是妈的亲闺女,是妈的亲儿媳妇呀。"

大娘高兴得合不拢嘴,连声说:"都对!都对!你们说得都对!麦子是我的亲闺女,没有错!是我的亲儿媳妇,也没有错!"

开春前,我爹把家里的所有农具全部修整了一遍,就等着冰雪消融大地回暖后,大展身手了。

也就是在冰雪消融之前,我爹还陪我娘回过一趟老家。但只去了我娘的那个村田家窝棚,没有去连二红旗。

起因是,过年那几天,我娘想我姥姥和姥爷了,常常从半夜流泪到天明。我爹太懂我娘的心思了。自从那天我爹把我娘从我姥爷姥姥身边领走,没有想到接下来会发生那么多那么大的事情。那天晚上,他们逃出连二红旗时,本想绕道给姥姥姥爷告个别的,但是担心那家的人会追到田家窝棚来,就这样与老人家不辞而别了。

我爹答应带我娘悄悄回去一趟,并先给大爷大娘说了。听了我爹的打算,付大爷叹了口气,说:"应该,应该。那两位老人家把养了这么大的闺女交给你,现在也不知道那家的人当时没有找到你们,会不会难为他们。不过,孩子,你要记住,这次回去千万不要进连二红旗,现在还没有到报仇雪恨的时机,弄不好,要是再落入虎口,往后就真没有给你爹娘报仇的指望了呀!"

付大娘也说:"孩子,听你大爷的,早去早回。如果麦子爹娘在老家实在过不下去了,就把他们二老也接到榆树屯来吧。你们都看到了,咱这个家,再添三五个人,也一样住得下。再说,在那边让老人这么大年纪了还得替人家种地,还不如到这边来,你们两个年轻人干重点的活,我们四个老人干轻点的活,多少给你们搭把手,也就好很多呀。"

大爷又赶紧接着说:"哎呀,瞧您大爷老糊涂了,还没有您大娘想得周全。麦子,就让二老过来吧。"

听了大爷大娘的话,我娘扑到大娘怀里,"妈啊妈啊"地叫着号啕大哭起来。

当晚大娘和我娘在厨房忙了半宿,她们烙了十几张饼子,煮了一大锅苞谷棒子和土豆,让我爹第二天背上,路上吃。做着这些的时候,大娘在灶下烧火,我娘在灶上面忙着,往锅里搁东西。大娘一边往灶下填柴火一边对我娘叨叨着说:"孩子,天冷,不能吃凉东西。路上找个人家,借人家的锅,把东西热了再吃。"

灶下的火苗把大娘的脸映照得红彤彤的。我娘一边忙着手里的活,一边注视着大娘那张慈祥的面孔,嘴里答应着大娘,心里却一直泪流不止。多么善良的老人啊!

天不亮,大爷大娘便送我爹我娘上路了。其实,就一百多里路,到第二天傍晚,太阳点地的时候,就到了田家窝棚。

出发之前,我爹我娘想到了,那家人找不到我爹我娘,会到田家窝棚来找我姥姥姥爷要人。但没想到那连禄做得那么狠,当时一把火把我姥爷的三间草房全部烧成了一堆灰烬。我姥爷姥姥当时是死是活,村里没有人知道了。问过的人都说,从姥爷家房子着大火开始,村里再也没有人见到过我姥姥姥爷了。

也有人说,那两位老人,八成是被大火烧成灰了。

听到这些，我爹我娘心如刀绞。我娘哭倒在那片废墟上，数次昏死过去。

到了田家窝棚，离连二红旗也就不远了。

等到我娘在大火烧过的残垣断壁瓦砾中哭过以后，他们终于忍耐不住心底那强烈的思念之情，还是绕回到连二红旗。他们没有忘记走之前大爷的交代，所以他们并没有走进村子，站在东红旗西北角的关帝庙旁，只在夜色中，把东红旗西红旗都看了一眼。关帝庙边的大坑，好像还结着冰，在淡淡的月光下，泛着微弱的亮光，把我爹我娘的脸映照得惨白惨白的，如同蒙上了一层霜冻。岸边的杨树柳树枝头，寒风中发出一阵阵的尖啸声，像冰冷的鞭子不住地抽打在我爹我娘的心头，似乎在那刚强不屈的灵魂深处，撞击出一声声凄凉悲壮的回响。我娘紧紧抓着我爹的胳膊，两腿发软，难以站稳，我爹用力支撑着身体，才不至于让两个人倒下去。

我爹我娘没有，也不可能在关帝庙旁停留太久。他们很快离开了村口，再到我爷爷奶奶的坟前，跪下磕了几个头，然后再次急匆匆地把连二红旗这个让人伤痛的地方甩在了身后……

那天一大早，大爷大娘目送我爹我娘走出家门之后，老两口的心便一直悬了起来。他们担心这两个年轻人，这一去不知是凶是吉，生怕他们会再闯下天大的祸端来。

四天啊，多么难熬的四天啊。第四天傍晚，算好的时间，小两口该回来了。老两口早早做好了六个人的晚饭，便走出家门来到村口那棵榆树下，像两根老朽的树桩一般，立在凛冽的寒风中一动不动，眼巴巴地往村外那条路上望着。他们盼望小两口平安归来，而且他们做好了把我姥姥和姥爷都能带来的准备。

眼看着天已经完全黑了下来，大路的尽头还看不到一个人影。风越刮越大，付大爷怕付大娘受不了冻，劝她先回家等，可付大娘始终没有同意。

后来付大爷找个理由，说："恐怕锅里的饭要凉了，你回去热热吧。"

这样，付大娘才回家。可不久她又来到村口，付大爷问她："你怎么又出来了？"

付大娘说："我把饭热过了，见你们都还没有回来，我就再出来看看。"

就这样，付大娘一共回家热了三次饭。最后一次返回时，终于看到我爹和我娘拖着沉重的双腿回来了。

付大爷和付大娘赶紧迎上前，大娘拉着我娘的手，迫不及待地先开口问道："怎么没有把老人家接过来呀？"

我娘这时一句话也没有说，一头扑进付大娘的怀里，号啕大哭起来。付大娘一边安慰着一边扶我娘往家里走去。付大爷和我爹跟在后面，我爹才简单地把我姥姥家发生的事情说了一遍。

当付大娘把热好的饭菜从锅里端上来的时候，在两位好心老人的再三劝说下，我娘才止住了哭泣。

付大爷安慰我爹我娘说："你们这趟虽然没有得到两位老人家的确切消息，但以我估计，这未必全是坏事，起码说明两位老人家还在世上。只要还在世上，就有再见的一天。孩子，我们现在最要紧的就是好好的活着。只要咱们都好好活着，说不定哪一天，老天爷就会把两位老人给咱送回来了呢。"

付大爷说的这些显然是安慰话，我爹也是为了让我娘不要太悲痛，也接着说："咱爸说得是呢。说不定真有那一天呢。"

付大爷接着又说："有句老话你们还记得不？'不是不报，时候未到'。只要我们好好活着，你们关家和田家的深仇大恨就有报的那一天。同样，麦子，你爸你妈说不定还真有和咱们大家团聚的一天呢。"

付大爷这番宽心话，我爹我娘明白着呢。但真的能团聚吗？可能性几乎一点也没有，想都不敢想啊。但不管怎么说，听了付大爷这番宽心的话后，我爹和我娘心情还是好了很多。

说来难以让人置信，这件事，后来还真有幸被付大爷言中了。二十年后，我爹我娘真的与我姥姥姥爷团聚了。

当然，那是后话，暂且不表。

就是在那天晚上，付大爷付大娘说了很多很多话，当时我爹我娘没有去太多地想日后与姥姥、姥爷团聚的事情,但他们确实记住了付大爷说的那句话,那就是:"现在大家都得好好活着。"

其实,我爹我娘何尝不理解,大爷大娘想方设法开导他们,可二老心中的苦水,一点也不比他们少啊。两位老人也在期盼着自家丢失的孩子能在哪一天会突然从天而降,出现在面前。那前提不也是得两位老人好好地活着吗?

9

为了"好好活着",我爹我娘把血海深仇深深地埋在心里,尽心尽力和付大爷付大娘一起,经营着这个新家。

春种秋收。

春种时,劳动强度不算太大,但要赶时令,很紧张。一家四口人,起早贪黑,披星戴月。我爹和付大爷,还有我娘,主要是忙地里活,付大娘负责把一天三顿饭在家做好,然后给他们送到地里吃。

我爹是当然的主要劳动力,重活都得我爹来干,付大爷和我娘只能给他当下手。就这样,有时付大爷和我娘干多了,我爹都会说他们几句,因为一个是老人,一个是女人。让他们多干一点,我爹都会心疼。他认为,自己作为男人,家里多重的担子,都要扛在自己肩上,不能让老人和女人累着。

可是,毕竟是近百亩地呀。到了秋收时,尽管我爹吃住在田头,几天不回家,但还是顾了这头顾不了那头。

一天,付大爷心疼地对我爹说:"高粱啊,你就是铁打的,这么干也不行啊。你要是给累倒了,咱这个家可咋办呀?"

付大娘也说:"孩子,你就听你爹一句吧,咱们还是雇两个短工,顶过这十天半月也好哇。"

我爹能不理解两位老人的心思吗?可他是想为这个家省钱啊。请短工,不仅要给人家钱,还得管人家一天三餐,而且自己人吃得差点无所谓,可给人家吃得太差了也说不过去呀。顿顿得吃细粮白面,隔两三天还得有肉吃。

所以我爹给付大爷说:"爸,妈,您二老就放心吧。咱不花那个钱。您儿子别的长处不多，有的就是力气。我能顶得住。"

付大爷看说不动我爹，就让我娘去劝，说："麦子啊，你去替爹劝劝高粱吧。"

我娘也是一脸无奈，说："爸，你老人家都说不动他，我说了也一样不管用啊。我看这样吧，咱不和他商量了。您老人家在村里村外人熟，明天就去找两个短工来家里，什么条件就按榆树屯的规矩，该给人家多少就付多少，不亏人家就是了。"

付大爷听我娘这么一说，笑了，说："麦子，你这个主意好。这叫先斩后奏。咱把人叫来了，我不信他会不给我们这个面子，把人给撵走！"

我娘也笑了，说："爸说得是哩。"

那天，地里的活是收高粱。今年一共种了30亩高粱。收高粱主要程序是，先把高粱一棵一棵地用镰刀割倒，接着把放倒的按三十四十棵一捆地捆起来后，再一捆一捆地码整齐。然后，这才再拿镰刀把高粱穗子一朵一朵割下来，同样按三十或四十个一捆，捆好后当即运回家，放在场里晒干，脱粒。至于田里剩下的那些去了头的高粱秆，并不着急，等有空闲了，再一车车地运回家垛起来。

这其中，最费力气的活就是得先把30亩地里那一人多高的高粱，一棵棵给割倒。

自家的高粱地，离村里有两三里路那么远。头天吃晚饭时，我爹说，等一会他就扛床被子带张席子，去高粱地头睡，等天一亮他就开始割，这样免得来回跑耽误时间了。并说，早上天凉快，一清早会出不少活哩。我爹心很细，把一家几口人谁该做什么都安排好了。他让付大爷和我娘在家吃了早饭后，再下地，顺便给他带两个馒头。付大娘身体不好，不用往地里跑，只在家准备中午饭就行了。

按我爹的说法，就这样连轴转，要不了五天，30亩高粱就能利利索索地给收回到家里。

第二天，东方天边刚露出一点鱼肚白，我娘和付大爷二人一前一后地出了村。

付大爷肩上挑着担子走在前面。担子的一头是装着馒头、烙饼和大葱的竹篮子，另一头是一个盛着稀饭的瓦罐。我娘拿两把镰刀，跟在付大爷的身后。出了村不久，他们借着黎明的霞光，远远就望见了，昨天还看着那一大片高高举着硕大的红彤彤的高粱穗子的高粱地，已经被我爹放倒了一大片。

付大爷心疼地说："高粱这孩子，一准是半夜就开始干活了。"

我娘问道："爸，你请那两个人，今天早晨能来吗？"

没有等我娘的话音落下来，付大爷便指着高粱地的另一头，让我娘看，说："麦子，你看，地那头不是吗？"

我娘朝地那头认真看了看，说："是呀，爸，您说得没有错。是他们，看样子也割不少了呢。"

付大爷来到地头，放下担子，便招呼我爹停下手里的活来吃早饭。直到付大爷连喊了三遍，我爹才恋恋不舍地放下手中的镰刀，一边用袖子揩着额头上的汗水往地头走来。

来到跟前，他笑着对付大爷说："爸，你们今天咋来这么早？我想着再干一歇才吃饭呢。"

付大爷说："哪里早啊，看你都割那么多了，也该歇一歇了。"

这时我娘给我爹递上一张烙饼，接着又盛了一碗稀饭，递到我爹手上。我爹先是喝了一大口稀饭，之后把碗放在了地上，然后咬了一大口烙饼，我娘又递给他一根大葱，说："慢点，就着吃。"我爹朝我娘笑笑，然后对着付大爷说："爸，你们也一块吃呀。"

付大爷说："我俩在家已经吃过了。"

听付大爷这么说，我爹瞪大了眼睛，问："那怎么带这么多？够我一个人吃一天的了。"

我娘笑着说："别问那么多了，你先自己吃饱再说。"

我爹还想再问，付大爷看瞒是瞒不住了，只好实话实说："高粱，你别怪爸这事没有和你商量，地那头还有两个人在帮咱干活呢。"

我爹这时才想起往地那头看去，果然有两个人在弯着腰割高粱，他心里便一切都明白了。既然人家已经开始干活了，我爹也没有再说什么，赶紧一口气把一碗稀饭喝完，又拿了一个馒头在手里，催促我娘道："麦子，把这些快给人家送去吧。"

听我爹这么说，付大爷和我娘心里都松了口气。

雇短工的事就这样被我爹接受了。

付大爷请的那两个人，是兄弟俩，姓郝，哥哥叫郝一，弟弟叫郝二。郝一当年一十八岁，比我爹小三岁，郝二才十六岁。也是因为父辈没有什么文化，取这样简单好记好叫又好写的名字。别看他们年纪不大，但也和我爹一样，会干活，也舍得下力气。以前他们的父亲老郝就曾是付大爷家的长工，两个孩子可以说是付大爷看着一天天长大的，知根知底。只是这几年，付大爷家出了变故，卖了大部分的地，也辞退了老郝，后来加上付大爷东奔西跑地找儿子，也再没有和老郝一家人联系过。昨天晚上付大爷专门去了他们家，把来意给郝大哥一说，老郝别的话也没有说，便把两个牛犊子一般的小子叫出来说："老东家，我年纪大了，手脚不麻利了，重活也干不动了，就把这两个孩子交给你吧。"付大爷一看到这两个孩子，惊喜万状。几年不见，两个孩子都长大成人了。而且，穷人家的孩子，虽然没有什么好吃好喝，但是到了一定的年龄，见风长，两三年的工夫，个个已经是膀大腰圆的壮小伙子了。付大爷高兴地连声说："敢情好！敢情好！"接着又说，"老哥，你放心，有啥要求尽管提，我不会亏待孩子的。"老郝大哥说："老东家，看你把话说哪去了？孩子交给你，我一百个放心。干得好了，你多赏给他个馒头吃。干得不好，该打打，该骂骂，再不然，饿他两顿，看他还敢不敢！"

话都说到这份上了，付大爷当即便把第二天砍高粱的活给兄弟俩交代好了。付大爷家的地，两兄弟都熟悉，付大爷一说，他们都明白了，就连30亩高粱地是南北垅还是东西垅，他们都一清二楚。并约定好，鸡叫头遍他们就下地。付大爷连说："不用起那么早，不用起那么早。"郝大哥说："老东家，这你就不用多操心了。庄稼人，到了那时候，想睡也睡不着了。"

由于郝家兄弟的加入，整个秋收十分顺利。省去了我爹我娘不少力气，也让付大爷付大娘少操了很多的心。没有等到第一场秋雨下来，地里的所有庄稼，已经是场光地净了。

在短暂的秋收过程中，我爹也喜欢上了郝家的兄弟俩。两个小伙子不仅干活卖力，从不偷懒，而且很有礼貌，平时像是嘴上抹了蜜，说出的话都是甜的。他们叫我爹大哥，叫我娘大嫂，让人听了如同亲哥亲嫂一样。说起来，付大爷付大娘以前对他们爷儿几个就不薄，这次做短工，吃的不用说，和全家人一样，没有分过彼此和里外。最后算工钱时，我爹对付大爷说，一定要比在别人家多些才好。付大爷不是小气的人，完全同意我爹的意见。全部算清以后，甚至都过去半个月了，我爹还和付大爷商量，又给他们家送去大半车子的土豆，足有五六百斤。

你敬我一尺我敬你一丈。老百姓都信这个理儿。庄稼收回家后，还有很多的活要干。这期间，郝家兄弟俩只要一有空闲，就主动过来帮忙。这样的帮忙，从来与工钱不沾边，有时甚至想要留他们吃顿饭，都要我爹说破嘴皮子，他们才肯留下来。吃了饭，手边还有活没有干完的话，兄弟俩捎带着再干一会才肯离开。要是啥活都没有了，两兄弟吃完饭嘴一抹就走人，生怕给我爹他们多添一丁点麻烦。走时还不忘给我爹打声招呼："关大哥，啥时候手上活多得拉不开栓了，一定言语一声啊！"还别说，后来还有件事，我爹不得不去请他们帮忙了。那是秋收后，一天半夜付大娘突然感觉胸口不舒服，老毛病又犯了。要到十几里外去请医生。我爹对这一带的路不熟悉，付大爷便喊来了郝家兄弟。请医生送医生都是郝一去的。但医生开的药方中有一味要到二十里外的镇上才拿得到。那一趟是郝二去的。两兄弟跑了一夜，连口水都没有在家里喝，感动得我爹最后拉着两人的手，不住地感谢，说："好兄弟，好兄弟。往后，您哥我不管混到哪一步，只要我有口干的吃，决不让你们兄弟喝稀的！"

我爹是个说到做到的人。从那时开始，我爹与郝家兄弟二人，便结下了不解之缘，在往后的几十年中，曾多次创下互解危难共赴生死的经历，这也是后话。

这次秋收，是我爹我娘投靠付大爷付大娘后的头一季的收成。常言说，人勤地不懒。从春种开始，我爹，当然还有付大爷以及我娘和付大娘，一家四口人的精心管理，加上老天爷开恩，全年风调雨顺，才使最后收成好得不得了。

真的是不得了！用付大爷的话讲："在这块地上忙了几十年，大半辈子了，哪里见过这么好的收成啊！"

那年地里种的不论是高粱、大豆，还是玉米、土豆，哪一样的产量都超付大爷记忆中的历年历代。

那天晚上，一家四口人吃罢晚饭，围在小桌边说话。这一段时间忙地里活，四口人难以围在一起吃顿饭。现在地里活忙得差不多，才重现了这一温馨的情景。

付大娘整晚上高兴得合不拢嘴。这时她从院子里拣回一个小孩子脑袋那么大的土豆，说："高粱，麦子，你们看看，看看！就这一个土豆，都够咱一家人吃上一顿了！我都活大半辈子了，还头一回见这么大的土豆呢！"

我娘一直抿着嘴笑。她接上付大娘的话，说："妈，那还不是因为咱老付家的地好呗！"

付大爷说："麦子，不是爸与你有意抬杠，那以前也是这些地，咋就没长出过这么大的土豆呢？我看是你与高粱两个孩子，给咱这个家带来了福气！"

我爹也接着付大爷的话，说："爸，我这个当儿子的，可不同意您老这句话。你还记得吧？去年这个时候，我和麦子已经是山穷水尽、走投无路了，是您二老收留下我们，才有了今天！要说福气，您二老就是福气，老天爷半路上送给我们这么好个爸，这么好个妈，是我和麦子一辈子两辈子都享受不尽的福气！"

说不完的话，叙不尽的情。最后还是我爹提醒我娘，说："麦子，天不早了，该扶咱妈进里屋歇着了。"

我娘起身去扶付大娘，说："妈，咱们走吧。"

付大娘说："不用你扶不用你扶。这心情好了，我觉着身子骨也比以前利索多了。"

付大娘进里屋后，我娘把碗筷收走，然后回厨房又忙去了。我爹陪着付大爷又坐了好一阵子。

收成好了，家底也厚实了，往后这个家的方方面面，该如何安排，我爹心里早有了一本账。例如，前后院子还要再整一遍，把现在还垛在外面的高粱秆、玉米秆柴火垛，都挪到院子里来；东厢房那三间牲口圈，有些漏雨，还透风，也要整整，让那头牛和驴好好过冬；正房的土炕时间长了，也得重新垒过等等，一五一十地唠给付大爷听。

付大爷也有自己的想法，他说，有空了要到集上给我娘，扯几身做新衣服的洋布什么的。他对我爹说："你们来这个家都满一年了，你是个爷儿们，穿好穿孬，可以不讲究那么多，可麦子不同呢。大长一年了，你们来时穿的是啥现在还是啥，没有添过一件像点样的衣服，叫我们这当爸当妈的，看着心里也不是滋味呀。走到村里，和人家大姑娘小媳妇站在一起，当老人的也嫌没有面子不是？"

我爹说："爸说得是。也不仅是麦子，爸，还有妈，你们二老今年也应该添加两套新衣裳了。"

爷儿俩说起话来很投机，家里外面不管什么事，都是一拍即合。但是，他们每人心里，都有一个天天在浸血的伤口，平时谁也不会轻易去触及。

付大爷当然是惦记那失散的儿子。我爹记得郝家两个孩子第一天来割高粱时，听付大爷无意中对我爹说了一句这样的话："咱家你那个弟弟，和郝家老二一年生的人，要是在家，也该能下地干活了。"我爹听了，一时也不知该怎样安慰老人家。

我爹的心病当然就是在连二红旗与那家的血海深仇，可以说一年来，他无时无刻不曾有半点忘记。只是为了这个新的家，天天忙里忙外，没有更多的时间去想就是了。眼看日子越过越好，也为了回报付家二老的大恩大德，他也只能把心中的痛更深地埋在心底，把一身的力气全使在了这个来之不易的家的点点滴滴上。活越多，心里越踏实，活越累，心里越甜蜜。

萍水相逢却又是同病相怜的两代四口人，就这样走到了一起，互相扶持，心心相印，像一艘扬起了风帆的小船，缓缓地向前方驶去，但愿，明天不再有狂风暴雨，期待，前方不会出现惊涛骇浪。因为他们实在太弱太小了，哪里还能经得起大的风浪呢？

10

除了这年的好收成外,寒冬将至,这个家又有了一个天大的喜事,我娘怀孕了!

第一个知道这个喜讯的应该是我娘自己,可事实上偏偏不是她。我娘那年还不满19岁,对这样的事,好像什么都不懂。

这事还是冬至那天全家人吃饺子谈起的。

就在这年冬至的前一天,也是全家人吃过晚饭,坐在一起闲唠嗑时唠到了冬至。冬至本也算不上是一个节日,但有一点,大家都知道,就是过了冬至这一天,白天的时间一天比一天开始长起来了,我爹就此说道:"那就太好了,从明天开始,白天长了,我一天会多干不少活了呢。"

我娘这时当着付大爷大娘的面,取笑我爹说:"爸,妈,看看你们这个儿子,真真的就是个一辈子干活的命。"

大爷没有吭声,只抿着嘴笑。

我爹说:"就咱这号人,生下来不就是为了干活的吗?除了干活,还有什么用处?"

大娘也笑了,说:"喜欢干活没有错。高粱,你听不出来吗?麦子是在心疼你呢。"

我娘脸一红,说:"妈,你不是比我还心疼你这个儿子的吗?你不记得了?昨天你还对我说,麦子呀,我怎么看着这一个秋季过去,高粱好像是瘦了呢?你要多劝他,干活时悠着点,平时做饭时也想着做点他喜欢吃的才好。"

我爹好像脑子就一根筋,不会拐弯,说:"舒服不过倒着,好吃不过饺子。我一个大老爷儿们,总不能一天到晚躺在那里,只想着你麦子给我包饺子吃吧?"

听到这里,大爷笑着说:"高粱,你想吃饺子?在咱家现在也不是多难的事,让你妈和麦子包就是了。"

我娘说:"没有问题,包饺子我可在行了,不用妈动手,我一个人包一个上午，够全家人吃两天。而且明天不就冬至了吗？咱就明天，我给咱爸咱妈展示一下包饺子的水平。"

我爹说："说包饺子呢，怎么又扯到冬至了？"

我娘说："这让我想起来了，在我们田家窝棚，有一家是从关内搬来的，也是穷人，一年到头常常吃了上顿没有下顿。可是到了冬至那一天，无论如何也要吃顿饺子，哪怕是玉米面野菜馅，也要包。他们说，如果冬至这天不吃饺子，到三九天就会把耳朵给冻掉。"

我娘一句话说得我爹又笑了起来。

大爷这时说："高粱你也别笑，我也听说过，从关内一直到中原一带，的确是有这种风俗。这样吧，咱不管人家了，今年，咱一家四口人，就吃上一顿冬至的饺子！高粱，你明天一早，先去集上割几斤猪肉回来。"

我娘说："爸，包饺子光有猪肉还不行，得有青菜，最好要有新割下来的韭菜才好。"

大爷说："傻孩子，这冰天雪地里，上哪去给你割韭菜呀？不过，咱菜窖里不是有萝卜、白菜吗？还有大葱。我看，有了这些也就可以了。"

我娘说："爸说得是。哥，你听爸的，明天去割肉。我保证冬至那天中午，一定让全家人吃上白菜肉馅的饺子。"

到了第二天，也就是冬至中午，饺子下锅煮熟后，我娘先捞出两碗，给在东厢房为牲口铡草的我爹和付大爷端了过去。再回到厨房，我娘从盛好的碗里夹起一个饺子，送到付大娘嘴边，说："娘，忙活了大半天了，你来尝尝好不好吃。"

付大娘咬了一口，连声说："好吃，好吃。今天又是你拌的馅，你爹就喜欢这个味道。麦子，别愣着呀，你也尝一个。"说着也夹起一个饺子送到我娘的嘴边。

我娘也像刚才付大娘一样，轻轻咬了一口，可是没有等咽下去，就捂着嘴，想要呕吐起来。付大娘见状，急忙问道："麦子，怎么了？烫着了还是？"

我娘先是没有马上回答付大娘，只是朝她摆了摆手。等慢慢地缓了口气,才说:"娘,不知为啥,我今天咋一闻到这饺子香味,就想呕吐呢?"

付大娘两眼一直盯着我娘的脸,开始时显得十分紧张,也猜不出我娘身体上出现了啥情况,但很快,她老人家脸上突然浮出了笑容。她让我娘赶紧坐下,说:"孩子,怕是有喜事了呢!"

我娘一脸的茫然,问付大娘:"妈,你说什么?喜事?什么喜事?"这时付大娘把我娘拉到自己身边,娘儿俩依偎在一起,说起了只有女人之间才能听的悄悄话。

过一会,我爹从前院端着两只空碗回来,没有进门就喊道:"妈,饺子还有没有?我和我爸每人还要盛一碗呢。"

付大娘说:"有,有!你们爷俩放开吃,今天管饱!"

这时我娘立即起身去给我爹盛饺子,付大娘带几分神秘地朝我爹笑着说:"高粱啊,妈现在就告诉你,咱家可摊下大喜事了!"

我爹没有听明白,问道:"妈,看让您喜欢的!多大的喜事还能比吃肉馅饺子更让人高兴的吗?"

付大娘笑着说:"傻孩子,麦子有了!"

我爹还是不明白的,又问道:"麦子有了?"他转脸问我娘,"看把咱娘高兴的,你有什么了?"

我娘没有理我爹,把两碗饺子盛好,放在锅台上,脸红得像早晨天边的朝霞,那么美丽、动人。还是付大娘,一句话把事情说穿了。付大娘对我爹说:"高粱啊,娘这就告诉你吧,过不多长时间,就有人管你叫爹了!"

我爹愣了片刻,仿佛突然都明白了,高兴得把我娘一把抱了起来,跑到院子里,一边转着圈,一边大叫道:"我要当爹了!我要当爹了!"

我爹的这一突然举动,吓得付大娘赶紧追到院子里,嘴里不停地朝我爹嚷嚷:"高粱,快放下!别摔着麦子了!"

我娘的怀孕,无疑给这个本就是温馨和谐的小家,更是增添了无限的快乐与幸福。这个冬天,他们不再感到漫长,更不觉得像以往那样难熬了。同时,我娘也成了全家人的重点保护对象。付大娘整天在我娘耳边嘀咕这嘀咕那,全是女人怀孕期间的注意事项,特别是像吃的方面,什么东西不仅能吃,还要多吃，但也有些东西以后不能再吃，甚至尝一口都不行。反正一切都是为了我娘肚子里的孩子。我娘以前也勤快惯了，总是闲不住。可是自从知道怀孕了，付大娘总在身边盯着她，这个不能干，那个也不能干，甚至连走路，付大娘也总说："麦子呀，天冷，外面冷，没啥子急事别总往院子里去，你要是冻病了，那就不得了了。再说，院里地都结了冰，不小心哪一步没有走好滑倒了，那会出大事的！"

付大娘的一颗爱心我娘哪里能不理解？

我娘常常被感动得热泪盈眶，说："妈，你比我亲妈还亲！就算是我亲妈在身边，也比不上你这么疼闺女呀！"

付大娘说："快别说那没有用的了，现在我就是你亲妈！"

我娘说："妈，你老人家放心吧，你闺女从小也不是娇生惯养出来的，没有那么娇贵。"

付大娘说："话可不能这么说。还是处处小心些好。女人生第一胎，特别要小心。万一出了啥差错，不仅会影响到肚子里的孩子，如果再招上了什么病，落下病根儿，那可是你一辈子的事了。听娘的，大意不得。"

付大娘不仅在我娘面前交代这交代那，对我爹也是天天叮嘱个没完没了。就连夫妻间的房事，付大娘也不放过，只有亲娘对自己的儿子才能说得出口的话，也一而再再而三地说给我爹听，什么这也不能做那也不能做，这个要小心那个也要小心。我爹听多了，也听腻了，苦笑一声，说："妈，听你说那么多，我真给弄糊涂了，连走路都不知先迈哪条腿了呀。"

一天，下雪了。屋外的活本来就不多了，这一下雪更是出不了门了。早饭后，我娘对付大娘说：

"妈啊，下雪了，人也该歇歇了。前些天郝大叔送来的那半小柳条筐生花生，一直也还没有吃呢。不如今天剥出一些，到中午炒一盘花生米，让高粱陪我爸喝两盅，你看好不好？"

"好，好！你有这份孝心，咋能说不好？"付大娘乐意地说，"那干脆把你爸和高粱都喊来一起剥。剥花生像玩一样，累不着人，他们俩大男人家，闲着也是闲着。一来，咱四口子人好坐一起说说话，二来，多两双手剥得快，多剥出一些，他们哪天啥时候想喝酒了，就给他们炒上一盘。"

说起那半柳条筐生花生，不是很多，也就有个三四斤。如果是在别的地方，可能没有人稀罕，可在我娘眼里却是太宝贵了。因为在连二红旗一带方圆百十里，因土质原因，没有人种。到了榆树屯，也一样，没见到有人家种花生的。这么稀罕的东西，我娘当时不好意思收。后来郝大爷再三解释说，是郝一他们两兄弟不久前给一个吉林人干活后，人家送的，家里还留了不少。这样，我娘才收下。这不，现在派上用场了。

可就是在剥花生的时候，付大娘过一会要摸一摸我娘的手，看凉不凉，一会又要摸一摸我娘的额头，看热不热，一点也不嫌烦。可我娘不好意思了，说：

"妈，我又不是小孩子了，知道啥时候冷啥时候热。你这样让我爸看了会笑话呢。"

"瞧咱这傻闺女说的啥话？我是你爸，哪里有爸爸笑话自家闺女的呀？"付大爷乐呵呵地说。我爹这时给付大娘开玩笑说：

"妈，我看你就差没把麦子当成咱家的神给供起来了。好像麦子怀上了龙子龙孙似的。"

"哎，高粱你还别不信！在妈心中，麦子怀的比龙子龙孙还金贵一百倍！"付大娘说，"我在这再说一遍，现在麦子在咱这个家里，就是神，就是得供着。她身子好，就是我们全家的福气，一百个好。要是她有哪点不好——"付大娘说到这里，知道自己的话有些不妥，笑着自己把自己的嘴使劲打了两巴掌，说，"呸呸呸！瞧瞧我这张臭嘴，该打！快过年了，不能说一个字的不好的话。"

"说起要过年了，还真是过得快，满打满算，还有半个月的时间。高粱啊，这半个月，你别的事就不用操心了，好好琢磨着把过年该买的东西给买回来，吃的穿的用的，一样也别落下了。"付大爷想得很周到，说，"东西买回来后，都交给你娘和麦子，该咋用，用在哪，她们俩做主。咱要好好过个年。"

"高粱，麦子，听到了吧？你爸给咱们都安排活了，看样子，他是要当甩手掌柜了。"付大娘笑着说。

"哎，老太婆，我可不是要当甩手掌柜呀。"付大爷说，"我的活多着呢。一、过年前正房和厨房的大扫除，我全权负责；二、东厢房牲口圈的牛和驴，就交给我了。高粱，从今儿开始，你就别在牲口屋睡了，正屋陪麦子，两头牲口就全交给我了。"

"那不中那不中。"我爹说，"牲口屋里太冷，你老人家身子骨哪能与我们年轻人比？你会受不了的。"

"怎么不能比？你爸我还没有老到那么不中用。你能受得了，爸也能受得了。"付大爷说，"不就是把屋里的火再烧旺些吗？现在咱家最不缺的就是烤火用的柴火。你放心。"

11

这个漫长的冬天，由于我娘肚子里多了一个小生命，让一家人不再觉得难熬；这个一年一度的春节，也由于我娘肚子里的小生命，给这个家增添了无限的欢乐与喜庆。

我哥哥出生那天是端午节前的半个月。这个时令若是在关内、中原，或更加远的南方，或许已经到了夏收的季节，而榆树屯还是一派莺飞草长、万木葱郁的初春景色。

在连二红旗，见得最多的是柳树和杨树，而榆树屯，名副其实，最多的就是榆树。无论你走在村里村外，真是低头不见抬头见，榆树遍布大街小巷、村尾地头。

榆树屯的人们，喜爱榆树是有道理的。用付大爷的话说，在人们眼里，榆树似乎没杨柳树那么入眼那么好看，但榆树的价值是在人们心中，因为它全身上下对人们来说都是宝。且不说榆树的树干高大，木质硬实，盖房时往往是栋梁之才，就连榆树叶榆树荚，都会成为人们餐桌上的美味。特别是遇上荒年，甚至是粗糙的榆树皮，都能救下多少人宝贵的生命。

在付家大门外的东侧，就有一棵老榆树。树干既粗又直，一个大人都抱不过来，树冠高耸云天，像一位威风凛凛而又忠诚的武士，守护着这个家，一年四季，从不擅离职守。

每当春暖花开的时节，如果仅是孤零零的一棵榆树，你会不觉得它开出的花会有多么香，多么醉人。可在榆树屯，榆荚的清香会弥漫在全村的角角落落，家家户户。

榆荚也叫榆钱儿，大概是因为它的形状有点类似小铜钱，人们才赋予她这么一个诗意的名字。

正是榆树开花的那几天，阵阵醉人清香笼罩在院子里，惹得我娘挺着个大肚子，在院子里走来走去，常常有意无意地吸溜着鼻孔，还时不时地没头没脑地朝付大娘发问：

"妈，你说，这肚子里的孩子，能不能闻到榆钱儿香呢？"

"那还用问，从你嘴里吃进去啥东西，你肚子里的孩子就能吃到啥东西；从你鼻子里吸进去啥气味，你肚子里的孩子也能闻到啥气味。要不人们咋都说母子连心呢？"付大娘笑着说。

这天一大清早，我爹便下地干活了。等他回来吃早饭时，没有进门就先嚷嚷上了：

"娘，麦子，又做啥好吃的了？香得咱一个榆树屯的人都要流口水了！"听我爹嚷嚷，我娘立即把手里的碗递给了我爹，说：

"啥好东西你尝尝就知道了。"我爹接过我娘递过来的碗，先是认真瞄了瞄，然后又放在鼻子下面闻了闻，说：

"哦！我知道了，蒸榆钱儿！"他高兴地望着一边的付大娘，说，"妈，是你老人家的手艺？"

"那你可猜中了！你妈蒸的榆钱儿，可以说是咱榆树屯的一绝，你爸我可是口福不浅，吃了几十年了，现在该让你享受享受了。"付大爷笑着说。

"我说呢！麦子以后要跟妈学，让咱妈这绝活一代一代地传下去，别到你这里给弄失传了呀。"

大娘说："瞧你高粱说的，这有什么好学的？把榆钱儿用玉米面拌均匀，加上油盐调料，放锅里蒸就可以了。"

我爹边吃边说,说着说着好像想起了什么,又问:"哎,我说,榆树那么高,你们两个女人,还有一个拖着个大肚子,怎么把榆钱给够下来的呀?我前天就闻到香味了,当时就琢磨着这事,到今天也还没有想到好办法呢。"

"告诉你吧,咱爸说,蒸榆钱儿是咱妈的绝活,可咱妈说了,够榆钱儿可是咱爸的绝活。所以今天一大早你下地了,咱爸可一点也没有闲着,忙前忙后地够了这么多榆钱儿。"我娘说着,又学着我爹前面说话的口气,说,"那你这得向咱爸学学了。咱爸这绝活也要一代一代地传下去,别到了你这里给弄失传了呀。"

"瞧这孩子说的,你爸这叫啥子绝活呀,不管是谁,只要有两只手,不用学都会。找根长竹竿,头上再绑个带杈的小棍,把杈伸到花枝儿上,一拧不就下来了?"付大爷说。

"这么简单,可我咋没有想到呢?"我爹说,"另外,叫我说呀,孩子出生后,就取名叫榆钱儿吧。"

"那不中那不中。"我娘马上表示反对,"榆钱儿,一听那就是女孩子的名字。"

"女孩子怎么了?你不喜欢女孩子呀?"我爹问我娘。

我娘立即反问我爹:"这么说,你是不喜欢我生个男孩儿了?"

"谁说我不喜欢你生男孩儿?我当然喜欢,做梦都想你生个男孩儿呢?可是,我咋看你肚子里咋像装着个女孩儿。"我爹说。

"你什么眼神呀?还没有到老眼昏花吧?"我娘说,"你问问妈,老话说'酸男辣女',我这些天就想吃酸的东西,所以,妈早说过,肯定是个男孩儿!"

"没有错。高粱,麦子这次怀的一定是男孩儿。妈的话,八九不离十呢。"付大娘说,"不过,高粱,你要是喜欢女孩儿,也没有关系,你们还这么年轻,机会还多的是,以后让麦子生他十个八个的,我不信全都是带把的!"

其实,在我爹的心中,哪里是喜欢女孩儿不喜欢男孩儿呢?当然,说起来,只要是自己的孩子,男孩儿女孩儿,都会喜欢。但无论是为了榆树屯这个家的将来，还是以后终有一天要回到连二红旗报血海深仇，肯定是也希望我娘生个男孩儿的。现在当着付大爷付大娘的面，他之所以说我娘怀的是个女孩儿，只是他随意一说罢了，还多多少少带一点言不由衷的意思。凭他并不丰富的人生经验，他懂得，有时候，你越是想要的东西，越是不能说出来，因为一说出来，其结果就往往会适得其反。

这天早晨的蒸榆钱儿，引起一家四口人那么多的话题，那么多的笑声，笑声中浸透着浓浓的榆钱儿香，溢满了整个小院，溢满了四个人的心田。

后来的结果正像付大娘和我娘说的一样，我娘生的确是个男孩儿。那时候在榆树屯一带的乡下生孩子，都是把接生婆请到家里接生。接生的过程中，男人是不能进屋的。所以，我爹与付大爷蹲在堂屋外面的屋檐底下，大气不敢出。

自从来到榆树屯，与付家两位老人共同平静生活了一年多，我爹那颗因在连二红旗与那家结下深仇大恨而导致坠入了地狱般深渊的心，慢慢地得到些许的抚慰。而此时此刻，更是由于一个新生命的即将降临，让他全身心地被满满的喜悦所填充。屋里一直没有动静，我爹几次想站起来走到屋里去看个究竟，都被付大爷拉着坐了下来。付大爷说："高粱啊，这个时候你着急是没有什么用的，我们就耐心地在这里等着吧。"

"哇"的一声婴儿的哭声，把我爹惊得一下子跳了起来。这时传来屋里几个人的大呼小叫声："妥了！妥了！妥妥的了！"我爹正要冲进堂屋，和正急着要出来的付大娘撞了个满怀，他差一点没有把老人给撞倒。

付大娘并没有因为我爹的冒失而生气，随即欢天喜地地喊道："是个男孩儿！是个男孩儿！"

这个男孩儿，当然就是我哥哥。

我爹这个人，前几天还说我娘生的是个女孩儿，并把名字都想好了，说叫榆钱儿，可是我哥生下来三天，给我哥取什么名，他却迟迟定不下来。付大爷付大娘，还有我娘，都催过他。不管谁催，他都是那句话："给我儿子取名字，可是个大事，得让我好好想想。"

都三天了，看他一直是抱着个葫芦不开瓢的样子，我娘有点急了，说：

"你要是想不起合适的，就让咱爸给取个名也可以呀。"

一旁的付大爷说："不可以，不可以。高粱是孩子的爸，这事一定要听他的。"

我娘不同意付大爷的话，说："爸，你说高粱是孩子的爸，那你还是孩子他爷呢，取个名字咋就不中呢？再说了，你看他都憋了这好几天了，憋不出来，也不能难为他不是？"

我爹这时开腔了，说："谁说我憋不出来了？我这就想好了。"

一听我爹说他想好了，付大娘先等不及了，急忙问道："那就赶紧说出来，叫个啥？"

付大爷和我娘也支起耳朵，就等我爹下面的话了。可我爹好像故意要吊吊大家的胃口似的，久久不愿吭声。我娘等得实在不耐烦了，说："你这个人，今儿咋了？就像咱家那头驴没有喂饱一样，牵着不走，打着后退。"

这时，我娘话音刚落，我爹终于发话了。

"关天志！"

说出这三字后，他接着重复了又重复，反复好几遍。

"关天志。就叫关天志！"我爹兴奋得简直有些失态。他接着问，"爸，你觉着咋样？还有妈，还有麦子，你们觉着呢？"

付大爷说："听起来不错，好叫，也响亮。就是没有听清，是哪三个字呀？"

我爹这时不紧不慢地给一家人解释说："关，就不用多说了，关高粱的关；天，就是咱头顶上那个最大最大的天；志，就是爸您常给我说过的那句话，人穷志不短的志。"

听了我爹的解释，付大爷赞不绝口，一连说出了一长串的"好"字："好，好，好！关天志！好，好，好！"

听了付大爷的话，付大娘和我娘都会心地笑着。虽然她们没有像付大爷那样，马上表示赞成，但从她们的笑容里能看得出，她们对"关天志"这个名字，也是十分满意的。

其实，关于我哥"关天志"这个名字里，在我爹心中，还有更深一层的解释。他只是不想在这个时候，面对自己最亲的人说得太明白就是了。当然，我爹也知道，在付大爷付大娘和我娘心里，他就是不说明，他们也一定会想到那一层意思的，那就是，在我哥的身上，无疑寄托着我爹全身血管里无时无刻不在熊熊燃烧的复仇的烈火。这就是我爹所理解的志，志向，像天一样大的志向！

我哥哥的出生，给榆树屯这个本就和谐幸福的小家庭，更是带来了更多的快乐。

我爹看重我哥的出生，前面已经说过了。我娘虽然没有我爹想得那么远那么深，但毕竟孩子是娘身上掉下来的一块肉，疼啊爱啊，是天底下所有做母亲共同的天性。

可是多年以后，我娘还在人们面前发出这样的感慨：

"当年，我们家天志出生后，在我们榆树屯那个家里，最疼他的不是他爸，也不是他妈，而是他的爷爷和奶奶。"

我娘此话不差。付大爷和付大娘两位老人家，和我哥完全没有血缘关系，却一直视我哥如自己的亲孙子。正像人们说的那样，两位老人家对我哥那是含在嘴里怕化了，捧在手里怕摔了。

我娘坐月子的时候，地里的庄稼已经离不开人了，一天比一天地开始忙。可是付大娘对全家发话，说："地里活我和麦子娘儿俩是不管的了，全交给你们爷儿俩。不过家里的事，你们也不用操心。除了一家人吃饭的事我包，天志和麦子，也全交给我。我保证不让他娘儿俩出一点问题。"

说来也有点奇怪，平时付大娘给人的感觉就是个病秧子，隔几天就会闹一次心口疼的毛病。可自从我哥出生后，天天忙得两头见不到太阳，半夜还要起来好几回。就这样，付大娘精神反倒越来越好，身体也越来越壮实了，老毛病再没有犯过。

以前家务事虽然也少不了付大娘，可是有我娘在，老人家总还是个下手。自从我娘怀上我哥，肚子越来越大，特别是我哥出生后，付大娘就成了家务事的第一把手。以前我娘干的活，现在她不再让我娘插手，我娘想干什么她都不让。

我娘少不了抱怨，说："妈，你这也不让我干，那也不让我摸，我这样会闲出病的。"

付大娘说："闲出的病好治，可是女人在怀孕和生孩子的时候，如果招身上病了，那就是一辈子的事。"

娘不信，说："我又不是纸糊的，没有那么娇嫩。"

付大娘说："这大话可不敢乱说。再说了，你这么年轻，不是生了天志你就万事大吉了。高粱不是还想要一个叫榆钱儿的闺女吗？你忘记了？没有好身体怎么行？"

我娘说："那是高粱说笑话呢。"

付大娘说："我可不觉得高粱是说笑话。而且，我和你爸心里想的比高粱想的更大。妈还指望着你呀，将来不仅要给咱这个家再生一个叫榆钱儿的闺女，还要生一群天志这样的男孩儿。你知道吗？这叫人丁兴旺。麦子啊，妈说的是实话，这都全指望你了。所以，你没个好身体咋整？"

我娘说："那也不能让我整天什么也不干白吃饭呀？"

付大娘说："谁说你是白吃饭？你为咱这个家生出个天志，那是最大的功劳。现在，你最当紧的事就是抱着天志，躺床上休息。别的啥事都不用你管。"

做女人难，做女人最难的就是生孩子，坐月子。这可能是很多女人的切身体会。可是，我娘不同，自从生了我哥，她常常对人说，她最享福的就是生我哥坐月子那些天。说起来，好像很多人不相信，我娘说，整个月子里，连我哥的尿布，她都没有洗过一次。我哥满月以后，晚上睡觉，都是由奶奶抱着睡。我哥夜里要吃奶，付大娘半夜要起来好几次，把他送给我娘，吃饱了再抱回去。就这样，让我哥从小养成了个习惯，无论白天还是夜里，没有奶奶抱着，他就死活不睡觉，又哭又闹。

这一天，付大娘和我娘闲唠嗑时，说："麦子，别的女人生孩子前后，像换个人一样，多漂亮个人也会变丑，坐一次月子也得给折腾得马蜂腰变成粗水桶。可你咋就与别人不同呢？瞧瞧你现在，比生天志前还更扎眼了呢。"

我娘长得本来就很漂亮。先不说我娘在我姥姥家当闺女时，就是三乡五里出了名的美女，就是到了榆树屯，也很快就成了远近闻名的漂亮媳妇了。

我娘脸一红，说："妈，你是夸你闺女的吗？要说生了天志我身子没有什么变化，那只是在您老人家眼里就是了。闺女在妈眼里，永远也长不大长不老不是？"

付大娘说："话可不是这么说的。在自家闺女面前，还有必要讨好吗？我说的是真的哩。"

我娘说："如果说真的没有变化，那也是您老人家的功劳呀！每天您把我当神仙供着，饭来张口，衣来伸手，我真真的是掉进了福窝窝里了呢。"

付大娘说："这些天，我对你只做了一个当妈的该做的。至于别的，麦子，这可能是你上辈子修来的福气呢。不，不全是你的福气，也是高粱的福气，更是我与你爸的福气。"

付大娘接下来还对我娘说，自从那天晚上她第一眼看到我娘，虽然当时天黑，虽然当时她身体不适，就已经感到我娘就像是下凡的仙女，是被老天爷派到人间来搭救他们这两个孤独老人来的。要不然，天底下哪有那么巧的事情呢？

付大娘这些话，完全出自内心。老人一辈子没有女儿，只生了一个儿子，还没有长大就给弄丢了。也是想儿心切，遇上我爹和我娘，她那天晚上就像是做梦一样，认定了我娘是她的亲闺女，而且还带回来了那么好个女婿。第二天她和付大爷之所以坚持让我娘和我爹住下来，也是出于这份真实的感情，儿子丢了，几年了都毫无音讯的时候，老天爷给送来一个这么好的女儿，她怎么可能再松手啊？

那天付大娘和我娘唠嗑到最后，付大娘又说起了那个心愿，就是期盼着我娘再给这个家多生几个"天志"，最好生个将来像我娘一样漂亮的"榆钱儿"出来。

说来也是命，命里一尺，难求一丈，命里没有的东西，再求也是求不来的。我娘自从生下我哥以后，不仅没有按照我爹和付大爷付大娘想的那样生出"榆钱儿"，而且多年再没有怀上过孩子了，直到七年以后。

七年之后的1931年，我娘第二次怀孕了。

我娘这次怀上的就是我。

我哥比我大八岁。

我哥出生的那年，是民国十一年，公历的1923年。

由于我哥哥的出生，给榆树屯这个家带来的变化，可以说是翻天覆地。平时，我爹与付大爷还是主要忙地里的活。不管什么时候，付大爷与我爹从地里干活回到家，两个人的第一件事就是看一眼我哥。用付大爷的话说是"回到家不看一眼小孙子，饭都吃不下"。

我娘与付大娘，主要忙家里的家务。现在多了我哥，她们的工作量也大大增加了。用付大娘的话说是"为了这个小孙子，再苦再累心里也是甜的"。

无疑，我哥给全家四个大人带来了许多的辛苦，可这辛苦却不代表烦恼，而是欢乐，是说不完讲不尽的欢乐，是天底下所有幸福家庭一样的那种天伦之乐。

我哥一天天地在长大。

那一天，我哥学会说话了。他最先学会叫的不是娘，不是爹，而是奶奶、爷爷。

那一天，我哥学会走路了。刚能蹒跚走几步，他就知道每天到了太阳快落山时，摇摇晃晃地来到大门口，等着付大爷和我爹回来。一旦看到他们回来了，我哥就不停地叫着"抱抱！抱抱！"然后一头扑进付大爷的怀里。

谁能记起有多少个那一天呢？

第 3 章 长夜之光

12

说来也是幸运,在我哥出生后的连续几年,榆树屯风调雨顺,收成年年都不错。小家的小日子,也是一天比一天过得红火。

在每年农忙的时候,付大爷都会去找两个短工到家里帮忙。可是第三年时,再找不到郝家两兄弟了。付大爷也去问过郝家的人,他们也说不清楚,只说两兄弟到哈尔滨给一大户人家做事了。具体做什么事,家里人一点也不清楚,因这两兄弟走了以后,既没有回来过,也没有给家里老人捎过信,连个口信都没有。

当时东北一带"胡子"依然猖獗。但这些"胡子"还算仁义,从不伤害普通老百姓。了解情况的人都知道,其实,"胡子"每次行动都是有目标的。如果成了"胡子"的目标,谁家的门也挡不住他们喊打喊杀地闯进来。这时,只要老老实实地把他们要的粮食交出来,他们就会马上走人。

在我哥四岁那年的一天晚上,榆树屯又过"胡子"了。

那天正是鸡钻窝羊进圈的时候,天快黑但还没有完全黑下来,全屯所有人家都关门闭户了。

我爹也早把前后院的门都关严实,全家人不敢高声说话,更不敢点灯,做饭。坚持到夜里三更时分,听到外面没有动静了,我爹才仗着胆子,悄悄把大门打开个缝,一个人到屯子里转了一圈。他这一出去,可把我娘和付大爷付大娘吓个半死。

等我爹回家后,付大娘埋怨道:"高粱啊,你也不想想这是啥时候呀,还敢一个人不吭一声就到外面乱跑!"

我娘没有说话,抱着我哥在一旁流泪。

我爹却是一副满不在乎的样子,说:"爸,妈,你们放心,我就是出去溜达溜达,没啥事的。"

付大爷说:"这次是没事。那要是万一有事了,可就是大事!高粱啊,你也不想想,咱家也和从前不一样了,有了天志了,该做什么不该做什么,都要为他的将来着想才是。"

听了付大娘付大爷的话,我爹也没有再说什么。老人家的话,包括我娘这时候的心思,他能不明白吗?

这次"胡子"进村抢的是屯里最大的一家姓赵的财主。屯子里其他人家没有受到伤害,所以"胡子"一走,村里又重归太平,人们该干什么还干什么,仿佛昨天晚上什么事也没有发生。

我爹没有说谎,他当时确实就只是出去溜达了一小圈,也没有碰到任何人,更没有干什么。但是他内心究竟是怎么想的,为什么要冒险出去溜达,可没有敢告诉家里人。

当时他确实有个想法,想亲眼看看甚至是会会这些只抢财主不伤穷人的"胡子",究竟是些什么样的人,从哪里来的,又会去哪里?还想就此从"胡子"们那里找到回连二红旗报仇雪恨的路数,说不定有朝一日还真能借助"胡子"的势力,到连二红旗,把那连禄给除掉呢。或许他的想法太天真,甚至十分危险,但是,若不亲自去接触接触,试探试探,怎么会知道行不行呢?

之所以产生这个想法,确实是他想了好多年了,靠他个人的力量,想报连二红旗的血海深仇,难度太大,过去这么多年了,依然看不到一点希望,于是最近鬼使神差般有了与"胡子"接触的念头。想法毕竟是想法,他不敢把这个想法告诉任何人。

真还别说，两个多月后，机会还真的来了。

一天深夜，他在前东厢房给牲口加草料时，听到敲门声。

半夜有人敲门，这样的情况是很少出现的。为了预防不测，他顺手从屋角掂起一把铁锹，轻手轻脚地来到大门口。借助夜色他从门缝中看到，门外站着一个人。就一个人，而且身影还有几分熟悉。他略想了一下，是他，好几年没有见到的郝家老大：郝一。

他把门打开了，没错，就是郝一。

没有等他发问，郝一先开了腔，说："关大哥，几年没有见了，我今天晚上回咱榆树屯看望看望我爹，也顺便来看看你。兄弟一场嘛，出门时间长了，也怪想得慌呢。"

郝一的话，也让我爹顿时有了几分感动。他把大门关了，然后把郝一让进牲口圈里随便找个地方坐下，说："郝一兄弟，你这一走就是好几年，我也常想你呀。听说你在哈尔滨，混得不错是吧？我这当哥的，为你高兴着呢！"

他们那晚谈了很长也谈了很多。郝一告诉我爹，他根本不是在哈尔滨做事，而是——

我爹很快明白了，郝一如今就是老百姓谈虎色变的"胡子"。他告诉我爹，其实"胡子"里大多也都是像你我一样的庄稼人，好人，因为太穷了，活不下去，才干这个的。并说，两个多月前那次来榆树屯那一伙人，就是他带来的。

郝一说："我这一说你就明白了吧，那天晚上，到咱榆树屯，没有伤害到一个老百姓，只是抢了赵老万家的粮食。我们干事也是有底线的，对一般的财主，也是绝对只要粮食不伤人命。"

我爹又问："那要碰到那些平时欺压老百姓的恶霸呢？"

郝一说："那要看什么样的恶霸，有些恶霸因为势力太大，有洋枪，不好对付，我们也是不轻易去惹他们的。如果非要动的，我们就会多召集些弟兄去，人少了怕吃亏。"

接着我爹又问，他们是不是经常就在这一带活动。

郝一说："正好相反，因为我们这一伙中的大部分弟兄，都是这一带的人。常言说,'兔子不吃窝边草',我们一般都是不来这一带活动的。那天抢赵老万,是个例外。"

由于两个人谈得很知心,我爹忍不住把我们在连二红旗那个家的往事,前前后后全讲给了郝一听。

郝一听了以后,万分同情。他说:"关大哥,小弟没有想到你也是装着一肚子苦水的人啊。"

我爹说:"此仇不报,你大哥枉为世人。不知小弟你能否助我一臂之力?"

郝一拍着胸口向我爹保证说:"哥的事就是我的事,哥的仇人就是我的仇人。你说吧,什么时候动手,给兄弟一个日子。"

我爹说:"你们的规矩我也不懂,你觉得什么时候可以,给我一个准信。"

郝一说:"我现在就可以给你准信。榆树屯往西南百多里的阿城地界上,有个不大的镇子,叫三里屯。三天以后三里屯逢集,你一早赶过去,在镇西北角有个杂货铺,我在那里等你。事不宜迟,就在那天晚上,我多带几个兄弟,全带上家伙,去连二红旗把那个姓那的给做了!"说话时,还拍了拍自己的腰间。爹这时才发现郝一的腰里别着一个硬梆梆的东西。

听郝一这么说,我爹当时激动得什么话都说不出来了,双膝"扑通"一声跪在了郝一的面前。郝一见状,立即把我爹扶起来,连声说:"别,别,大哥,你这是干啥,折我的寿啊!"

我爹一时声泪俱下,说:"兄弟,你要是能帮哥把这仇给报了,我老关家的人,从今后祖祖辈辈把你当神供起来!"

郝一说:"大哥,你言重了,言重了!"

就这样,我爹和郝一两人一直聊到鸡叫三遍后,郝一这才站起身,拉着我爹的手,说:"大哥,天快亮了,我得走了,再晚了出村时怕有人看到我。"

我爹这时觉得心里还有好多的话没有倒出来,很想和他再多说一会话,但是听他这么一说,也不便再挽留他了。

我爹把郝一送到大门口，轻轻把门打开，郝一这时回过头来，用力地握一下我爹的手，然后示意我爹就此留步，不要送出大门，然后他自己一闪身子出去了。我爹在门口站了一下，也就是长出了一口气的工夫，出于好奇，当他也闪出门外，伸头向外面张望了一眼，发现郝一早就无影无踪了。

终于等到可以报仇雪恨的这一天了，我爹心里七上八下，既兴奋又紧张。

我爹不是一个会掩饰自己情绪的人，心里有啥大事时，旁边的人往往从他脸上就能看出来。在等待的这三天里，付大爷付大娘，还有我娘都感觉到了我爹身上出现的那种异常。

我娘悄悄地问付大娘："妈，这两三天里你有没有发现，高粱的言语举止，有哪点不太对劲呀？"

付大娘说："是啊。我也觉出高粱有什么心事了，还正想问问你呢。不过，一家人天天低头不见抬头见的，他能有啥事会瞒着我们呢？可能是你我多心吧。"

当然不是她们多心。

三天了，明天一早就要去阿城会郝一。头一天晚饭时，我爹给家里人撒了个谎，说是听人说在阿城有从老毛子那里新进来的豆种，能把产量提高一半，他想去看看，属实的话，买些回来。

他的话并没有引起一家人的怀疑。因为到阿城一百多里，来回可能要两三天的时间。当晚我娘和付大娘烙了几块玉米面饼子，还准备了一个萝卜几根大葱，让我爹带着路上吃。

当晚我爹还是以照顾牲口为由，一个人在前院休息。可等付大娘和我娘都歇下了，付大爷悄悄地进来了，并一眼发现我爹在认真地磨着刀。这把刀是当年付大爷年轻的时候，家业正红火那阵，找阿城西街那个有名的铁匠花大钱用好钢打的。刀刃有两尺多长，四指宽，锋利无比，但用途只有一个，那就是在逢年过节时杀猪宰羊，才能派上用场。由于家境发生了变化，多年没有用了，早是锈迹斑斑。现在被我爹不知从哪里翻了出来。

付大爷走到我爹面前，什么也没有说，伸手从我爹手中要过这把已经是被我爹磨得瓦蓝锃亮、寒光闪闪的刀，然后放到眼前，认真端详了片刻。最后还是什么也没有说，又交回到我爹的手里。

付大爷越是什么都不问，我爹心里越是不安起来。后来他实在憋不住了，把三天前与郝一的约定，竹筒倒豆般一五一十地全向付大爷交代了。

听完我爹的想法，付大爷叹了口气，语重心长地说：

"高粱啊，咱们俩父子一场，可这时候，有些话我不能不说啊。我知道，这么大的事，你瞒着我们，是怕我们为你担心。特别是让你妈和麦子知道了，她们不会放你去。那么现在我知道了，我心里一百个不想让你去，可是，都到这时候了，我也就不再拦着你了。我也知道，拦是拦不住的，说不定还会伤到我们父子之间这几年建立起来的感情。但，为了我们这个家，更是为了天志能平平安安地长大成人，我必须给你约法三章。能做到，明天你想干啥就去干啥；如果你告诉我你做不到，那对不起，你明天别想离开家半步！"

付大爷的脸色十分凝重，说出的话像钢针戳向我爹的心窝。我爹哆哆嗦嗦地说："爸，您老说吧。别说约法三章，就是约法三十章、三百章，我这个当儿子的照做就是了。"

付大爷说："第一，不管这次仇报得了报不了，你要保证两天后，给我按时回到这个家。第二，你回来时，头上不能少一根头发，身上不能掉一块指甲盖的皮。第三，这件事过去以后，与郝一那货一刀两断，不再和他们那伙人有一丝一毫的瓜葛。"

听了付大爷的约法三章，我爹双膝跪地，对天发誓，一定按照老人家说的去做，句句不走样。

这时，付大爷又从我爹手中要回那把刀，说："既然是这样，这把刀你明天就不要带身上了。因为，凭这把刀你就是磨得再快也杀不了那连禄，假如郝一带的那伙人有手段替你报仇，也不可能指望你的这把刀。还有，到阿城一百多里路，走乡串镇，人来人往，你一路上怀里揣把这样的刀，说不定没有等你到连二红旗，就会因为这把刀惹出别的事来，甚至是招来杀身之祸。"

付大爷说完，没有等我爹表态，便把刀往自己怀里一揣，头也不回地走了。

我爹愣在那里好久，才如梦初醒，觉得付大爷的话句句是理。第二天一早，鸡叫头遍他便出了榆树屯。

13

我爹对这一带的路很熟悉，而且百把里路在我爹脚下不算多大个事儿。我爹是半夜鸡叫头遍出发的，午后时分，他便赶到了三里屯，并找到了郝一说的那个杂货铺。

但没有见到郝一。他也不敢向人打听，就蹲在杂货铺外面的僻静处，一边啃着身上带的干粮，一边不停地四处张望。

真是盼星星盼月亮，眼看日头都偏西了，这时郝一才像个幽灵一样出现在了他的面前。

本来等了这么久，我爹心里十分焦急，但一见到郝一，他顿时来了精神。他没有责怪郝一为什么来这么迟，现在来了，就说明郝一这个兄弟还是靠谱的。他想问郝一咋来这么晚，可没有等他开口，郝一神秘地给他做了个手势，让他不要开口，吓得他溜到嘴边的话又憋回到了肚子里。

郝一示意我爹跟着他走，很快到了一个更偏僻的地方，才停下来。这时，我爹实在憋不住了，先是问了一句："怎么就你一个人？你的那些弟兄们呢？"

郝一又是神秘地对他说："别问那么多了。兵不在多而在精，想把事情办成，也不一定非要很多人。"

我爹心里顿时凉了下来，说："那……那……凭我们两个人，如何才能把事情办成？"

郝一仍然一脸的神秘，说："你是凡人，你只看到也只能让你看到我们两个人。别的还有什么人还有多少人，你不用操心了。这里面的规矩，你还不懂。三里屯离你们的连二红旗还有五十多里路，你现在只管一个人往连二红旗走。这一带的路，你一定很熟悉，但是你不能走最熟悉的那条。因为那条路来来往往的人多，怕你碰到熟人，所以，你要走条偏一点背一点、平时你们连二红旗的人都不常走的路。走路时，你不要回头看，一直往前走。也别太着急，时间还有，天黑之前能赶到就行了。但是你走到离连二红旗还剩二里远时，要停下来，这时候千万不能进村。"

我爹一脸的疑惑，问："你不与我一起走？"

郝一说："各走各的。"

我爹心里更没有底了，又问："那……那……到时候天都黑了，我去哪里找你们呀？"

郝一似乎是成竹在胸，说："哪里需要你去找我？到时候我自然会出现在你面前。再给你说明白一点吧，等一会我们在这里分手以后，你就看不到我了，更看不到我的兄弟。可是你无论走到哪里，无论你躲在什么地方，我都能把你找到，你的任何行动，我和我的兄弟都看得一清二楚。你放心吧。"

说了这句话，郝一转身，没有等我爹明白过来，一下子便消失得不见人影了。

大老远地一大早赶了一百多里路，又在人家屋檐底下等了大半天，可是见到面，郝一就给他说了这么几句话，连两人寒暄寒暄、客气客气的机会都不给他，前后也就不到三五分钟的时间，这让我爹心里打起鼓来：这郝一神经兮兮的，哪像是一个能办大事的人啊？他说的话能当真吗？

怀疑归怀疑，既然来了，人也见到了，我爹不信也得信了。他按照郝一说的，便往连二红旗方向走去。

从三里屯到连二红旗村，如果走近路，大概是近五十里。但这条路平常走的人多。我爹明白，郝一让他避开这条路是为了怕他碰到认识的人，担心因此坏了大事，所以我爹二话没有说，选择了另一条路，因此也就多走了十多里。尽管这样，我爹快到连二红旗时，天还没有完全黑下来。

按照郝一分手前的吩咐，离村还有二里路的样子，我爹就不再往前走了。当时正是初冬，田野里的庄稼早已经收割完毕，眼前一片空旷，看不到人影，也找不到一个可以躲身的地方。好在，已经是家门口了，眼前的一切他再熟悉不过了，哪块地是谁家的，哪里有个沟有个坎的，他更是了然在胸。于是他找了个比较低洼的地方，蹲了下来。他往来的路上看了看，真担心郝一是不是能够像他说的那样,他们的人随时都能看到他。

赶路时不觉得冷,一旦停下来,又是在这荒天野地里,没遮没挡的,小风吹在身上,我爹不禁打了个寒战。

更让我爹心里焦急的是,他不知道等到什么时候郝一和他的弟兄才能过来,万一他们今晚不来了怎么办?

这时,我爹真后悔他磨好的那把刀被付大爷给收走了。要不然,有那把刀在身上,就算是郝一他们不来了,他也不会让自己白跑一趟。都到了门口啊,他一定也会想法摸到那连禄家里去,说不定能够寻到机会,把他给捅了。

大约到了午夜时分,郝一果然来了。而且正像郝一说的那样,我爹没有看到他们,他们却能看到他,所以等我爹发现有人过来了,还没有反应过来,郝一已经站在他的面前了。那天夜里没有月光,我爹隐隐约约地看到,郝一身后还有三个人,看不清面孔。我爹想说什么,郝一马上用一只手捂在了我爹的嘴上,然后郝一伏在我爹的耳边,说了一句话,声音小得如同蚊子嗡嗡一样,我爹几乎听不清他说啥。虽然没有完全听清,但我爹还是明白了他的意思,就是让我爹在前面带路,进村后把那连禄的家指给他们。

郝一总共只带了三个兄弟,加上他自己才四个人。这和我爹事先想的差距很大。我爹想的是,郝一会带一大队的人马,少说也要三五十个人吧,个个手持盒子炮,身怀绝技,一举将那连禄的深宅大院夷为平地,一把火烧成灰烬,把那连禄本人碎尸万段,剁成肉泥。不这样,就不能解自己的心头之恨!

可眼前就这几个人,能成吗?

我爹的担心并不是多余的。

我爹带着他们四个人,先是潜到了那连禄家的院子后面,然后弯着腰,紧贴着他们家的院墙绕了一圈。之后,郝一他们四个人围在一起悄悄商量怎样下手时,尽管声音很低,我爹还是听到了。他们中间有一个人说:

"这一家怎么把院墙修这么高,大门也太结实,恐怕硬闯是进不了院子的。"

这一点确实出乎郝一他们的意料,因为在这一带乡下,很多的人家都是不修院墙的,院子四周大多围着半人高的篱笆墙。即使有些财主家修了院墙,最多也就是修道一人高的土墙，哪见过这一家，院墙全是用混砖垒的，足足有一丈二尺高。就凭这院墙，便给郝一和他的弟兄们一个下马威，让他们绝不敢轻举妄动了。

正在这时，那连禄家院子里的狗狂叫起来，接着便听到院子里有杂乱的脚步声，有人高声喊道：

"外面是什么人！快给我滚远一点！要是想打老子的黑枪，没门！你那爷手里的家伙，可不是烧火棍！"喊声未落，只听"叭叭叭"三声枪响传了出来。

我爹听清楚了，这正是那连禄的声音。虽然院子里那三声枪响是朝天放的，我爹还没有觉着怎么可怕呢，可郝一带的几个人，全吓得趴在了地上。

这时我爹听到与郝一同来的一个人悄声问郝一："你没有说那货手里有枪啊？"

郝一这时显得十分慌张，说话结巴起来："我……我……事先也……也不知道呀！"

还是那个人，说："扯鸡巴蛋！听那枪声，这货手里的家伙可比我们的顶用多了。撤！"

听到那个人说声"撤"，郝一他们撒腿就要跑，剩下我爹一个人，站在原地傻了般一动不动，脑子里似乎出现了瞬间的空白。原指望借此报仇雪恨的，就这么不明不白地撤了？我爹心里一百个想不通，一万个不情愿。

这时还是郝一过来拉了他一把，说："兄弟，你还愣着干吗？等死呀！"

这时又听到那个喊"撤"的人发了话："不能就这么便宜了那货，去把他家门前的柴火垛给点了！"

不一会，那连禄家的那个大柴火垛，被他们中间不知是谁给点着了，霎时，火光冲天，照亮了连二红旗的半边天。

火光中，郝一和他的三位兄弟像一阵风从身旁掠过，眨眼之间，刮得已不知去向了。

从连二红旗到榆树屯比榆树屯到阿城还远，近两百里，我爹路上整整走了两个晚上加一个白天。他赶回到榆树屯家时，也正好和他出门时一样，榆树屯的鸡刚叫头遍。

　　准确算起来，他离开家正好是两个白天加三个夜晚。

　　到了家门口，我爹先是轻轻推了一下大门，门在里面插着的，推不动。他这时犹豫了，敲不敲门？这大半夜的，如果敲得轻了，里面的人可能听不到，但如果敲得重了，又担心动静太大，会惊动不该惊动的人。可是正在他拿不定主意的时候，门轻轻开了：付大爷站在了他的面前。

　　我爹这次出趟远门去干什么，付大娘和我娘只知道他是去阿城买豆种，别的就什么都蒙在了鼓里。可付大爷是全都清清楚楚的呀。所以，我爹走这两三天，在付大娘和我娘那里，平静得和平时没有两样，该干什么干什么。付大爷这里却不同了，自从我爹走出家门那一刻起，老人家的心就一直是悬着的，而且是越到后来，越是提心吊胆。更难的是自己的不安又不能让付大娘和我娘发觉，得全埋在自己心里，掩藏得一点都不能露出来，若让她们察觉出什么，问起来，不知该怎么回答才是了。编个假话？不知道该怎么编啊？如果说实话，她们更是放心不下，说不定还会把她们中间哪个人给吓死去。

　　所以，我爹走了多长时间，付大爷内心就受了多长时间的煎熬。他估算着，第二天晚上，不出大的情况，我爹就该回来了。不是上半夜，就在后半夜。因此晚饭后，他就让付大娘和我娘在后院早点休息，他一个人来到东厢房的牲口房里，等我爹平安回来。

　　付大爷躺在那里，眼睛是闭上了，可两只耳朵却不敢闲着，大门口的任何一点响动，他都不会放过。就这样，他一直等到了我爹推门。其实我爹推门时没有一点声音，但之前，付大爷先听到了他熟悉的脚步声。我爹虽然走路步子很轻，却没有躲过付大爷的耳朵。

　　我爹推门时，付大爷是知道的，而且确认是我爹回来了，所以没有等我爹敲门付大爷便把门打开了。我爹看到面前的付大爷，顿时两腿一软，倒在了付大爷的怀里。

　　付大爷立即把我爹扶进屋里，我爹当时像是个死人一样，一头扎在了喂牲口的草堆上，便一动不动了。

付大爷什么也没有问我爹。其实，这个时候问什么也问不出来，因为，我爹已经没有了说话的力气。看到我爹极度疲倦的样子，付大爷虽然心疼之极，但心里那块悬着的石头总算落了地。不管我爹报仇的事情怎么样了，人总算是回来了，而且是一个大活人，完完整整地回来了。他守在我爹的身边长长出了一口气，自言自语道："谢天谢地，回来了就好！回来了就好！"

我爹睡了整整一天。

看到我爹这个样子，付大娘和我娘也不知我爹出去了三天在外面究竟发生了什么事，心情十分焦急。付大爷倒是看到我爹呼呼大睡，心里有底，劝付大娘和我娘说："没有事的，高粱是累了。你们该干啥就干啥去，让他睡吧。"

那天傍晚我爹醒来了。

付大娘高兴地说："高粱啊，饿了吧，妈给你盛饭去。"

我娘抹了一下眼睛，又心疼又生气地问道："出去了两天你到底怎么了？回来就回来呗，可是，一句话不说就倒头大睡，像头死猪一样，一睡就是一天！看你把全家人都快吓死了！"

我爹这时揉了揉眼睛，一副还没有睡醒的样子。仰起头，一会看看付大爷一会又看看我娘，脸无表情，目光发直，然后莫名其妙地问了一句："我这是在哪呀？"

付大爷说："高粱啊，你这是回家了呀！"

这时我爹突然注意到了身边的我哥，两串热泪顺势流了出来，他伸出胳膊把我哥一把揽在了怀里，号啕大哭起来，吓得我哥在他怀里一边挣扎一边"哇哇哇"地大哭起来。

我爹和我哥父子俩抱在一起哭作一团，哭得我娘心如刀绞，感觉着头上的天就要塌了似的。她双手紧紧抓住付大爷一只胳膊，一边摇一边歇斯底里地叫起来："爸呀！爸呀！你看高粱，这是怎么了？这是怎么了呀？"

付大爷这时倒显得出奇平静，耐心地安慰我娘，说："麦子，不急不急，没有事的。一个人只要还会哭，就说明还正常。不管出了啥事，只要他能哭出来,心里就舒坦了!"

事情就像付大爷说的一样,我爹哭了一阵子,在大家的劝说下,也便止住了哭声。我娘不放心,还一再追问他出去两天到底出了什么事,我爹要不装聋,就当听不见我娘问啥,要不就装哑巴,牙咬得紧绷的,一句话也不说。

还是付大爷悄悄劝我娘,说现在我爹心里还难受着哩,啥也不要问了,让他平静两天,说不定不用问他就会告诉我们了。

话又被付大爷说准了。过了没两天,我爹终于开口了。不过他先没有对着全家人说,而是一个晚上,夜深人静时爷儿俩在喂牲口的屋子里,说给付大爷一个人的。

我爹把那天和郝一接头直到最后在连二红旗点着那连禄家的柴火垛,详详细细地叙述了一遍。

付大爷听我爹讲完,叹了口气说:"高粱啊,你好好听爹一句话,现在你去连二红旗找那家报仇,还没有到时候啊。你想想,虽然郝一带的那伙人,还算不上真正厉害的角色,可总也算是'胡子'吧?他们腰里别的家伙总是比咱们的拳头硬吧?连他们都不敢去碰那连禄,咱们若还想着硬往上撞,那不是与几年前你们逃出来一样吗?还非要去拿鸡蛋碰石头吗?"

听付大爷这么说,我爹握紧的双拳发出"咔叭咔叭"的响声。这时他把一直低着的头抬了起来,在昏黄的灯光下,他那双布满血丝的眼里,仿佛喷着红红的火光。他用几乎是祈求的声音问付大爷道:"爸呀爸,你说说看,难道我们关家的血海深仇,我真的就亲手报不成了吗?真的要交给天志他们下一辈人吗?我心不甘啊!"

14

还是那句老话,君子报仇十年不晚。

让我爹沮丧的是,与那连禄家的杀父之仇,到我哥7岁那年,已经是整整十个年头了啊!

自从那次和郝一他们回连二红旗报仇不成,我爹就像换了一个人,整天埋头干活，埋头吃饭，除了偶尔逗着我哥玩一玩，乐一乐，一天和人说不了几句话。

好在这几年，地里的庄稼倒还是争气，每年的收成总还是不错，一家人生活无忧。日子虽然平淡，平淡得如同一杯清水，但也十分平静，平静得如同一片无风的水面，没有滔天的大浪，没有起伏的波澜，甚至没有一丝的涟漪。

或许，这平静，仅是表面现象。

在这个五口之家里，我哥绝对是全家人的中心。从他呀呀学语到蹒跚学步，再到满院子疯跑，再到能够翻墙爬树，眼看着他一天天长大，给这个家带来的是不尽的欢乐。

我哥天志是四位大人的希望和幸福，但说到底，就像一片平静的湖面下面，仍然不失暗流在涌动。眼下看似和谐的背后，仍然无法抹去付大爷和付大娘心中因失去儿子的那种伤痛。而我爹和我娘，更是家仇一天不报，一天也不可有真正的心安理得。

有一天，一家人在吃早饭时，我娘突然指着我爹的脑袋对大爷大娘说："爸，妈，你们看，高粱都有白头发了！"

付大娘说："麦子你又瞎说了！高粱还不到三十岁，哪里来的白头发？"

我娘这时摸着我爹的脑袋，说："妈，我可没有瞎说。你看看，可不是一根两根呢。"

付大娘把眼睛凑近我爹的脑袋，仔细瞅了瞅，说："可不是吗？我这真是眼睛花了，平时咋就没发现呀？"

我爹这时苦笑一声，说："妈，你就别看了，这白头发也不是一天两天才有的。我自己早就发现了。麦子，你也是，有几根白头发，还能是多大的事，值得你在爸妈面前这样大呼小叫的吗？"

听着他们嚷嚷，付大爷在一旁一言不发。他知道，人嘛，长几根白头发，说起来也不是多大个事，就算是年纪还轻，可年轻人长几根白头发的，也不是多稀罕的事。然而，这要说完全不是事，同样说不过去。因为这是长在了我爹的头上。以前看戏和听说书，"一夜愁白头"的故事，也多了去了，这正说明他心里苦啊。这苦，付大爷心里又何尝不是一样的呀！一家五口人，除了我哥年小不更事，就连付大娘和我娘，肚子里不也装着满满的苦水吗？

同命相连的一家人，个个心苦，苦不堪言。

然而，谁也不曾想到，命运终于再次有了转机。

1931年的那个夏天，一朵吉祥的彩云，降落在了榆树屯这个平常的小院。来得那么突然，事先没有一点征兆，就像15年前这个院子里丢失一个男孩儿一样，是在不知不觉中发生的，谁也不可能提前有任何的察觉。

这天，我爹和付大爷一大早就下地干活了，到了该吃早饭时，付大娘也去地里给他爷儿俩送饭去了，家里只剩下我娘和我哥。

我娘没有下地是因为她肚子里怀上了我。当时，我哥正好满8岁了。

又到快做午饭的时候，付大娘还没有从地里回来。我娘挺着个大肚子，到前院找到正在玩耍的我哥，说："天志呀，你去到地里看看，你奶奶咋还没有回来。"

听了我娘的吩咐，我哥一溜烟地跑出了大门。可没有过一会，我哥又折回来了，一进后院就"妈，妈"地喊个不停。

听到我哥的喊声，在厨房正在和面的我娘，朝院子里我哥喊道："这么大的孩子了，咋不听话呢？我不是让你去接奶奶了吗？又干吗跑回家，来给我叫魂呀！"

我哥说："妈，不是我不去接奶奶，是咱家来客人了！"

听我哥说家里来客人了，我娘感觉十分新奇，因为十来年了，她可从来没有听说付家有什么亲戚。我娘沾满面粉的两手没有顾得洗，便走出厨房，眼前确实站着一个陌生的先生。在我娘看来，这位先生高挑的个头，年纪嘛，最多也就二十出头，不会大过二十五岁。而从这个人的穿着打扮上看，就不是乡下人，一件深蓝色的绸缎长衫，一顶黑色的礼帽，脚穿一双干干净净的白色皮鞋，这些都不是乡下人穿戴得起的。特别是架在鼻梁上的那副金边眼镜，在我娘的眼里，说有多稀罕就有多稀罕了。

我娘虽然平时也算个聪明伶俐之人，可是面对这样一位排场的城里人，她嘴拙得一句话也说不出来了。还是客人先开了口，问道："大嫂，请问这家掌柜的是不是姓付？"

我娘这时好像才缓过神来，急忙回答道："是的，是的，是姓付。在我们榆树屯就这一家姓付。"

来人又问道："那您是？"

我娘说："我是这家的儿媳妇。"说罢指着一旁的我哥，说，"他是这家的大孙子。"

客人这时把我哥拉到身边，用手亲切地抚摸着我哥的脑袋，问我哥："小朋友，几岁了？"

我哥见了生人有些胆怯，急忙往我娘身后躲，我娘望着客人，有些不好意思地说："让您笑话了，乡下孩子认生。"然后对我哥说，"天志，对叔叔说，八岁了。"

这时，客人像是对我娘说，又像是自言自语："八岁，八岁。这么巧，正好也是八岁呀。"

我娘真的不傻，她想到了什么，但又不敢相信这会是真的。她立即告诉我哥，说："天志，你去地里叫爷爷奶奶赶快回家！快去！跑快点！"

看着我哥一溜烟地跑了，客人又问我娘："大嫂，付家两位老人都还健在吗？"

我娘说："健在，健在！托老天爷的福，两老身体好着哩！"

听我娘这么说，客人脸上浮起了笑容，说："我能看得出来，这里面好像不只是托了老天爷的福，还有你这位当儿媳妇的功劳，一定是你这位当儿媳妇的把老人侍候得好呀。"

我娘说："哪里呀！我可没有少惹爸妈生气。哎，你看只顾说话哩，赶紧进屋里坐。"

我娘要把客人迎进正房，客人说："大嫂，先不慌坐，我是从阿城雇马车过来的，车还在大门外停着呢。我去安排一下，把行李取下来。"

我娘随即进屋把手洗了，刚走出厨房，客人已经提着一只皮箱回到院子里了。

我娘问道:"大兄弟,都安排好了?"

客人说:"大嫂放心,安排好了。我让他们三天后还到这个地方接我。"

这话谁听了都会明白,客人是准备要在家里住下的了。我娘这时脑子里迅速地转了几个圈,便更加坚定了她刚看到客人时内心产生的一种预感。所以赶紧把客人让进正屋坐下,倒上茶。

倒茶时,我娘有些手忙脚乱,差一点失手把茶杯打翻在地上。这也难怪我娘,她实在是心里太紧张了。紧张是因为,这位客人出现得太突然,突然到做梦都难以梦得见。

客人一定是看出了我娘的紧张,说:"大嫂,厨房里还有事,你去忙吧,不用客气。"

听着客人这说话的音调,特别是他那眼神,走路的姿势,我娘心里不停地嘀咕:"准不会错!太像了!"

我娘哪还有心思再回厨房做事呀?她走到大门口,不停地向着远处张望,心想:"怎么这么慢,还不回来?别是天志这孩子又跑哪疯去了吧?"我娘着急得头上直冒汗。她想,如果再过一会见不到付大爷付大娘回家,她会亲自到地里去叫。

其实,这是我娘的心情太急了,我哥路上一点也没有耽误,一路快跑到地里,还离好远呢,他也不管大人能不能听到,就不住地大喊起来:"爷爷!奶奶!"

看到我哥边喊边往这里跑,我爹对付大爷说:"天志怎么来了,别是家里出什么事了吧?"

付大爷说:"不会吧?麦子在家呢,不会出什么事。"

我爹不放心,说:"我去看看。"说罢迎着我哥走去。

我爹还没有走到我哥面前,就听我哥喊:"爸,不是叫你,是叫爷爷奶奶!"

家里来了客人,三个大人都觉得有些稀罕,付大爷问是什么客人,哪里来的,我哥一个小孩子哪里说得清楚?

我爹说："爸，妈，别再问天志了。既然麦子让你们回，一定是有道理的，你们就先回吧。今天还剩下的这点活，不够我一个人干的。等一会干完我也就回去了。"

回家的路上付大爷和付大娘心里也是不停地在嘀咕，怎么也想不起来家里会来什么样的客人。当他们刚到大门口，一直等在那里的我娘快步迎上前去，喜形于色，快人快语："爸，妈，咱们家可能要出大事了！"

一听我娘说"咱们家要出大事了"，付大娘两腿一软，差点没有当场倒在地上。我娘赶紧上去扶住老人家，说："妈，怪我不会说话，吓着您了。我是说，咱们家要出大事，一点不假，但是，是大喜事！是大好事！"

两位老人家在我娘的搀扶下，来到院子里，正房里坐的客人立即起身，三步并作两步迎到了院子里，直挺挺地站在了付大爷付大娘的面前。

三个人三双眼睛，对视片刻，付大爷张口问："您是——"

没有等付大爷的问话完全出口，只见客人"扑通"一下子跪在了付大爷付大娘的脚前，用胳膊搂住老人的腿，放声大哭，那动静简直就是惊天动地：

"爸呀！妈呀！我是您儿子小秋啊！"

听了这惊天动地的哭喊声，付大娘当场就晕倒在了地上！

本是喜事，大娘竟然一下子晕倒了，一时间不省人事！其实，这并不奇怪。儿子的失而复得，一时间给两位老人心理上造成多大的难以承受的心理落差啊。

大娘突然倒下，吓得我娘抢上前一步抱住了老人家，一遍一遍地在她耳边大声喊道："妈！妈！我兄弟回来了！你醒醒啊！是我兄弟回来了！你睁眼看看啊！"

付家儿子，出生时因是在秋天，正是收获的季节，付大爷便给他取了个"小秋"的名字。付大爷当时对付大娘说，小秋是小名，等孩子长大了再给他取个大号。可是一直到他走丢，再没有机会取一个大号了。

小秋叔叔一直跪在付大娘面前，也急切地跟着我娘一起声嘶力竭地喊："妈！妈！你醒醒啊！你醒醒啊！"喊着喊着，他自己也忍不住又号啕起来。

在场的还有我哥。他不明白为什么奶奶一下子竟然倒在地上了，吓得扑倒在老人身上,"哇哇哇"地大哭起来:"奶奶,我不让你死!我不让你死!我要奶奶!我要奶奶!"

世界上很多事情往往会是这样的,你日思夜想的东西,总是千呼万唤不出现,可一旦什么时候出现了,又是在你绝对没有任何思想准备的时候。

说实话,自从我爹我娘来到榆树屯付大爷家,并决定长期住下来后,特别是这十来年,一家人相处得如此和谐与幸福,后来我哥又来到了这个家。付大爷付大娘找回亲生儿子的心早死了,以为这一辈子不可能再找到他们的儿子了。

事已至此,你就是神仙,恐怕也料想不到山上的石头开口说了话,沟边枯死的老树发了芽!

付大娘在我娘、小秋叔叔和我哥他们齐声呼唤之下,逐渐苏醒了过来。她首先仰起脸,问付大爷:"他爸,你告诉我,是咱儿子小秋回来了吗?"

付大爷这时热泪盈眶,根本说不出话来,便使劲地点着头。付大娘好像并不相信付大爷,又转过脸问我娘:"麦子,你对娘说,是你兄弟回来了吗?"

我娘也泪眼婆娑,说:"妈,千真万确呀,是我兄弟回来了。"

这时付大娘对小秋叔叔说:"孩子,把脸往前一些,让妈好好看看你。"

双膝依然跪着的小秋叔叔,把脸凑到付大娘眼前。老人家捧起他的脸,仔细地端详了好一会儿,生怕再被人抢走似的,突然又把他的头紧紧搂在了怀里,还不停地喊着:"儿啊,我苦命的秋儿啊!我受罪的秋儿啊!你可回到妈怀里了啊!"

付大娘醒过来了,全家人松了口气,几个人七手八脚地把大娘扶进了屋里。不一会,我爹也从地里干活回到家了。没有等我爹进屋,我娘出去院子里拦住他,把家里发生的事简单说给他听了。我爹听罢,用力拍了一下大腿,说:"怪不得今天早上一起来,就听到有两只喜鹊在头顶上叫个不停。当时我就琢磨着,恐怕咱家今天要有大喜临门了。这不,还怪灵验的。可到底是啥大喜事呢?那会你就是打死我,我也想不到会是咱兄弟回来了!"

我爹给我娘说罢，一阵旋风般进到屋子里，付大爷立即对小秋叔叔说："秋儿，这就是你哥呀！快快见过！"

小秋叔叔立即站起身，上前一把握紧我爹的手，说："大哥，兄弟我不知道该如何感激你呀！"

我爹嘿嘿笑着说："还说啥感谢的话呢！咱俩现在是同一个爸同一个妈，一家亲兄弟啊！"

小秋叔叔也急忙说："大哥说得在理。"

付大爷这时脸上堆满了笑，说："秋儿啊，以后别大哥大哥地叫了，你只有这一个哥，没有什么大哥二哥的，以后就叫哥。亲哥。"同时又告诉我爹，"高粱啊，你就叫他弟弟，亲弟弟！"

这时小秋叔叔又说："既然这样，我得给哥行个礼，大礼！"

说着就要往我爹面前跪下，我爹立即拉住他，说："兄弟！这使不得！使不得！"

付大爷说："高粱啊，怎么使不得！叫我看，不仅使得，而且还显得有点晚呢。这些年，你兄弟不在身边，该他尽的孝都让你替他了，我看他这个大礼，不能省的！"

我爹说："既然爸都这么说了，我看这样，咱弟兄俩一起给咱爸咱妈磕个头吧。"

说着拉小秋叔叔一起跪在了付大爷付大娘面前。这时，一旁的我娘又说："光你们俩不行，还不能把我落下呢。"说着，她也挨着我爹跪在了两位老人面前。

可是还没有等他们磕头，我哥也喊了起来："爷爷，奶奶，还有我呢，你们怎么把我都忘记了！"

我娘说："没忘，没忘！你是爷爷奶奶的宝贝疙瘩，忘了谁也不会忘了你呀！"说着把我哥天志也拽到身边跪下。

付大娘这时的情绪已经完全恢复了，说："高粱啊，这不逢年不过节的，磕个什么头啊？我看免了吧！"

我爹说："妈，今儿我弟弟回来了，对咱家来说，就是过节！就是过年！在这么个大喜的日子里,我们啥事不干也得给您二老磕几个响头才是！"

我爹说罢喊道:"一磕头！"随即听到我爹脑袋撞击地面发出的响声,是个实实在在的响头。其他几个人,小秋叔叔,我娘,还有我哥,一齐磕得地板"叭叭"地响。接下去我爹又连着喊"二磕头""三磕头"。

三轮响头磕过以后,我爹望着付大爷,说:"爸,还有妈,你们就陪我兄弟好好唠唠。"接着转向我娘说,"麦子,兄弟回家这第一顿饭,按理说,应该摆上七大碟八大碗的,可是之前没有准备,现在也来不及了,你就在厨房想点办法吧,我这便去把那只两个月都没有下蛋的老母鸡给杀了。"

我娘说:"你放心。七大碟八大碗的我做不出来,但让咱兄弟尝尝嫂子我烙的鸡蛋饼,还有炸酱面、小鸡炖蘑菇,不说比人家城里饭馆的好,总还算是拿得出手的。"

15

小秋叔叔这次虽然是第一次回来,但在家里也仅住了三天,整整三天。

这三天里,付家小院子里的一家人,时而笑作一处,时而又哭作一团。真可谓热闹非常啊。

正是在这三天的有时笑有时哭的相处中,大爷大娘以及我爹我娘,对小秋叔叔这十五年的坎坷人生经历,也已经了解得差不多了。这也是大爷大娘和我爹我娘,最关心也最想知道的。

小秋叔叔现在已经不姓付了,而是姓夏,大名是夏飞凌。

说来可话长了,可是,头几年的事情,小秋叔叔自己也记不清更说不清了。模模糊糊知道,那天晚上一队"胡子"闯到榆树屯,尚不懂事的小秋叔叔背着爸爸妈妈,悄悄跑出大门,想去看个稀罕。就在他刚出大门时,在自家门口被一群背枪拿刀的人强行带走了。先是有人把他的嘴用什么堵上了,喊不成,也哭不出声,接着有一个人上前来把他一把撂在了肩上,扛起来一路飞跑起来。就这样,从夜里跑到天明,又从白天跑到黑夜。当他们停下休息时,把他嘴里塞的东西扯出来，给他水喝，还往他嘴里塞点东西吃。往后数日均是如此，至于挨打受骂更是如家常便饭。

大约两个月后，小秋叔叔被带到了一个很陌生的地方。很高的房子，很宽的马路，马路上他见到很多从没有见过的汽车，还有五颜六色的人，很多。后来他才知那就是哈尔滨。

在哈尔滨，小秋叔叔很快便被那些人卖给了一家姓夏的夫妇。夏家夫妇在哈尔滨繁华的道里一带，开着一个药店，叫"夏记中药铺"，门面并不大，但在附近一些街区倒还有些名气，虽然也谈不上家财万贯，可也算得上是个小康之家。但因年近半百，膝下无儿无女，日子过得十分清淡与寂寞。所以小秋叔叔的到来，着实为两位老人增添了希望。他们从一开始就视他为己出，除了生活上为他安排得妥妥帖帖外，不久便又送他去附近的一个学校念书，报名时给他取了个名字：夏飞凌。

开始那些日子里，夏家老人给他弄来好多好吃的好穿的，但小秋叔叔因为思念亲生父母，常常半夜三更从梦中哭醒，每次醒来都看到夏家二老陪坐在他的床头，安慰他开导他，并许诺等他再长大一些，一定让他去找回自己的亲人。

老人家无微不至的疼爱以及他们的宽宏大量和善解人意，让小秋叔叔在老人面前慢慢地有了家的感觉，并逐渐建立起了感情。按老人的意愿，让小秋叔叔分别称呼他们为老爸和老妈，小秋叔叔当然别无选择，并且在以后的日子里，把老爸老妈叫得像亲生爸妈一样亲切。后来，随着老人家年纪越来越大，生活上也从老人照顾他逐渐变成了他照顾老人了，让两位老人十分欣慰。老妈有句话常挂在嘴边，百说不烦：

"凌儿呀，你好像就是我亲生的呀。"

"老妈说得是，我就是你亲生的。没有二老，我就是不饿死冻死在哪个山沟沟里，也会被那些人给折磨得没命了呢。请二老放心，你们是我的救命大恩人，又把我含辛茹苦地养着，我长大了一定会给老爸老妈一个幸福的晚年！"

小秋叔叔每次都这么回答老人家。

夏家老爸和老妈，说话算话，在小秋叔叔18岁那年，有一天老爸对他说：

"凌儿，你今年就正式算是成年人了，虽然我们都不知道你的生日是哪天，但是18岁这点没有错。现在你长大了，也该想办法去寻找你的亲爸亲妈了。"

老妈也接着说："是呀，我们都是年近花甲的人了，我还真想在闭眼之前会会老人家呢，一定要当面谢谢他们，谢谢他们为我们夏家生出个这么好的孩子。"

当时小秋叔叔已经中学毕业，没有再继续念书，也没有出去谋什么差事，一门心思地帮助老爹老妈打理药店。

十年了，本就是从八岁起一直在药店里长大，店里的一切，他是低头不见抬头见，早已经是熟记在胸。那么多的中草药名称，包括每样中药的药性药理，他也是过目不忘，再加上他手脚勤快，与人说话和气，所以老爸心里早就盘算好了，等将来自己百年之后，把全部家底和药铺，都传给小秋叔叔。所以，小秋叔叔学校毕业了，两位老人家就把他留在了店里，药店里的有些业务，也有意无意地经常撒手，好让他独挡一面。

每年秋后的这段时间，是药店收购药材的季节。大多是依靠那些专门做药材生意的老主顾，直接送上门来。但有时老爸也会带上一个伙计，外出到乡下和山区去采购。几十年了，可以说老人家早就走遍了黑龙江和吉林的山山水水。为了让小秋叔叔早一天找到自己的亲生父母，从他18岁那年起，每年店里要出去采购了，老爸就不仅带上一名店里的伙计，还要小秋叔叔与他们同行。老人家的心思很明白，一是让小秋叔叔熟悉采购药材的过程，尽快接手这方面的工作，二是为了让小秋叔叔顺便去寻找亲生父母。所以每到一个地方，老人家都让小秋叔叔去打听，附近有没有叫榆树屯的村庄，因为在小秋叔叔的记忆里，除了一个榆树屯，什么也想不起来了。如果打听到有叫榆树屯的村子，不管多远多难走的路，也不管因此要拐多大的弯，多走多少路，老爸都要带上他去看个究竟。三年下来，他们一共进过多少个榆树屯，连小秋叔叔都数不清了。后来，老爹年纪大了走不动远路了，老人家便安排小秋叔叔带上伙计外出采购。走之前，他从不会忘记提醒小秋叔叔，留意去找找有没有他记忆中的榆树屯。

小秋叔叔经过这几年的寻找，虽然知道这是名副其实的大海捞针，但老人家这种不放弃的精神，多少次把小秋叔叔感动得热泪盈眶，同时，也让他心里一直保持着那份信心和一线的希望。

很多事情，只要你在任何时候坚持不放弃，就一定会有希望，甚至惊喜。

好心人总会有好报。

苦命的小秋叔叔终于找到了亲生父母，找到了那个曾让他日思夜想、梦碎魂断的家。

这年，小秋叔叔已经23岁，算起来他离开榆树屯已经整整十五年了。

听了小秋叔叔十五年间为找到亲生父母所经历的曲折离奇的故事，老泪纵横的付大爷和付大娘被感动的同时，心里又生出一个想法，那就是，两位老人特别想与夏家的那一双善良的老人见上一面，因为，这些年，是他们把自己儿子抚养成人的啊！

可是，小秋叔叔含泪告诉付大爷和付大娘，夏家那两位老人已经于去年前后不到十天，双双去世了。

说这些的时候，小秋叔叔悲痛难抑，禁不住泪流满面。这也让大爷大娘听了，心里十分难过。

在那三天的朝夕相处里，小秋叔叔从全家人的口中，也知道了两位老人最初两年的伤痛欲绝，也基本了解了榆树屯现在这个家的基本情况，以及我爹我娘来后一家人的基本生活状态。

在那三天里，每晚等夜深人静，两位老人和我娘我哥休息之后，就是和我爹在他住的正房东间的炕上，和小秋叔叔彻夜长谈的好时机。

小秋叔叔除了一遍遍不厌其烦地向我爹表示感谢，感谢我爹我娘这些年对两位老人和榆树屯这个家做出的贡献之外，他最想知道的是，我爹和我娘是怎么来到榆树屯的。十多年过去了，可我爹的记性很好，便从头至尾地把如何从连二红旗逃命出来，如何路上遇到两位老人家和这些年怎么一步步走到今天，一点一滴地讲给了小秋叔叔听，讲到动情之处，我爹这个五尺多高的汉子，常常忍不住会声泪俱下，泣不成声。

最后，我爹向小秋叔叔吐出了肺腑之言："兄弟啊，你不止一次地说，要感谢我和你嫂子如何照顾了两位老人家，其实，是两位老人家救了我们一家啊。你想想，没有榆树屯爸妈的收留，你哥我，还有你嫂子，不知道还能不能活到今天呢，更别说你大侄子天志了！哪里还会有他呀！"

小秋叔叔说："哥，你说得不错，人活在这世上，有恩就要报恩，知恩不报就难说自己是个人；但有仇也一定要报，有仇不报，也绝不是一个男儿的所为。可是，哥，你想过没有，在连二红旗的血海深仇，该如何才能报？凭哥你一个人的力量，事实证明，不行！指望天志他们长大？恐怕太过于遥远，如同是画饼充饥。还有，你不是还试过让郝一那样的人帮你吗？其结果，同样是动不了那连禄的一根毫毛啊！"

我爹感到十分困惑，问道："兄弟啊，照你这么说，哥的仇就这样算了，不报了吗？"

小秋叔叔解释说："哥，我前面不是说了吗？有仇不报，就称不上是一个男子大汉所为，怎么能说不报的话呢？我的意思是，要想报仇，就得想别的可行的办法！"

我爹沮丧地说："兄弟啊，你也知道，哥是没有别的法子了呀！但凡是有一点可能，我也不能等到今天！人说'君子报仇十年不晚'，哥实在是无能，连天志都八岁了！你说，天底下有你哥我这么没用的男人吗？"

小秋叔叔这时倒显得信心十足，也好像是胸有成竹，说："哥，不能这么说，决不能泄气。听兄弟我一句话，报仇的机会一定会有的！但要记住，尽管你这是一家之仇，但也要靠很多人帮助你才可能达到复仇的目的，因为天底下的恶霸不只有一个连二红旗的那连禄，受压迫受欺负的人也不只是你关高粱一个人，如果大家能够摽在一起，什么样的仇报不了呢？！"

听到这里，我爹抬起了头，睁大眼睛望着小秋叔叔，问："那我到哪去找他们呢？"

小秋叔叔笑了,说:"这个还用你去找他们吗?就说你们连二红旗吧,你前前后后左左右右地想一想,就你关高粱一个人受过那连禄的欺负吗?就你们老关家的人在吃苦受罪吗?况且,天下大得很,何止是十个八个、千儿八百个连二红旗?但无论在哪里,穷人总比富人多,好人总比坏人多。如果天底下所有的穷人、好人,把手牵起来,把拳头一起举起来,像连二红旗那连禄那样的人,大家齐声吼一嗓子,也能把他们吓死!"

我爹这时不由自主地握紧了拳头,说:"兄弟,你到底是大地方回来的,有学问有见识,说得对极了。在我们连二红旗,和那连禄没有仇的人找不出几家,多少人做梦都盼着他吃饭噎死,睡觉闷死,出门挨枪子,走路掉井里呀!"

小秋叔叔说:"那就对了,我说的也正是这个意思。如果有一天咱们悄悄地把这些人联络起来,一起和那连禄对着干,你说还报不了你的仇吗?"

我爹把牙咬得"咯嘣咯嘣"响,说:"如果有那一天,您哥我就敢把脑袋掖在裤腰带上跟着他们干!"

小秋叔叔最后不忘提醒我爹,说:"哥,另外,我这里说的和你先前找郝一他们的干法,不是一回事。郝一他们那种靠'月黑杀人夜,风高放火天',打家劫舍,杀人越货,成事的把握会有多大?就算是一时得手了,但终究不能彻底解决天下所有穷人报仇雪恨的问题呀。"

小秋叔叔说的那些道理,虽然我爹当时并不能全部理解,但此时此刻,犹如在他这些年一直处于漆黑一团的心灵深处,突然点亮了一束火苗,豆粒儿大的火苗,忽隐忽现,忽明忽暗,时而觉得遥不可及,时而又觉得就在眼前。漫漫长夜里,正是这豆大的火苗,远远地,却真切地在召唤着他,指引着他。

当时我爹肯定想不到,在他心中点燃那豆粒儿大的火苗的小秋叔叔,绝对不仅仅是付大爷付大娘失散多年的儿子,也不仅仅是一位在哈尔滨当药店掌柜的排场人,更不仅仅是一位对他有着同情心的新结拜的兄弟。

小秋叔叔到底是个什么样的人,我爹,包括我娘,要在以后的很多年,一点点才能认识清楚的。

小秋叔叔在榆树屯这个家里住了三天。分别前那个晚上，全家人聚在一起，说不完的道别话。

　　就在这个时候，小秋叔叔提出了一个新的想法。其实前两天，这个想法他也曾多次私下向付大爷付大娘说过，只是付大娘没有表态。要分手了，小秋叔叔又正式在全家人面前说出了自己这个最大的心愿，那就是想让两位老人家跟他一起回哈尔滨。其中第一个理由就是，凭他现在的经济状况，养活两位老人不成问题，而且哈尔滨是大城市，生活条件方方面面都会比在榆树屯强，甚至可以说一个是在天上一个是在地上。

　　听小秋叔叔这么说，我爹我娘先是没有吭声，但是付大爷立即表示，能跟儿子一起生活，朝夕相处，形影不离，当然是做梦都想的事情，求之不得，至于生活条件的优劣倒无所谓，就是吃糠咽菜，也是香的。可是，榆树屯是老付家祖辈几代人的家呀，就能舍得说走就走了吗？再说，现在又有我爹我娘我哥陪在身边，比去哪里都强。最后大爷语重心长地说：

　　"儿啊，你说的那大地方多好多好，我不知道，但爸相信你说的都是真的。可你也看到了，有你哥你嫂子在，你爸你妈现在就如同掉进了福窝里了。你那里我们就暂时不去了，你什么时候方便了就多回来几趟，爸妈也就心满意足了啊。"

　　付大爷没有答应跟小秋叔叔去哈尔滨，确实也是这件事情他提出得太突然。人说，故土难离，老人一时确实舍不得离开，也属常理。还有一个原因，付大爷没有说出口，那就是人老了，就会想到死，这么大年纪了，说不定哪天一觉睡下去就醒不过来了，这样的话，死在外面了怎么办？

　　小秋叔叔完全理解老人的心思，所以也没有勉强这次就非要把老人带走，只是说回去后准备准备，什么时候老人同意了，再接过去也行。即使去了，也不一定非要长住，一年去个一两次，每次住上一两月也是可以的。

　　这样说来，完全合乎两位老人的心意了。他们当即表示同意。另外，小秋叔叔还补充说，以后他会经常回榆树屯来看望老人，看望哥嫂和侄子天志。

　　说到我哥天志，小秋叔叔这时把他亲切地揽在身边，反复告诉他，要听爷爷奶奶和爸爸妈妈的话，有时间了让爷爷教你认字，长大了成个睁眼瞎，可不中。

付大爷早年读过私塾，在榆树屯也算是半个学问人。听小秋叔叔这么说，老人接上话说："天志啊，听到叔叔说啥了吗？以后，爷爷教你，你要好好学，将来跟着叔叔去大城市念书。"

我哥可高兴了，搂着小秋叔叔的脖子问："叔，爷爷说的是真的吗？"

小秋叔叔肯定地说："爷爷的话，当然是真的！"

我哥哥这时跑到我娘跟前，兴奋地说："妈妈，你听到了吧？叔叔要带我去大城市念书了！"

这时小秋叔叔看了看挺着大肚子的我娘，转头问我爹："哥，我嫂子估计什么时候生？"

没有等我爹回答，我娘抢着说："兄弟啊，你问他等于没有问，他哪里知道？"

付大娘说："我和你嫂子算过日子，估计要再过两个月。"

小秋叔叔又问我爹："名字取了吗？"

我爹说："还没有呢。正巧了，兄弟你回来了，我看这个名字就由你当叔叔的给取吧！"

我娘马上赞成，说："那太好了哇！叔叔是贵人，这孩子没有出生就碰上叔叔，长大肯定有福！不过，现在还不知道是男孩女孩，现在咋个取法呢？"

付大爷说："那也好办，取个男孩名，再取个女孩名，到时选择其中一个不就中了？"

小秋叔叔想了想，说："如果嫌麻烦，就取一个男孩女孩都能用的吧。"这时他又把我哥拉到自己身边，说，"咱们现在有个天志了，我看就再要个天英吧。如果我没有想错，你们给天志取名时，一定是希望他长大后有天一样大的志气，那天英呢，意思就是长大后做天下的大英雄！你们看怎么样？"

我爹马上举手表示赞成，说："太好了！咱们家的孩子，就是要有当天下英雄的志气！"

我娘也说:"这就应了咱爸的想法了。天英,男孩可以用,女孩也可以用。太好不过了。"

两个月后,我娘生下一个早已经取名为"天英"的男孩子。这个男孩子,就是我。

那正是1931年的初冬。

16

我出生不久,小秋叔叔又回来过一次。

这一次回来,全家人都希望他这次能多住几天。可他说这次是到吉林那边办事,办完事顺便拐弯回家看看,哈尔滨那边还有很多事等他回去处理,不仅不能多住,而且明天一早就要走。

他既然这么说,全家人不再挽留,也没有再多问他什么。因为,大家都知道小秋叔叔说的事,一定很重要。

付大爷说:"你那边的事情重要,不要老挂念着我们了。只要你好,我们就放心了。"

但是小秋叔叔再次提出,要付大爷和付大娘做好搬到哈尔滨去的准备。

两位老人依然是推脱,付大娘说:"你那里那么忙,我们去了不是给你添乱吗?再说,我们在榆树屯,你也看到了,有你哥你嫂子在,你就安心办你的事吧。妈别的不懂,但心里知道你的事一定是大事,你夏家老人又不在了,你肩上的担子可不轻啊。"

小秋叔叔说:"爸,妈,我想过好多遍了,搬到我那边是早晚的事。这次先不搬,我只是让你们做好准备。"

付大爷这次好像是有点开通了,说:"先到你那边看看,住一段时间也中。我们其实也没有多少要准备的,这边有你哥你嫂子守家,我们两个不中用的,说啥时候走就能走。"

小秋叔叔说:"那就好。我这次回去以后,看那边的情况,长也就仨俩月,短的话说不定十天半月我就会再来接你们。"

付大娘又说:"要这么急吗?儿啊,上次你回来,有件最大的事娘也忘记问你了。你上个月就满二十三岁了,也不知道你在那边成家没有,有没有媳妇。"

小秋叔叔笑着说:"妈,像成家结婚这么大的事,如果有了,你就是忘记问我,我也会告诉您二老的。这说明儿还是单着身呢。一人吃饱全家不饿。"

小秋叔叔说起这事好像很轻松,可付大娘紧张了,问道:"是咱们的条件差,找不到姑娘愿意嫁吗?要是这样,就在咱榆树屯附近,让你爹多串串门,找一个像你嫂子一样又漂亮又能干,而且知根知底的姑娘,你带回去,不中吗?"

小秋叔叔显得有点哭笑不得,说:"妈,你想哪去了?像你儿子这样的条件,药店老板,还能找不到媳妇?"

付大娘说:"那,要不就是你挑花了眼。孩子啊,找媳妇就是过日子,长得好不好看不重要,只要对你好就中。和你一般大小的男孩子,在咱榆树屯,人家的小孩都会满大街跑了。"

小秋叔叔说:"妈,城里人和咱榆树屯不一样。在城里像我这个年龄的人,结婚的事还早着呢?"

这时我娘在一边插话说:"兄弟,妈说得是哩。当年你哥把我接到老关家,他才二十岁,你嫂子我还不满十八呢。"

我爹不同意我娘的话,说:"什么事你都要插一句!你也不想想,兄弟和我们是一样的人吗?"

我娘被我爹呛了一句,有点尴尬。这时小秋叔叔说:"爸,妈,还有嫂子,天不早了,你们带天志和天英早点休息吧。我再和我哥到东间里说会话。"

到了小秋叔叔住的东间厢房,坐下后,小秋叔叔一改前面一家人说话时的轻松表情,脸色变得凝重起来,对我爹说:

"哥,你长期在榆树屯,外面的很多事,你可能不知道的,现在想给你透点风。我把他们支开,就是担心他们,老的老,小的小,不一定听得明白,就不说给他们听了。但我得让你知道,因为哥你不仅是咱榆树屯这个家的顶梁柱,而且,哥应该明白,你肩上还担着更大的责任呢。"

我爹听了小秋叔叔这话,有点懵,实话实说:"兄弟呀,哥是块什么料你还不知道吗?就是个只会干活、吃饭、睡觉的货,能担什么更大责任呢?哥不明白呀。"

小秋叔叔沉思片刻,说:"兄弟并不指望你今天一个晚上就能全明白,这得慢慢地来。我现在不说别的,只提醒你,我们不是说过的吗?那连二红旗的仇,不能指望天志和天英他们,一辈人的仇要一辈人了结,哥,你能说肩上的责任不大吗?"

一说到连二红旗的仇,我爹一下子把头低下来了,这是他心底的痛啊。

其实,我爹早看出来了,小秋叔叔这次回来,好像和上次不同,似乎有很重的心事。听他说这次是到吉林有别的事路过回家看看,可是,是什么事让他去吉林呢?他没有明说,我爹当然不好主动开口去问。因为我爹知道,肯定不是收购药材。时令已经进入冬季,冰天雪地,谁家这时候收购药材呢?

不过,小秋叔叔还是高估了我爹。我爹比起付大爷也就是年轻些,一年到头也出不了几次榆树屯,所以他下面讲的那些事,我爹听得也是如同云里雾里,懵懵懂懂。

也正因为他毕竟年轻,从小秋叔叔的话中,或许多多少少也能明白一些。小秋叔叔之所以把他单独叫过来给他说这些,也许正是想到了这一点。

小秋叔叔主要讲的是也就是一个多月前,在东北,在沈阳,发生了一件震惊东北三省和全中华,甚至全世界的大事,那就是被后人称之为的"九一八"事变:日本关东军在沈阳突然发动对中国军队的攻击,用三万人打败张学良指挥的数倍于日本人的中国东北军,迅速占领沈阳。小秋叔叔还说,不久前日本人已经占领了辽宁的全部和包括长春在内的吉林的大部分地方,用不了多久,全东北大地都会被日本人占领,全东北老百姓都会成为亡国奴。

我爹听不太懂里面的道道,他没有见过日本人,也不知道什么叫亡国奴,但能感觉着这事儿很大。这时他突然想来,连二红旗的人都说那连禄家的老三那连祯,不是在东北军当团长吗?可是指挥东北军的总司令是张大帅张作霖呀？怎么又有出来个张学良？张学良是谁？张大帅呢？去哪了？

小秋叔叔三两句话便把我爹的这些问题给说清楚了。

小秋叔叔说，张学良是张作霖的儿子，张作霖本人，也就是以前人们说的张大帅，三年前就被日本人在沈阳给炸死了。

一听说张作霖被炸死了，而且已经是三年前了，我爹开始还是有些吃惊，很快就有了一点庆幸，说：

"三年前张大帅就被人给弄死了？死得好哇！"

其实我爹只知其一不知其二，他哪里知道张作霖是好人坏人呀，至于是该死不该死他更弄不清了。但是，他知道，那连禄之所以在连二红旗作威作福，骑在乡亲们头上拉屎拉尿，以至于杀人越货，强抢民女，没人敢问，不就是仗着他那个在张作霖部队当团长的老三那连祯吗？那连禄不是好人，那么那连祯肯定也不是好人，这样推论下去，他张大帅张作霖还会是什么好人吗？既然不是什么好人，死了，当然好了。我爹这时并不想弄清楚张作霖是怎么死的，他最为关心的是，那个当团长的那连祯一起死了没有。

小秋叔叔当然理解我爹听到张作霖被炸死，为何幸灾乐祸了。但是，小秋叔叔说：

"哥，事情没有你想的那么简单。我不给你说太多了，说太多怕你也不明白。我只告诉你，张作霖三年前这一死，加上现在日本人又打败了张学良，整个东北三省，很快就成为日本人的天下了。你不要以为那些事儿离咱榆树屯，包括你那个连二红旗有多远，实际上没有多远，就在咱们眼前，紧跟着来的就是，咱东北所有老百姓的日子，往后会更加不好过了。"

我爹彻底懵了，问："张作霖在老百姓心目中也就是个大土匪，他没有死的时候，我们老百姓也没有什么好过呀？他死不死对我们这些穷人有什么不一样？他既然死了，总不能让我们老百姓也跟他一起去死吧？天底下有这样的事吗？老天也太不公道了吧？"

小秋叔叔很严肃地说："公道？世上哪有公道？那连禄和你讲过公道吗？"这句话问得我爹哑口无言，小秋叔叔说，"我刚才说的咱东北老百姓往后的日子会更加不好过了，这事儿你不能不信。我还要告诉你，现在日本人已经把清朝的最后一个皇帝溥仪弄到长春了,准备在长春成立满洲国,到时候东北三省已经不再是中国的了,东三省的老百姓也实实在在地从此就是亡国奴了。亡国奴是个什么样子,你没有见过,可能听都没有听说过,反正比起现在,穷人的日子,说是雪上加霜,还不够准确,就如同被人一脚踹进了万丈深坑!而且是火坑!"

说亡国奴,我爹还真有点不是很懂,但掉进万丈火坑是个什么滋味,我爹是能够想象得到的。

小秋叔叔最后告诉我爹:"哥,我之所以要给你一个人讲这么些,就是要你有个思想准备,以后不管发生什么事,你是这个家的顶梁柱,老人孩子,都得你想方设法罩着,不能凭着一时冲动去干,一定要等着我回来!"

小秋叔叔说得好像是天要塌下来似的那么严重,我爹也紧张起来了,说:"兄弟,你尽管放心走吧,你哥我不是个怕事的种,更不会怕死!"

小秋叔叔说:"你这样向我保证,我可不放心啊。因为到时候,不是你怕不怕死的问题,因为还有老人孩子,他们的死活都只有指靠你了,你要给他们平安,自己首先就不能想死的事。"

我爹这时激动嘴唇有点打战,他向小秋叔叔使劲地点了点头,说:"兄弟,哥明白了!"

小秋叔叔这时长出了一口气,说:"哥明白了,我当弟弟的也放心了。我再说一遍,往后不管发生什么事,遇到什么情况,把握不准的,一定等我回来再处理。"

我爹说:"哥记住了,弟你一定要早点回来呀。"

小秋叔叔点点头,说:"放心吧哥,我会尽早回来的。"

最后我爹突然又向小秋叔叔提出个要求,说:"兄弟,我知道你能耐大,天上的事情知道一半,地上的事情全知道。你能不能帮哥打听一下,连二红旗那个在张大帅手下当团长的那连祯,是被天上掉下的炸弹炸死了,还是脑袋瓜上中枪子了?"

小秋叔叔苦笑了一下,说:"哥,你太抬举你兄弟了,我哪有你说的那本事呀?不过,我现在就可以告诉哥,一个团长,在连二红旗乡亲们眼中可能是个大得不得了的官，可是，东北军有几十万人，一个团长实在算不上什么人物，上哪打听去？不过，据我现在分析，现在的那连祯不外乎以下几种下场：一是，三年前就可能与张作霖一起让日本人给炸死了；二是，在两个月前的沈阳事变中，也很有可能被日本人打死了；第三，如果他真的命大，两次都能逃得过去，那么现在也已经随张学良手下被打败了的东北军撤回关内去了。以后他还能不能再活着回东北，那可是谁也说不准了。"

1931年那个冬天真冷啊。

过了元旦，便到了1932年。

1932年的4月，满洲国正式成立的。

满洲国的成立，对普通老百姓来说，可能是遥不可及甚至是毫不关己的事情。很多人，或许说是绝大部分的东北人，压根铁就不知道这回事，就算知道了也不知道是怎么一回事。也可以说，他们中间大部分人，还没有我爹明白得早。因为，我爹身边毕竟有个"天上的事知道一半，地上的事全知道"的小秋叔叔。

让榆树屯一家人感到世道真的要变了，是春节前那几天。

那年春节是1932年的2月初，离满洲国正式挂牌还有两个月。或许正是为了迎接满洲国的正式成立，日本人已经开始在东北一些农村实行新的统治手段：并村。

榆树屯的保长在春节前，挨家挨户通知，春节过后，各家各户要全搬到十里外的桦树沟。谁家要是胆敢违抗不搬，到时一把火把你全家房屋给点了。

保长还说，这是满洲国皇帝颁发的命令。

到这时，大家才知道现在有了个满洲国，还有了皇帝。事实上，这时候离满洲国挂牌还有两个月呢。别说是一般的老百姓，就连当保长的也不知道呀。

小秋叔叔临走时给我爹讲的事情，应验了。

这个年是过不好了。以往到了快过年那几天，榆树屯的老百姓，家家都在忙着购年货什么的，鞭炮声声，到处是喜气洋洋。可是今年，榆树屯整个村庄像掉进了冰窟窿，家家冷冷清清，甚至看不到谁家的屋顶上还会有炊烟升起。

那几天，因为着急，我娘不停地追问我爹："这可怎么办呀？一家老小，你得想个法子才行啊！"

其实我娘也就是瞎唠叨，她也知道，我爹哪有什么法子？

付大爷劝我娘，说："麦子呀，别再逼高粱想法子，他要是有法子，还至于这样吗？"

全家人真的到了无计可施、走投无路的地步了。

到了春节前的一天，也就是大年三十的早上。

头天夜里又下了一夜的大雪。

我爹一早还像往常那样，操着一把大扫帚，天刚亮就在院子里扫雪。我娘在他身后又唠叨开了，说：

"你还费那个劲干什么？过两天全家人都要被扫出门了，你怎么还有这个闲力气！"

"你说，我现在能干什么？"我爹把扫帚往边上一扔，垂头丧气地说。

正在两个人说话的当儿，听到大门那边有人敲门声。我爹自言自语地说："可能又是来催搬家了。不是说好的过了年以后吗？"他边说边走到前院去开大门。这时，随着一阵寒风卷着碎雪迎面扑来，他面前站着一个人，全身披着雪，像是个雪人。

我爹一时被雪粒迷了眼，开始没有看清是谁，揉了揉眼，这才定睛一看，眼前分明站着的是小秋叔叔！

没有等我爹反应过来，小秋叔叔叫了声：

"哥，我回来了！"

我爹仿佛这才如梦初醒，上前一步，紧紧和小秋叔叔抱在了一起。我娘闻讯走过一看，扭头就往后院跑，边跑边高兴地喊：

"爸！妈！我弟弟回来了！"

17

小秋叔叔还是像第一次来一样,是从阿城雇马车来的。他让车夫三天后来接他。

小秋叔叔的出现,如同神仙下凡,让全家人立即看到了曙光,不,感觉完全是太阳出来了!

小秋叔叔进屋后,付大娘忙着给他拍打肩上的落雪,付大爷要急切地给他讲榆树屯的事。

小秋叔叔说:"爸,你不用讲,我全知道了。我就是为这件事急着赶回来的,又正好赶上过年。要不然,我一时半会儿还没有准备回来呢。正好,咱们一家人在榆树屯过最后一个团圆年!"

听小秋叔叔说得这么轻松,他又是一脸的喜悦,我爹还有我娘、付大爷,都一下子把心全放下了。付大娘却不放心,仍然是忧心忡忡,问道:"儿呀,我们这一带老百姓眼看要遭大难了,我们家也躲不掉呀!你有法子吗?"

"妈,你放心,我都安排好了。爸,你也放心。还有哥、嫂子,大家都放心。我们还是先考虑考虑,这个团圆年怎么过吧。"小秋叔叔坐下对大家说。

我娘有些无奈地说:"这个时候,早没有心过年了,也不知道弟弟回来,家里什么也没有准备呀"。

"明天才过年哩,还来得及。"小秋叔叔说,"哥,今天还有时间,你辛苦一下,去最近的集市上,能买些什么就买些回来吧。"说罢塞给我爹几块银元。我爹开始不收,说家里还有钱。可推让了几下,大爷说:

"高粱,别推让了,你就收下吧。"我爹数数手里的钱,说:

"弟弟,不就买些过年这两天吃的菜吗?要不了这么多。"大娘又说:"高粱也是的,用不了那么多,回来你再给你弟不就是了嘛。快去买吧。再晚集上也没有什么东西了。"

本是最难过的一个年,因为小秋叔叔的归来,我们全家人过了一个最丰盛也最温馨的年。

在全家人当天晚上吃团圆饺子时，小秋叔叔把他的安排一条一条给大家讲了个清楚。

他的安排是，年初一初二，两天时间，大家把东西收拾一下。初三那天一大早，付家老人跟他去哈尔滨，车已经都安排妥当了。我爹呢，带着我娘和我兄弟二人，回连二红旗去。

他特别告诉付大爷付大娘，除了必需的东西，什么都不用带了。付大娘说："那，这么大个家，什么都不要了吗？"

没有等小秋叔叔回答，付大爷抢着说："老太婆，咱都得听儿子的，现在活命要紧。"

小秋叔叔这才说："爸说得是。家里这些东西，拉到哈尔滨去，没有一点用。妈，你放心，那里什么都不缺。"

眼看着热热乎乎的一家人，就要这么分成两摊子离开榆树屯，全家人的心中蒙上了一层阴影。大家低着头，许久也没有人说话，最后还是我娘憋不住了，问："兄弟呀，我们是从连二红旗逃出来的，现在也不知那边是个什么样子，能回得去吗？"

小秋叔叔说："嫂子放心。那边的具体情况我也不是很清楚，但有一点是肯定的，和以前大不一样了。首先有一条，那家在东北张作霖手下当团长的老大生死不明，靠山倒了，那连禄不可能还像以前那样随意欺负村里人了。"

一直默默不语的我爹，听到这里一下子来精神了，马上问："兄弟，你说这会是真的吗？"

小秋叔叔非常认真地回答说："哥，你兄弟还给哥说谎吗？当然是真的。要不然，我这不等于让哥你，带着我嫂子和侄子往老虎嘴里送呀！但那边也和这里一样，日本人同样在搞并村，为接下来全面实行满洲国的统治做准备。你们什么也不用问，先回去安顿下来，再做以后的打算。"

我爹听到这里，也算是基本明白了，便使劲点点头。

小秋叔叔接下去继续说："榆树屯这边家里的东西，像那么多刚打的粮食，不带走可惜，可你们走时也带不了那么多，你们只带上大人小孩穿的用的就可以了，粮食我提前安排人，过几天给你们全部拉到连二红旗去。因为你们回去后也要吃。别的东西，包括房子和地，所有搬不走的，我想让爸你明天去给郝家叔叔说一声，全部交给他们了。地能种，让他继续种，一个籽也不收他们的。房子能住人就让他们住，住到不能住为止。反正，榆树屯这边，你们以后就什么也不用牵挂了。"

"还有两头牲口和那么多农具，都不要了？"付大爷似乎也是有些舍不得。

"除了把那头驴留下，其他的农具都用不着了，包括那头牛，一起都送给郝大叔他们吧。"

"不能想想办法？能拉到哈尔滨的就拉去，拉不去的，让高粱都拉回连二红旗不行吗？"看来付大爷真是舍不得呀。

小秋叔叔又解释说："爸，别舍不得，给了郝大叔一家，总比扔了强。哈尔滨好几百里远，就算拉去了，毫无用处。还有，拉到连二红旗也没有必要。我哥把我嫂子和天志天英送回去后，不能久在连二红旗住，以后更不会再去种地了。天志还小，天英更不用说了，俺嫂子也只能带带两个孩子，别的也顾不上了，种地这事就更别谈了。所以这些种地用的东西，全没用武之地了，拉哪去都白占地方。"

"可惜了那头牛了。你哥这些年没有少操心，现在养得是膘肥体壮，还能听得懂人话，好使唤，地里的活也好。"付大爷仍然感到十分惋惜，念叨个不停。

"爸，不还是那句话吗？现在是保命要紧，顾不上那么多了。再说了，送给郝大叔，也算是咱家对他郝家的回报。就是要让郝家感觉到，几代人跟着咱付家，没有白干不是？"

小秋叔叔这句话说得付大爷只点头，不再说什么了。小秋叔叔接下去又说：

"不过，我说把那条驴留下，意思是这两天让我哥收拾出一个爬犁出来。这里到连二红旗也还有一百多里路呢，天这么冷，雪又这么深，孩子还那么小，多遭罪呀。有了爬犁就好多了，不仅可以拉行李，还可以让嫂子抱着天英坐上面，那一百多里路就好走了。只是那头驴小了点，要是一匹马就更好了。"

小秋叔叔想得如此周到，我爹说：

"兄弟，不用担心，这头驴我喂出来的我知道，别看个头不大，力气可不小，能当一匹马用，没有一点问题。不过——"

我爹说到这里，把后面的话又咽回肚子里了。小秋叔叔看我爹吞吞吐吐的样子，笑了笑，说：

"哥，在咱自己家里，还有什么话，只管说出来吧。"

小秋叔叔刚才话中说到关于我爹的安排，我爹有些不明白了，为什么让他带我全家人回连二红旗，却又不在连二红旗久住，实在不明白小秋叔叔话里是什么意思，便止不住想再问一句：

"我说弟弟呀，那，那——"

话没说出口，被小秋叔叔给打断了：

"哥，你们回连二红旗的事，我晚上再给你细说。"

当晚吃了团圆饺子，让老人和孩子都先睡下了，小秋叔叔和我爹又在东厢房长谈到半夜。

小秋叔叔给我爹讲的，不外乎是让他辛苦一点，年初三便带上我娘和我哥、我动身回连二红旗，但是这时候有了特别交代，说，这次回到连二红旗先不要想着找那连禄报仇的事，尽快把我们娘儿仨安顿下来。

小秋叔叔讲的很细很具体："哥，你们回到连二红旗后，先要在乡亲们面前放出风，说自己在长春'国兵'里当团副，因军务在身，在连二红旗不能久住，三五天要马上赶回长春。"

我爹对什么"国兵"一窍不通，甚至连"团副"是个什么官都不知道。小秋叔叔一一向他解释清楚后，说：

"这样的话，就算是那连禄的势力还在，包括别的连二红旗的恶霸，便谁也不敢欺负我嫂子和侄儿们了。因为，现在东北的天下是满洲国，那些人都会知道在满洲国的'国兵'里当个团副的分量，如今不亚于以前那家老三在张作霖手下当团长，威风着哩。到时他们有些人巴结还来不及呢，谁还敢欺负？！"

向我爹交代后，小秋叔叔当即掏出不少钱要给我爹，都是银元。我爹还从来没有见过这么多的钱，开始时无论如何也不愿接，也不敢接。小秋叔叔都有点生气了，说：

"哥，你想啥呢？这是我嫂子和天志天英保命的钱啊！"

这样，我爹才抖动着两只手，把钱接过来。接着小秋叔叔又交代说，到连二红旗先找一个以前关系不错的乡亲，暂住下来，等开春了，花钱请人在老房子那里盖出三间新房，不一定要很好，冬夏都能住人就中。另外，让我爹把榆树屯家里的粮食，趁这两天清一清，打好包。说，等你们到了连二红旗不久，这边就会有大车把这些粮食送过去，起码顶过眼前这一冬一春的没有问题。

最后，小秋叔叔又给了我爹两样东西，一个是盖着大红印章的任命书。

我爹虽然也能认识几个字，可是哪见过这个东西，不禁问道："弟弟，这是张什么东西啊？"

小秋叔叔说："这就是你在'国兵'里当团副的委任书，没有这个，回到村里，凭你嘴说，谁相信你就是'国兵'团副啊？给他们看了这个，没有人不信了。"

我爹支支吾吾地又问："有了这个我真成了团副了？"

小秋叔叔笑笑，说："我的哥，这不是真的啊！"

我爹不放心，说："假的呀？那被人家看出来了怎么办？"

小秋叔叔说："你放心，不是真的，但和真的一模一样，谁也看不出来。再说，你只给他们看看，然后你就装起来了。谁能辨别出真伪来？你放心吧。现在就装到你贴身的口袋里。"

等我爹把假委任书装好，小秋叔叔又掏给我爹一个纸条，我爹接过来看了下，能认出来是阿城的一个地址。

小秋叔叔说："十天以后，最好不要超过十五天，你到阿城按这个地址去找我。即使当时我不在，也会有人招呼你。不过，你最好是现在就能把这个地址背下来，记心里。因为这个不能让任何人看到。你在心里记好了，就可以撕掉了。可以吗？"

我爹眯缝着眼，一会的工夫，我爹说："记心里了。现在可以撕了吗？"

小秋叔叔说："先别撕。等明天一早我再问你，你若还能回答上来，再撕不迟。"

年初一初二两天，全家人一切按照小秋叔叔的安排去准备。付大爷去郝家，都说好了。郝大叔还跑到我家来，千恩万谢地，恨不能给我们全家人跪下来一个个地当面磕头。

我爹忙着把家里粮食一袋袋装好，高粱、苞谷，整整十布袋，足有一千多斤。

付大娘收拾她和付大爷的衣服。他们两个人的简单很多。小秋叔叔也不让她多带，说到了哈尔滨，穿的不成问题，有些衣服带去了那里也穿不着了。

我娘忙着收拾我们一家四口人的衣服。人多，有大人的还有孩子的，包了两大包袱。小秋叔叔同样想得很细，对我娘说："嫂子，天冷，衣服能带上的都带上，别到时冻着天志和天英了。反正有爬犁，也不用人扛。"

初二那天晚上，我娘把我哥和我安排睡下后，到厨房与付大娘一起烙饼，然后蒸馒头，为明天开始的路途预备干粮。小秋叔叔和付大爷，还有我爹，三个男人，厨房里本来没有他们的事，可也一直陪在付大娘和我娘身边，为的是多些说话的时间。

这样的离别，谁心里不是装一肚子说不完的话呀？

小秋叔叔一边拨弄着灶底的火，火苗把他年轻的面孔映得红彤彤的，更加显得英俊。他说：

"爸，妈，哥，嫂，你们也都别太伤心了。亲人的每一次分别，都是为了下一次更好的团聚呀。"

"儿啊，话虽是那么说，我怎么能忍心离开高粱、麦子和那两个孩子呀！"付大娘一边忙手中的活一边说。

"你妈说得是。你想想，多少年了？整整十二年啊！天志都九岁了，现在说分开就分开，往后就是天南地北，咋能让人心里不难受呢！"付大爷说。

付大爷的话仿佛刺疼了所有的人，大家谁也没有再出声，或许这个时候,虽然谁肚子里都有说不完的话,可是,此刻不知说哪句话最当紧,又好像说哪句都显得多余。

不知过了多长时间,我娘抬起头,问小秋叔叔道:

"兄弟,你说,我们往后真的还能再聚在一起吗?"

小秋叔叔用十分自信也十分坚定的口气,说:

"那是绝对没有任何怀疑的!嫂子,还有,爸,妈,哥,你们全都尽管放心!"

分手的时候到了。

正月初三日的一早,我爹牵出那头毛驴,把爬犁套好了。两个并不是多大的包袱也在爬犁上撊结实。我娘一只胳膊抱着尚在襁褓中的我,另一只手扯着我哥,一家人在小秋叔叔和两位老人的簇拥下,从正屋来到院子里,又从院子里走到大门口。出了大门,继续往前走,最后一直走到榆树屯村口。

我爹这时对小秋叔叔说:"弟弟,别送了,天冷,带老人回家吧。再说,你们也要马上去赶路,别耽误了。"

这时,我哥突然挣脱我娘的手,回头跑到付大爷面前,一下子扑倒在雪地里,双手紧紧抱住了付大爷的腿,号啕大哭,还一边哭一边喊道:

"我要爷爷!我要爷爷!"

我爹走过去,劝我哥说:"天志,快站起来,过不了几天就能再见到爷爷了。"

我爹一边劝一边弯下腰去试图把我哥扯开,可我哥死死抱着付大爷的腿,就是不松手。

这时小秋叔叔也弯下腰,一把把我哥抱了起来,一边给他擦着眼泪,一边说:"天志是个好孩子。现在呢,听叔叔的话,好好陪着妈妈,带好弟弟。你放心,过不了多长时间,叔叔一定去看你,再把你接到爷爷身边。好不好?"

我哥止住了哭声,可是在场的大人们全都抹起了眼泪。

雪又开始下了,眼前白茫茫一片。

牵着驴走在前面的我爹，加快了步子。他是看到两位老人和小秋叔叔还一直站在榆树屯的村口，一步也没有挪动。他知道，让他们赶快回去的唯一办法，就是尽快在他们的视线里消失。

榆树屯已经变得模糊，最后完全融进了灰色的天空和白茫茫的大雪里。我爹这才把抱着我的我娘，还有我哥，扶上了爬犁。都坐稳当了，我爹这时看似不经意地又回头望了一眼榆树屯方向，不禁两行热泪顺流而下……

中篇　国恨

第 4 章 腥风血雨

1

本来只有一百多里，好天气时，如果是我爹一个人，一天多一点就能赶到。可现在冰天雪地，拖家带口，路上整整走了四天。好在还有一头毛驴和一个爬犁。要不然，一家四口人，还不知路上要折腾多少天呢。

这四天，路上多少艰辛，可想而知。我还在我娘的怀抱里，当然什么也不知道。可我爹忘不了，我哥忘不了，我娘更是刻骨铭心。多年以后，每当提起那时情景，她便会泪流满面。

第四天晚上掌灯时分，一家四口人终于走进了连二红旗。

连二红旗已经没有我们关家的立足之地，更没有温暖的家等我们。我爹和我娘商量，没有现成的地方可去，只好先安置在东红旗西北角大坑边上的关帝庙里。这也是我爹和我娘早在路上就已经打算好的了。因为，实在没有别的办法。

进到小庙里，我爹先把爬犁解下来，将驴牵到一个角落里，再将爬犁上的包袱搬下来，然后脸色凝重，面对关帝爷，弯下腰，作了三个揖，说：

"我们关家的老祖宗，往后就靠您关照您的子孙了。"

随后，我爹出门去了，不一会扛回来两大捆高粱秆，在小庙里点起一堆火。有火，就没有那么冷了。我爹让我娘解开包袱，把饼子拿出来在火上烤一烤。接着我爹又出去，用绳子捆回了一大捆大豆秸，在小庙的一个角打了个地铺。

我娘不无担心地问我爹："这些都从谁家柴火垛弄来的？"

我爹想都没有多想，说："看样子应该是富秀才家的。"

我娘还是不放心，又说："不和老富家的人打声招呼，恐怕不妥吧？"

我爹说："这大冷天，又三更半夜了，找谁去打招呼？你放心吧，富秀才还算是厚道人家，我明天见了他们，再当面说清楚，不会有问题。再说了，一些柴火，又不是多宝贵的东西。"

第二天一早，我爹先去找了东红旗那个叫折桂深的保长。

我爹敲开折桂深家的门，开门的是个和我哥年龄差不多的孩子，不可能认识爹。见是陌生人，那孩子立即要把门关上，被我爹用手挡住了，并告诉孩子说："孩子，我是来找保长的。"

这时孩子朝里屋喊了一声："爸，有人找你！"喊罢，两只眼睛死死盯着我爹，仿佛他面前站的是个坏人。我爹见他没有让进屋的意思，只好站在他们家屋檐下，也没有敢动。

不一会，折桂深出来了。他把眼睛眯成一条缝，打量了我爹一下，好像觉得有点面熟，似乎一时还拿不准，同样没有让我爹进屋。

正在他犹豫间，我爹马上十分热情地向他打招呼，说："桂深叔，我是高粱啊。关玉成，老关头家的，你不认识我了？"

折桂深先是愣了一下，立即客气起来，说："哦，哦，高粱？关高粱！你啥时候回来的？看你叔我眼拙的，一下子没有认出来。快进屋快进屋，暖和暖和。"

等我爹进了屋，折桂深问我爹道："高粱啊，你带着媳妇跑了不少年数了吧？"说罢可能是发觉话似有不妥，立即改口说，"不是跑，不是跑。是走，走了好些年了吧？"

我爹没有在意他说的是跑还是走，笑了笑，说："叔您说得是，整整十二年了。"

折桂深问:"那你现在回来是久住呢还是路过?"

我爹说:"媳妇和孩子就住下不走了,我呢,还有公务在身,住不了几天就又得走。叔,您是知道的,在满洲国里干事,端的是人家日本人的饭碗,得听人家的不是?不好混呢。"说着,我爹把小秋叔叔给他的"国兵团副"的委任书,拿出来到折桂深面前,"叔,请您老先看看这个。"

本来两个人是站着说话的,等折桂深认真看了一遍,然后朝里屋喊道:"那谁,快来给您高粱哥搬张凳子。"

那个原来开门的孩子,立即从里屋跑出来,搬来了两条凳子,放在了我爹和折桂深面前。

折桂深这时完全换了一副面孔,满脸堆笑,说:"高粱侄子,不,不,关团副,关团副!您请坐!请坐!"

我爹谦让道:"那,叔,您先坐!"

当两个人分别坐下后,折桂深说:"哎呀,高粱,不是叔夸你,从你小时候,叔我就看出你是能干成大事的人。这几年,咱连二红旗对你说啥的都有,传得最多的是,说你在牡丹江那边大山里当上'胡子'了。这个,您叔我可从来就没有信过。我还能不了解你老关家的人?从你爸那一代往上数三辈,哪一个不是一当一的老实人!说什么也不会去干那个!这不,都当上国兵的团副了!了不起,了不起!你这是给咱连二红旗人脸上长光了啊!"

折桂深一脸的真诚,我爹倒显得不好意思起来,说:"瞧叔您说哪里去了?不管到什么时候,我也还是您老人家的晚辈不是?您老要是看着您侄儿哪不顺眼了,或哪里做错了,和从前一样,该打,打;该骂,骂!"

折桂深马上制止我爹,说:"高粱啊,不能这么说,您叔我可不敢!可不敢呀!您真看得起你这个没什么用的叔的话,既然回来了,有什么要帮忙的,尽管说,您叔我照办就是了。"

我爹说:"那就先谢谢叔了。我这次回来呢,有些事还真得叔您帮忙。因为,在国兵里谋事,官不大,管的事却不少,请个假也不那么容易,过几天我还得回长春。临走之前,司令官把时间都给我限死了。我走就走了,没有什么当紧,但身边不是还有媳妇和两个孩子的吗?这次还得把他们留在连二红旗。其实，在大城市里生活，不缺吃不缺穿，就是不习惯，媳妇天天给我念叨着要回咱连二红旗来。可是，你知道，连二红旗我也没个家了，往后怎么过日子？想来想去，想到叔您了，他们母子三个人，别的什么人我也不敢指靠，恐怕没有您老叔给罩着不中啊。"

折桂深摆了摆手，说："高粱侄儿，你不用说了，我全明白了。原来就这呀，我还以为有多大的事呢！现在虽然是世道有些变了，我这个保长呢，上个月人家就不让干了，如今不兴什么保啊甲啊的。可是，不是我吹牛皮说大话，你老叔也活大半辈子了，在连二红旗也当了十好几年的家了，为人怎么样，你也是知道的，就算是今天，保长不当了，说话还是有人听的！"

折桂深的态度好极了，这是我爹预料中的。

我爹说："那是那是。不过，叔您放心。他们娘儿三个，往后吃的穿的不发愁，缺什么买就是了。只要有钱就饿不着人不是？只是有两件事得叔您去帮助张罗，一是把他娘儿仨重回连二红旗的事情，给现在管事的人报一下，名正才言顺嘛。再一个就是，先给找个合适的人家，让他们娘儿仨先住下，等天暖和，化冻了，您出面找人在我家老宅子里，把房子盖起来。也没有必要一定盖得多么好，能住人，夏天遮风挡雨，冬天冻不着人，就行。钱的事说在前头，所有花费，咱是一个子儿不少人家的。"

折桂深答应得很干脆，说："好说，好说。国兵里一个响当当的团副，哪里还会缺钱？这些事交给我，你就放心去吧！国兵里的事毕竟不像咱连二红旗，马虎不得。"

不到一天的工夫，我爹在国兵里当团副的消息，像长了翅膀，传遍了连二红旗。我们一家暂时住的关帝庙门前，一天到晚人来人往，接连不断。有人是来看热闹的，有人是想跟我爹套近乎的，也有是真心想来帮我们家的。更有好心的人家，一到吃饭的时候，会端来热腾腾的饭菜。

我们在关帝庙住了三天，天天如此。最后是折桂深出面，找到东红旗的南国志。他们家正好有两间空房子，南国志和我家以前也一向关系不错，就让我们搬到了他们家。说好的，一开春就盖新房子，有了新房子，我们就搬走。

正式搬南国志家那天，正好小秋叔叔安排的拉粮食的大马车来了，这更让连二红旗的人，坚信不疑，我爹确实是在国兵里混得不错。有人说："关高粱，排场！"还有人说："那是！团副，那和前些年那连祯在张大帅那当团长，有的一比啊！"

接下来的几天，我爹通过折桂深，请了好几次客。因我家刚搬到南国志家，地方小，每次请客都是在折桂深家里，但我爹出手阔绰，折桂深心甘情愿地去为我爹跑腿。

先是，请了当时刚成立的"爱本村"的村长何满申。

关于"爱本村"与何满申，在后面我还会详细讲到，这里暂且不表。

因为当时，村公所刚成立，何满申不是本村人，他手下狗腿子还不多，没有几个人，其恶行尚未充分显现出来，连二红旗的人对他也不是很了解。所以，折桂深请他时，他立即答应下来。而且喝酒中，对我爹提出的关于我娘和我兄弟二人重回连二红旗安家落户，不仅没有任何异议，而且似乎感到十分荣幸。还当即告诉折桂深，说："关团副是我们满洲国国兵的长官，能够为他老人家办事，也是我们的荣耀和责任。目前我手下可用的人还不多，因此，我现在就把关团副家眷的事情全权交给你负责。如果以后出了什么差错，哪怕是一根头发丝的差错，都别怪我何满申不给你留面子。"

折桂深装出一副可怜相，说："何村长，不瞒您说，我以前当着保长的时候，虽然就是个芝麻大的一个官，可也和您现在一样，一口唾沫吐地上，就是颗钉！但现如今呢，不兴这个了，我在村里人面前说话，顶不上你放个屁。您看——"

何满申马上把脸一拉，打断了折桂深的话，声色俱厉地训斥道："怎么着！本村长给你脸你不要脸是吧？"

当即吓得折桂深面如土色，没敢再吭一声。

我爹这时打圆场，说："何村长不必生气，来，我敬你一杯！"何满申痛快喝下这杯酒，脸色由阴转晴。

我爹接着说："桂深叔他这个人，我了解，说白了，也就是连二红旗的一个农民，没有见过什么世面，不会说话，哪能和你我这样在大场面混过的人比呢？不必和他一般见识。"

折桂深听了我爹这话，心里踏实了许多。

何满申似乎余怒未消，脸色一直不那么好看，口气一点也没有缓和，说："我可告诉你，折桂深，今天是看在关团副的面子上，要不然，我让你没好看！给我记住了，往后关团副家属孩子，有哪点照顾不周，只要传到我耳朵里，我就拿你是问！"

我爹第二天请客请的是周边几个自然村里的有能耐的人。有后来被老百姓背后骂作"南霸天"的"爱本村"南区区长陈之新、被老百姓背后骂作"北霸天"的'爱本村'北区区长张子亚、还有附近镶蓝旗的恶棍杨茂林、牛家窝棚的地皮那子良，等。

请这些人吃饭喝酒，也是折桂深主动提出来的。他对我爹说，把这几个人摆平了，以后不管连二红旗出什么乱子，你媳妇和两个孩子在村里，就平和了。当然，这些人也都刚上任不久，又听说是国兵里的团副请客喝酒，个个屁颠屁颠的，跑得比兔子都快。酒桌上，对着我爹也是把胸膛拍得"叭叭"直响，一个比一个英雄。

"关团副，我一个小小的区长，比不上你一根脚指头。但是在'爱本村'这三乡五里的地头上，不是吹大话，今后谁敢动我弟妹和侄儿们一指头，我让他走路大头朝下！"

这就是"南霸天"陈之新的当场表态。所谓让人"大头朝下"，是他常挂在嘴边的一句骂人的狠话。

我爹请的第三拨客人，是东红旗原先与我家关系不错的乡亲。如果说前两次请客是不得不为之的话，这一次的确是发自我爹的内心。他们中间有佟有贵、富才臣、张树森、何文秀，这几个人都是和我爹从小一起光屁股长大的，在十几年后，都成了连二红旗的土改积极分子和农会会长骨干。这些是后话。同时，我爹还叫上了一些老实巴交的农民，有李双河、张义、张子元、赵品山、赵凤鸣、付清云、白景泉、富瑞伍、富云清、代永和、赵文恒，等等。他们中间有几位年纪长一些的，是当年和我爷爷一起给折景山家当长工的兄弟。人很多，把折桂深的正房挤得满满的，气氛非常热烈。

这次还和前两次有个很大区别，酒桌上没有一个人提到或打听我爹在国兵里当团副的事情，中间却有几个年纪长的多次提到我爷爷和我家十二年前遭的那场灾难，甚至有两位老人当场痛哭失声。还有人向我爹提出来，现在趁早把那连禄给办了！

我爹没有忘记小秋叔叔临分手前的交代，那就是这次回连二红旗，暂时不能解决复仇的事情。所以我爹一遍遍地给大家敬酒，一再地感谢，始终没有提到那连禄。

对于我爹的这个态度，乡亲们中有两种评价和议论。一种是说关高粱是不是当了官，日子过好了，把杀父之仇给忘了；还有一种说法是，"燕雀安知鸿鹄之志"，人家高粱这才叫大器，他家的血海深仇，不是不报，可能还是时候未到。等着看吧，那连禄，早晚也逃不出关高粱的手心！

我爹这次带我们回连二红旗，主要目的就是要把我们母子三人安顿下来，这都是小秋叔叔在榆树屯就给我爹安排好的。至于请客吃饭，也在小秋叔叔的计划之内，甚至连在什么人面前说什么样的话，小秋叔叔都一一做过交代。

小秋叔叔给我爹一共五至七天的时间。在这个时间内，我爹把事情也都办得妥妥的了，可就有一件事，还是给我爹留下了遗憾，也可以说是一块心病。那就是关于我姑的事情。直到他就要离开连二红旗了，也只了解到一点有关我姑的不准确也不详细的消息，只知道我姑当时没过几天便从那连禄家逃了出来。后来究竟怎么样了，我姑是死是活，全然不知。甚至连村里的更多关于我姑的传言与议论，他都没有听到。

村里人当时是这样传的，说我姑柳枝儿那天从那连福家逃了出去以后，有人说是被那连禄追上了，抓住后，被卖到了阿城的窑子。更多的信息是，那连禄根本没有抓到我姑。我姑当晚逃到双城，不久就被双城的大户人家娶回去当了姨太太。据说，那连禄得到这个消息后，他央求在拉林警察局当局长的老大那连福，带着两名警察，还有那连禄自己也带了几个狗腿子，跑到双城，想再次把我姑抢回来。但因为他们根本没有把情况摸清楚，而且他们瞄准的那家并非他们想象的那么好对付。人家势力非常大，高墙大院不说，大门口还有卫兵站岗，警备森严。后来那连禄鼓动着老大那连福去硬闯，结果，他们不仅没有把我姑抢回来，连我姑的面都没有见到，那连福还被人打断了一条腿，最后他们一帮人被一群狼狗追咬着跑出来的。回来后，那连福火冒三丈，把那连禄劈头盖脸地臭骂一顿，并发誓："你老二的事，从此我要是再过问，我就是婊子养的！"

这些都是连二红旗人私下传说的。我爹当时没有听到，即使听到了，那也是真伪不辨。

一是时间短，只有七天；二是小秋叔叔事先有吩咐，暂不考虑向那家复仇的事。所以，我爹当时尽量不去打听关于那连禄一家的现状，能回避的话题，都回避了。

其实，当时的那家比起当年，已经发生了很大的变化。

已经有好几年了吧，首先是人们发现那家在拉林警察局任职的老大那连福，很少在连二红旗露面了。也有人说在村里见过他，长衫不穿了，礼帽也不戴了，手里的文明棍更是不见了，而且还有一条腿好像是短了一些，走起路来有点拐，虽然不是很明显，熟悉的人当然一眼就能看得出来。

从那连福腿瘸了这一现象，印证了早年村里的一个传说，也就是当年他和那连禄一起去城里找人家要我姑时，被人家打了，落下了残疾。

再后来，也就是三年多前，日本人在沈阳炸死张大帅时，有人说那家老三那连祯和张大帅一起被炸死了。消息传到连二红旗，西红旗的那连禄家的大门紧闭了几个月。听说那连禄在家里设了灵堂。是真是假，没有人亲眼看到，那就可信可不信了。

不久，又听说在哈尔滨国民政府做事的老四那连祥，也出事了。有人说被人打黑枪了，也有人说是跑了。跑哪去了，没有任何说法。反正，从此连二红旗再没有听到有人传过他的任何消息，更不可能出现他的身影。

两个靠山都倒了，那连福虽然不再当警察局长，但可以躲在拉林继续过他的好日子。这反而是苦了那连禄了。他没有什么地方可以去，也就一直住在连二红旗，不仅不再像以前那样在村里横行霸道了，甚至平时都很少出门。据说是因为怕别人背后打他的黑枪。可见，他也知道自己在连二红旗是有很多仇人的。

　　山不转水转。到后来"爱本村"正式挂牌不久,听说情况又有所变化。有人亲眼所见,深居简出几年的那连禄的身影,又频繁出现在了新成立的"爱本村"村公所。也有知根知底的人确认,那连禄是被"爱本村"新任村长何满申看上了。

2

　　西红旗那连禄家的这些情况,小秋叔叔在送我们回连二红旗时,肯定不知道。如果知道的话,他一定会提前告诉我爹的。本来嘛,小秋叔叔又不是连二红旗人,除了榆树屯一段情缘,认识了我们一家人之外,其他的,他便和连二红旗没有任何关系了。虽然我爹说过小秋叔叔是"天上的事知道一半,地上的事全知道",那也只是我爹的感觉罢了。小秋叔叔不可能也没有必要把连二红旗家家户户的什么事,都弄得清清楚楚。

　　半年之后,我们家在连二红旗的新房,在乡亲们的帮助下盖好了。

　　当我娘带我和我哥三个人刚搬到新房的第二天晚,小秋叔叔突然到我家来了。当时我和我哥都已经睡下了。

　　这是小秋叔叔第一次到连二红旗。

　　小秋叔叔不是连二红旗的人,人生地不熟的,连我娘都不知道他是咋找到我家的。所以,当时我娘一看到小秋叔叔来了,十分惊讶,问道:"哎呀,兄弟,这黑更半夜的,你问了不少人才摸到家门的吧?"

　　小秋叔叔说:"嫂子你小看你兄弟了。虽然我没有来过,连二红旗多大个地方?况且我哥给我讲过好多遍了,连二红旗的每条街,包括村里人家的大致布局,我早清清楚楚了。进了东红旗,谁都不用问,就直接能找到门上,一点不差。"

　　当时,我娘哪里了解,小秋叔叔的行动,是尽量不能让人知道的,哪能见人就问呢?再说了,小秋叔叔确实像他自己说的那样,这样的事怎么难得住他?说白了,稍微动动脑筋,这事也并不难。首先,大致方位他是从我爹那里早就问得一清二楚了,其次是,他只找新房子。只要是新盖的房子,不用问,肯定就是了。

才过去半年,小秋叔叔就重新出现在了面前,这完全出乎了我娘的预料,让我娘高兴得真不知道该怎么样招待小秋叔叔了。我娘说:"兄弟,这么晚一定走饿了,想吃点啥,嫂子去给你做。多好东西没有,但管你吃饱还是可以。"

小秋叔叔说:"嫂子,你别忙活了,你们晚饭有没有剩下的,我随便吃点就行了。我是去长春办事,返回哈尔滨的路上,拐个弯过来看看你们,等一会我还要走。"

一听小秋叔叔说等会就走,我娘赶快把锅里两个玉米饼子拿出来,递到小秋叔叔手上,说:"还没有凉,兄弟你先垫垫肚子,我马上去和面,再给你下碗面。"

小秋叔叔急忙说:"嫂子,不用忙了。我这次来,一呢是为了给你传个话,告诉你我哥在外面很好,报个平安,免得嫂子你挂念;二呢是——"

没有等小秋叔叔把下面的话说出来,我娘便急切地打听起我爹来:"兄弟,你先不用说别的,把你哥那边的事,大事小事,都给嫂子好好说一说。例如,你哥他到底在那里习不习惯?药店的事情他会不会做?有没有惹咱爸咱妈生气?一顿他能吃几碗饭?他在家从来没有洗过衣服,现在是不是让爸妈给他洗?如果让咱爸妈给他洗,那就太不像样子了。还有,还有——"

听了我娘一连串的问话,小秋叔叔笑得前仰后合。

小秋叔叔边笑边说:"嫂子,你一口气问那么多,我记不住呀。我前面不说了吗?我哥好着呢。"

我娘说:"兄弟,你前面是说过,嫂子也听到了。可是,嫂子想听你说说,你哥到底怎么个好法呀?"

小秋叔叔一直在笑,说:"嫂子,别的你也不用再问了,我哥太具体的事情,我也不是很清楚。"

听了这句话,我娘心里有了几分不安,说:"兄弟,你哥没有跟你在一起吗?我还以为他是在你们药店里做事呢。"

小秋叔叔回答说：“没有呢嫂子。不过，嫂子放心，我和我哥两个人，有时还是可以见到面的。”

我娘不禁脱口而出，又问道：“怎么是'有时'呀？你们不是天天见面吗？"她心里更不安起来。

小秋叔叔看出了我娘的心思，赶紧解释说：“嫂子，情况是这样的，因为咱们家在哈尔滨的药店，为了今后的发展，规模要扩大，在牡丹江开了分店。另外，从哈尔滨到吉林的一些县城，也都有业务。我哥主要是代表我在外面跑。"

我娘这才松了口气，说：“哦，是这样啊！那他的一日三餐，有没有人管啊？"

小秋叔叔笑了，说：“你真是我的好嫂子！我回去再见到我哥，一定把嫂子你对他的关心转告给他！不过，嫂子，你想想，我哥是谁呀？我派出去的，处处代表的是我呢！不说天天吃香的喝辣的，也准饿不着他不是？"

我娘不好意思了，说：“那倒是，再怎么说，高粱他也是老板的亲哥呀，到了哪儿，人家不高看他一眼啊？"

随后我娘又问起付大爷付大娘来，特别问到付大娘的心口病又犯过没有，小秋叔叔回答她，说：“咱爸咱妈也都好着哩，嫂子你放心。说起咱妈的病，我想起一事。有天晚上，已经很晚了，我从外面办完事回到家，发现老两口还没有睡，我过去一看，咱妈在流眼泪，咱爸一旁在劝她什么的。当时，还真把我吓了一跳，我不知道家里发生了什么事，是不是咱妈的病又犯了。可是，等我仔细一问，嫂子，你说咱妈怎么着了？你可能猜都猜不到？"

我娘好像也被吓着了，赶紧追问小秋叔叔道：“兄弟，你快说，咱妈究竟是怎么了？"

小秋叔叔又笑了起来，说：“什么怎么了？啥事也没有，就是想咱天志了呗！"

我娘也笑了，说：“哎呀，兄弟，你差点没有把你嫂子我给吓晕过去。"

小秋叔叔说：“刚才我有句话，嫂子你没有让我说完。我这次来，还有个重要的事情要办,那就是想把天志带走,带哈尔滨交给咱爸咱妈。我这次出门的时候,咱爸咱妈再三交代说,想办法一定把天志给接过去。你都不知道,嫂子,咱爸咱妈给我说这些话的时候,急得好像一天都不能等了呢。"

说到了我哥,我娘进里屋把熟睡的我哥叫了起来。

我哥刚睁开眼,还没弄明白怎么回事,一眼看到了小秋叔叔,便"哇"的一声扑进了小秋叔叔的怀里。

小秋叔叔把我哥紧紧搂在怀里。

我娘对我哥说:"天志呀,你叔叔刚才说,爷爷奶奶天天想你呢,快告诉叔叔,你也想奶奶,想爷爷!还有这只小白兔,你不是说要送给爷爷的吗?"

我娘边给我哥说着,边拿出一个编得十分精巧的小竹篓,里面装着一只比老鼠大不了多少的小白兔,耳朵长长的,眼睛红红的很可爱。我娘对小秋叔叔说:"这是前天村里他双河叔叔送给他的玩意儿,他拿回家后,一个劲地喊:'我要送给爷爷!我要送给爷爷!爷爷一定喜欢'!"

小秋叔叔接过小竹篓,认真看了看小白兔,然后问我哥:"天志,告诉叔叔,妈说的是不是真的?"

我哥把脑袋靠在小秋叔叔怀里,说:"我是说过,我就是要送给爷爷的。"

小秋叔叔说:"那好,叔叔等会走时就带上小白兔,明天就把它送给爷爷。叔叔也觉得,爷爷一定喜欢小白兔。不过,我想把你也带走,一起送给爷爷,好不好?"

没有等我哥回答,我娘立即问道:"兄弟,你说的是真的吗?你今天晚上真的要带天志走啊?"

小秋叔叔点了点头,说:"是啊,半年前在榆树屯分手时我不答应过他吗?另外,天志也早到了该上学的年龄了。嫂子,看你这里如果没有特别的不方便,等一会就让天志跟我一起走。"说到这里,他看了我娘一眼,又问,"嫂子不会舍不得吧?"

我娘沉思了起来。说心里话,她真的舍不得,可是想了想还是对小秋叔叔说："他爷爷奶奶那么想他，他也天天念叨爷爷奶奶，我舍得舍不得也要让他跟你走不是？"说到这里没有等小秋叔叔吭声，她又说，"就不知道，到了他爷爷奶奶身边，会不会添太大的麻烦？像他这么大的男孩子了，正是淘气的时候，爷爷奶奶都年纪大了，咋能管得住他呀？"

小秋叔叔说："嫂子，这个你放心。天志已经9岁了，比我那一年离开榆树屯还大了一岁呢。再说了，到了爷爷奶奶身边，也不是要他天天在家待着，他该上学了，再拖下去就耽误了。学校那边我也都联系好了，离爷爷奶奶他们住的地方不远，只隔一条街，他们去接去送，都方便。"

我娘不说话了，低着头，久久没有吭声。这时，小秋叔叔发现我娘在流眼泪。他能不理解我娘此时的心情吗？于是说："嫂子，你若一回半回的不忍心天志离开，那就再缓一年半载的也中，到那时我再来接他，你看怎么样？"说到这里，没等我娘回答，他又说，"不过，天志现在去上学，比起人家的孩子，都算是晚的了，要是再等一年，那耽误得更多了。"

我哥这时从小秋叔叔身边挣脱，一头扑到我娘的怀里，抱着我娘的胳膊，一边摇着一边说："妈，让我跟叔叔去吧？我要去见爷爷奶奶！"

我娘也不是一定舍不得我哥走，她这时的心情是矛盾的。明知道我哥跟小秋叔叔走，无论对这个家还是对我哥本人将来的生活，肯定是好，可是，儿是娘身上掉下的肉啊，说走就走，马上就走，我娘还没有做好思想准备，心里一时真的很难接受呀。

我哥见我娘不表态，干脆把装着小白兔的篓子抱在怀里，拉起小秋叔叔的手，说："叔叔，别听我妈的，咱们这就走！"

我娘这时抬起头，擦了擦眼睛，脸上浮起一丝微笑，这笑看起来似乎有些勉强。她对小秋叔叔说："兄弟啊，你看到了吧？儿大不由娘了，他才九岁，就如此狠心地不要妈了呀。"

小秋叔叔也苦笑了一声说："嫂子，别这么想。天志不是想他爷爷奶奶了吗？再说了，您兄弟我向嫂子保证，今后有一天，我会把一个令你自豪和骄傲的儿子，送到你的身边！"

我娘又擦了擦眼睛，脸上的笑容也不再勉强，说："兄弟的话，嫂子我一百个相信。既然这样，我也不再说别的了，就让天志跟你走吧！我这就给他收拾几件衣服。"

看我娘想通了，决心也下了，小秋叔叔说："那好，嫂子你也别再收拾什么衣服了。到了爷爷奶奶身边，还能缺了他穿的吗？就看有没有必须带的什么东西。"

我哥马上接着说："叔叔，别的什么都是可以不带，这小白兔是必须带的！"

一脸稚气的我哥的一句稚气的话，把小秋叔叔和我娘都逗乐了。小秋叔叔又手捧着我哥的脸，说："当然了，小白兔一定要带，这是必须的，因为这是天志要送给爷爷奶奶的嘛！"

我娘说："其实，我也很想给咱爸咱妈带点礼物去，可是，咱连二红旗这个穷家，哪有拿出手的东西呀！"

小秋叔叔说："嫂子，你过的啥苦日子，咱爸咱妈还能想不到？这个心你就别操了。"

我娘想了一下，说："兄弟呀，我磕个头你给咱爸咱妈捎回去吧。"说着就要往小秋叔叔面前跪。

小秋叔叔马上伸出双手拦住她，说："嫂子，你这是干啥呀？不中不中！"

我娘说："兄弟呀，我这不是磕给你的，是要你捎给咱爸咱妈的。"说着，真的就在小秋叔叔面前跪了下来。

当晚，小秋叔叔带着我哥，辞别我娘，也告别了连二红旗。

我哥这一走，不是一天两天，也不是一年两年，等我娘再见到他时，已经是十五年以后了。

这是当初小秋叔叔带我哥走的那个晚上，我娘无论如何也没有想到的，这一别竟然是十五年啊！如果我娘当时能想到，说不定她当时会改变主意。

十五年啊，与小秋叔叔当年在榆树屯与付大爷付大娘分别和重逢，时间完全相当。不同的是，当年他们分别的十五年，音讯全无，而我哥走这十五年，我娘还是能经常听到他的消息的。

我哥离开连二红旗后，不时也有村里人问我娘，怎么不见你们家天志了哇？我娘的回答是，他去长春他爹那里上学去了。人们自然不会怀疑。因为，在外面当官的爹把儿子接走上学、享福，那是很正常的。甚至还有人半开玩笑地给我娘说，麦子呀，高粱在国兵里当了大官，现在又把天志接走了，小心他在外面再娶个小的，你可要独守空房一辈子了呀！

3

物以类聚，人以群分。

何满申能看上在连二红旗臭不可闻的那连禄，那实在是情理之中的事情，没有人感到奇怪。

连二红旗人知道这个世界上还有个名叫何满申的人，起因也是满洲国实行的归屯并户政策。

伪满洲国大同元年，即1932年，也就是我们家从榆树屯搬回连二红旗的同一年。日本人在东北实行了归屯并户政策后，连二红旗这边和榆树屯有所不同，没有让人从一个屯子搬到另一个屯子去，而是将连二红旗周边三十六个自然村，合并为一个行政村，并取名叫"爱本村"，也就是爱日本的意思。

"爱本村"村长是上面派来的，那就是何满申。

与"爱本村"相邻的还有"爱良村""爱富村""爱民村""爱友村""爱邻村""爱善村""爱满村"等八个以"爱"字开头的村庄，全部脱离了原来的拉林县，转而隶属了松江省的双城县，而拉林却成了双城县下的一个重镇。

双城县的县长是当地满洲人，而副县长和一些重要的部门，则由日本人把持。事实上这不过是日本人耍的一个把戏，决策者，也就是说，说话算数的当然还是背后的日本人。至于满洲人当的那个县长，只不过是聋子的耳朵——摆设罢了。

由三十六个自然村合并成的"爱本村"，村公所就设在连二红旗村的西红旗，位于西红旗那条东西主干道中间的路北，坐北朝南。紧挨东西两边的是村警察所和配给所。这是村长何满申手下两个非常重要的职能部门。

何满申什么来头，大多数人并不清楚，只知道他是镶蓝旗人。把这么个两三万人口的行政村的管理权交给他，可以说是委以重任，非同小可。不难想象，能占据这个位置的何满申，必有他不为人知的背景和过人之处。当然，背景一定是与日本人有关系的，而过人之处，也一定是为日本人所欣赏并认可的。

何满申上任的第一天，便在乡公所大门口悬挂了一个横幅，白纸黑字，上写四个大字：勤劳奉公。以后常年悬挂，旧了再换新的，但四个字不变。而且他还经常提醒手下的人，要把这四个字时时刻刻牢记在心头。说得真比唱得还好听。

在连二红旗及三十六个屯子里的老百姓那里，明里不说，暗里也不乏这样的评价，说他们"勤劳"可以说是说到做到。他们的确很"勤劳"，效忠满洲国皇上，勤勤恳恳，忠于职守，每天每个人像打了鸡血似的，死心塌地地为满洲国办事，甚至能做到夜以继日、废寝忘食。至于"奉公"，那就不用说了，他的公，既不是公民、公众，更不是公理。究竟是什么，明白的人和不那么明白的人，心里都像明镜一样明白。

不到半年的工夫，何满申一手把"爱本村"从上到下，控制得铁桶一般，滴水不漏。

村公所下设若干个股，有六七个文职官员。其中有个助理叫杨永才，股长有葛成飞、于庆涛、方文忠等。这几个人是从一开始就跟着何满申最早来到连二红旗村的。

"爱本村"下面还还设有警察三分局和"爱本村"警察分所。

警察三分局归拉林警察局领导。说起来，拉林警察局的前身还是属于那连福的势力范围。虽然日本人来了，可是警察局还是原来的警察局，只是把那连福一个人给换了，其他人照旧。

警察三分局，是拉林警察局的派驻单位，也是在连二红旗唯一的一个何满申无权管辖的单位。三分局设在东红旗的老富家大院里面，因为管不着，所以何满申也很少去。也正因为何满申很少去，这个所谓的警察分局也就成了空架子。何满申看得重和能用得上的是"爱本村"警察所。警察所本是警察三分局的下派机构，但上面有明确指示，他们属双重领导，具体事宜由"爱本村"公所负责，换句话说，就是由何满申这个村长直接指挥。

从一开始，何满申就非常明白这个警察所的双重领导是个什么东西。他十分清楚，警察三分局他是管不了的，但是警察所是块肥肉，绝不能丢给别人。因此，他们把警察所有意放在了村公所旁边，就在他的眼皮子底下，便于他随叫随到。这样就等于警察所把三分局的职能和权力，全部取而代之了。

"爱本村"属下三十六个自然村，按东西南北四个方向，分为四个区，区长分别由地主或恶霸乡绅担任。其中南区区长叫陈子新，就是当地有名的恶霸地主。另，西区区长罗文礼，北区区长张亚杰，东区区长李长龙。这些人中，仅李长龙是个本分的庄稼人。而每个区中又按日本人的方式，把每十户分成一个司库，每一个司库由何满申任命一个司库长。司库长和区长一样，不仅绝对要效忠于大日本帝国和满洲国皇上，还要绝对服从村长何满申。

前面已经说过了，我们一家刚回连二红旗时，我爹请客就请过南区区长陈子新和北区区长张亚杰。

另外，何满申还有一个叫唐六的贴身狗腿子。此人本就是地痞流氓出身，跟随何满申多年，不仅对何满申死心塌地，而且欺压老百姓更是比何满申有过之而无不及，村里有多少人家的女人被他欺辱，不计其数。

再后来，何满申贴身的狗腿子，不仅是唐六一个人了，而是两个人。另外那个人就是那连禄。

如同狗改不了吃屎的那连禄，被何满申看上以后，摇身一变成了何满申屁股后面一条最能咬人的疯狗。别看他平时在何满申面前摇尾乞怜，可在村里老百姓面前，却还是以前那样耀武扬威，凶神恶煞，甚至是有过之而无不及。

唐六和那连禄，二人有分工，但分工不分家。那连禄因为是连二红旗人，情况熟悉，像他自己在何满申面前拍着胸脯说的那样："在连二红旗，就连谁家老母鸡下蛋了，谁家小孩尿炕了，都别想瞒得住我那二爷！"所以，何满申把他的工作重点定在了连二红旗本村，而唐六主要负责外围的村子。

被人们暗地里称为何满申手下"哼哈二将"的唐六与那连禄，在连二红旗，不，在"爱本村"三十六个屯子，对待老百姓心狠手辣，恶贯满盈，老百姓恨其二人比恨何满申更甚。

当然，何满申对这两人的感觉，与老百姓完全相反。因为他用起这两个人来，可以说是得心应手，指哪打哪。有时甚至不用何满申动一下手指头，使一个眼神，他们就像两条疯狗似的，张开血盆大口，扑向那些善良的毫无反抗意识、反抗能力的人们。

那连禄投靠何满申，心甘情愿地鞍前马后地充当狗腿子，当然是有很多的好处的。首先，他可以一扫近几年因老三老四出事给他带来的晦气，从此又可在连二红旗乡亲们面前作威作福了。同时，他还能够在何满申手里获得很多实实在在的利益。

"爱本村"村公所下面还设有一个机构，叫"配给所"。所谓"配给所"，就是日本人为了拉拢民心，从本土运来了一些质量低劣的日常生活用品，以满洲国的名义分发给老百姓，以表示满洲国和大日本"皇军"的仁爱之心。例如人们穿的布，稍好一点的是柳条布，就是布面印有柳条花纹的，还有一种叫兔子布，也是上面印有小兔子，人们才这样称呼。这两种布数量少，其它更多的是摸着粗糙看着透亮的更生布，穿不了几天就会变成一缕一缕的破布片。还有帽子，用纸绳子编织的，一淋雨就成了纸浆。

但是，就是这样的垃圾，在那种一家三代人盖一床破棉絮，兄弟俩合穿一条裤子的当下，人们还是求之不得。

何满申就是把"爱本村配给所"的大权交给了那连禄。于是那连禄便有权力决定把好一些的柳条布兔子布给谁，把很差的更生布给谁。那连禄说一不二，不管你是谁，给你什么你就拿着什么，没有商量的余地，更没有价钱可讲，谁也不能说半个不字。否则，那就有你的好看，轻的骂得你狗血喷头，重则棍棒伺候。

也就是凭着这点权力，他也就有了在村民们面前横着走路，斜眼看人，张口就要骂，出手就敢打的资本了。

日本人正是通过何满申代表的满洲国的行政机构"爱本村"及其爪牙，

对连二红旗和周边三十六个自然村的老百姓,实施了全方位的统治、掠夺与压榨。

首先就是"出荷"。

"出荷"就是向日本人交粮食。

"出荷"的数量,是乡公所分派到各家各户的。对大多数的佃户来说,每年秋后,交了地主的租子,本就所剩无几了,再加上"出荷",基本上就靠野菜土豆等粗粮充饥。

除了"出荷",还有如摊派劳工,到几十里甚至几百里外去为日本军队修筑工事、挖坑道、挖煤、建营机场等,还有就是为满洲国的国兵招兵,这些都与"出荷"一样,摊派到每家每户。

何满申靠由恶霸乡绅出任的四个区的区长,由他们具体落实各项摊派,掌握每个自然村的每户人家对伪满政府下达的各项摊派执行的情况。这些人依仗伪满政权撑腰,平时在村里就横行霸道,鱼肉乡亲,催款催粮,抢占民女,无恶不作。

如果各项摊派遇到阻碍或执行不力甚至反抗,而且四个区的区长难以招架时,何满申可通过拉林警察局,动用"爱本村"警察分局和警察所的武装,对手无寸铁的老百姓采取强制性措施。

三分局局长叫于连采,手下有两个警长,分别姓顾和姓孙,还有一个叫夏其武的警察。这些人对老百姓心狠手辣,极其残暴。

有一年,一位农民因为"出荷"的粮食没有达到他们的要求,被他们用绳子像拴牲畜一样拴住,肩扛木锹,冰天雪地里游街游了十几个村子,最后被折磨得差点送了性命。

当时伪满洲国政府规定,人们不准穿长衫、坎肩,如若发现有人不遵守规定,轻则剥去衣服,重则罚款罚粮。如若不满或有只言半语的牢骚话,便会被打得鼻青脸肿。

就连穿了一辈子长衫的那连福,也改变了行头。

当时伪满洲国政府还有一条规定,老百姓不能吃细面,不准吃细粮。违者作为经济犯罪论处。

不过，那时普通老百姓家里也没有细粮可吃，大部分人家粗粮野菜合在一起，勉强能够度日就不错了。但也有个别家境稍好一些的，例如村里有几家田地比较多的财主，有的愿意效忠日本人和满洲国的，常和何满申一些人混在一起的，这些人家吃细粮细面，他们看到了也会睁只眼闭只眼。也有几户土财主，明着不敢和伪满洲国、何满申他们作对，但平时和其保持一定距离，完全一副惹不起躲得起的态度。这样的人家，如果被何满申及他的狗腿子们发现有磨细粮吃细粮的情况，照样严惩重罚。

何满申及其狗腿子经常下到村里，悄悄打探有没有人家偷偷磨面，老百姓看到他们来，便如临大敌。

有一天，东红旗关双河家偷偷磨面时，被那连禄不知怎么听说了，立即带人喊打喊杀地赶过去了。可是没有等他们到，村里一个叫张义的穷汉子知道了，提前跑到关双河家报信。张义在连二红旗是有名的赶马车能手，折景山家那几个大牲口，就他使唤得了。他还生得膀大腰圆，力大无穷，平时也是乐于助人，行侠仗义。正当关双河家吓得不知如何是好之际，只见张义搬起四百多斤重的磨盘，扔进了门外的草丛中。不一会，那连禄等人来后，连个磨盘都没有看到，也就没有把柄可抓了，只好骂骂咧咧地走了。

"爱良村"有两位村民赶车到"爱富村"拉树权子，因在"爱富村"有亲戚，人家招待他们吃了午饭，吃得不错，还喝了酒。其中一个人喝醉了，路过"爱本村"时，在路边呕吐，被那连禄碰上了。而且那连禄认真检查了那个人的呕吐物，发现这个人吐出的东西中有大米粒。这下不得了，那连禄叫人把这两个人痛打了一顿，最后把人家一车树权子也扣下了。

在变着法地欺负老百姓的同时，伪满政府还一年到头地向穷苦村民征这缴那，连席子、干菜、柳树条都要，不交就要挨打。村民被搜刮得锅底没有柴烧，炕上没有席子，一家三代人盖一床破棉被，兄弟俩穿一条破裤子的人家，在连二红旗不胜枚举。

伪满政府规定，凡是二十来岁的年轻人一律要当兵。

当时称为"国兵"，就是伪满洲国的兵。一当上国兵，便有去无回，就是有人侥幸回来了，在战场上保住了一条命，但不是少胳膊就是少条腿。所以说，他们之前一听说我爹是国兵的团副，便服服帖帖，崇拜得五体投地，也是有道理的。

如果因为身体原因，没有当上兵的人被称为"兵漏子"。

"兵漏子"一样要参加"勤劳侍奉"，也要在村里参加集体训练，类似于预备役。一旦伪满政府需要，"兵漏子"也要被送到战场上当炮灰。

除了当兵，年纪稍大些的，三四十岁的青壮劳动力，要充当劳工，毫无报酬地被拉去为日本人干苦力。他们干的是世上最苦最累的活，吃的却是橡子面。如果生病了，没有人给你治，只要还没有病死累死，就得出工。有的劳工自己采取拔火罐的土法给自己治病，但是若被日本人看到你身上拔火罐的痕迹，就会被当作传染病人给关押起来，最后被折磨至死。

"爱本村"每年都有人死在劳工队里。也有人想方设法逃跑的。如果被日本人抓住，其下场就是被日本人养的大狼狗给咬死。村里有一个姓何的村民，侥幸逃了出来，可又怕被何满申的人看见，在外面东躲西藏了一年多不敢回家。家里人以为他早死了。

也有人想躲劳工的。不想去就要给何满申送钱送物，而最终结果，大多数人礼送了，钱也送了，最后也逃不脱出劳工的下场。

一次，东红旗一位村民，为了求何满申办事，用一个瓦罐装了煮好的肉给何满申送去。何满申认为用瓦罐装肉是对自己的不敬，一脚把瓦罐踢飞，罐中的肉被他养的几只大狗抢去吃了。可怜这位农民事没有办成，结果不仅遭此奇耻大辱，而且被何满申手下的人打了个半死。

日本侵略者为了达到长期甚至永远霸占东三省的目的，大肆掠夺煤炭、粮食及森林资源，并幻想把我东北人民群众，彻底变成他们的服服帖帖的臣民。除了大量把日本本土人移民到东北外，还在东北实行了推广日语的措施，强行全民学习日语。

伪满政府在"爱本村"建了一所中心小学。小学的位置就在西红旗的村公所对面，一路之隔。

"爱本村"属下三十六个自然村的小学生，一律到这里读书，全校师生多时竟达五六百人。

中心小学开设的课程有算术、国语，但这是次要的，主要的课程是日语。也就是说，每个小学生，无论你的算术、国语成绩再好，如果没有学好日语，照样要受到惩罚，轻则挨板子，重则开除出学校，甚至连累自己的家人。

校长叫李维华，曾当过拉林一区区长。此人忠于日本侵略者和伪满政府，生得一脸横肉，而且性情十分粗暴，全身上下完全没有一丝一毫教书人的斯文。平时不仅对学生一直施以野蛮的管理，张口就是骂，伸手便是打，而且面对村民们也常常是一副凶神恶煞的面孔。李维华来头比较大，在"爱本村"，他是唯一一个敢于在何满申面前大声说话甚至是敢于和何满申叫板的人。也就是说，连"爱本村"村长何满申平时都要让他三分。也正是由于这样，让学校的教师和学生对他多了几分畏惧。

"爱本村"中心小学每学期开学都要举行隆重的仪式，其中最重要的不是像中国传统的私塾或国小，让学子们去拜孔夫子，而是校长李维华率领全校师生参拜伪满洲国皇帝训民与爱民诏书。这两道诏书用黄绸包好，由李维华手捧，按照日本人礼拜天皇的形式，供奉到全校最神圣的位置。其场面之宏大，气氛之庄严，足以让人大气也不敢喘，更没人敢于说话或弄出声响。

中心小学对学生的管理，完全是按照日本军国主义那一套办法，严格到了不通人性的地步，小学生们稍不留神就会挨板子。"我"——关天英，天生的左撇子，连写字都用左手，可是一旦被老师发现用左手写字，就少不了挨一顿板子。所以我平时在老师面前装作用右手写字，等老师看不到时，才敢换成左手。

小学生郎青山，正白旗人，家离学校有五六里路。一天，他因迟到了一会，被李维华勒令在教室外跪了一个上午。

小学生刘恩，正黄旗人，刚上二年级。因年龄小，脑子有点笨，学习成绩不太好。一次因日语没有考及格，被李维华一拳打过去，当即掉了两颗门牙，然后脖子上挂块十斤重的木牌子，在教室门前一站就是一个上午。

有一回，外村一位村民牵了一匹马，想抄近路从小学院内穿过去，被人发现后，报告给了校长李维华。李维华立即让人把马扣下，先是把那位村民打了一顿，然后让他在大雨中，跪着用手把所有的马蹄印子给抹平。

有一天，李维华来到学校门口，看到有几个村民在学校门口的两侧路边摆摊，卖些小孩子喜欢吃的糖果、花生、瓜果一类的东西。李维华怒气冲冲地一路走一路踢过去，一个也不饶。村民们没谁敢说半个不字。

所以有老百姓背后说，这哪里是教书育人的学校呀，分明就是一所日本军国主义的集中营。

4

这就是之前小秋叔叔说给我爹听的，亡国奴！

当了十四年亡国奴的连二红旗人，记忆最深的除了前面讲的伪满洲国全方位的高压统治之外，有两件骇人听闻的事件，恐怕世世代代都会刻骨铭心。

一件事是有一个村民被点天灯；另一件事是一个村民惨遭大卸八块。这两件事震惊了"爱本村"三十六个屯子！八十多年过去了，在连二红旗，人们提起这两件事来，仍然会毛骨悚然。

当年那个被点天灯的村民，是"爱本村"南区李家窝棚的佃户，名叫李老蔫，50岁年纪。

所谓点天灯，就是把一个活人吊在树上，身边堆上柴火，下半身浇上煤油，然后把柴火点着。火先从脚下烧起，在一阵阵惨叫声中火势蔓延，直到把这个人活活烧成灰烬。

李老蔫之所以摊上被点天灯这样的大难，其实起因并不复杂，说起来也非常很简单。

那一天，南区区长陈子新把他所管辖的村民们集合在一起，传达满洲国关于增加"出荷"的通告。

通告中说，之所以要增加"出荷"，是因为"皇军"要剿灭近来活动猖獗的杨靖宇，还有赵尚志、汪雅臣等土匪头子，需要大量的军粮。当时像李老蔫那样长年累月只会把脑袋钻在坷垃缝里找食的老农民，哪懂得外面那么多事呀，什么"皇军"，他只听说过，长得什么样，是青面獠牙还是三头六臂，从没有见过。至于那几个叫杨靖宇和赵尚志、汪雅臣的土匪头子，究竟又是何方神圣，他更是闻所未闻。他李老蔫只知道，如果再增加"出荷"，本已经快揭不开锅的全家人，往后更是活不下去了。所以，他便小心翼翼问了陈子新一句："日本人去打仗，为什么要我们提供军粮？"

就是这么一句问话，让陈子新听了，简直不敢相信眼前这个衣衫破烂，形象猥琐的李老蔫，简直是吃了豹子胆！简直是犯上作乱！简直是大逆不道吗！这怎么得了！

陈子新当即左右开弓，给李老蔫两个大嘴巴，接着让人把他给五花大绑了起来，随即像牵头猪似的押到了十里外的连二红旗，拴狗似的绑在了村公所院子里的杨树上，等待何满申发落。

村长何满申先是耐着性子听陈子新陈述事情的来龙去脉，但只听到一半，其反应比南霸陈子新更加激烈，当即怒发冲冠，暴跳如雷！上前一步，然后脱下鞋子，先朝李老蔫脸上猛抽了两鞋底，大声骂道："你真是要反了你了！今天我要是饶了你，往后我们'爱本村'，就不是我大满洲国的天下了！"

说罢，朝身边的唐六和那连禄做了个手势。

唐六与那连禄两个"哼哈二将"，手早痒痒得难以忍受了，这时像两条狼闻到了腥味，两眼放光，精神亢奋到了极点。心想，终于大展身手的时机到了！

那连禄先问："村长，您发话吧，怎么处置？"

唐六接上说："就听您老人家一句话！"

何满申眼睛眨都没有眨一下，说："点他的天灯！"

点天灯这事，不仅连二红旗人，就连唐六、那连禄这两个人，也是只听说过，谁也不曾亲眼见过。

那连禄稍迟疑一下，问道："村长，点天灯？以前只听人说过没有干过，兄弟们不会呀？"

何满申听那连禄这么说，不禁勃然大怒："他妈个屄！你是老母猪养的呀？！只要听说过，就够了！"

何满申一句话把那连禄吓得当即尿了一裤裆。

唐六眼皮子活，忙涎皮赖脸地凑到何满申面前，说："村长您老人家息怒。他不会，我会！"

听唐六这么说，何满申虽然不再骂人，但余怒未消，说："杀人放火的事，本就是你们的强项，我就不相信点天灯，还得让我何某人亲手教你们！"

唐六说："不用！不用！我肯定把活做得妥妥的，让您老人家十二万分地满意！"

这时何满申又向唐六和那连禄交代，点天灯之前要等把老百姓全召集来，现场观看。别的屯子远，现通知可能来不及了，但连二红旗的人，都要通知到，无论男女老少，凡长了腿的，来得越多越好，场面、声势，造得越大越好！

何满申最后说："今天点了李老蔫的天灯，目的是要起到敲山震虎、杀一儆百的效果，看看'爱本村'以后还会不会出辱没大日本'皇军'的什么张老蔫王老蔫！"

那连禄与唐六对何满申的指示，心领神会。于是，两人临时进行了分工，那连禄负责去村里喊老百姓观看，唐六则负责把老李蔫带到指定地点，做好点火前的准备工作。

指定地点就是在村公所对面的中心小学。唐六带上两个狗腿子，把五花大绑的李老蔫，押解到小学操场西南角那棵老榆树下。他们先是把李老蔫身上的绳子解开，但把双手和双脚，连同两条胳膊两条腿，捆得更加结实，最后把李老蔫双手吊在那棵老榆树的最粗的那根树枝上，让他的脚尖刚刚离开地面有半尺高。

捆绑妥后，唐六围绕着李老蔫，兴致勃勃地转了一圈，眯缝着眼睛，好像是一条猎狗在欣赏那只已经被他折磨得半死不活的兔子，好不惬意。

这时的李老蔫吊在半空中，一遍遍地骂着："唐六！我操你八辈祖宗！""唐六！我操你八辈祖宗！"

听着李老蔫的骂声，唐六似乎并不生气，脸上依旧是一副笑容可掬的神情，说："骂吧，抓紧时间骂，再不骂过一会你就骂不成了呵。哈哈！哈哈！"

他一边笑着一边让狗腿子去扛来了几捆苞米秆子，围在李老蔫身体四周。因为前几天刚下了一场雨，苞米秆子显然是被雨淋过了，摸着还是湿的，唐六当然也是有脾气的，不禁用刚才何满申骂那连禄的话骂起了狗腿子："他妈个屄！都是老母猪养的吗？这么湿的柴火，点得着吗？"

唐六毕竟不是何满申，一句话能把别人骂得尿裤裆。

狗腿子解释说："没办法啊，唐爷，我去看了好几家的柴火垛，因为下过雨，哪家的柴火垛都是湿的。"

唐六这时把眼睛瞪得比牛蛋还大，吼道："你真是个比东红旗的'傻砖'还他妈傻的傻货！那么大的柴火垛，你不会把上面湿的掀开，拽里面干的呀！"

狗腿子这才恍然大悟，说："还是唐爷高明！我这就去！"

唐六这时想了想，又对另一个狗腿子说："你！你去村公所弄半桶煤油来！"

等狗腿子们分别把干的柴火和半桶煤油提来后，那个提煤油桶的人就要把煤油往李老蔫的头上浇，唐六眼明手快，上前去一把夺过来煤油桶，忍不住又骂起来："说你他妈的傻，你还他妈的真傻！怎么能从头上浇！"

狗腿子这下不明白了，强辩说："不是要点李老蔫的天灯吗？不往他头上浇，能往我自个头上浇哇？"

唐六又来气了，说："你他妈的就是老母猪养的！你信不信？别看我不是何村长，小心我哪天再看你不顺眼，一不高兴真把你也给点了天灯！"

这一句话起了作用，吓得狗腿子站在一旁再不敢吭声了。

唐六接着说："要按你说的从头上浇，等会一点火不就先从头上着起来了，那不很快就烧死了？那不就没有什么看头？那不就没有什么玩的了？蠢货，好好看你唐爷是怎么做的！"

唐六训斥完狗腿子，亲自拎起煤油桶，先是把李老蔫身边的苞米秆全淋了一圈，最后把剩下的全部往李老蔫的大腿以下部位泼去，然后把空桶扔了，说:"看到没有?等会要让火从下面慢慢往上烧。到时候你就看吧,当李老蔫下半身烧焦了,人还没有死,头会动,嘴还会喊。只有这样,才过瘾才好看,是不是?"

一旁站着的几个狗腿子,这时异口同声地附和说:"唐爷,高明!唐爷,实在高明!"

这一边,唐六带人在现场准备工作做得有声有色;那一边,那连禄带着另一个狗腿子,也是尽职尽责。刚才那连禄被何满申骂了个狗血喷头,正想着将功赎罪呢,所以特别卖力。他提着一面破锣,先在西红旗转了两圈,又跑到东红旗转了两圈,一边跑一边把手中的铜锣敲得震天动地,嘴里还一边高声喊道:

"点天灯了!点天灯了!何村长发了话,要大家都要去学校操场看呀!去晚了就看不到了呀!"

那连禄从西红旗跑到东红旗,又从东红旗折返西红旗,效果明显。不一会就看到,连二红旗的人潮水般往学校拥去。远远望去,从东红旗往西红旗去的那条斜大路上,全是人头。

这些人中,有些是因为惧怕何满申的淫威,不敢得罪,既然是何大村长发的话,想不去也不敢不去。但是,大部分人却是为了赶去看热闹的。以前,人们也都是只听说过有点天灯这回事,可是还从没有人亲眼看到过呢。

特别是孩子们,争先恐后,大呼小叫,似乎比以前过大年看大戏都开心。还有几个孩子跟着那连禄跑,边跑也边喊:"点天灯了!点天灯了!"

当那连禄回到现场的时候,已经来了很多老百姓了。那连禄兴奋地对唐六说:"唐哥,人来得少说也有五六百人了。你这里准备妥没有?若妥了,就可以点火了。"

唐六朝村公所方向望了望,说:"先别急,何村长来了。什么时候点火还是等村长到了,听他的。"

听他这么一说,大家回头一看,何满申迈着八字步,正朝这边走来。

那连禄说:"那是,那是,当然得听何村长的!"

被吊了这么长时间的李老蔫,感觉一定是很不舒服,气也不足了,所以,前面他一直骂"操唐六八辈祖宗"的声音,渐渐地小了很多,嘴里喊出来的也变成了一声声滴血的哀求:

"老天爷啊!睁睁眼啊!老天爷啊!救救我李老蔫啊!"

何满申来到那连禄和唐六跟前,抬头看了看李老蔫,大声说:"李老蔫,我问你,你的老天爷是谁呀?他在哪呀?"问罢把脸转向人群,咆哮起来:"你们都给我听着!我,何满申就是你们的天,就是你们连二红旗和'爱本村'的老天爷!"随即大手朝那连禄与唐六用力做了个势,"点火!"

当唐六把手里蘸了煤油的一团棉花点着,投到围绕在李老六身边的苞谷秆上时,即刻引着了苞谷秆堆,瞬间,火苗腾地蹿到了李老蔫的胸口部位。

李老蔫似乎仍然清醒着,又使出全身仅存不多的气力,破口大骂:"我操你何满申一十八辈祖宗!"

这时人群中很多人捂住了双眼。他们没有胆量或不忍心再看李老蔫那张变了形的脸。

李老蔫还没有断气。他嘴里冒着白沫,嘶哑的喉咙里已经挤不出一句完整的骂声,传进人们耳中的是一声声的惨叫。

多年以后,当时曾亲历现场的人如是说,李老蔫最后的惨叫,听着已经不是人的声音,像是鬼哭,像是狼嚎!

再后,随着大火烧到了李老蔫的头顶,人们再也听不到他任何声息了,耳边只剩下苞米秆燃烧而发出的"噼里啪啦"的响声。

再后,老柳树下最后一束火苗熄灭了。老柳树的主干上,留下了半边烧焦的痕迹,地上一堆依然冒着缕缕青烟的灰烬。

从第一束火苗在李老蔫身上腾起那一刻起,除了苞米秆燃烧的声音和李老蔫发出的惨叫,聚集着五六百人的现场,从人声鼎沸归为一片沉寂,鸦雀无声。就连刚刚还疯跑嬉闹的孩子们,这时也都仿佛被一双无形的手,定住了双腿,扼住了喉咙,屏住了呼吸,那一双双稚气的眼睛里,透出的是惊恐万状的目光。同时,有好多位上了些年纪的人,当场就昏倒在地,后被家人抬回家的。

那年我八岁,本也该是那些嬉戏的孩子们中的一员,而且当时那连禄敲锣从我家门前经过,我听到了他"去看点天灯"的喊声,我想跟着一群小伙伴去看热闹,正要出门,被我娘拽得死死的,不让我离开她半步。

当然,我娘自己也没有去。

5

点李老蔫天灯的事才过去三天,"爱本村"又出了一件令人发指的事。

这事出在连二红旗北面的孙家屯,出事的人也是个佃户,名叫孙承业,三十来岁,生得膀大腰圆,年轻力壮。本来家里就穷,再加上孙承业饭量特大,经常是吃了上顿没下顿。特别是到了每年春天青黄不接的时候,断炊揭不开锅更是常事。

孙承业还有个特点,说话直来直去,所以被人背后叫作"直肠子驴",心里咋想就咋说,不会拐弯,更不会讨个好,服个软,为此也经常得罪左邻右舍。不过,这在乡里乡亲们面前也没有多大的问题,一个屯子住了几辈子了,大家了解他就是这么个说话不中听的人,骂两句,红个脸,也就不和他计较了。

那一天,也是因为增加"出荷"的事,孙承业家徒四壁,原定的"出荷"标准,能完成就已经是交出了全家人大半年养命的口粮了,现在又要增加"出荷",他哪里拿得出!

当张亚杰带人上门收粮的时候,孙承业当时既没有说上一句客气话,更不会陪个笑脸什么的,他拉长着一张黑脸,说:

"都穷成这个样子了,还要没完没了地交!这不是把人往死路上逼吗?"

号称"北霸天"的北区区长张亚杰,本就霸道惯了,哪里吃他这一套,把眼一瞪,说:

"你个孙承业,王八犊子,想怎么着?看你那身膘,我就不相信你是吃屎长出来的！现在你把两个耳朵窟窿打扫干净，给我听清楚了！我先要告诉你，你穷不穷，与我张亚杰没有一根鸡巴毛的关系！我再告诉你，这粮也不是交给我张亚杰的，是大满洲国皇帝和大日本'皇军'发的檄文！"

孙承业好像真是有点不识时务，也没有想一想，站他面前和他说话的人是谁，所以也是毫不退让，说：

"什么大满洲国皇帝和大日本'皇军'，和我孙承业也没有半根鸡巴毛的关系！"

孙承业这一句话，在"北霸天"张亚杰听来，简直如雷贯耳。他压根没有想到，在他管辖的北区地盘上，竟然有人敢和他这么说话！更不敢相信，在他眼皮底下，竟然会有人敢对大满洲国皇上和大日本"皇军"用如此的污言秽语，是可忍孰不可忍！

张亚杰暴跳如雷，怒不可遏：

"好！好！好！我见过胆子大的，但从没有见过你这个王八犊子胆子这么大的！给我搜！"

这时，张亚杰带去的人把孙承业那三间破草房子翻了个底朝天，确实只搜到一堆土豆，一粒粮食籽儿也没有找到。

"王八犊子，你再听清楚了，别给脸不要脸，老实给我交代，把粮食藏什么地方了？"张亚杰气不打一处来，可是却仍然显示出了难有的耐心。孙承业态度硬得像根没有啃净的鸡骨头，脖子梗得如同上坟用的供鸡，说道：

"要粮没有，要命一条！"

"看来你小子今天真是王八犊子吃秤砣——铁了心了！你以为你这条小命多值钱是吧？在满洲国皇帝和大日本'皇军'眼里，连只蚂蚁都不如！"张亚杰这时朝孙承业脸上狠狠啐了一口，骂道。

骂罢，按照"爱本村"的规矩，让人立马把孙承业五花大绑，并亲自送到了西红旗的村公所。

何满申正在与人喝酒，听了张亚杰把事情的前后陈述一遍，并特别强调了孙承业竟敢辱骂大满洲国皇上和大日本"皇军"，其言辞之恶毒，实属闻所未闻，死有余辜。

"何爷,你是没有亲耳听到啊,你想都想不到他骂得有多么地毒辣。我现在都不敢在你面前重复一遍,因为重复一遍,都觉得是对大满洲国皇上与大日本'皇军'的大不敬啊!"

何满申这时站起身,并顺手抓起身边一支空酒瓶,带着一身的酒气,慢慢踱到孙承业面前。好像他这时,并没有看出来多生气的样子,甚至是还面带着微笑,问孙承业道:

"你刚才骂了大满洲国皇上与大日本'皇军'什么,我没有听到,也不与你计较了。我只问你一句,说吧,你家的粮食藏哪里了,说出来我就放了你。"孙承业似乎并不领他的情,仍然用对付张亚杰那句话对付何满申:

"要粮没有,要命一条。"

听了孙承业这句话,何满申好像还没有生气,口气依旧很和气,再问道:

"你有没有听说,前天点李老蔫天灯的事情?"

刚刚还犟得如同一头叫驴的孙承业,到底不是铁打钢铸的,一听到"点天灯",眼睛眨巴了两下,似乎这个时候才知道害怕了,腿开始发抖,嘴唇不停地打战,话也开始软下来了,说:

"何村长啊,你问问,他们不是搜过了吗?我家老小已经两个月没有见过粮食籽儿了呀!"

孙承业服软了,何满申反倒撕去脸上伪装的笑容,眼睛里露出凶光,朝孙承业怒吼起来,把手中的空酒瓶子猛然往孙承业额头上砸去,孙承业顿时血流满面。

"你这头不见棺材不掉泪的犟驴,刚才不是说你还有一条命的吗?我看你这条命到底有几斤几两!"

那连禄立马凑到何满申面前,脸上堆着笑,说:

"何爷,别和他啰唆了。还是点了他吧?"何满申斜着一只眼望了望那连禄,反问一声:

"你是说也点他的天灯?"

"对呀!前天点了李老蔫的天灯,好看好玩不说,南区的"出荷"数,全部完成了！"那连禄说。

"是吗？"何满申转头又问唐六。

"是呀！是呀！那爷说得不错。这两天连二红旗的那些穷鬼们，也没有一个敢哭穷了！"唐六回答说。

"那就好！"何满申很高兴。"不过，这回就不一定还点天灯了，换个玩法不行吗？"

"换个玩法？何爷，莫不是您老人家还有新招？"那连禄兴奋得像一头饿狼闻到血腥味，两眼放出瘆人的绿光。这时唐六没有等何满申回答那连禄，却抢着说：

"那当然！何爷什么人啊！他老人家吃的盐比咱哥儿俩吃的白米饭加起来都多！"说着，唐六也把脸凑到了何满申面前，"何爷，你快发话吧，我心里痒痒得都挠不下了呀！"

这时，何满申冷笑一声，从牙缝里挤出两个字：

"活剥！"

何满话音一落，"哼哈二将"心领神会，喊了几个狗腿子，架起孙承业就往外拖。

"活剥"也就是在人活着的时候，实施剥皮，最终折磨致死，这比"点天灯"更加残暴百倍！人们平时就是杀羊宰牛也都是在羊牛死了以后才会剥皮，更何况这不是羊也不是牛，而是人！

唐六和那连禄架着孙承业，没有像上次点李老鹰天灯那样朝学校操场去，而是拖到了东红旗折景山大院北面的柳树林。

柳树林有十几棵老柳树，树高参天，冬夏蔽日，加上这里地势略高，更是显得特别醒目，几里开外就能望到。凡是从远乡归来的连二红旗的游子，远远看到这片柳树林，便会情不自禁地在心里说一声：到家了。所以，柳树林又成了连二红旗的地标。

其实，柳树林还有个很不吉利的名字："乱葬岗"。意思就是，这里是埋死人的地方，可它又不是固定的谁家的祖坟，而是专埋那些屈死、冤死、暴死,以及那些无亲无故、无人认领和还没有长成人而半路夭折的死孩子,故称"乱"葬。也正因为这样,柳树林在连二红旗人心中,虽然是醒目的地标,却同时又是个阴森恐怖的去处。像什么"在柳树林听到了鬼哭","在乱葬岗遇到了鬼打墙"之类的传闻,常在人们口中流传,是真是假,没人考究,却经久不衰。

唐六和那连禄押着孙承业往柳树林方向去,并没有像上次那样敲着锣喊人们去观看,但是一路上仍然有很多人尾随,而且越聚越多。"看活剥人皮了!""看活剥人皮了!"正是一些孩子们的喊声,把人们招引了过来。不过,尾随人群中,大人倒是不多,都是些八九岁和十来岁的孩子。当然,大人们,凡是还有点良知的人,谁会把杀人,特别是这种残忍的方式当作快乐呢?

不过,大家都失望了。因为最后"活剥人皮",没有能按何满申与唐六那连禄们设想的那么好实施。

唐六和那连禄一帮人把五花大绑的孙承业拖到柳树林后,接着把他身上的绳索解开,全身扒得一丝不留,最后让他背靠在一棵粗大的柳树干上,连人带树捆在一起,结结实实。万事俱备,只欠东风了,只等屠户郑胡子一到,就开剥!

年过半百的郑胡子,是连二红旗唯一的专业屠夫。他这个胡子与人们说的杀人放火抢劫掠夺的土匪,不是一回事。只是因为他那张脸与说书人口中《三国》里的猛张飞和《水浒》中的黑李逵一样,遍布又黑又粗又硬的胡须,郑胡子也便由此得名。这样说来,所谓郑胡子只是他的绰号。有了这个绰号,加上他那五大三粗的体格和他几十年以来所从事的屠宰行当,一切都正与他的形象相吻合,所以人们早忘了他的真名是什么了。

郑胡子不仅平时专事屠宰然后到集市上去卖肉,逢年过节像折景山那样的大户人家,杀猪宰牛,甚至杀牛杀驴,都要请他操刀。不仅仅是大户人家,即使是一般人家,谁家死了条猪啊狗的,舍不得丢弃,也会请他上门。因为,除了杀猪是褪毛之外,像牛啊马啊羊啊狗啊,杀了后都是要剥皮的。剥皮是个技术活,一般人是做不了的,在连二红旗也就郑胡子拿得起这活。更重要的一点,今天这是要剥人皮,还是活剥。就算是唐六和那连禄这两个杀人不眨眼的恶魔，对于活剥人皮，他们也只是听说，从不曾见过，更不可能亲手做得了。所以，必须请郑胡子出手实施。因为，在他们想来，剥人皮与剥牛皮剥狗皮，道理是一样的。这对郑胡子来说，还不是如同裤裆里抓鸡巴一样，十拿九稳嘛。

郑胡子也是被那连禄派去的狗腿子像拉条死猪一样拖到柳树林的。因为郑胡子一开始听村公所的人说让他带上屠宰的家什跟他们走，还以为又是要替人剥狗或剥牛，便强调说自从有"爱本村"后，没有什么生意了，已经歇了好几年，手早生了。狗腿子可不听他这一套解释，说，你这是家传的功夫，哪会几年就废了？郑胡子知道胳膊扭不过大腿，也就顺从了，但又说，屠宰家什多年没有用，都生锈了，要等他磨一磨才行。狗腿子哪里等得了，又朝他吼道，人都给绑到柳树林了，你还磨个屁呀！郑胡子这时候才明白，人家不是让他去剥牛剥狗，是让他去剥人啊！当即就吓得瘫倒在地，走不动路了。狗腿子们也只好上前去拖。

几个狗腿子把郑胡子拖拽到柳树林，唐六和那连禄精神为之一振，可是再看看郑胡子站都站不稳，那连禄对几个狗腿子说：

"看郑胡子这副屌样，你们多上去个人嘛！"

这时几个狗腿子上前，把郑胡子硬扶到孙承业面前。同时，还有一个人从后面抱着郑胡子的腰，使出吃奶的力气，支撑着不让郑胡子再倒在地上。

好不容易让郑胡子站直了，有个人把一把尖刀递到了郑胡子的手上。

此刻，被结结实实捆靠在柳树干上的孙承业，已经不再撕心裂肺地呼叫，也没有再拼着命地挣扎，全无了声息，安静得让在场的所有人都不可思议。他那赤条条的身子上，早被唐六喷上了水，水珠儿在那黑的、红的、白的皮肤上，相互辉映，闪闪发光。

或许光亮太过耀眼，刺疼了郑胡子那双不太听使唤的眼珠，于是他几乎是竭尽全力地抬起一条胳膊，用袖子揩了揩脸，力图让眼睛睁开。他成功了，最终让双眼打开了一条缝，一条细细的缝。正是这条缝让他看清楚了孙承业那个耷拉在肩头上的硕大的脑袋。

郑胡子伸了伸脖子，又使劲往前凑了凑，终于又从那条缝里，看到了长在硕大脑袋上的那一张脸。

凭多年的经验，无论是剥牛还是剥狗，都是要从头和脸这些地方先下刀的。当孙承业那张严重变形的脸，映入郑胡子眼睛眯起的那条缝的时候，最初还是有几分清晰，可是清晰的时间短，很快眼前又重新的模糊起来，以致让他不仅很难分不清这是谁的脸了，甚至是人脸还是别的什么东西脸，都吃不准了。这莫不是一张牛的脸？怎么还像是一张狗的脸？不，不，为何又像是什么驴呀马呀的脸？似乎他几十年杀过剥过的所有牲畜的脸，一齐轮番展现在了他的眼前，如同拉洋片似的在郑胡子的眼前晃动着，晃动着，最终晃得郑胡子腿一软，全身像一堆烂肉般瘫在了地上。背后抱着他的那个人，使出九牛二虎之力，毫无办法，也只好放手了。

两个活人，此时此刻都如同死了一般。一个是绑在柳树干上的孙承业，一个是瘫在地上嘴冒白沫的郑胡子。急得那连禄一跳三尺高，连跳边骂："我操你八辈先人！看来今天这出'活剥人皮'的戏唱不下去了！"骂着骂着，弯腰把还握在郑胡子手中的那把尖刀抽了出来，喊道："'活剥'不成，就'大卸八块'！"

这时围观的人还没有听清那连禄喊的什么，或者有的听清了他喊的是"大卸八块"，但还没有弄清楚什么叫"大卸八块"，只见那连禄手起刀落，孙承业的一只耳朵已经被削飞出了三尺开外。与此同时，本已经处于垂死状态的孙承业，发出了一声惊天动地的叫声："哎呀！我的妈呀！"

突发的情况，吓得围在前面的人迅速后撤，人挤人，人撞人，人踩人，乱作了一团。

一旁的唐六没有乱。不仅没有乱，而且难得地清醒与沉着。他看到那连禄动手了，他也顺手操起了郑胡子带来的另外一把刀，这是把砍刀。不用解释，尖刀在郑胡子手里是用来剥皮和割肉的，而砍刀是用来砍骨头剁筋的。唐六挥起手中的砍刀，同样是迅雷不及掩耳的速度，孙承业的一条胳膊已经脱离了身体⋯⋯

第二天，"傻砖"在村里逢人便说："什么屌的'大卸八块'！全是骗人的，明明是九块！我数过了，绝对是九块！"

没有人与"傻砖"争论，孙承业到底是被砍成八块还是九块。但人们还是相信"傻砖"的。因为，很多人都知道，昨天半夜，正是"傻砖"去给孙承业收的尸。

第5章 暗流涌动

6

"爱本村"三天之内,连续出了"点天灯"与"大卸八块"这般骇人听闻的事件,之后没过几天,小秋叔叔第二次来到了我家。

小秋叔叔第二次来,也是晚上,但比上次时间上略早了一些,我还没有睡觉。所以小秋叔叔一进门,首先看到了我,高兴地说:"哎呀,看天英都长这么大了!"说着把我抱在了怀里,并抬头望着我娘,"嫂子,你还记得不?那年我带天志走时,他就像现在的天英这么高,这么大。"

我娘怎么会不记得?七年了,哪一天我娘不是掐着手指头过来的呀?这时,她想回答小秋叔叔,可是嘴唇颤抖着,一句囫囵话也没有说出口,眼泪却夺眶而出。

整过去七年了呀!小秋叔叔一直没有再来过了。见不到小秋叔叔,我娘便得不到我爹和我哥的任何消息,她有多思念,多着急,多担心!世上任何一位当妻子和母亲的人,都不难体会到!

我爹已经走了八年,我哥也被小秋叔叔带走整整七年了。尽管还有我在她身边,可我毕竟还是个几岁的孩子,除了让娘操心外,我还不能为她分担任何的大事小事。

不过，实事求是地说，这些年，我和我娘的生活上倒没有太大的问题。一是我爹走之前给我娘留下了钱，足够保障我和我娘像连二红旗其他家族一样的最低生活水平。接着，在小秋叔叔第一次来时，又给我娘留下了钱。再后来的这些年，每隔些时日，总有不认识的人来家里，传话说是我爹在国兵里工作太忙，没有时间回家看望，让我娘捎钱过来。再加上，村里好心人也多少给些帮衬，所以，尽管这些年不断听说村里有人家揭不开锅了，还经常见到有谁家饿死了人，但是娘从来没有让我饿过肚子。

当然，我娘不可能想得到，多少次让陌生人给家里捎钱，并不是我爹，而是小秋叔叔。

别忘了，我和我娘之所以能平静地生活，还有个重要原因，那就是因为我爹在满洲国的国兵当团副，而且我爹走之前按照小秋叔叔的授意，做的那些工作，一直在起作用。我们娘儿俩住在连二红旗，没有受过任何来自村公所和何满申那帮人的骚扰。再加上我娘心里明白得很。我爹在国兵里当团副，连二红旗的人，没有谁怀疑过，可我娘心里像明镜一样，那是假的。所以在村里生活了四年，我娘深居简出。无论村里发生了什么事，她都看见了装没看见，听到了装没听到，熟视无睹，充耳不闻，不显山不露水。这样也便没有任何的麻烦缠身，落得个平安无事。

其实，真正的苦，是在我娘的心里。

我娘日日夜夜地想我爹，想我哥。从我刚刚懵懂记点事的时候，就听我娘常常哼一首歌。这是她当姑娘时就会唱的一首歌。多少次夜半三更，我半夜醒来，准能听到娘又在哼那首歌，而且伴之的是她泪流满面。

一呀更里呀，
月牙儿刚出山呐，
谁家女人她难入眠，
梦儿还没做甜。
为何夜静心不静啊，
为何雨眠风不眠，

怎不叫那弯弯月儿挂在她梦里边。
五呀更里呀,
月牙儿要落山呐,
谁家女人她刚入眠,
梦儿还没做全。
为何星亮心不亮呀,
为何月安人不安。
怎不叫那圆圆月儿照亮她心里间。
女人是无边的水呀,
男人是浪上的船,
梦是风帆心在彼岸。
苦也别说苦啊,
难也别说难呐,
无限风光在峰巅呐,
月落五更艳阳天。
月落五更艳阳天……

虽然我还不懂这首《月牙五更》歌词的内容,但是那柔情似水的旋律,那如泣如诉的韵味,多少次伴随我走进梦乡,以至化作了我童年生命中的非常重要的一部分。特别是每当看到我娘哼着哼着,情不自禁地潸然泪下,我的心就会被深深地刺疼。我能想象到我娘心中那片天空,一定是一年三百六十五天都乌云密布,看不到灿烂的阳光,更没有美丽的朝霞和动人的夕阳。

这就不难理解,为什么我娘一看到小秋叔叔,一句话没说出口,便泪水滂沱了。

小秋叔叔虽然知道我娘有一肚子的委屈,但一时也不知该如何劝她。一般的安慰话已经说过了,起不了太多作用。不过,小秋叔叔还真能,很快就让我娘破涕为笑了。

小秋叔叔这一招很简单。当我娘哭了好长一阵子后,看样子也哭得有点累了,小秋叔叔从口袋里掏出一张小纸片,只有香烟盒一般大小的纸片。

我之所以说是小纸片,因为那个时候,不仅是我,连我娘也没有见过,甚至更没有听说过什么叫照片。

小秋叔叔对我娘说:"嫂子,快把眼泪擦干,你看我这次给你和天英带什么宝贝了?"

我娘止住哭泣,接下小秋叔叔递上来的那张纸片,凑近灯光,看了一眼,问小秋叔叔:"兄弟,这上面是什么呀?好像是两个人头,模模糊糊的,看不清楚是谁。"

小秋叔叔这时对我说:"天英,既然你妈看不清楚,你快看看那上面是谁。"

听小秋叔叔这么说,娘说:"我都看不清是谁,他一个小孩子,会比他娘还能?"

我有点急不可耐,上前抢过我娘手中的纸片。我娘说:"你轻点!你叔叔不说了吗?这是宝贝呢,别扯烂了!"

我第一眼就看到那纸片上是啥了。按说,我娘那时还没有老到眼睛昏花的时候呀,咋就看不清呢?我说:"娘,我看清了,这纸片上是两个人。你再看看是不是我爹和我哥呀。"

我在纸片上看到了两个人,但之所以问我娘那上面是不是我爹和我哥,是因为我爹走时,我才刚出生不久,而我哥走时,我也才一岁,哪里知道他们长的什么样啊。所以我只能猜,可能是我爹和我哥,除了他们两个人,谁能牵动我娘的心啊?

小秋叔叔这时夸我说:"嫂子,你还别说天英小,可他就看了一眼,一眼就看出来了。"

"天英,快给我,让妈再看看。"

听我这么一说,我娘马上又从我手中要去纸片,认真地反复地看着,脸上逐渐浮出了笑容,说:"天英说得没错,这还真是的,是你爸和你哥。看看,你哥都长得比你爸肩膀都高了,还咧嘴笑呢!"说着她抬起头望着小秋叔叔,问道:"兄弟呀,是你找人给他们画的吧?画得可真像!"

小秋叔叔笑着点了点头，说："嫂子说得又对又不对。"

我娘更觉得奇怪了，说："兄弟，什么叫又对又不对呀？既然找人画了，为什么不找张大点的纸，把人画大点呢？"

小秋叔叔这才如实地告诉我娘，说："嫂子，这不是一般的纸片，这叫照片。也不是找人画上去的，是拿照相机照的。这样吧，一时半会我也给你解释不清楚。下次有机会了，我带着照相机来，也给你和天英照一张，好带给我哥和天志看看。"

那时候我娘不可能真正能够理解小秋叔叔说的照片和照相机究竟是怎么一回事，她只是把这张纸片，不，是照片，捧在手里，反复看过以后，贴在了自己胸前。挂着泪痕的脸上，浮出了笑容，完全是一种很享受、很满足的样子。

我娘的情绪恢复正常以后，才想起问小秋叔叔说："兄弟，瞧你嫂子多没有用，这么晚了也没有问你饿不饿，要不要嫂子现在就给你做些吃的？"

小秋叔叔说："嫂子，不用了。我这次已经来咱连二红旗这一带好几天了，晚饭我刚在别的屯子里吃过了。"

我娘没有明白小秋叔叔的话，问："来几天了，怎么没有见你到家里来呀？"

小秋叔叔说："嫂子，在别的屯子我还有很多的事。这不，刚忙的差不多，就来了。"

我娘还是不明白，再问道："别的屯子？兄弟，你怎么越说嫂子越糊涂了？"

小秋叔叔笑了笑，说："嫂子，更多的你也别问了，以后你会明白的。今天晚上我过来，一是看看你和天英，有五六年没有见了，多挂念啊。二是我要见见咱连二红旗的几个人。"

小秋叔叔这时一连串点了几个人的名字，大部分是东红旗的人。有富才臣、佟有贵、李双河、赵品山、白景泉、代永和、何文秀、张子元、张义等，总归是有十几个人吧。他们中除了富才臣和佟有贵年纪与我爹差不多，其他几个都比我爹小，至少小那么两三岁，甚至有两个小我爹上十岁呢。像年纪略大的富才臣和佟有贵，十几年后一个成了连二红旗的第一任农会会长，另一个是连二红旗土地改革后的第一任村长，其他那几位年轻些的，后来也都是在连二红旗响当当的人物。

这是后话，暂且不提。

说了这些人的名字后，小秋叔叔对我娘说："嫂子，辛苦你，去把他们都叫到咱家里，我不仅要见他们，还要给他们谈些事情。记住，不要惊动这些人以外的人。"

我娘当然会听小秋叔叔的。但她心里更有些犯嘀咕了，忍不住还是问了一句："兄弟，你又不是连二红旗人，你从哪里知道这些人的名字的？你以前认识他们吗？"

小秋叔叔又一次提醒我娘，说："这个嘛，嫂子你就别问了。我前面不是说了吗？你以后会明白的。你现在只管去一个个把他们给叫过来就是了。"

我娘就是啰唆，都走到门口了，又问一句："这么晚了，如果有的人说睡下了呢，叫吗？"

小秋叔叔说："睡下也要叫起来。就告诉他说，那边有人来了，他就会马上过来。"

我娘按小秋叔叔的吩咐，出去叫人了，可心里又多了少疑问，"那边来人了"，是什么意思？

小秋叔叔让我先睡下，并亲自给我盖好了被子。我虽然躺下了，但外间的动静，开始我还是听得一清二楚。

小秋叔叔点到的那些人，陆陆续续都被我娘叫来了。他们到齐后，小秋叔叔对我娘说："嫂子，你多披件衣服，出门站到院子里去。如果看到有人往这边走，或听到什么别的什么动静，你就朝屋里咳嗽一声，千万别慌张，更不能声张。"

我娘越发感到不解，但她还是按小秋叔叔说的，多披了一件衣服，不一会就出去了。

我娘出去后，小秋叔叔在她身后关好了门，回头和那些人分别打了声招呼，便开始先向他们打听前几天发生在连二红旗的"点天灯"和"大卸八块"

事情的经过。

　　来的人都是那两件事的亲历者，所以给小秋叔叔介绍得非常全面和具体。小秋叔叔听得很认真，不时还掏出个笔记本在上面记着什么。

　　等小秋叔叔把两件事全了解清楚以后，便开始给大家讲话。他把声音压得很低，我虽然在里间，也能听得清清楚楚。

　　小秋叔叔一开始便对大家说：

　　"所谓的'满洲国'，毋庸置疑，本来就已经成为日本人的一统天下。可是，东三省的老百姓们，有多少人亲眼见过日本人呢？特别是连二红旗的乡亲们。

　　"在由三十六个自然屯子合并而成的'爱本村'，从村长何满申开始往下数，无论是村公所的股长们，还是警察分局和警察所的警察，以至还有各区区长，他们中间，没有一个是日本人，每一个人都是地地道道的中国人。用中国人来对中国人实施血腥统治，并且统治得滴水不漏，这或许正是日本人的得意之处啊！在背后偷笑的日本人，他们足以为此而自豪啊！

　　"那么，这是否正是连二红旗人，不，由三十六个自然屯子合并而成的'爱本村'人，以至全中国人最为悲哀的伤痛呢？"

　　小秋叔叔下面接着说：

　　"现在全东北都是日本人的天下，满洲国从皇上开始，大大小小当官的当兵的，都是给日本人当枪使，专门对付我们中国人的。看看，我们连二红旗和所谓的'爱本村'那些横行霸道的人，哪里有一个是日本人？何满申是吗？不是。那连禄是吗？不是。唐六是吗？不是。还有，这个区那个区的区长，这个警察所那个警察局的警察，个个都是中国人，甚至他们大部分都还是旗人，不用说，和在座的大家是一个祖宗呢。可是他们为什么对我们中国人，对我们自己人下手那么狠、那么残暴，在中国历史上，甚至世界历史上，都是骇人听闻！为什么呢？就是因为他们投靠了日本人！他们前天残忍地杀害了我们的乡亲李老蔫和孙承业，说不定哪一天，这噩运就会落到别的哪个人头上，包括在座的你们。"

　　小秋叔叔继续说：

"五年前，一万多日本的军队，竟然把二十多万人的中国军队打得落花流水。那么多东北军却置咱东北老百姓不顾，一枪未放地逃到了关内，把咱东北大好河山拱手让给了日本人。而日本人又把咱东北当作他们企图霸占全中国的后方基地，东北大量的粮食和丰富的矿产、木材，源源不断地运回到了日本。他们扶植起的满洲国皇帝就是日本人的儿皇帝，他是日本人的奴才，他也要把我们全东北老百姓都变成日本人的奴才。满洲国有多少个何满申，多少个那连禄？多少个唐六？恐怕数都数不清。他们不仅是日本人的奴才，更是日本人豢养的专咬中国人的疯狗，是吃中国人不吐骨头的恶魔！不说远的，就在咱连二红旗，大家亲身体会了，他们连老百姓塞牙缝的一粒粮食籽儿，都要从大家老婆孩子嘴里抠出来，如果有谁敢说半个不字，李老蔫和孙承业就是下场！"

小秋叔叔最后说：

"咱们中国有句老话，多行不义必自毙。近的说，就像咱连二红旗，也就是'爱本村'的何满申、那连禄、唐六等恶人，不可能永远横行霸道。远的说，无论是满洲国或是日本人的黑暗统治，也都不可能永远下去。天黑了，自然就有天亮的时候；冬天到了，自然会有来年的春天。但是要彻底消灭何满申、那连禄、唐六这样的恶霸，就要先推翻满洲国皇帝；要推翻满洲国皇帝，就要把日本人从我们东北大地上、从我们全中国的每一寸土地上赶出去，赶回他们老家去！这一天，一定会到来！但是，这不能靠天，也不能靠地，要靠我们自己！要靠我们全东北的老百姓，要靠全中国的老百姓！靠我们老百姓，团结起来，和他们做殊死的搏斗！"

7

小秋叔叔第二次来家里看望我娘和我的那一年冬天，连二红旗又接连发生了好几件事。

第一件事就是，招劳工引发的。招劳工在往年也是常有的事，连二红旗也曾被招去过好几个。说是招，其实与抓没有两样，因为是强迫的，看上你了，去也得去，不去也得去，谁若胆敢违抗，最终拿绳子捆了去。有的是去给日本人修工事，有的是去日本人开的煤矿挖煤。那三个人，后来回来了，但不是缺条胳膊就是少条腿。还有几个，一去便从此没有了音讯。

这一年满洲国给各地下达的任务特别大，要招的劳工数大大多于往年。"爱本村"当然也不例外。可是落实到连二红旗，特别是东红旗的任务，怎么也完不成。因为在他们限定的十八岁到三十五岁之间的健康男性，凑不够那个数了。原因是有十几个本是符合条件的人，不久前离家出走了。问他们家里人，有的说出外要饭去了，有的说逃到关内给人家种地去了，还有的说去了哈尔滨或沈阳给大户人家做事去了。各家和各家情况都有所不同，但前提都是一样的，那就是家里没有饭吃，不能窝在家里等着饿死呀。

情况反映到"爱本村"村长何满申那里。何满申先是问了其他屯子的情况，有人说，今年各个村子都出现了这个现象，但是相对来讲，最突出的是连二红旗的东红旗。

这时，何满申对那连禄说："既然出在东红旗，你派送个人去把三分局的于连采给我请到村公所来。"

那连禄面露难色，说："回何爷，那个于连采自认为他们第三警察分局归拉林警察局直管，平时就根本没有把我们兄弟放在眼里，派个兄弟去，未必能请得动他。"

那连禄一句话把何满申的火气给点着了，说："他敢！他强龙还想压住我地头蛇不成！虽然三分局不归我管，但是他们毕竟是在'爱本村'的地盘上，他们的任务就是要保我们'爱本村'一方平安。你信不信？就算他拼着命干一年，是好是不好，也顶不上我在他上司面前的一句话！"

那连禄马上说："何爷，我信！我太信了！他于连采算个什么屌玩意儿！叫我看，他给何爷您提鞋都不配！"

这话说到何满申心坎上了，不过，接着他缓了缓口气，对那连禄说："话虽然是那么说，你还是亲自去一趟，就说是本村长请他的。我看他不小跑着来见我才怪呢！"

何满申说得没有错，于连采一听是何村长请他，他还真的就是一路小跑地从东红旗跑到了西红旗。

于连采这个第三分局局长，说实在的，他可以不听何满申的，因为他第三分局本就不属于"爱本村"村公所下属单位，但村公所像那连禄和唐六之流，没有什么头脑，一天只知道狗仗人势地喊打喊杀，他于连采还真没有把他们看在眼里。不过对何满申，说他是惧着三分或是敬着三分，也是事实。正像何满申自己说的，他于连采就算是条强龙也别想压住他这条地头蛇。

于连采高高的个子，不胖不瘦，略显驼背，说话慢条斯理。本来他们三分局也就是配合"爱本村"村公所工作，平时也没有像何满申与唐六、那连禄那样，天天和老百姓打交道。虽然三分局住在东红旗，但东红旗的人，平时能见到他尊容的机会并不多。他给老百姓的印象也不深，大家似乎觉得这个人并不是那么难说话或那么难接近，口碑还算可以，一点也不像他手下那两个一个姓顾一个姓孙的警长那样，在老百姓面前啥时候都摆出一副凶神恶煞的样子。

何满申见于连采真的小跑着来了，脸上流着热汗，头上冒着热气，像是刚掀开的蒸笼，完全印证了他在于连采心中的权威，心理上便有一种满足感，说起话来也是相当客气。

何满申上前一步紧握住于连采的手，说："大冷天，劳驾于局长亲临敝所，实在是本村长失敬啊。"

于连采本就有点驼背，个子又比何满申高出一头，两人手握在一起说话，他必须把腰还要往下弯，加上笑容可掬的神态，自然而然地显现出了一种谦卑，说："哪里哪里，何村长公务繁忙，日理万机，卑职跑跑腿也是应该的。"

何满申继续客气地说："那就一家人不说两家话了。"于是，他把事情经过及前因后果向于连采介绍一番，然后才又说，"也不是本村长有意难为于局长，现在招收劳工实在遇到了难处，若是完不成指标，怎能对得起爱民如子的大满洲国皇帝他老人家？怎么对得起友好亲善的大日本帝国'皇军'呢？"

于连采也没有回话，只顾点头。

何满申接下去再说："这事最严重的就是东红旗。我考虑再三，为了不至于影响到'爱本村'三十六个自然屯子招收劳工的工作，必须拿东红旗的那些刁民开刀,给他们些颜色看看。贵局就在东红旗,我的意思是这次就请您于局长出马,使出些手段来。不知于局长意下如何?"

于连采当即痛快地说:"既然何村长如此信任,兄弟就只好遵命了。到时如果做得不到位,还请何大村长指正才是。"

于连采的态度让何满申很开心。等于连采走后,他对那连禄和唐六等人说:"你们看怎么样?在我面前,他什么分局局长,一个屁都不算!还不是得给我老老实实的,指哪打哪?!"

唐六说:"那当然,在'爱本村',何爷您就是老大!"

那连禄也说:"他要是敢在何爷面前不老实,我们也不答应啊!随便给他使个绊子,准让他栽个嘴啃屎!"

于连采离开乡公所,回到东红旗的警察分局,顾彪和孙三水两个警长像闻到腥味的猫立马凑了过来。顾警长问:"局长,咱们是不是摊上好事了?"

孙警长更是迫不及待,说:"局长,您老人家快说给小的们听听,是好事,咱兄弟就有福同享;是坏事,没说的,咱兄弟也一起扛,有难同当!"

这时于连采才把何满申说的事给他们俩说了一遍。其实,于连采当面对何满申唯命是从,可心里明白,这是姓何的要把一个烫手的土豆往他手里塞呀,不知该如何处置才是呢,所以有点闷闷不乐。可他手下两个警长,却马上像天上掉了馅饼,浑身上下如同打了鸡血,兴奋得手舞足蹈、心花怒放起来。

顾警长说:"局长,咱终于等到了今天啊!"

孙警长说:"看来何满申也不像是有人说的那样,只会吃独食。这不,没有把我们三分局忘记嘛!"

于连采听他们俩这么说,一时不知道他们是个什么心态,问道:"你们说这话是什么意思?"

顾警长似乎是牢骚满腹,说:"这些年,我们在他们'爱本村'驻这么久了,就像是他何大村长屁股沟里夹块屎蛋子,擦又擦不掉,不擦又难受,所以啥好事也轮不到我们,弟兄我就像水牛给塞进了井里,浑身的力气使不出来呀。弄得上面的人问起我们都为大满洲国做了什么贡献,你这个分局长都不知说什么好,我们也跟着脸红。再加上那些老百姓,眼里只有乡公所,只有他何满申,只对他们服服帖帖,对我们却是很那个,那个,不尊敬嘛!这下子好了,何村长终于想到了我们,我们也好施展一下拳脚,来点厉害的给他们看看!奶奶的,让他们别以为老虎不发威,我们个个都成病猫了!"

接上顾警长的这一通长篇大论,孙警长也说:"是呀,是呀。看到他们又是'点天灯'又是'活剥人皮'的,我早就心痒痒了。好像就他们能,把咱分局撇在一边,连声招呼都不打,真的不够意思。这次,我们也拿出几招,让他们瞧瞧,咱也是大满洲国的栋梁之才,不比他们差到哪去!"

如果说那连禄和唐六两个人是何满申身边的两条疯狗的话,那么姓顾和姓孙的两个警长,就是警察三分局于局长手下的两条饿狼。不过,区别在于何满申和于连采的不同。

何满申属于攻击型的,对自己这个村长的头衔,看得很高也很大,因此,也就有了这种自己就是"爱本村"的天、在"爱本村"有什么事都是那种"舍我其谁"的感觉。平时唯恐手中的权力用不到位,所以时时处处发挥得淋漓尽致,使出的手段也是令人望而生畏,甚至是闻风丧胆。唯有如此,他才能从中获取一种快感。谁说只有皇帝才想君临天下?我何满申就是"爱本村"的皇帝。地盘小一点,那也是小皇帝!人是土一点,那也可叫土皇帝!

于连采有些另类。他没有何满申那种"舍我其谁"的雄心,更不想去找君临天下的感觉。他性格趋于保守,安于现状。他的想法是:"我于连采并不想去成就什么,所以,你最好是想不起我,把我给忘了,这样落个轻闲,也没有什么不好。"

于连采还有个与何满申明显不同的地方,就是他喜欢读书。他自认为:"我自己谦虚一点说,虽然不敢称饱读诗书,起码也算是半个读书人吧。"他读过老庄,知道啥叫无为而治;他读过易经,知道阴阳相克;他读过佛经,知道生命的轮回,等等。尽管这些四书五经,他也都仅仅是学到了皮毛,但是仅此,就将他与何满申区分开来了。平时,闲的时候多,他便拿本书,一坐就是一天,真正是"两耳不闻窗外事,一心只读圣贤书"了。不管真读书还是假读书,在那种环境下,能修炼成这个样子,也算是凤毛麟角了。

于连采每天自得其乐,这样可是苦了他手下那些人了。

有一天,他听到门外两位警长在说话。只听顾警长说:"兵熊熊一个,将熊熊一窝。可惜了我们身上这张加了白边的黑狗皮了,还不如人家何满申身旁的一个狗腿子神气。"

这话明显是有意说给于连采听的,目的就是想刺激一下他们这位顶头上司。确实,透过门缝,这话确实送进了于连采的耳朵里。本来下属在背后议论上司的不是,那是犯大忌的,不过,在于连采这里,没有问题,他听到后,只在心里嘀咕了两句:"真真小人之见矣!真真的匹夫之勇也!"仍是装着什么也没有听到一样,屁股都没有挪动一下,继续读他的书。

看于连采那里没有动静,两个警长似乎胆子更大了,声音也调高了两度。孙警长说:"顾老兄,你说得一点没错。看看人家那连禄和唐六,跟着何满申吃香的喝辣的不算,想骂人就骂人,想打人就打人,我们兄弟真是憋屈死了。"

听到这句话,于连采还是不为其所动,心想:"两个小兔崽子,背后发上司的牢骚,算什么本事?有能耐你把这张黑狗皮脱了,去投奔他何满申呀,我保证不拦着你们。"

正是因为三分局内部是这样一种状况,所以当于连采从何满申那里回来后,把事情的前前后后以及何满申的意思说完,两位警长像两头饿极了的狼,张开了血盆大口。

看到手下两个人急切的样子,于连采却迟迟没个态度,急坏了两个警长。

顾警长问:"局长,你发话呀!是点天灯还是活剥皮?"

孙警长马上说:"当然是点天灯,一是点天灯方便实施,活剥皮上次那连禄他们都没有搞得成。再说了,点天灯多壮观呀!影响多大呀!"

于连采好像有点听不下去了,瞪了他们一眼,问:"点谁的天灯?活剥谁的人皮?"

顾警长一听,急了,说:"那,局长,咱们总不能没有一点动作吧?要不怎么给何满申那边交代呢？"

孙警长也说："是呀是呀，人家不会说我们对大满洲国不忠，对大日本'皇军'不敬吗？"

于连采说："完全不沾边的事！这样吧，你们俩负责这件事，我就不出面了。你们把那几家跑了劳工的人，叫在一起，训斥训斥，我们也好给何满申一个交代。"

听他这么一说，顾彪警长和孙三水警长像狗咬猪尿泡，全泄了气了。顾警长说："局长，您老人家再想个法才行啊！因为，因为，恐怕，恐怕，仅仅训斥一下，既不能把那些跑了的人叫回来，咱们在何村长那里也是交不了差的。"

孙三水警长说："局长，要不这样，我们把那几家的家长叫到一起，一个人脖子上挂个牌子，在连二红旗街，声势造大一点，动静闹欢一点，效果可能就会不一样了。如何？"

于连采想了想，终于点头了，将何满申给他的人员名单交给顾警长，但最后还是又交代了一句，说："动静大点可以，但就在连二红旗范围内，而且一定不能把人给整死了。"

"好嘞！"

8

两个警长答应着告别了于连采，并叫上了警察夏其武兴高采烈地离开警察分局，按照何满申提供的人员名单，在东红旗一家一家地去登门问罪，然后一家带走了一个人。

一共有十三个要去当劳工现在却离家出走的人，所以也就是从这十三个家里抓出来的十三个人去游街。

这十三个人中大部分是那十三个人的父亲或母亲，年纪大的是赵品山的父亲老赵头，已经年过花甲；最年轻的是代永和的母亲，也是年过半百的老人了。

十三位老人排成一队，被一根长长的绳子按顺序拴着双手，连成一串。每个人的脖子上还各挂着一个高粱秆织的锅盖，上面写着各人的名字。

孙三水警长在前面拉着绳子的一端，走在最前面，他往哪里走，老人们就一个跟着一个地往哪里走，他走多快，大家就得走多快。

夏其武手里拿着一面锣，跟在队伍后面，边走边敲，敲几下便喊几声："都来看呀！跑得了和尚跑不了庙呀！这就是逃避劳工的下场啊！"

顾彪警长手持一根皮鞭，走在队伍的旁边，看谁不顺眼或走得慢了，上去就是狠狠的一鞭子。

他们先是把东红旗的前后两条街都走了一趟，招引来很多村民尾随观看。然后沿着两个大坑中间的那条斜大路来到了西红旗，尾随的人越来越多，几乎是形成了前呼后拥的喧闹场面。

十三位老人组成的这支稀奇古怪的队伍，蹒跚地行进在结着冰的连二红旗的每一条大路小道上，十三颗没有任何衣物遮挡的脑袋，一缕缕凌乱的白发，在寒风中飘舞抖动，结满了冰碴子。那一张张欲哭无泪的老脸，仿佛朝着那灰蒙蒙的天空在做着无言的控诉！控诉着眼前这冰冷的世界！

其实，顾彪和孙三水两个人，并没有按照于连采给他们定的两条去办，一是只限在连二红旗范围；二是不能整死人。可以说两条他们都超出了。

由十几位老人家组成的这支队伍来到西红旗的中心小学校时，警察夏其武把手中的锣敲得更是震天动地，把正在上学的小学生全招引过来了，场面更加热闹。

这时，一个也就七八岁的小男孩，一下子冲到了游街的队伍中，哭喊着"爷爷啊爷爷啊"，扑在了队伍中年纪最大的老赵头的怀里。

这是赵品山的儿子，老赵头的孙子，我的同班同桌，名字叫赵得利。我们两家住得又很近，平时都是拉着手一块去学校的。连他爹和他爷爷，我也都很熟悉。

赵得利抱住他爷爷大哭。随即，又有几个小孩冲到队伍里，抱着各自的老人，又哭又叫，队伍一下子乱了起来。

孙三水警长和警察夏其武跑上来去扯那些孩子，顾彪警长手中的鞭子劈头盖脸地朝赵得利和他爷爷头上抽去。赵得利死死抱着爷爷不松手，接着便和顾警长厮打起来。其他的孩子也与孙警长和夏其武扭打在了一块。混乱之中，我看到赵得利一口咬住了顾彪的胳膊，顾彪朝他劈头盖脸地打起来。

可是，本就如同枯树病秧的老人们和几个尚未成年的孩子，哪里是眼前这三个饿狼般年轻力壮的警察的对手？很快被打倒了一片，个个鼻青脸肿。

最后，我看到赵得利满脸是血，被顾彪一脚踹出去两丈远。我的心顿时收紧了。

哭喊声，怒骂声，厮打声，惊动了何满申。

村公所本就在小学校的对面，中间只隔了一条二十米宽的大路，夏其武手中的锣声早就传到了村公所里。有人过来给何满申报告，说三分局的人组织一群老人游街过来了，要不要去看一看。还没有等何满申发话，唐六和那连禄就要往外走，被何满申给叫住了，说："你们俩都给我站住！这事就是让他们三分局的人办的，我们不要去掺和，让他们有多大的本事使多大本事出来，你们要是去了，功劳算是谁的？还有，说不定到时候，你们一去，他们一撒手不管了，你们去收拾烂摊子呀？"

何满申一句话，让唐六和那连禄没有敢出门。

可是，过不了多久，外边的吵闹声越来越大，何满申自己也坐不住了，才又说："那我们一起去看看吧。"

当何满申大摇大摆地在唐六和那连禄与几个狗腿子簇拥下走出村公所，正看到小学校门前那混乱的一幕。他顿时火冒三丈，先是指使唐六和那连禄上前去，把那些孩子们给一个个扯开。说来也奇怪，那些孩子们一点不怕三分局的警察，可是一看到何满申和唐六与那连禄，真的有点害怕了，个个离开了老人游街的队伍。

这回何满申没有去管那些孩子，也没有去训斥那些老人，火气全冲着姓顾的和姓孙的去了。

"你们三分局的人，个个都是猪，除了吃，还会干什么？蠢猪！饭桶！窝囊废！"何满申一个个指着三个人的鼻子，骂了一轮。然后，瞪着姓顾的，问罪:"于连采呢?他怎么没有跟着?"

顾警长一边捂住被赵得利刚才咬得流了血的手臂,一边结巴着说:"我们局长,他,他……"

何满申更火了,说:"他他他,你他妈的他他个屁呀!什么事都躲得不见人影!这是对待大满洲国皇上的态度!这是对大日本'皇军'的态度!我看他这个局长是不想当了!"

这时姓孙的警长凑到何满申面前,谦卑得恨不能跪下,说:"何村长,你老人家看我们这样的游街还行吧?"

何满申搓了搓冻僵的手,说:"游街还是别的什么,是你们三分局的事,你们看着办,我不发表意见。不过,你们不要老在家门口搞嘛!'爱本村'也不是只有连二红旗一个屯子嘛,招收劳工,是所有'爱本村'三十六个屯子的事,人人有责!人人都要从这次招收劳工中出现的问题中受到教育!"

姓顾的警长还想解释,说:"我们于局长说——"

何满申立即打断他的话,说:"别提你们于局长!你要是只听他的,还来问我干什么!"

何满申这句话,吓得顾警长再不敢吭声。

看来孙警长是个明白人,马上说:"顾哥,咱听何村长的,现在就去北区一带的屯子游!"

就这样,三分局顾、孙两位警长和警察夏其武,牵着这十三个老人,又往北区而去。这一去,没有游到一半,老人中有五六个人就倒地上爬不起来了。姓顾的用鞭抽,姓孙的用脚踹,好不容易把他们吓唬起来,走不了一会,又倒下了。

天上开始飘起大片大片的雪花,远远看去,大雪茫茫,天地一色,混沌一体。十三位老人本就衣衫褴褛,难以蔽体,加上西北风吹在脸上身上,感觉比姓顾的手中的鞭子抽得都疼。雪花借助风的力量,一个劲地往衣服缝里钻,实在是惨不忍睹。

这个时候,别说是那十三位老人了,连顾警长他们自己也扛不住了。夏其武说:"两位警长,雪越下越大,天又要快黑了,我看今天就到此为止吧？"

顾警长说："好吧，这可是你先说的啊。"

夏其武说："警长你可不能这么说呀？再这样游下去，非死人不可。再说——"

姓顾的打断他的话，说："你不要再说了。孙哥，往回走吧。"

三个警察如同牵着十三头即将冻死的牲口，披着漫天飞雪，往连二红旗方向走去。

眼看就到东红旗那片柳树林了，有三个人再次倒在了雪地里。夏其武上去拽了拽，没有拽起来，姓顾的举起手中的鞭子又要去抽，夏其武说："警长，恐怕你再抽，也起不来了。"

孙警长说："这样吧，把绳子给他们解开了，能走得动的自个回家吧。这三个走不动的，夏其武，你去通知他们家里人来抬回吧。顾警长，你看这样行不行？"

姓顾的拍了拍身上的落雪，没好气地说："现在还说什么行不行！真他妈的倒霉，说是游他们的街，我们也跟着一起受这份不是人受的罪了！"说罢自己头也不回地先走了。

姓孙的见状，也拔腿就走。夏其武在后面，急得直叫："警长啊，警长啊，你们都走了，这不能交给我一个人呀！"

姓孙的回头向他喊道："啰唆个屁！不是让你去告诉他们家的人来抬的吗？"

夏其武把手里那面破锣，往胳肢窝里一夹，说："你说得倒轻巧，一个个溜得比兔子都快，老子也不管了！"话音一落，人就跑得不见影了。

十三位老人，有三位已经倒在地上，还有几位也是勉强能挪得动步子，还有几个稍好点的，把那三个倒在地上的人吃力地扶起来，互相搀着，往村里走去。好不容易走到了折景山家的屋子后面，那三个老人又倒下了，实在不得已了，还是老人中的一位进村里让他们家里人来抬回去的。

最终，那三个被家人抬回去的老人，其中老赵头没有到家就没气了，全身冻成了冰。

另有两位回家后，也没有活过当天晚上，死了。

这三个惨遭折磨而死去的老人，除了赵品山的父亲老赵头，另外两个一个是代永和的母亲，还有一个是白景泉的母亲。

那十位勉强保住命的老人，回到家后也是从此卧床不起，从此成了废人。

这件事的结局和在"爱本村"三十六个自然屯子的影响，远远超出了何满申、于连采以及那两个姓顾和姓孙的警长他们事先的预计，在连二红旗激发起的老百姓的恐惧与仇恨，甚至比起前面的"点天灯"和"大卸八块"，有过之而无不及。

本来，连二红旗的老百姓一直对驻在村里的警察三分局，相比何满申与那连禄、唐六等人，略有几分好感。但这微微的一点好感，也因为这次游街和游街导致的恶果，在人们心中被一阵寒风彻底吹散，无影无踪了。人们这时看得再清楚不过了，被满洲国皇帝和日本"皇军"豢养的穿着黑狗皮的警察，嘴里说是要保地方一方平安，可是干的却与何满申、那连禄、唐六等杀人恶魔完全一样，一样的无恶不作，一样的伤天害理，一样的手段残忍……

或许，其中的于连采是个例外。为何于连采成了例外，人们不得而知。但是，有一点，他们警察三分局是有人知道的，在绑老人们游街之前，他的态度是与姓顾姓孙的警长明显不同的。也有人亲耳听到过，他曾给那两个警长亲自交代过，游街可以，一不出连二红旗；二不能死人。

这就应了"人在做天在看"的道理。

正是于连采这一点点小小的善心，三天后，让他躲过了一场血光之灾。

9

那天吃晚饭的时候，我听到同学赵得利家哭声震天，便想起白天在学校门口那惊心动魄的一幕，心里不住地想，我的好同学赵得利和他的爷爷真是太可怜了。

我还想，如果他的爸爸赵品山叔叔哪一天回来了，绝对不会放过那些害死他爷爷的人！

连着两天赵得利没有去上学。

每次放学后，我都会绕到他家门口，希望能看到他，和他说说话。可是他家的门一直紧紧关着，连他们家的大人我都没有见到一个。我想进他们家去，犹豫了多次，也没有那个胆量。

第三天，赵得利来上学了。他好像比我来得还早。我刚到那个大坑东沿时，看到他已经到了西沿了，我立即跑着去追他。

我是在学校大门口追上他的。我看到他的脸还是肿的，我知道，那是前天被人打的。他的眼睛也是肿的，我也能猜出来，那是这两天因爷爷死了哭的。看到他这个样子，我不知道对他说些什么，心里只想哭。我拉着他的手，两人一起往教室走去。可是一到教室门口，就看到了校长李维华。我们平时就怕他，只要远远地看到他，就像老鼠碰到猫一样，能躲就躲，能溜就溜了。可是，今天，他就堵在教室门口，我们躲不过也溜不了。

我和赵得利一前一后，硬着头皮想从李维华身边挤进教室。我走在前面，倒是挤过去了，可我身后的赵得利一下子被李维华抓住了衣服领子，整个人被拎了起来，李维华发出一阵炸雷般的吼声："好哇，你个赵得利！你可知道无故旷课该受什么惩罚吗？而且不是一节课，是整整两天！"

我不知这时哪来的那么大的胆子，回头看着凶神恶煞的李维华，嗫嗫嚅嚅地说了一句："报告老师，他爷爷死了！"

我以为我这么一说，李维华就会像我们一样同情赵得利，也因此就会放过他这一回。可是，我话没有说完，李维华便冲着我喊起来："你说什么？他爷爷死了？这和你关天英有关系吗？快给我滚到你的座位上去！"

李维华一句话，把我吓得再不敢吭声了。这时他把赵得利拎到教室外面，继续吼道："听好了！你今天上午就给我站在这里，只要你敢动一动，看我怎么收拾你！"

中午放学后，赵得利路上突然问我："天英啊，告诉我，你害怕他们吗？"

我不知道他说的怕是什么意思，问他说："怕？怕谁？"

赵得利咬着牙，恨恨地说："就是他们呀！告诉你吧，天英，我以前好怕他们，可是前天我爷爷被他们害死后，我就不怕了！我知道，我还有爸爸。等我爸爸哪天带着盒子枪回到咱连二红旗，肯定要给我爷爷报仇！把他们一个个全部杀光，一个不留！"

这时我看到赵得利依然红肿的眼睛里，放射出两道火辣辣的光芒。这光芒，似乎能穿透眼前的一切，在这寒冬的天地间，瞬间点燃起腾空的熊熊烈火，把连二红旗的半边天烧得通红通红。

这天夜里，我做梦了。这是我长大以后，一直认为，这是我有生以来做的第一个梦。

梦里我先看到的是赵品山叔叔，随后我又看见了我爹。

我爹，还有赵品山叔叔，他们都骑着高头大马，威风凛凛。他们左手握着缰绳，右手举着一杆长枪，从冰雪覆盖的原野上上，风驰电掣般朝我们连二红旗飞奔而来，势不可挡。

在我爹和品山叔叔身后，被马蹄踏碎的冰雪，紧随着卷起的旋风，高高扬起，直冲云霄……

我听到我娘在我耳边兴奋地喊道："天英，快看，那个骑白马跑在最前头的，是你爸，你爸！你爸回来了！"

听到娘在喊，我使劲地揉了揉眼睛，想把我爹的面孔看得更清楚一些。这也难怪，爹在我的记忆中，尚没有一点印象。爹走时，我还才刚半岁，不可能留下任何记忆。

梦里我还看到在我爹和品山叔叔后面，还有我哥。

我哥骑着一匹枣红色的高头大马，英俊潇洒。他也像我爹和品山叔叔一样，左手握着缰绳，右手举着的是一支盒子枪，一样的风驰电掣，一样的势不可挡！

这时，我又听到我娘更是惊喜地喊："天英，看到没有？那个骑红马的，你哥！你哥！你哥和你爹一起回来了！"

我再揉了揉眼睛，也没有看清我哥的面孔。这也难怪，我哥走时，我还不满一岁，对他同样没有印象啊。

但是娘说的不会错呀！那就是我哥，那一定是我哥！

不知这时我哪来那么大的劲，挣脱了娘拉住我的手，拼命地朝我爹和我哥骑马飞奔的方向追去。

我娘在身后朝我喊道："天英！你给我回来！你给我回来！他们都骑着马，你追不上的！"

平时，娘说什么，我是从来不敢不听。但现在，我第一次把娘的喊声当成了耳旁风，头也不回地往前奔跑着。

寒风像鞭子一样抽在我的脸上，感觉如同镰刮刀削一样，生疼生疼的。我真不知道我哪来的那么大的力气，也不知道我真的还能如此勇敢！我不管不顾，倔强地继续往我爹他们的方向奋力追着。不时有飞扬的雪粒吹进眼睛，我只好把眼睛眯起来，只留下一条缝，看不清前面的路。也许根本就没有路，但是我的双腿依然有使不尽的劲，照旧飞一般地往前追去……

突然，脚下被什么东西绊了一下，把我狠狠地摔倒在了雪地里。等我吃力地再爬起来的时候，往前看去，除了茫茫冰雪覆盖的旷野，什么都看不到了。

我一时陷入了深深的绝望之中！我回转身朝来的方向，撕肝裂肺地一遍又一遍地哭喊起来：

"妈啊！妈啊！我爸去哪了？我爸不见了！"

没有娘的回答，耳边是凄厉的风声……

不知道过了多久，也可能只有出口气的时间，也可能已经过去十年八年，我耳边突然传来一个非常亲切的声音：

"天英！天英！"

我睁开双眼，看到的是小秋叔叔那张熟悉的笑脸，我立即扑倒在了他的怀里。

小秋叔叔把我紧紧地搂在怀里，在我耳边，轻声地问道：

"告诉叔叔，你怎么一个人在这里？"

"我在找我爸和我哥。"我带着哭腔回答。

"那好吧。我背你回家,咱们在家里等他们。"

"他们骑着马走了,不会回家了。"

"放心,他们骑马去打坏人了,不久就会回家看你的。"

小秋叔叔让我趴在他的背上,我们开始往回走。小秋叔叔的背好宽、好厚、好温暖。

梦在继续……

到了我家小院外,我看到我娘笑着站在院子里等我们。她看到我们回来了,说:

"天英,快下来,别累着你叔叔了!"

当我从小秋叔叔背上下来时,他对我说:"天英啊,不用着急,你爸、你哥,一会就会回家来了。我们一起,和你妈,还有你爷爷奶奶,大家一起就在家等他们吧。"

听小秋叔叔这么说,我这才又发现,在我娘的身后,还站着两位老人。不用猜我就知道,他们一定就是小秋叔叔说的爷爷奶奶了!肯定没有错,他们就是爷爷奶奶!小秋叔叔的亲生爹娘,我爹我娘最早认识的付大爷付大娘。虽然我从来没有见过他们,可这些年从我娘的口中,对两位老人一点也不陌生呀。

当然了,两位老人对我不仅认识,而且是非常熟悉。八年前我在榆树屯出生时,全靠两位老人照顾我娘的呀。

爷爷和奶奶一脸的慈祥,朝我笑着。

只听奶奶说:"秋儿他爸,看看天英都长这么大了,你说我们怎么不老呢!"

爷爷也说:"谁说不是呢。看天英这鼻子眼睛,长得和天志小时候一模一样。特别是这两只耳朵,和他爸他哥一样,多大多长,多有福气!"

有人夸奖自己的儿子,是天下所有当母亲的最爱听的话。我娘的心情仿佛好得不得了,笑着说:"爸呀,别再夸你孙子了。耳朵再长的话,不就成兔子了?"

爷爷说:"麦子,话可不能这么说。你没有听人家说书的人这样说过吗?说贵人都是'双手过膝,两耳垂肩',那是佛相呢。有这么好的孙子,我这把老骨头活得也值了。就算老天爷现在让我把眼睛闭了,我也心甘情愿——"

我娘马上打断爷爷的话,说:"爸,您老说啥呢,二老将来等着享孙子的福吧。"

我娘说到这里,突然又对我说:"天英啊,快来认识认识,这里还有你姑姑哩。"

这时一个长得好像我娘的人从屋里走出来,一边弯腰要抱我,一边说:"嫂子啊,我以为你们都把我给忘记了呢!来,我的好侄子,让我好好看看,我们老关家,可真是香火好旺啊!"

平时很少听到我娘提到我的姑姑,我被她抱起来以后,我使劲地想挣脱出来,我娘也说:"柳枝儿快把他放下。天英那么重了,别闪了你的腰。"

听我娘这么说,姑姑把我抱得更紧了。我突然觉得想撒尿,便一边挣扎着一边叫:"我要尿!我要尿!"

我的喊声引得在场所有人都发出了笑声。

我娘忍住笑,对我姑说:"柳枝儿,快放下他,别让他尿你身上了!"

我逃也似的挣脱姑姑的怀抱,跑到屋子外面,迫不及待地开始撒尿,畅快淋漓……

"天英天英!快醒醒!这么大了怎么还尿炕啊!"

我娘急促的喊声把我从梦中叫醒。

本来大家都在我家等我爹和我哥的,可是偏偏娘这个时候把我从梦中叫醒了。因为没有最终等到我爹和我哥,心中十分沮丧,很想把心里的怨气发向我娘,可是,听娘说我尿炕了,沮丧和怨气一时都变成了愧疚。

我似乎还一直沉浸在梦里那欢乐的情绪之中,娘却不停地在唠叨。她说,这孩子一泡尿咋就那么大呀,要把一个炕给冲起来了!冰天雪地,什么时候才能把被子晒干呢?

在娘的唠叨声中，我很快又睡着了，可没有过多长时间，一阵激烈的枪声再次把我惊醒。

黑暗中，我紧紧地抱着娘，说："娘，我怕！我怕！"

娘也把我抱得紧紧的，说："天英，你又做梦了，不怕！不怕！娘在呢，不用怕。"

外面的枪声，响过一阵后，渐渐趋于了平静，我在娘的怀抱里，也很快又进入了梦乡。

后来证明，这是娘哄我呢。

夜里我听到的枪声，并不是梦。

第二天一早我去上学的路上，就听说了，夜里，连二红旗真的出事了，而且是出大事了！

10

村里人传得沸沸扬扬，我听到最多的就是那句话：

"胡子"进村，血洗了连二红旗！

有人说，在后半夜的时候，"胡子"足有三四百人，他们全手持长枪，身着白色披风，如同天兵天将，分三路从三个方向杀进了连二红旗。

一路去的是西红旗的村公所。

何满申也是命不该死，这天晚上他去阿城逛窑子了，人不在村公所，躲过一劫。

何满申走之前，还给那连禄和唐六特别交代，说："老子要去阿城快活快活，明天一早就回来，你们得给我好好守着摊，晚上睡觉醒着点，别给老子弄出了什么事！"

唐六毫不在乎地说："何爷您老人家放心去快活，咱'爱本村'在您的调教下，全成了良民了，出不了事。"

何满申听了这话，不高兴了，说："我再给你唐六说一句，今天晚上张寡妇那里你就别去了，老老实实给我在这里待着！"

唐六看何满申不高兴了，立即把头点得像鸡啄米，说："是是是，听何爷的！"

看唐六态度好，何满申安慰说："放心，下次我再去阿城时，一定带上你。"

何满申走后，那连禄对唐六说："兄弟，何爷看重你，今晚你就守在这里吧，我得回家了，裤裆里那玩意儿早憋得受不了了。"

唐六很不满意，说："那哥，说话得厚道一点不是？你不是几天前还回去关照过我那小嫂子吗？你不可怜我这个兄弟，总不能何爷一走你就撒手呀？"

那连禄平时也是在何满申面前装得像条听话的哈巴狗，虽然他也知道唐六在何满申心中分量比自己重，但在那连禄眼里，唐六连个屁都不算。不过，面子上还是让他三分，说："要不这样吧，我回去放一炮，然后就回来陪你。"

那连禄半年前，刚从"爱本村"南区的范家屯，娶回了一个十八岁的女孩子，做了四姨太太。但最近村公所事情太多，何满申管得又很严，他觉得很不方便。现在何满申走了，唐六的话，他只当放屁，怎么能挡得住他？

也正因为这样，让那连禄捡回了一条命。

唐六见那连禄头也不回走了，心里也嘀咕起来："你们他妈的屁都知道找快活，老子的屁也不是吃素的！"所以估计那连禄走远了，便把这一帮狗腿子叫过来训话："你们都给我听好了，今天晚上轮到哪几个人站夜岗，都给我精神点，出了什么事，小心脑袋搬家！"训完话，也便悄悄溜到了他的老相好张寡妇家去了。

杀到村公所的这一队"胡子"，神不知鬼不觉地摸进了大门，先是把门口的岗哨给收拾了，没有发出一点声响。正面的房子里亮着灯，透过门缝能看到几个人正在打牌，为赌资正在争吵不休。"胡子"突然闯了进去，把枪口分别指向了他们的脑袋。那些平时在老百姓面前耀武扬威的狗腿子，顿时吓得屁滚尿流，个个扔了手中的牌，举起双手跪在了地上。

这时从旁边的警察所传出了一声枪响，惊动了乡公所后院的一个班的狗腿子，冲到了前院，和"胡子"发生了一阵激烈的交火。结果，警察所里被打死了两名警察，乡公所里有三个狗腿子倒在了血泊中。前后也就不到十分钟的时间。

"胡子"一部分人把乡公所和警察所的武器全部收缴后，发现何满申和那连禄、唐六几个人都不在，又问了几个狗腿子，确认后便转头去了那连禄的家。

这次来的"胡子"，可不是当年带我爹来报仇的郝一那帮人可比的了。个个身怀绝技，人人能飞檐走壁，简直没有发出一点响动，就有几个人跃进了那连禄家高墙大院里，随即大门被打开，更多的人冲了进去。一阵乱枪响过，那连禄一家十几口人，全都老老实实地趴在雪地上，一边磕头一边喊饶命。

明摆着的，这些"胡子"就是来取那连禄狗头的。可是，一座大院子，屋里屋外搜遍，就是没有见到那连禄的人影。

要不有人说，那连禄，多少人恨不能把他碎尸万段，可他还就是命不该绝，这次又让他侥幸逃脱。

说来也巧，他应该感谢唐六。是唐六在分手时不想让他回家，他才说出了回家后"放一炮"就回来的承诺，这才最终救了他。

原来，那连禄当晚回到家里，和四姨太缠绵到半夜，实在不想离开四姨太温软的身子和被窝。可再想想，又担心唐六明天会在何满申面前说三道四，于是狠狠心，咬咬牙，还是起了床。

那连禄刚从自己家大门出来不久，就听到了村公所那边响起了枪声。从枪声里他辨别出，这次要出大事了，而且他断定来者不善，而且来者不凡，肯定不是一般的打家劫舍的"胡子"。所以他没有再往村公所去，犹豫了一下，也没有回家去躲。他知道，就近有一个别人家废弃的菜窖，不是太深，便跳了下去。窖里扑满了雪，几乎把窖口给封住。那连禄顾不了那么多了，活命要紧，雪窝里一蹲就是半宿。其间他听到从自己院子里也传出枪声，惊得他出了一身冷汗。心想，这还真是冲自己来的，不禁生出几分后怕来。

鸡叫了，东边天上出现一道鱼肚白，那连禄确信"胡子"已经离开，才 参着胆子从菜窖里爬出来，抖了抖身上的雪，先回了家。家里不用说，全乱套 了，男女老少一大家子人，看到他囫囵着回来了，个个争先恐后地要抢到他面 前，诉说夜里发生的那吓死人的一幕。他哪有心思听这个，大吼一声："你们 都给老子把嘴闭上！"这才没有人再敢吭声。他清点了人头，发现一个都没 少，而且连破块皮的人都没有，他这才长长地嘘了口气，往村公所走去。

村公所那群狗腿子们看到那连禄，纷纷转上来，吃惊地问："那爷，您 咋没一点事呀？"

那连禄扫视了一下大家，除了人人脸上露出惊魂未定的神色外，也没有 什么特别，再看看院子里，同样没有看到有什么情况，便把腰板直了直，干咳 了两声，说："你这话怎么问的？难道我就该有什么事吗？"一句话又把大家 给唬住了。他接着问道："你们都在，唐爷呢？"

听他问到唐六，大家谁也不吭声。他有点想发火，提高了嗓门，再问 道："都聋了吗？唐爷呢？"

其实，问他们也是白问，他们谁也不知道现在唐六在什么地方。看问不 出个究竟，那连禄心里明白了，唐六这小子一准是自己走后，去了张寡妇家快 活去了。

这时他也不再问了，带着几个人把前院、后院，还有隔壁的警察所都认 真清查了一遍，共发现五具死尸，其惨状真是让这个杀人不眨眼的那连禄，都 感到了一阵晕眩。

那连禄捂着鼻子，从警察所出来，回头又问跟在他身后的狗腿子，说： "过去那么长时间了，你们怎么没有处理？"

一个狗腿子赶紧上前解释，说："那爷，出这么大的事，何爷和您，还 有唐爷都不在，我们不好随意搬动啊，目的就是好让何爷回来后，亲眼看看这 现场才好处理不是？"

那连禄想想，狗腿子说得是有些道理。何满申还没有回来，唐六也不 在，自己也不好处理，也得让何满申亲眼看看才行，为的是得给他有个交代。

那连禄站在一具尸体旁，认真想了几分钟，真不知道等何满申回来后该如何向他汇报了。仔细想过以后，他决定首先不能让何满申知道出事时自己不在场，可怎么才能自圆其说呢？他又苦思一阵子，然后弯下腰，也顾不得恶心不恶心了，两只手往那摊血污中伸去，随即又朝自己脸上抹了几把……

最后，那连禄告诉狗腿子们，说："等何爷回来，你们谁也不许说我不在场！都给我记住！谁说了，我让谁到时尸首不全，死得比他们还惨！"

狗腿子们看到满脸是血的那连禄，开始都感到吃惊，听他这么一说，也都明白了。有几个聪明的，也像那连禄那样，把自己脸上身上全抹上了血。

当时"胡子"进村时的第二路人马，是冲向位于东红旗的警察分局的。分局长于连采的情况和何满申，有所相同，又有所不同。相同的是，于连采那晚也不在分局；不同的是，他不是像何满申那样去阿城逛窑子，而是被拉林警察局叫过去反省了。原因是，何满申两天前去警察局那里告了于连采一状，说是在招收劳工问题上，作为警察分局的主要领导，态度消极，对敢于违抗大满洲国和大日本"皇军"法令的逆民，心存善心，打击不力。就这样，于连采在拉林待了三天，也躲过了那场血光之灾。

"胡子"们当时闯进分局时，连开几枪把门口值更的两名警察放倒了。顾警长和孙警长听到枪响，刚要冲出来，被当即摁在了地上，其中就有一个叫夏其武的警察。"胡子"们把警察局里里外外全搜查了一遍，没有找到作为局长的于连采，最后在顾警长和孙警长"爷爷饶命，爷爷饶命"的哀求声中，手下留情了，还真没有要这两个人的狗命。不过，一人砍去了一条胳膊。

"胡子"的第三队人马，是马车队，他们直接开进了折景山的大院。这一个时期，何满申他们逼迫老百姓"出荷"的粮食，全暂时存放在这里。

三挂大马车，装得满满的，摞得高高的，全部拉走了。一粒粮食籽也没有给何满申他们留下。

三路"胡子"，在连二红旗闹腾了两个时辰，该杀的杀了，该抢的也抢了，唯独是全村的老百姓，家家平安无事，连一块树皮都没有碰破，连一根柴火把都没有丢失。

所以，过后，连二红旗有人私下里这样说：这八成不是什么"胡子"，这么些年了，在这地界上，哪杆子"胡子"也闹不出这么大的动静啊？况且，这明显也不是"胡子"的做派嘛！十有八九是抗联的人杀过来了，不是汪雅臣的队伍，就是赵尚志的人马。

何满申赶回连二红旗时，天已经大亮了。

进村之前何满申对"胡子"血洗的事已有所闻，到了村公所先是看到浑身是血的那连禄和几个狗腿子，又前前后后的走了一圈，然后先吩咐狗腿子们，说："还不赶快把死了的给埋了去！"

等那些人都去忙了，他才又回过头，望着一直跟在自己身后的那连禄："怎么没有见到唐六？他人呢？"

那连禄一点不傻。尽管唐六平时在何满申面前，处处要压自己一头，自己心里早生不满，他是那么的希望唐六因为今天的事情，在何满申面前失宠，从此矮自己半截呀。可是，他早想好了，这个时候他一定不能说一句唐六的坏话，免得给何满申一个落井下石的看法，也不至于以后让唐六知道了，对自己产生怨恨。所以，听到何满申问到唐六，他只是用袖口抹了一把脸上的血污，结结巴巴地说："报告何爷，唐爷他、他、他……"

何满申不耐烦了，说："你他妈的别老他、他、他的，倒是说个清楚呀！活不见人，死不见尸，我就不信唐六他能有上天入地的本事！"

其实，何满申说这话的时候，心里已经很明白了。夜里，他唐六百分之百的没有在乡公所，百分之百的去了张寡妇家了。这条狗跟了他多年，什么德性，自己比谁都清楚。

不一会，何满申强压住心中怒火，朝那连禄说："你派个人去张寡妇家，把唐六给我叫回来。"

至于那连禄，何满申也是从看到他第一眼，就知道那一脸的血是他自己抹上去的。身上没有伤，甚至连块指甲盖大的皮都没有破，哪里来的一脸血？骗鬼去吧！

还好，唐六不在，那连禄始终没有说唐六一句坏话，这倒有点让何满申感到意外。因为他早知道那连禄和唐六这两个人，为了在他面前争个高低，一直面和心不和，从来就尿不到一个壶里。今天那连禄之所以这么做，说明他这个人还不算太傻。

自从"爱本村"成立以来，已经整整八年，却遭此血洗，不能不令何满申感到恐惧与悲哀。

思前想后，最让何满申恐惧的，还不是"胡子"，而是他身边平时俯首帖耳的两条狗：唐六、那连禄；真正令他悲哀的，也不是乡公所加上警察所和警察分局的七条人命，还是他身边唯命是从的这两条狗，在最为关键的时候，却辜负了自己的信任！

想到这里，何满申站在乡公所门前，连发出三声狂笑：

"哈哈！"

"哈哈哈！！"

"哈哈哈哈！！！"

这笑声，令身边那些还活着的狗腿子们面面相觑，毛骨悚然！其中包括那连禄。

第6章 引狼入室

11

日本人要来连二红旗了!

这离"胡子"血洗连二红旗乡公所才刚刚半年。

这消息像长了翅膀,一夜间从西红旗传遍了东红旗,又从连二红旗扩散到"爱本村"三十六个大小屯子。

有"幸"成为大满洲国子民,已经是八年多了。

八年,也不算短了。就在这不算短的八年里,被何满申等人经常挂在嘴边、顶在脑袋上的大日本"皇军",不曾有一兵一卒光临过连二红旗这片土地。因此,连二红旗乃至"爱本村"三十六个屯子,那些平时不出三门四户的善良的老百姓,还不曾亲眼见到过日本人长什么样子呢。

那连禄和唐六两人见过没有,没有人知道,也没有人问过他们,但很多人认为,何满申一定是见过的。因为不少人曾不止一次地亲耳听何满申这样说过,说大日本"皇军"个个高大威猛,人人神通广大,呼风唤雨,钻天入地,无所不能!

这次大日本"皇军"要来连二红旗了,人们猜测,这是不是与半年前发生的"胡子"血洗事件有关系?要不然,那么多年都没有来过,早不来晚不来，为什么偏偏这时候要来？

何满申等人提前两天就开始做宣传了。

一个村挨着一个村的召开大会，先是西红旗，然后东红旗，接下去是从南区的各个屯子，再到北区的各个屯子。何满申的要求是，一个屯子也不能隔过去，每一户老百姓都不能漏掉，真正做到家喻户晓，人人皆知。

何满申他们宣传的主要内容是：大日本"皇军"是我们满洲国子民们头上高悬的福星，心中不落的救星，世代平安的保护神，幸福生活的根本保障！我们"爱本村"满洲国的老百姓们，对大日本"皇军"，知恩图报，感激涕零，所以要拿出十二万分的热情，十二万分的真诚，欢迎大日本"皇军"的光临！

为了迎接大日本"皇军"，何满申他们不仅到处宣扬"皇军"的威武与"亲善"，还做了两项具体准备工作。

一是把折景山家后院一些空房打扫干净后，准备给"皇军"们临时住的。另外，折家的粮食在秋后大部分拉到哈尔滨卖了，剩下的部分，现在全集中到了一起。

折景山没有在家，秋收后就离开了连二红旗。本来他每年都是这个时候，只要粮食一入库，他就会走，今年也不例外。

何满申把折家管事的老四折景水叫到跟前，说："瘸子，你给我听清楚了，腾出来的这几间房子，都打扫干净了，是预备给'皇军'过两天来了住的，你可给我看好了。"

折景水脸上虽然装出一副老实样，但说出的话，却让何满申听来没有那么中听。折景水说："何大村长您放心，兄弟我安排人白天黑夜守在这里，就算是一只老鼠经过这里，如果不拿您何大村长批的条子，也不能让它靠近。"

听折景水竟然和自己称兄道弟起来，何满申心有不爽，便加重了语气，说："我还要再告诉你，这些粮食，从现在开始，就不再姓折了，你一个籽儿都没有权力动！"

折景水毕竟是连二红旗最大的财主折景山的胞弟，还据说，以前多年没有人知道的折家老二折景峰和老三折景海，也都在大满洲国国都长春市，混成了有头有脸的人物，所以，折景水别看是个瘸子，在何满申面前，也不像别的村民那样低三下四，说起话来还是有一定底气的。

折景水说："兄弟我知道、知道。何大村长说这些粮食不姓折了，那就是全姓何了！"

何满申终于是忍无可忍了，伸手指着折景水的鼻子，骂道："你放屁！"

折景水似乎并没有被何满申的气势吓倒，还是一脸的坏笑，说："何大村长您说我放屁，就算我是放屁。不过，您老人家在一个月内连发三道令牌，一次次地增加'出荷'，我们折家可没有少拿一粒呀，总得给我这一大家子人留点活命的口粮吧？"

何满申这时"哼哼"着冷笑一声，说："没想到你个瘸子也长胆子了，敢与我称兄道弟还不说，又给我讲起价钱了哈？我知道你的底气是哪里来的！别以为我不知道，我告诉你吧，你不就是仗着你们折家老二老三在长春吗？在长春有什么了不起？你以为都会像人家关高粱那样，在国军里当团副呀？你们家那俩二货，一个守在屋檐底下给人剃头，一个在小巷子旮旯里给人家修鞋。说难听点，和你一样，最多也就是个屁！再说难听点，连个响屁都算不上！"

其实折家老二老三离开连二红旗多年，连张巴掌大的纸片都没有给家里捎回过，现在是不是在长春，是不是混成了有头有脸的人物，折景水也是听村里有人风传，是真是假，是黑是白，他自己根本不知道。前一段时间大哥回来收粮食，他问过折景山，折景山也只是哼哼哈哈的，没有给他一个明确答复。但从折景水内心来讲，当然是宁可信其有，也不信其无了。可这时候被何满申劈头盖脸地一大通骂，顿时给唬得找不着北了，除了点头哈腰，再不敢多说一个字了。

何满申还没有完，接着说：

"我再给你这个瘸子说一遍，这些粮食不姓你的折，也不姓我的何，是姓'皇'，'皇军'的'皇'！过两天'皇军'来了，全部要拉走。别看你现在还能歪歪扭扭地蹦跶，到时若少了一个籽儿，我把你那条没瘸的腿也给敲断了,让你整天在地上爬吧!"

站在何满申身旁的那连禄一直没有吭声,这时终于按捺不住了,对何满申说:"何爷,我早听不下去,瘸子这狗日的今天竟敢跟你何爷用如此的口气说话,吃了豹子胆了他!完全是犯上作乱嘛!何爷你发个话,我现在就把他那条狗腿给敲断!"

唐六站一旁也不甘落后,一边捋着袖子,一边说:"是呀,是呀,何爷您发话吧。"

那连禄情绪十分激动,义愤填膺,何满申却含蓄地笑了笑,说:"不急,不急。他那条腿比麻秆还细,啥时候想敲断,还不是易如反掌的事情?今天先给他留着,'皇军'来了住他们折家大院,若是稍有闪失,看我怎么收拾他!"

何满申和那连禄的话,把个折景水吓得差一点要尿到裤裆里。原本以为凭着他折家在连二红旗的地位,加上还可以仰仗二哥三哥的威名,不说是要与何满申在连二红旗争个平起平坐,起码也会和他说话客气一些,给他个面子,现在看来,自己这个连二红旗最大财主家的二掌柜,在他何满申面前,真的连个响屁都算不上,与别的村民完全没有区别。

何满申之所以大动肝火,一是因为折景水太不识相,不给他点颜色瞧瞧,他真不知道马王爷长几只眼呢。二是他确实在为粮食发愁。上面通知的是,这次一个中队的"皇军"来,只是路过,住一晚就开拔,但是顺便要把增加'出荷'那部分粮食拉走。可是,前段时间又是"点天灯"又是"大卸八块",好不容易从老百姓那里挤出些粮食,被"胡子"不费吹灰之力全部抢去了,这个时候再逼那些穷鬼,恐怕也不可能再弄得到粮食了,他这才想起了要打连二红旗财主们的主意。这样,首先就是折家。

也不只是折家。何满申骂完折景水后,又和那连禄把连二红旗几家财主排了排队,哪家哪户都不能少。这其中就有东红旗与折景山家住对门的富秀才家,还有折景山一个远房的兄弟折桂昌家。西红旗也有个不大不小的财主那西林和那祖培,因为两个人都是那连禄的远房叔伯,受那连禄兄弟的庇护,何满申平时不会找他们的事,有什么事了也会绕开这两家,网开一面。可这次不同了，因为他也不知道这次日本人来，到底想要拉走多少粮食才会满意，所以他不得不多想几招，免得到时闹得"皇军"不高兴了，那可就真的是掉脑袋的事了哇！所以，丑话说前头，折景山家那些粮食若满足不了，就对不起了，剩下这些，你们谁也跑不了。

其实这些家，虽然都没有折景山家地多，但谁家存的粮食也比普通佃户们多一百倍，何满申心里还能不清楚？而且，这些财主谁还能不知道何满申的厉害只要何满申来到了门上，哪个人也不敢在他面前哭穷，说交多少就是多少，没有二话可说，更不可能还有什么商量的余地。只有折景水那个傻里吧唧的二货，才不识时务地在何满申面前哭穷，甚至讲什么价钱。

西红旗的那西林和那祖培，按辈分上讲，那连禄都应该叫叔叔的。因为有了这层关系，何满申多少还是给那连禄留个面了，说话客气多了。他先是和那连禄通了气，意思是为了让"皇军"满意，这次只能忍痛割爱，让那连禄不要想多了。

那连禄什么人？没事时，叫你声叔叔，那是客气，但是，遇到啥事了，特别是遇到这种有可能会影响他在何满申面前的信任度的事，对不起了，哪还管什么叔叔不叔叔的！

他当即向何满申表态，说："何爷，这事你不用考虑他那西林和那祖培与我的关系，只要是为大日本'皇军'办事，只要是您何爷发了话，他就算是我亲爹，也不能有任何的例外！"

"真是条好狗！"何满申心里这么说。

把日本人来连二红旗的住房和索要的粮食都备齐了，何满申带着那连禄等几个人，去完成为迎接"皇军"必须完成的第二件事，就是去中心小学找校长李维华。

说起来，何满申在"爱本村"完全可以称得上一手遮天、说一不二的主。但，一人之下万上之上的那个人是谁？或许很多人猜不着呢。不是整天不离何满申左右，对老百姓吆五喝六的唐六和那连禄，也不是什么南区的"南霸天"、北区的"北霸天"之流，而正是中心小学的这位校长李维华。

连二红旗的老百姓对李维华的了解，像对何满申的了解一样，真正的来头和背景，与大满洲国和日本人究竟有多深的关系，没人知晓，甚至可以说一无所知。

李维华作为中心学校的一校之长，虽然只是亲自任日语的教课，看似十分轻闲，可平时基本上一步也不离开学校那个范围，专心致志地搞他的"教书育人"，至于连二红旗或是"爱本村"发生的大事小事，似乎与他没有任何关系，他丝毫不关心，也不去打听，更不会去干预或说三道四。因此，除了在校的老师和学生，老百姓很难见到李维华的大驾和尊容。所以，人们想象不到的就是，平时凶神恶煞的何满申，每次见到李维华都仿佛换了一个人一样，说是毕恭毕敬可能不恰当，但起码也是相敬如宾的感觉。

李维华平时整天待在学校里，按说应该是个"两耳不闻窗外事，一心只读圣贤书"的文化之人、读书之人。可真正了解之后，才知道这想法太天真太幼稚了。李维华的骨子里与何满申是实实在在的一丘之貉，地地道道的唯满洲国皇上和大日本"皇军"是从。学校开了日语课，而且是排在国语与算术之前的必读课，平时无论大小测验，别的课可以允许一门不及格或补考，唯有日语这一门，任何同学都必须考三分以上。学校老师中，没有人懂日语，唯有李维华。他不仅日语讲得好，也教得好，前前后后这么多年了，几乎没有出现过哪个学生日语不及格的现象。李维华也因此年年被评为"双城县模范教师""功勋校长"，双城县县长年年亲自带着教育界人士来给他颁奖，向他祝贺。县里还隔三岔五地组织外校老师到"爱本村"中心小学现场观摩。

由此看来，说李维华在"爱本村"的地位是一人之下，万人之上，恰如其分。甚至说他与何满申平起平坐，也不为过。何满申是武，而李维华是文，两人结合在一起就是文武皆备。只是因为李维华一般不在公众面前露面，让一般老百姓看不见也认识不到他这一身份的重要性罢了。

这天，何满申他们到了中心小学，直接去到李维华的校长办公室。本来，那连禄和唐六也想跟着进去的，只是离校长办公室还有几丈之远时，何满申用手把那连禄和唐六挡在了身后，并说："在'爱本村'见别的什么人，你们可以跟着我，而且一定要跟紧我，可是在这里，就没有你们什么事了。"

那连禄和唐六均表示理解。

他们早就知道了，平时虽然村公所与中心小学门对门，可何满申也是基本不踏进学校半步的。并且，何满申早就给那连禄和唐六有言在先，为他们定下过不成文的规矩。

何满申曾不止一次地对那连禄和唐六这样说："学校大门以内，全归李维华管，我和他姓李的是井水不犯河水，我没有非找他办的紧急事，是不会去招惹他的。你们更是不能随便进出学校。若是你们谁在李维华面前做了让他不高兴的事，吃不了，你们各自兜着走，我可不给你们擦屁股。"

那连禄和唐六很明白，也很自觉，多年来两家门对门地住着，真正是"各扫自家门前雪，不管他人瓦上霜"，并没有出现过摩擦和不快，相安无事。

事实上，就是没有何满申的交代，那连禄和唐六以及那群如狼似虎的狗腿子，也十分明白那个李维华，看似貌不惊人，可真正是个惹不起的厉害角色。其原因当然就是李维华来头不小。他们当初都见到过，李维华刚到中心小学上任时，是县长亲自陪同来的，并且县长还带着县保安大队二十多个荷枪实弹的护兵，谱摆得确实不小。这不仅震住了何满申，更是让那连禄和唐六等人望而生畏。

那连禄一点脾气也没有地在外面耐心地等着，何满申一个人进了李维华的"校长办公室"。

李维华似乎正在批改作业什么的，门没有关，但何满申还是站在门口小心翼翼地敲了敲门，李维华抬头看是何满申来了，屁股都没有抬，只是用语言表示了自己的热情。

"哦！哪阵风把我们的何大村长给刮到我这儿来了？"接下去便是"稀客，稀客""请坐，请坐""蓬荜生辉"等一连串的客气话，弄得何满申都有点不好意思了。

待何满申坐定之后，李维华说：

"平时我们何大村长很忙啊，忙得就像我们大满洲国的皇上一样，今天却放下身段光临敝校，必定是有贵干，否则，在下李某人恐怕是没有面子请得动阁下大驾的。何大村长，你说是吧？"

"是，是，是。"何满申先是这么回答，话一出口又觉不妥，忙又改口说，"哪里，哪里，哪里。兄弟我不才，瞎忙，瞎忙。平时不便也不敢轻易来打扰李校长啊。"

李维华前面这番文绉绉的客套话，确让何满申不知如何应对了，很不习惯，手足无措，甚至一时忘记他今天到底是为什么事来找李维华了。李维华看到何满申说话吞吞吐吐的尴尬样子，心里想笑，但没有笑出来。接下去说：

"何大村长，有什么事尽管盼咐，咱们兄弟都是为大满洲国皇上与大日本'皇军'效力，打个不恰当的比喻，我们就是绑在一辆战车上的两个卒子，再说难听的，那就是一根绳子上捆的两只蚂蚱，一损俱损，一荣俱荣。今天何大村长一定是有重要的事情来告诉兄弟的。说吧，只要是我李某人力所能及的事情，定当竭尽全力！"

李维华这番话中提到了大日本"皇军"，也提醒了何满申，这才让他突然又想起今天来找李维华的目的了。他说："那兄弟就直说了啊。"

于是，何满申把日本人过两天要来连二红旗的事情，原原本本讲了出来。

李维华说："据我所知，日本'皇军'这可是第一次来咱这个地方，大意不得，你看要我做什么，尽管说。"

有李维华这句话，何满申放心了，说："兄弟你放心，别的我都安排好了，只需要兄弟你配合我做好两件事，就可以了。"

"说吧，什么事？"李维华问。

"一是，兄弟你知道的，我虽然全心全意为'皇军'效力尽忠，可是我一句日本话听不懂。我想求您到时候和我一起接待'皇军'，好当场递个话，沟通沟通。"何满申说的递个话，也就是给他充当翻译。

李维华很痛快，说："这个没有问题，我答应你。"

"第二，就是，到时希望咱们中心小学组织五百人的欢迎队伍，带上锣鼓，打起标语，在村口迎接。"何满申说。

"那不可能！"李维华当即否定了何满申的这条要求，"我们全校师生，加上我，总共才四百八十二个人，你让我组织五百人，这不是难为我吗？不中不中！"

"对不起，对不起！李校长！"何满申马上解释说，"我说的五百人，也是个大概，我向上级报的是这么个数，到时候，你想想，我不可能一个人头一个人头地去数，'皇军'更不可能去数啊，大家也都只是看个场面和阵势就是了。热烈一些！喜庆一些！表现出中日亲善，不就可以了吗！"

"你要这么说，我就明白了。"李维华说。

"那李校长，你觉得兄弟我——"

"何大村长，你放心。你说的这两条，我全答应了。到后天，我只等你一句话！"

何满申突然又想起一件事，说："李校长，去年咱满洲国不是下发了不少日本产的布匹吗？还有不少柳条帽呢。到欢迎'皇军'的时候，要让学生们都穿上、戴上，也让'皇军'亲眼看看，不就成了事半功倍的美事一桩了吗？"

李维华皮笑肉不笑，说："你何大村长想得倒很美！那布做的衣服你穿过吗？那柳条帽你戴过吗？"

何满申不知李维华问话的意思，说："那是为了体现'皇军'的亲善，专门无偿发放给满洲国普通老百姓的。我想穿，也轮不到我呀，是不是？"

李维华脸上依旧是皮笑肉不笑，说："虽然你没有穿过，我也没有穿过。但是我知道，那些学生衣服穿不到三天，就变成一缕一缕的布条了；那样的柳条帽，新的戴头上还像顶帽子，可是淋一次雨就成一团纸浆了。哪还能戴？我看到头来不是事半功倍，怕是事倍功半都没有。还是别出那个洋相了吧！"

"那……那……那就算了！"何满申脸上是无奈与尴尬。可让他更感到尴尬的是李维华在他起身准备告别时，突然哪壶不开提哪壶，问起不久前"胡子"血洗"爱本村"的事，道：

"兄弟，那天晚上，你没有事吧？半夜里听到村公所那边响起枪声，我可是首先想到兄弟你的安全啊！"

"没事没事。谢谢兄弟挂念！"何满申似乎是无意与李维华谈这事，起身告辞。不过，走到门口了，还是回过头来对李维华说了一句话，好像一肚子苦水不倒出来实在是太委屈了自己似的。

"兄弟呀，你可是不了解你哥我的苦处啊。别人看起来，我这个'爱本村'村长风光得很，可是背后不知道有多少人时时刻刻在惦记我这颗项上的人头呢！"

12

何满申满怀着无限的期待和激情，去完成迎接大日本"皇军"首次光临"爱本村"的各项准备工作，可谓是尽职尽责、竭尽全力。至于工作成效如何，他自认为，那绝对是滴水不漏，无可挑剔。

可是让他没有料到的是，真到了"皇军"来时，他的那些大部分工作，基本上都没有用上，甚至差点给他招来杀头之祸，这让他十分沮丧与泄气。

"皇军"这次来了大约一百人的队伍，说是一个中队，三个小队。领头的中队长长得比缸粗没缸高。其实看仔细了，那三个小队长，包括那百十个日本兵，也都是这般尊容。看着稍微顺眼一点的是那个翻译官。他当然是个中国人。

日本人的队伍是下午约三点钟从西北方向来的。

从村公所和中心小学门前的大路上，何满申让李维华组织起来的那将近五百人的欢迎队伍，提前一个小时就分站在了大路两侧，往西排开。李维华站在最前头，他身边是小学的锣鼓队，锣鼓队旁边还有两个人扛着长长的竹竿，竹竿上缠着长长的鞭炮。一切就绪，让何满申看了心中十分满意。他异常兴奋地对李维华说：

"等一会，'皇军'队伍出现了，你们看我的手势，让同学们把口号喊起来！把锣鼓敲起来！把鞭炮点起来！"

夕阳西下，阳光正好从脸上斜照过来，有些刺眼。何满申不停地用一只手挡住直射的阳光，往远处张望着。

"来了！"何满申兴奋地叫了一声。

他身边的那连禄早就等得心急火燎了，这时急不可耐地问何满申道：

"何爷，咱喊起来吧？"

何满申瞪了他一眼，说：

"你急个屁啊！还这么远呢，能听清吗？等他们再走近一些！"

那连禄讨个没趣，老老实实站一旁不再吭声。

又过了一会，虽然是逆光，也能把日本人看得清清楚楚了。这时，只见何满申大手一挥，五百人的欢迎队伍里，立即爆发出惊天动地的呼喊声："欢迎！欢迎！"

与此同时，锣鼓喧天！鞭炮齐鸣！

站在欢迎队伍最前头的何满申激动得手舞足蹈。可他一旁的李维华却突然对他说：

"何大村长，麻烦了！麻烦大了！"

"你什么意思啊！怎么就麻烦大了！"何满申朝李维华喊道，"你是存心要扫我的兴是吧？"

"不是我要扫你的兴头，你看呀！仔细看呀！"

何满申这时往日本"皇军"的队伍认真看去，发现那一百人的队伍不见了！再细看，原来都卧倒在了大路两侧，他们手中的长枪全指向了自己站的地方。

李维华是早看到了。当何满申大手一挥的同时，当欢迎队伍里发出第一声欢呼，"皇军"的队伍便瞬间疏散、卧倒了。那是一支训练有素的队伍遇到敌情时的正常反应。

何满申竟然这个时候还不明白这到底是怎么回事，反而问身边的李维华：

"哎，'皇军'个个趴地上干吗？为什么不往这边走了？"

李维华这时哭笑不得，说："何大村长，如果我这时说你是头猪，你一定说我是在骂你。等着吧，有你好看了！"

"你说我是头猪？好好好，我暂且不与你计较。现在就算是我求你了，你能不能把话给我说明白一点？"

"还要我说多明白？你不都看到了吗？'皇军'误会我们了！"李维华说。何满申似乎还不明白，他白了李维华一眼，说：

"那我们一起走过去看个究竟。"

"要去你去，我是不会去的。"李维华不客气地说。

"何爷，我跟你一起去。"那连禄终于又找到了讨好何满申的机会，自告奋勇。

当何满申和那连禄一前一后地往前走着，离日本"皇军"还有百米远的样子，只听"叭"的一声，一颗子弹贴着他的耳边飞了过去。吓得何满申立即趴在了地上，朝那连禄喊道：

"快跑过去告诉'皇军'，自己人，别开枪！"

那连禄不傻，这时他要是听何满申的话跑过去，那枪子说不定就冲他来了。他赶紧把双手举起来，举得高高的，嘴里照何满申说的反复高喊道：

"别开枪！自己人！别开枪！自己人！"

那边有人朝他做了个让他过去的手势，并听到有人朝他喊：

"慢慢走！手不要放下！"

何满申看到了也听到了，从地上爬起来，和那连禄一起并排举着双手，朝前走去。随即那边也走过来一个人，一看就知道是会说中国话的翻译官。

三人走到面对面了，何满申才申明自己"爱本村"村长的身份，是来欢迎"皇军"的。这时翻译官朝身后摆了摆手，那百把个"皇军"才个个从地上爬起来，重新站好了队。

这时从队伍里走过来一个日本人，翻译官马上迎过去，两人"呜呜啦啦"说了几句话，一起回过头来，并排朝何满申与那连禄站的地方走来。

何满申见他们过来了，自己也迎上几步，脸上堆满了笑，同时伸出手来想去和"皇军"握手。让他没有料到的是，"皇军"的手是伸出来了，但不是和他握手，而是朝着他那胖嘟嘟的腮帮子，左右开弓，"叭叭"甩了何满申两个大嘴巴子。那声音清脆、响亮，连何满申身后的那连禄都被吓得不由自主地连着后退了两步。

何满申挨了打，捂着脸，疼得直龇牙咧嘴，但一声也不敢叫，更不敢后退。

只听那个日本人又"呜呜啦啦"说了一通话，何满申与那连禄都听不懂，但也能感觉到是在骂他们。果然，翻译官说：

"太君说，你这个什么村长，就是个大大的浑蛋！"说到这里，朝他使了个眼色，放低嗓门，说，"还不赶快把你那些什么欢迎的人，全给解散了！"

听到这里，何满申一只手还捂着脸，另一只手朝那连禄挥了挥，意思是让他赶快去。那连禄这时跑得比兔子还快，边跑边喊：

"'皇军'说了，解散！统统解散！"

"好心被当成了驴肝肺。"

"拍马屁拍到了马蹄子上。"

用这两句话形容何满申此时的心情，真是恰如其分。

挨两个耳刮子！搁在以前，想都不敢想，这样挨打还受羞辱的事，那只能是别人，怎么可能落在我何满申头上！好在，这事只有那连禄看到了，没有当着"爱本村"那些老百姓的面，要不然，他这威风扫地的一幕，让老百姓们目睹了，岂不丢人丢大了啊！

说委屈，那是真委屈！说无奈，那也是真无奈！

还好，让他感到有些安慰的是，"皇军"对他安排的住宿条件还比较满意，起码没有再骂人。特别是看到他提前准备的那些堆成了小山的粮食，让日本人欣喜若狂。

翻译官转告他说："'皇军'说了，你这个村长，大大的！"

他开始还有些不明白，大着胆子问翻译道："那大大的是啥意思？是夸奖我吗？"

翻译官说："当然是夸你。夸你大大的好！"

这一下何满申心花怒放起来，说："请您转告太君，'皇军'也是大大的。"

翻译官说:"这你放心。另外,太君还说了,早听说'爱本村'是咱大满洲国开展'中日亲善'的模范村,为什么村子里空空荡荡,看不到良民呢?太君问几次了,'良民的,哪里去了?'怎么不来慰问慰问呀?"

何满申听到这话,一肚子的委屈再次涌上心头,甚至生出了不满的情绪。心想,本来安排了好几百人的良民队伍欢迎"皇军"的,你们非但不接受,还把我这个村长给扇了两耳刮,现在又来找我要良民,还要慰问什么的,真他妈的不是东西!

当然这只是他心里的话,哪敢说出口!即便是这样,他突然也后怕起来,怎么能这样在心里骂"皇军"呢?真是罪该万死呀!他马上说:"不是说良民吗?慰问吗?好好好,我立即去召集!"

答应得很干脆,可是他知道这事并不好办,且不说老百姓个个躲得远远的,家家户户门关得紧紧的,再说谁家会有什么东西能拿出来慰问?他想,还只能从那几家财主开刀了,他把五家财主名一个个点了给那连禄、唐六和一直跟着他的几个狗腿子,说:"你们分头去通知他们,限半个时辰,每家十斤白菜、十斤萝卜、十斤大葱、十斤粉条、十斤鸡蛋、十只鸡、十只鸭、一斤蘑菇,立马送到折家大院!若有不愿拿的——"

没等他说完,那连禄接上了,说:"耳刮子伺候!"边说边做了个扇大嘴巴的动作。

这让何满申心里很不舒服起来,心想,你那动作,怎么和日本人扇我一个样啊?你小子是不是在笑话我?

何满申没有和那连禄为这事计较,看着狗腿子们分头去传他的命令了,这时突然看到"傻砖"在折景山大门外的墙角探头探脑,便让那连禄去把"傻砖"叫来。

"傻砖"来后,何满申看到他怀里揣着半截砖头,立即从他怀里抢过来,扔在一边,然后对他说:"傻子,'皇军'这是第一次来咱连二红旗,多稀罕的事呀!你是不是想来看热闹?"

"傻砖"嘴里流着口水,傻笑着用力地点头。

何满申又说:"你一个人看热闹没什么意思,去多叫几个人来,那才是真热闹呢。"

"傻砖"一定是听明白了。他捡起之前被何满意申扔到地上的半截砖头，重新又揣到怀里，然后撒腿就跑。不一会儿真带了一大群人来，但全都是半大小的孩子。

那些日本人看到这么多小孩子，表现出令人意想不到的热情，一个个往孩子们手里争着放糖果。水果糖在连二红旗可是没有几个人见过的，稀罕极了。孩子们开始不敢接，一个日本人便剥开一个放在嘴里，做出很甜很好吃的表情，孩子们便个个也往嘴里放。

孩子们很开心。

日本兵们也很开心。

何满申在一旁看了，更开心！

不久，何满申点名的几个财主家，陆陆续续都派人把菜呀鸡呀送来了。

翻译官又朝何满申竖起了大拇指，说："太君又说了，你的村长的，大大的！"

何满申心情好极了，也学着翻译的样子，竖起大拇指，说："太君，大大的！"

他这时看了看身边的那连禄，突然又想起一个主意，想着想着，自己不禁得意地笑了起来，并自言自语：

"太好了！太好了！就这么办！"

看着何满申兴高采烈的样子，一旁的那连禄并不知道又有了什么事让何爷这么开心，但肯定是好事，所以也跟着何满申笑起来，并说："何爷，你说什么事吧，只要你说出来，我就去办，你说怎么办，我就去叫他们怎么办！谁敢不怎么办，就这样！照此办理！"说着做了个大手扇嘴巴的动作。

那连禄的这个动作是何满申最忌讳最不愿看到的，这让他不由自主地想起被"皇军"扇大嘴巴的羞辱，甚至想到这小子一而再，再而三地做这个动作，是不是老想拿这个取笑自己？所以，心里很不舒服。可是那连禄哪里想得到这层意思呢，还一个劲地朝何满申笑，很以为自己就是天底下最聪明的狗腿子了。

何满申这时对那连禄说："现在所有的事都办得差不多，就还有一件事等着我们去安排。如果下面这件事安排好了，'皇军'一定会很满意，你和我脸上都光彩还是小事，说不定太君还会给我们大大的奖赏呢。而且，你一定是头功！"

一句话让那连禄那两只三角眼，像狗看到了主人扔出的一块没有啃干净的骨头，顿时大放光芒，并急切地说道："头功，什么时候都应该属于何爷您呐，我能落个二功就很满足了。何爷您说吧，下面咱们还有什么事？"

何满申两眼望着天空，不停地眨巴着眼睛，故作沉思状。那连禄眼巴巴地望着何满申，说："何爷，你还有什么顾虑吗？在连二红旗，在'爱本村'，还有让您老人家为难的事吗？"

何满申这时把目光移到那连禄脸上，说："难为到我，倒也不算什么，我只是考虑这事可能要难为到你老弟了。"

那连禄不以为然，说："既然难为到您老人家都不算什么，若是难为到我，那更不算什么了。为了给您老人家在'皇军'面前撑面子，再难为的事，也是我的福气不是？"

何满申要的就是那连禄这句话。于是他把自己的一个想法向那连禄和盘托出。

13

其实说起来也很简单，何满申就是想今晚请日本人到那连禄家里吃饭喝酒。当然，那百把日本兵不可能全请，只请中队长和三位小队长，另加上翻译官，一共五个人。

产生这个念头，确实是他的突发奇想，但却是一招妙棋，所以才有他前面的开怀大笑。虽然说是即兴的想法，并未深思熟虑，可道理却是明摆着的：一、这样可以更进一步地在日本人面前讨好，联络感情，密切关系；二、在家里请客，小范围近距离，更容易沟通；三、在连二红旗和"爱本村"，除了那连禄家，都被他给榨干了，没有谁家还能请得起这个客；四、你那连禄天天跟着我何满申，到处狐假虎威、混吃混喝，凡是向老百姓的摊派，你那连禄从来一毛不拔，这回终于逮着机会让你放次血了。

除了这四条，也不排除那连禄做的那个扇嘴巴的动作，惹恼了何满申，他有心借此给那连禄一个报复。

何满申把自己的想法告诉那连禄时，只讲了前三条理由，第四条包括后面的报复心理，当然没有讲。他特别向那连禄强调说：

"你想想，把'皇军'请到家里吃饭，那是多么不容易的事情，对你来说，又是多么荣幸的事情！多大的面子啊！"

"那是那是！说起来是'皇军'给了我面子，实际上还不是你何爷给我一个露脸的机会。"

那连禄说出的话很漂亮，但是态度上似乎还有些犹豫，说："何爷，不过呢——"

"不过什么？"何满申立马把脸拉了下来，打断了那连禄的话，说，"还有什么难处吗？如果有，你就尽管说，在我面前还用得着掖着藏着吗？"

"难处确实没有！"那连禄看何满申脸色变了，说话口气也变了，心里想说的话又咽了回去。

"如果没有难处，那就赶紧告诉你家里人，马上准备吧，时候不早了。"何满申催促那连禄说。那连禄正犹豫着要走不走的时候，何满申又说："我这就去先给翻译官打声招呼，我还不知道人家太君请不请得动呢。"

"假如请不动太君的话，我这边该咋办？"那连禄说。其实他担心的就是这个，等家里人忙了半天，"皇军"若是不来，那不就麻烦了？但是何满申却误会了他的意思，因为看他说话吞吞吐吐的，何满申心想，这小子怎么了？关键时候用得着你了，掉链子，还真不想要这个面子不成？更显得不高兴了，说：

"你还真以为我请不动'皇军'咋的？"

"何爷别生气，我不是这个意思，我是说，'皇军'没有那么好说话的，我担心——"

"你担心个屁！是不是又想到太君甩我嘴巴的事了？"何满申说，"请不请得动是我的事情，招待得好不好，是你的事情。就算是太君再给我两个大嘴巴子，我也要把他们请到你家里去！我不是说过了吗？时候不早了，你还不快去让家里人准备？！"

那连禄小跑着去了。

何满申重又回去折家大院，翻译官见他又来了，迎上来问他还有什么事，于是他把请几位太君晚上去那连禄家赴宴的打算，原原本本说了一遍，最后问道："就不知道几位太君能不能赏光，给我村长一个面子？"

翻译官把手一拍，连声说："好！好！你这个村长还真是想得周到，对大满洲国和大日本'皇军'，忠心耿耿，太君那边嘛，肯定没有问题。不过，还望你在此稍等一会，容我去报告报告，再来回话给你。"

听了翻译官这么说，何满申心里有底了。翻译官很快回来，果然没错，告诉他，几位太君非常高兴，欣然答应。何满申一听，心中自然是喜不自胜，又问道：

"不知道太君们都有些什么样的口味，例如，偏咸还是偏淡？还有，能否吃酸呀甜呀辣呀，什么的。另外，就是有没有什么忌口的，不能吃的？例如狗肉猪内羊肉，还有生姜大蒜大葱。"

"没有，没有！我实话告诉你吧，太君除了不吃亏，天底下没有什么东西不能吃的。哈哈哈！"翻译官大笑之后，没有忘记又把何满申夸奖一番，说，"何村长，你真是太有才了！在咱满洲国，像你这样想方设法地孝敬'皇军'的村长，可能找不到第二个了！就你这样的人才，给个县长当当，也完全没有问题嘛！现在放在村长位置上，真是屈才了啊！"

何满申抱起双拳，做谦虚状，说："谢谢翻译官抬举兄弟！小弟只是为咱大满洲国和'皇军'，做了一点点应该做的分内工作，还请翻译官和太君们多多指教。"

"指教就不敢当了，但我一定会在太君们面前给你多多美言的。何村长，你要有思想准备，将来可是前途无量啊！"

反正是夸人不费劲，谁都会。翻译官这几句话，让何满申听了十分受用，他又问道：

"还有，不知道除了上面说的，太君们还有没有别的爱好，例如酒，是中国人喝的高度老白干，还是老毛子爱喝的伏特加？"

"你问到酒了，你让我想想。"翻译官稍作沉思，说，"其实两种都可以。不过嘛——"看翻译官话说到这里不说了，何满申把胸脯一拍，说：

"还有什么要求，翻译官您尽管说给兄弟听，如果我'爱本村'没有的，那就没有办法了，只要是我'爱本村'有的，就算是上房揭瓦，我一定能够弄来孝敬太君！"

"你放心，何村长，你们'爱本村'一定有，没有我也不会提出来，那不是有意难为你吗？"

"既然这样，那翻译官何不现在给我指个明道呢？"

"好，那我问你，喝酒要不要吃菜？"翻译官问。

"当然要哇，都预备着呢。猪牛羊肉，鸡鸭鱼肉，萝卜白菜大葱大蒜，样样齐全着哩。"何满申回答。他对那连禄家的底细有充分的了解，所以他敢这么说。

"喝酒，光有肉哪成啊，还得有人陪不是？"

"也有啊。我陪，还有那家的主人，你见过的，叫那连禄。今晚就是他安排的，在他家他能不陪吗？"

"哎呀，刚才还说你有才呢，怎么又一时糊涂起来了？我是说，还要有那个，那个——"翻译官还是不愿把话说明，倒是做了一个女人甩辫子的动作，何满申这时才恍然大悟，问：

"莫非翻译官说的是要找女人陪？"

"你终于开窍了。'皇军'最喜欢的就是，花姑娘的干活！"翻译官说这话有点阴阳怪气。

何满申完全听明白了，可这的确是把他给难住了。这个时候，到哪去找女人？说起来，这么大个连二红旗村子，肯定是不缺大姑娘小媳妇，可是谁家的人愿意来陪呢？闹将起来如何是好？这又是迫在眉睫的事情，弄不好收不了场啊！岂不把今晚的宴请全给搅黄了？要是因此再闹出人命来，完全背离了自己的初衷啊！

看何满申久久没有点头，翻译官也急了，说："你要是找不到女人来陪，我看今晚的活动也就取消算了。"

这明显是在将何满申的军。但何满申这个村长也不是白当的，突然间，他眉头一皱，计上心来，马上眉开眼笑，说："请翻译官放心，女人嘛，没有问题，包我身上了！"

何满申说得很肯定，翻译官又竖起大拇指，说："何村长，用太君的话讲，你的，大大的！"

从折家大院出来，何满申小跑地往西红旗的那家赶去。一推开大门，就看到那连禄正指挥着全家大小里里外外地忙着呢。看他来了，那连禄忙迎上来打招呼："何爷来了？"

"辛苦了！辛苦了！"何满申应承着，在厨房和堂屋转了一圈，十分满意，又问道，"正屋客厅里要多摆上几个凳子才好。"

"我数过了，四位太君，再加上翻译官和我们两人，最多再叫上唐爷，也就七八个人，够了。"那连禄说。

"有备无患嘛，再多摆上几个。"何满申说。

"莫非还有——"那连禄不解。

"你就别问了，听我的没有错。"何满申把手一挥，示意那连禄照他说的办就是了。接着他又说："让那四位弟妹忙得差不多了，也拾掇拾掇，打扮打扮。"

"有这个必要吗？咱乡下人，没有见过世面的。"那连禄肯定不明白何满申什么意思。

"你这个人啊，让我怎么说你呢？四位弟妹年纪轻轻，金屋藏娇也不是这么个干法呀？平时她们也够委屈的了，大门不出二门不迈，一心一意伺候你那二爷，好不容易今天有贵客来家里，也让她们见识见识嘛！堂堂'皇军'，堂堂太君，不是谁想见就能见得到的，更何况说个话敬个酒的，人一辈子能碰到几回这样的好事？就说我吧，今天有幸见到了，也是见一次少一次呀！再说了，咱有粉别往屁股上抹，要往脸上擦。四位弟妹个个如花似玉，往这一站，就能给你脸上增加多少的光彩！我也跟着沾光了不是？"

何满申这一套话，他并非即兴说的，在来的路上就想好了。现在如此顺溜地说出来，而且脸不变色心不跳地这么说出来，把个那连禄早听得晕晕乎乎的了。

"那是，那是！何爷您想得真细，连小弟的内人你都想到了！"这时他朝站在一旁的四姨太太说："去告诉你那三位姐姐，就按何爷刚才说的，忙完了快去打扮打扮，别等贵客来了，一个个披头散发的，给我丢人现眼！"

"皇军"要来家里做客，让那连禄感觉，就像是天上掉馅饼了。自从张大帅出事，他们那家的老三老四失势，到今天也有十多年了，没有任何消息，生死不明。老大虽然还在拉林警察局里干着，可也早就是无职无权，今非昔比了。好在，他那连禄这些年跟着何满申，依然风光无限，威风不减当年。在连二红旗，不，包括在"爱本村"三十六个屯子，除开中心学校那个不阴不阳的李维华，还有唐六，就数他——那二爷，才真正是一人之下万人之上的人物！随意村里走一走，哪个人碰了面，敢不点头哈腰？随便说上一句话，哪个人听了，敢当成耳旁风而装聋作哑？就算是没有缘由地吐你一脸口水，你也不敢当我那连禄的面当即擦去！这次又是何满申、何大村长、何爷，亲自安排太君们大驾光临我那家，这顿饭一吃，往后我那二爷敢在任何场合任何人面前，把说话的声调再提高八度："怎么着？不服是吧？'皇军'里也有我那二爷的朋友！"

有人说，当你觉得天上掉馅饼的时候，就要当心，脚底下很可能人家已经给你挖了个坑，等着你往里跳呢。

说何满申完全是在给那连禄挖坑，也许并不准确。何满申想讨好"皇军"，出于无奈，也只能利用那连禄也想讨好"皇军"的共同理想，让他在家里摆上一桌酒菜，因为只有他家才具备这个条件呀！还有，"皇军"要花姑娘陪酒，他何满申同样也是出于无奈，谁让他那连禄家里正巧有这四个现成的年轻漂亮的女人呢？

说实话，他何满申也早想打那连禄这几个女人的主意了，可来明的他一直拉不下面子；来暗的吧，但那连禄不傻，他谁不防就暗地里防着何满申，因为他知道，在连二红旗除了何满申，没有人敢动他女人的念头，所以何满申一直找不到合适的下手机会。现在这个便宜事也只能拱手让给"皇军"了，他何满申可以堂而皇之地对那连禄明着说，名正言顺地让你那连禄点头应允，找不出也想不到我何满申有半点别的什么意思。这都是为了你那连禄好嘛！这都是为你那连禄的前程着想嘛！

何满申是这么想的，那连禄也是这么理解的。

从一开始，那连禄就不曾怀疑何满申，让他在家设宴请日本人吃饭，还会有别的目的？他绝对相信，这是何满申又给了他一次千载难逢的巴结日本人的机会，所以，他把家里好吃好喝的，毫无保留地全部奉献了出来。现在又听何爷说，他的几位太太也能够在这么重大的场合露露脸，跟着他一起风光风光，更是觉得何大村长、何爷真兄弟也！恩重如山，没齿不忘啊！

最后，何满申说："你在家准备着吧，我先去了。等到天一黑，我就带太君他们过来。"

14

何满申匆匆走了，那连禄怀着激动而又快乐的心情，一边继续指挥着下人们干活，一边一个个地催促他的那四个太太，为了给他争光，快去梳妆打扮。

说起那连禄的这四房太太，还真有那么点复杂。其实，都是近十年娶回家的姨太太，虽然说也是大太太、二太太、三太太、四太太这么排列称呼，但他真正的大太太和二太太，早多少年前就被他一个逼疯一个折磨至死了。从现在的所谓大太太进门数起，短者两三年，长者四五年，那连禄走马灯似的往家里娶新的过来，他还真没有少费工夫，更没有少花钱。

说起来，也不知是女人的原因，还是他那连禄无能，所有的女人到了他那家，竟然没有一个能怀上孩子的。前面那两个太太被他逼疯逼死，也就是因为不能给他生孩子。这些年他之所以能够一个接着一个地往家里娶，对前面的女人最有力的说辞也就是："你们占住窝不下蛋，我还不能抱个下蛋的母鸡回来呀？总不能让我那连禄断子绝孙吧？"

最近，他正想着要不要娶五房的时候，听说这四太太怀上了。那可不得了，本来这四太太来得最晚最年轻，也最得宠，一听说怀上了孩子，更是被那连禄捧得像是皇后似的，平时什么事都不让她做。所以，当其他几个太太和下人们里里外外、前前后后地忙晚上的宴请时，只有这个四太太特殊得很，站在那连禄身边袖手旁观，只需要动嘴不需要动手。

人说"三个女人一台戏"，那连禄的四个太太年龄相差不多，大太太与四太太也就隔了那么十来年。同处一个屋檐下，起码表面上看，这些年还是风平浪静的，由此可见，那连禄的过人之处。当然，这中间他也是很不容易的。

怎么个不容易，也只有他自己心里清楚了。

四房太太，说谁比谁更年轻，掰着指头就能数出来，可要是说哪个比哪个更漂亮，就很难说了。当初若是不漂亮，那连禄也不会往家里娶不是？各有各的漂亮，各有各的故事罢了。

说起大太太这个女人，是如何进了那家的，话可就长了。这里不得不提到我姑。那一年，那连禄去双城为了把我姑再抢回来，费了那么大的工夫，连他们家老大的一条腿都被别人打断了，也没有见到我姑的面。当时老大那连福生气了，说出那句"你老二的事以后我再不管了"的狠话之后，其实，当时那连福还说过两句话，那是提醒那连禄的话：

"兔子不吃窝边草，你以后少给我在连二红旗惹事！""有本事到外面去找嘛，外面漂亮的女人多的是！"

那连福的这两句话，那连禄后来还真记住了。所以从此以后，他就确实没有在连二红旗再去打哪家大姑娘小媳妇的主意了。

我姑姑的事过去不到三年，那连禄家里的两个太太一个疯了一个死了。就在这期间，有一次他在拉林逛戏园子时，看上了一个从关内来的戏班子里的当红主角，想方设法花钱把这个女人娶回了家。这个女人就是现在的大太太。他原想，唱戏的没有几个干净东西，弄回家玩玩就是了。可是没有想到，这个十九岁的女人，唱戏的名气不小，响遍拉林、阿城方圆百十里，竟然还是个未开过苞的处女，这让他一时动了真情，当即立为了大太太。虽然没有大张旗鼓地走那个三跪九叩的拜天地程序，但因家里已经没有了别的女人，也就顺水推舟，算是给了她个大太太的名分。

像那连禄这样的人，再漂亮的女人，玩个十天八天就会腻味了，可是这个女人毕竟戏子出身，手段不一般，让那连禄黏了三年还不忍撒手，后来就是因为一直不能怀上孩子，这才在四年后又娶了后面的二太太。

所谓的二太太，是那连禄在阿城的花子街上，花大价钱从老鸨手里赎出来的。要说干净还是不干净，窑子里的女人，能比唱戏的干净到哪里去呢？不，那连禄不这么看。加上这二太太当时确实是第一次接客，被那连禄碰上了，自然是价钱不会低了。可是比起他后来出的赎金，那就忽略不计了。娶回到家里，便立即给了个二太太的名分。

这个二太太也不是等闲之辈，床上功夫比起大太太更是技高一筹，一个晚上能玩出十几种花样不重复。再说，毕竟是比大太太又年轻了两岁，每天晚上又是叫又是咬又是啃的，两个人都要折腾到大半夜，让那连禄每天早晨几乎都两腿发软下不了床，迈不动步了，哪里还有心思往大太太身上放呢。

不过，二太太的境遇后来还不如大太太，那连禄和二太太也就黏乎了三年的时间，一旦新鲜感没有了，又觉得索然无味起来。接着他又以二太太三年怀不上孩子为由，又娶回了三太太。

三太太是拉林城里一个大户人家的女孩。说起来这还是老大那连福一手促成的呢。本来那连福有言在先，老二的事再不管了的，可是看到那连禄连着娶了两房，都不是什么正经人家，而且也都没有生育，这样下去的确是个问题。那连福不得已自食前言，又在拉林四处出面帮他物色的。最终把他认识的一位朋友的女儿，介绍了过来。

按人家娘家原先的地位和个人的条件，不可能看得上他那连禄的。但是，有两个原因，使本不可能的事情成为了可能。一是这女子已经嫁过一次人了，现在孀居在娘家。二是，娘家前年的一场大火，把一个那么大的家业烧去了一半，家境也大不如从前了。还有，女人的父亲考虑到已经嫁出去的女人，因死了男人再回到娘家长期住下去，很是忌讳，这才求那连福好歹再给找一家嫁出去算了。那连福之所以一开始就很感兴趣，是他得知这女的前次婚姻期间，曾怀过孩子，只是不久流产了。这说明这女人是有生育能力的。

那连禄开始听老大这么一说，坚决不干。那连福凭着自己老大的身份，对那连禄恩威并行，一边劝一边讲明利害关系，让那连禄最终不得不答应先见见面再说。

这一见，那女子的美貌和才华一下子把那连禄给震住了。那连福这才又详细向他介绍说，这个女人，论美貌，在拉林这个小地方，虽不是倾国倾城、沉鱼落雁，但毕竟是当年的大家闺秀，琴棋书画无所不能，在拉林城里曾一度令多少有身份有地位的名流阔少，垂涎欲滴。后来是被双城来的一位县长给强占去了，纳为了姨太太。也是这女人命里不该享福，做县长姨太太不到半年，县长得场暴病去世了，这女人才又净身出户，回到娘家。

那连禄，说白了就是个土鳖，虽然之前玩过不少的女人，哪里遇到过这样名门闺秀的女人呀？当时眼睛就直了，人好像也傻了一般。那连福知道那连禄开始对这个女人动了心，便趁热打铁，又对他说："别看人家是二婚，要不是娘家的家业败了，也不可能会同意跟你去连二红旗过一辈子。"

那连禄心里奇痒难奈，说："大哥说得是。其实嫁没嫁过人，我才不在乎哩。"

那连福说："那就好。我还告诉你，这女人曾给前面的男人怀过孩子，据说是因为有一次跟着县长一起去骑马，不小心从马上摔下来，小产了。这说明，这个女人可不像你前面的那几个上不了大席面的阿猫阿狗，个个都是只叫春不下蛋的阉货。"

就这样，那连禄把三太太娶回了家。

其实，三太太从第一次见面，到后来娶回家，从来没有看上过那连禄。晚上睡觉，不洗脚不给上床；想亲嘴，嫌他嘴臭。实在没有办法了，从来不知道何为刷牙的那连禄，被迫学会了刷牙。像这样的生活细节，多了去了，折腾得那连禄烦不胜烦。每天就是当神供着，当爹妈伺候着，也很难讨三太太的欢心，一句话不中听，就摔凳子砸碗的，还三天两头地往拉林城里娘家跑，一去没个十天半月不回来。害得他每次都还要低三下四地去请，好话说得嘴上磨出泡来。以前都是女人受他的气，哪有他受女人气的道理！

然而，怪就怪在这里，三太太越是这样，那连禄还越是离不开她。也许是因为以前那些女人太听话了，逆来顺受地，换成了这个像头犟驴似的女人，反而把他的胃口给吊起来了，竟然这样打打闹闹地与三太太过了五年，竟然再没有动过娶第四房的念头。

说起来，还是因为三太太也一直没有怀上孩子。这不仅让那连福为此感到纳闷，也给那连禄又有了再娶别人的借口。半年前，那连禄还是又娶了四太太。

四太太是"爱本村"南区范家窝棚的人。其父名叫范通，背后被人称为"饭桶"，南区一带有名的二流子，好吃懒做，家徒四壁。一天，那连禄被南区区长陈子新请去喝酒，席间听陈子新说到，"饭桶"最近因为赌钱输了，扬言要卖女儿还债的事。

"这女孩子，年方二八。啧，啧，你不知道有多漂亮多嫩乎！'饭桶'说了，谁能给他十块大洋，外加一石高粱米，谁领走！"

"这么好个女孩子，又这么便宜，近水楼台先得月，陈兄你可是南区的地头蛇呀，舍得肥水流进外人田？"那连禄开始有点不信。

"兄弟，我哪有你那艳福呀？你又不是不知道，我家那个母老虎太厉害，我是有贼心没贼胆不是？"陈子新摇摇头，"我要是有兄弟你那手段，还真说不准呢。"

这回那连禄信了，当即让人把范通叫了过来，说好以后，范通又回家把女儿也领了来，让那连禄当面看过。女孩子确实长得各方面条件不错，一双乌黑明亮的大眼睛，还是双眼皮，四方白脸上，有两个不笑都显现的酒窝，再加两条长腿，把身材衬得高挑苗条。有一百条好，就有一条不好，显得土气了点。

陈子新在那连禄耳边悄悄地说："就是因为土气，才说明她的纯。你若是娶到家里，洗洗干净，换上好点的衣服，平时再多给她吃点好东西，过不了仨月，膘就追起来了。到那时你看吧，我今天把话撂在这，别说比你前面那几个嫂子都水灵，就是在你们连二红旗，在咱们'爱本村'，也找不出第二个！"

那连禄心动了，当晚就在南区让陈子新找了地方，把女孩子给开了处。第二天，他让人先送来一石高粱米，并亲自给女孩子的父亲范通十块大洋，另加两块，告诉范通明天就带女儿去拉林城里逛一逛，先到澡堂子里洗个澡，再买两身好点的衣服。三天后，他就要接过去，正式地圆房了。

这就是四太太的故事。

四太太进那家门不到三个月，竟然发现怀上了！那连禄得知这个消息，一块心病不治而愈！就如前面说过的，那连禄从此这半年一直把四太太当皇后供着，捧着，平时连拾根柴火棍的力气活都不让她干，生怕碰着累着，有了什么闪失。

一个本是做丫头的命，享受到了当小姐的福。但是，那连禄永远不会知道，而那女孩子却永远都会记得，她怀上孩子是咋回事。

那天那连禄拿钱让她爹陪着去拉林给她买衣服，并一再嘱咐范通，一定要带女儿在拉林的大澡堂子里洗个澡。交代得很周到，可是第二天，范通并没有去，而是让陈子新陪着去的拉林。

陈子新是个什么样的人，南区的人谁会不知道？

就是那天晚上，她和陈子新从澡塘子出来，一起在拉林住了一夜，两个人在旅馆里颠鸾倒凤地玩了个通宵。

15

何满申匆匆走后，那连禄又把厨房检查了一遍，觉得一切都没有问题了，便去看太太们打扮得如何了。

他先去了大太太的房间。

说起这个大太太，虽然被那连禄娶回十来年了，也才刚刚三十岁出头，平时晒不着淋不着的，加上没有生育过，看上去，脸蛋和身材就像黄花闺女似的。

这时那连禄不由得想到，平时光顾着在外面忙呢，回到家也有其他三个更年轻更漂亮的女人缠着他，哪一个刚来时，在他面前不是笑起来像桃花盛开,哭起来如梨花带雨?接二连三地,也就把大太太忘记得一干二净了。现在仔细瞅瞅,还真是让他有了几分内疚。他顺势从后面抱住正在往脸上抹粉的大太太。

大太太似乎有点受宠若惊,把头转过来,朝他笑着说:"老爷,太阳今天从西边出来了吗?怎么想起我来了?"

那连禄尴尬地笑着说:"小心肝,我可是没有一天不想你呀。"大太太把嘴一撇,说:"自个儿放的屁自己闻不到臭是吧?你说出的话,自己信吗?"

那连禄说:"你不信?那我今天就就让你信一回。"说着,把大太太抱的更紧了,冒着热气的嘴,往大太太脖颈上拱。

大太太不是不信,她是不敢相信。那连禄把她冷落得太长时间了。此刻,那连禄的拥抱、亲吻,像一束火苗,瞬间点燃起了她心中长期堆积的干柴,烈焰熊熊,火势凶猛。随即,整个身子顺势倒在了那连禄的怀里。

人说女人三十如狼四十如虎。刚到三十岁的大太太,被那连禄冷落了这么些年,哪里还会想到能有今天呀!她紧紧抱着那连禄,嘴里不停地"哼哼叽叽"起来。

那连禄本来就是作戏,是为了晚上迎接日本人,来讨好大太太的。但看到大太太真的动了情,他却有点慌了,赶紧把大太太从怀里推开,说:"好了,好了,现在不急,现在不急。等晚上送走了'皇军',我把这几年欠你的全还上还不中吗?"

大太太依然边"哼哼"边说:"老爷,你可说话算话呀!别到时候半路上又杀出哪个小骚货,把老娘的好事给截了去啊!到时我真要死给你看了!"

那连禄说:"放心放心,只要你把太君给我陪好了,老子我加倍奖励你!"

大太太这才把手松开,嘴又是一撇,说:"说话算话啊!"

"算话,算话。哪里能不算话呢?"说着在大太太粉嫩的脸上亲了一口,"小心肝,尽管放心。"

那连禄应付完大太太,边说边走地来到了二太太的卧室。蹑手蹑脚,像做贼似的不声不响。

二太太在对着镜子往脸上抹着雪花膏，镜子斜对着门口，早一眼看到了那连禄，可装着没有看见一样，没有一点反应。那连禄同样是从后面先抱过去，两只手放在了二太太丰满的胸部。二太太没有迎合他，而是欲擒故纵，说："给我放开手！要不我喊人了！"

那连禄说："喊人？这是我的家，你是我的女人，喊什么？喊给谁听？"说着把一只手从二太太的衣服里穿了进去，并使劲地捏着一个地方揉搓起来。

二太太终于忍不住了，先是叫道："快拿出来！你的手太凉！"接又叫道，"疼啊！你轻点儿，把别人捏疼了！"

那连禄涎着脸，说："小妖精，你还知道凉知道疼啊！"

前面说了，这个二太太本不是等闲之辈，床上功夫无人能比，当年两人最黏乎的时候，哪天不是这么一会叫疼一会叫痒地喊半夜！到如今她满打满算，上个月才刚过二十五岁生日，可一被冷落就好几年，她哪里受得了呀！背后不知把那连禄骂了几百回了，可有什么用呢？只能打掉牙齿往肚子里吞。

看那连禄没有把手抽出来的意思，二太太索性也像大太太一样顺势往那连禄的怀里拱起来。那连禄没有停下手，不消一刻功夫，便把二太太挑逗得大呼小叫起来："受不了啦！受不了啦！"

二太太这一喊提醒了那连禄，等会还要接待"皇军"，他即刻松了手，说："现在不行，现在不行！"

听那连禄这么说，二太太这时委屈得泪珠儿都掉下来了，埋怨说："你知道现在不行，为什么还来惹我？你把我惹起来了，又不给我，你知道人家身子多难受吗？"

那连禄一脸的歉意，说："知道，宝贝儿，咋能不知道？算这次老爷我欠你的，以后加倍还给你。"

二太太当然也不会信，说："以后？以后是什么时候？"

那连禄边哄边劝，终于把二太太情绪给平息了，这才说："看看，看看，这一闹把你化好的妆给弄坏了，头发衣服也乱了，你快点重新收拾收拾吧。"

　　大太太和二太太住的是一楼，三太太和四太太住在二楼。

　　到了三太太房间里，那连禄看到，三太太并没有像别人那样在涂脂抹粉，而是安安静静地在画画。

　　那连禄走上前去，显得小心翼翼地问道："哎呀，我的小祖宗，你怎么还有闲心画画呀？也不看是什么时候了？赶快收拾收拾，要不就来不及了。"

　　三太太这时不仅没有停下手中的笔，连抬抬眼皮子看一眼那连禄都没有。她本来就是这样一个人，加上自从把四太太娶回来后，那连禄基本上十天半月地也不到她这里来了，所以她早想通了，不来就不来，正好老娘图个清静。那连禄的态度是，不管什么时候，不管三太太如何对他，他都一点脾气也没有。这时，他只好又像对付大太太和二太太那样，故伎重演，走到三太太背后一把把她抱在怀里，轻声轻气地问道："宝贝，怎么了？谁惹你生气了吗？"

　　三太太这时一转身，手中的笔差点没有抹到那连禄的脸上，反问道："谁是你的宝贝？别自作多情了好不？"

　　这么好几年了，那连禄早修炼出来了，他知道，对付这头犟驴，只能捋顺毛不能捋倒毛，反正她生气，你不能生气。

　　事实上，三太太比二太太还大一岁，只是因为出身和气质的差别，让她在几个女人中间，有种鹤立鸡群的优越感。用那连禄的话讲，她是个文化人，所以什么事都先让她三分，免得常常被她呛得灰头土脸的。即使这样，他也心甘情愿，认了！

　　那连禄一只手继续抱着三太太的腰，另一只手开始在她浑圆的屁股上磨蹭着，并嬉皮笑脸地说："这里是不是又大了？摸着真舒服啊！"三太太不吃那连禄这一套，伸手打开那连禄那只手，并用另一只手里的蘸满墨汁的画笔，指向那连禄的脸，说：

　　"大你个鬼呀！隔壁那个小母鸡的才大了呢，你去摸她吧，会让你更舒服。"

　　三太太不会吃楼下大太太和二太太的醋，因为她压根儿就没有正眼瞧过她们。但是一想起四太太，一想起这么个毛还没有长全的半大小母鸡，竟然抢了她在这个家里的地位，便恨得牙根儿痒痒，特别是又听说她怀孕了，觉得自己以后更是可有可无了，所以经常把一肚子的气没有缘由地往那连禄身上撒。

那连禄感觉时辰已经不早，也不想再与三太太这么斗嘴下去，便说："快收拾收拾吧，收拾好就到楼下去。"

说罢，出了三太太的门，进了四太太的屋。

这几个女人最让那连禄省心，甚至还有几分怜香惜玉的就是这四太太了。他一进门就把四太太搂在怀里，又不敢太用力，小心再小心，生怕碰到她的肚子，因为四太太的肚子里，装着他下半辈子的全部希望与幸福啊。

四太太依偎在那连禄的怀里，一脸的幸福神情，任由那连禄上下动手，既不会嫌他的手凉，更不会说他的手重弄疼了她哪里，小鸟依人般百依百顺。

其实，四太太的这种顺从，与其说是对那连禄的依恋，不如说是内心深处那种对那连禄的恐惧。且不说她在范家窝棚的娘家，她也早就听人说过，那连禄在"爱本村"是个什么坏事都做尽的坏人，单单就说那天被他强行占有时撕心裂肺般的疼痛，便足以让她这个十六岁的少女，一想起那情景就浑身颤抖。那是她的第一次，也是她做女人永远不堪回首的第一次。所以第二天在拉林城小旅馆里，当陈子新也要强行进入她体内时，开始她是死也不从，但是后来终于被他得逞后，她却有了与头一天和那连禄做时完全不同的感受，是一种从没有体验过的做女人的快乐享受。接下去，陈子新几乎一夜没有消停，她也一次次地从被动到主动配合，通宵达旦。

可是，从拉林回来，接着便到了那连禄身边时，她依然是全身心地被深深的恐惧笼罩着，撵不走，摆不脱。在那家这几个月，尽管那连禄把百般宠爱都放在了她这里，可她还是像一只被惊吓过度的小兔子，时时刻刻瞪大惊恐的眼睛，竖起灵敏的耳朵，注视和搜索着随时都可能出现的袭击与伤害。她自幼在那样的家庭、那样的父亲身边长大，三五里之外的事情，几乎一无所知。自卑是不由自主的。她不会去和另外三个女人攀比什么，除了年轻，她没有一个地方能胜过那几个女人。好在，现在肚子里又有了被那连禄视着比天还大比钱财还贵重的东西，让她受到了意想不到的呵护，才让她稍稍多了一些安全感。

但是她不知道甚至不懂,她肚子的宝贝,究竟是得益于那连禄还是陈子新。她不会去向任何人去说,更不会去问任何人。这个天底下,她没有一个可以去说可以去问的人,包括她的亲爹。

那连禄把四个太太都"检查"了一遍后,心满意足地走到楼下,看到一个大方桌上,美酒佳肴已经备齐,心中期待满满,快乐满满。可以说是心情好极了。现在就等何爷把太君们请来了。

他不担心太君们不来,因为他相信何满申无所不能的本领。果然,这时大门口传来了何满申的高亢激昂的通报声

"皇军驾到!"

那连禄把一行六人迎进屋内。宾主落座后,翻译官不失时机地向何满申和那连禄传达了太君们对他的夸奖:

"大大的!大大的!统统的大大的!"

何满申这时与那连禄耳语几句,那连禄十分潇洒地拍了拍巴掌,四位太太依次出现在大家面前。

四个精心打扮的女人,一个个风情无限,光彩照人,惊得四个日本人顿时目瞪口呆!

四个日本人面对满桌的美味佳肴,似乎并没有太大兴趣,每人都不失时机地各自拉上一个太太坐在了自己身边,"呜呜啦啦"叫着,兴奋得个个像发情的公狗,全不顾在场的何满申和那连禄。有的开始动手动脚,有的死拽硬扯地要让女人往他们大腿上坐,逗得几个女人发出一阵阵浪笑。特别是大太太和二太太,"咯咯咯"笑得像刚刚下了蛋的小母鸡。

这时,村公所一个狗腿子来了,对何满申悄声说了句话,只见何满申站起身给翻译官说:"请告诉太君,对不起,我要告个假,出去处理一下村里的事情,可否?"

翻译官对着其中的中队长,"哇哇"地讲了几句,回头对何满申说:"太君同意!并说你大大的!"

何满申对着太君做了个九十度的鞠躬,转身走到门口又回过头来,指着

那连禄，说："快起来跟我走哇。"

那连禄正觉得心里不太舒服时，看到何满申叫自己，才应答道："哦！还有我的事？"

何满申说："这你还用问吗？在连二红旗，不，在'爱本村'，哪个人不知道何村长办什么事都离不开你那二爷呀？现在有了公务事，我忙了你还能闲着吗？"

那连禄还是心有疑虑，又问道："村公所不是还有唐爷唐六的吗？我这里走不开，何爷为何不叫唐爷陪您呢？"

何满申有点不高兴了，说："你少给我提那个唐爷好不？有些话，我等会路上再给你慢慢说。你现在快给太君打声招呼，咱们俩得马上走。"

那连禄无奈，只好按何满申吩咐的，向在座的几个日本人做了个抱拳的动作，并对翻译官说："我去去就来，麻烦您老人家先在这里陪着，对不起了。"

翻译官说："不客气，公务重要，这里有我呢。"

日本人中的那个中队长，也朝他做个"快走吧"的手势，他才十分不情愿地跟着何满申走了出去。

出了大门，何满申像对那连禄又像是自言自语道："说起来'皇军'的队伍来'爱本村'驻扎，是咱们的光荣，可是，我们也是在担着天大的责任啊！无论什么事都不能出，就算是出点芝麻大的小事，也可能捅出个天大的窟窿来，'皇军'怪罪下来，要掉脑袋的呀！所以，今夜一定不能有半点的疏忽。"

那连禄一边听一边说："那是，那是。何爷说的句句在理。"

这时何满申拍拍脑袋，突然又问道："刚才出门前，你还说什么来着？"

那连禄不知他话中的意思，说："说啥了？我也忘记了。"

还没有等那连禄反应过来，何满申又一拍脑袋，说："哦，想起来了，你是说到了唐六。"何满申说着又向那连禄身边靠了靠，把音调也压低了，"我现在就给你直说吧，关于唐六那个人，自从那天闹了'胡子'以后，我对他的态度就变了，你没有看出来？"

那连禄想了想，没有吭声。这实在不好回答，说看出来了？不合适。说没有看出来，也不合适。

其实问这句话，何满申就没有打算让那连禄回答。他接着说："那天我看到你一身是血，你知道把我感动成什么样子了？要不是有那么多人在旁边，我当时真想给你跪下来磕仨响头！什么叫兄弟？这才叫兄弟！什么叫亲信？这才叫亲信！可他唐六呢？他在哪里？他把我对他的信任，完全丢到十万八千里外了！要不是我让人去把他叫回来，他还在张寡妇怀里做春秋大梦呢！你说，这样的小人，我何满申不傻吧？往后还能重用吗？"

16

何满申这番"肺腑之言"把那连禄彻底征服了。这充分证明，他与唐六为在何满申面前争宠，明里暗里较量了这么些年，目前水落石出，已见分晓，自己完全是个胜利者！所以刚刚还为了不放心家里那一摊，心里多少有些不快，现在也烟消云散，那连禄心情大好，脚步也轻松了许多。

何满申和那连禄两个人边走边说，很快到了村公所。

何满申像煞有介事地把狗腿子们叫来，问出了什么事。大家面面相觑，说不出个所以然来。何满申显得怒气冲冲地一个个训了一遍，然后又问到唐六在哪里，几个狗腿子都摇头，说没有看到唐爷。何满申这时又贴近那连禄耳边，说："怎么样？看到了吧？又不知道去哪了。你说，我身边要是没有你这位那二爷，我还能指望谁？兄弟！真正的兄弟呀！"说罢，使劲拍了拍那连禄的肩膀，这更让那连禄感到自己肩上的责任重千斤啊！

何满申又带着那连禄到警察所，把几个警察叫来，同样没有问出什么情况，同样像煞有介事地训一通话。既然问不出个所以然，何满申便自圆其说地对那连禄道："可能是我一急听错了。"他拍了拍自己的脑袋，又说，"可能是警察分局那边，于连采个婊子养的，若真是他搞什么名堂，看老子这回怎么整治他！"

那连禄说："何爷，那三分局不归我们管呀。"

何满申说:"谁说不归我管!在连二红旗,在'爱本村',所有的乌龟王八,都归我管!"

两个人边说边从村公所里走出来。外面很黑,两个人同时看到了,一个黑影从对面中心小学的大门里蹿出来,顺大路朝西跑去。

何满申大喊一声:"什么人!给我站住!"边喊边指挥几个狗腿子去追。

过了一会,几个狗腿子气喘吁吁地回来报告说:"我们追了二里地了,没有追上,让他跑了。"

何满申说:"你们留两个人在这给我守住!"接着对那连禄说,"我们走吧。"

那连禄问:"现在还去哪?"

何满申说:"看你的记性!刚才不是说过了,我们要去东红旗找于连采的吗?别再问了,快走吧!"

两人到了三分局,只看到夏其武一个人在,何满申问道:"你们的人呢?都到哪去了?"

一名警察回答说:"都跟着局长去外头巡查了。"

何满申又问:"那你们的两个警长呢?"

这位警察又回答说:"可能何村长您忘记了,他们两个人前些天不是被'胡子'砍了胳膊吗?都还在家里养伤呢。"

何满申"哦"了一声,仿佛明白了。正说着呢,于连采进了门,看到何满申,热情地寒暄两句,问道:"何村长,这么大冷的天,您怎么来了?"

何满申一脸的不高兴,说:"你说我怎么来了?'皇军'住在东红旗,我不来看看,放心呐?"

于连采满脸堆笑,说:"那是那是,何村长对'皇军'忠心耿耿,苍天可鉴啊!不过,请您放心,我刚带几个弟兄在周围转好几圈了,没事,什么事都没有。"

何满申脸色还是不那么好看,不冷不热地说:"没事就好。如果有事了,你我谁也跑不了!"

于连采说:"何村长所言极是!所以兄弟我也不敢稍有半点疏忽呀!不过,我这不刚巡查过吗?何村长尽管放心好了。天太冷,我这让弟兄们备了薄酒,咱一起喝上两盅,驱驱寒气。"说着让身边的警察把酒菜端了上来,"何村长,请吧!"

一看到酒菜上了桌,何满申脸色也好看多了,说:"赶得早不如赶得巧,那兄弟我就不客气了。"说着,一屁股坐在了主位上,并招呼那连禄,"坐呀,还愣着干么?"

那连禄这时正牵挂着自己家里摆的那一摊,心里火烧火燎的哪有心思在这里喝酒呢?看他没有动,于连采上前硬把他给按坐下,说:"怎么了兄弟?别嫌酒菜不好,给哥一个面子。"

几个人一端杯,就没个长短了。何满申和于连采一杯杯地干,那连禄却像是丢了魂似的,完全不在状态,好不容易让于连采强逼着灌了一杯,感觉这哪里是酒?喝下去的完全就是苦药嘛。他皱了皱眉,说:"何爷,咱们那边还有事呢,久坐不得呀。"

何满申说:"哎呀,你不提醒我,我还真忘记了。于大局长,对不起了,兄弟我还有事。"

于连采也是几杯酒下肚,说话也放开了,说:"何村长,多大个事呀!咱再干十杯!不喝就是看不起我于连采!"说着自己先一仰脖子,往嘴里倒了一杯。

看何满申没有动杯的意思,于连采接着说:"就十杯,一杯也不让您多喝了!"何满申这才显得很不情愿地又重新端起了杯子,也是一饮而尽。

于连采这时又对身边的警察说:"快,再给何爷满上!"

一杯又一杯,连着十杯,喝完后于连采说:"何爷,不是我于连采二两酒盖着脸啥话都敢说,您兄弟我确实委屈呀。说起来好听得很呢,分局局长,局长!带长啊!是个官吧?屁!一个屁都不算的官!我想去给您何村长提鞋,您老都不一定看得上呀!"

于连采属于那种一喝酒就话多的人,他这话一多,可是急坏了一旁的那连禄,他不停地提醒何满申,一会使眼色,一会又趴耳边嘀咕,弄得于连采不高兴了，说："你这位兄弟，自己不好好喝，还要何村长和你一样？怎么着，是嫌我的酒里有毒是吧？"

那连禄赶紧说："于局长您误会了，何爷确实有事呀。"

何满申这时想了一下，觉得时候是不早了，恐怕那边快要结束了，便起身说："请兄弟原谅了，我们这就告辞。谢谢了！"

那连禄没有喝什么酒，可是何满申似乎有点喝高了，两个人摇摇晃晃地从三分局出来，何满申说："这个姓于的，没安好心啊，拿这么赖的酒招待我们，还一个劲地往死里劝。现在，被这小风一吹，还真上头了！"他这么骂骂咧咧地，两条腿好像也不当家了，身子东倒西歪的，那连禄怕他倒地上摔着，只好上来架起他的一只胳膊。心想，他今天是喝了一些，可也不算太多呀，以前看过他喝得比这多得多，好像也没有这样过呀。

那连禄当然不知道，这一切，包括今天晚上的所有一切，全是何满申事前周密的安排。从接到狗腿子报告，他们匆匆忙忙从那连禄家里出来，每一个行动，村公所、警察所训话，学校门前追人，警察分局喝酒，等等，都是何满申在演戏，演一出三十六计中的"调虎离山"的好戏。这头虎就是他那连禄，那座山就是他那连禄的家。

试想一下，如果他不把那连禄给骗出来，那四个日本人和那连禄那四个女人之间发生的事情，结果会如何？

那连禄效忠"皇军"是百分之一百，他何满申一点不怀疑，可是要让那连禄亲眼看着自己的女人被"皇军"扒掉裤子当场强奸，往轻的说，他那连禄会有多么尴尬！往重的说，万一那连禄看不下，做下非常的举动来，就算是稍稍说出一句不那么中听的话来，接下去就是血光之灾和杀身之祸呀！从这一点分析，他何满申也还确实是在为那连禄着想。

退一万步讲，就算是把他那连禄甩远远的，不管他了，可是一旦动起手来，结果肯定是那连禄倒霉，可是同时也会扫了"皇军"的兴致，扫了兴致就会对他这个村长不满意，这下子他何满申会在"皇军"面前留下什么印象？他不就是千方百计地要讨"皇军"开心和高兴吗？没有达到这一目的，那就是最大的失败呀！

那连禄架着何满申，两人摇摇晃晃地从东红旗往西红旗走，刚到两个大坑中间的那条斜大路上，就听到对面吵吵嚷嚷地有人过来了。走近一看，果然是翻译官和四位太君。这时，何满申知道好事办完了，心里悬着的一块石头一下子落地了。

这时的何满申，两条腿不再打弯，身子也可以站直了，他甩掉搭在自己肩上的那连禄的胳膊，快走几步到日本人面前，翻译官看是他，兴奋地说："何村长，太君又夸你了，这次不光说你大大的好，还要大大的奖励你呢！"说着又看到他身后的那连禄，也说，"还有你，大大的好，也要大大奖励！还有你四位太太，也是大大的好，特别是这两位，更要大大的奖励！"

这时何满和那连禄才看清楚，大太太和二太太，正一边一个架着那个中队长。翻译官说话和何满申说话的时候，那个中队长还一边用嘴往大太太脸上拱，并随即发出一阵阵开怀的狂笑。

狂笑声中，大坑岸边那排枯瘦的柳树枝杈，痉挛般颤抖起来。随之，几只夜宿的老鸹扑棱着翅膀，争相从嘶哑的歌喉里发出一声声刺耳的旋律，逃也似的飞向远方，给连二红旗那片没有星光的夜空，更增添了几分寒意。

远处，柳树林方向，闪动着点点亮光，时不时地还上下跳跃着，左右旋转着。

还是大太太眼尖，欣喜地喊道："皇军，快看！鬼火！"

二太太也不甘落后，跟着喊起来："鬼火，鬼火……"

这一群人是在连接东红旗和西红旗的那条斜大路东头分的手，也就是说已经到了东红旗了。

分手时，两个太太与日本人依依不舍，那个中队长一边抱着一个，来回地交替地上面亲着下面抠着，一直不松手。后来还是翻译官过来，"哇哇啦啦"地说了几句，才算把他们扯开。

目送着日本人走后，何满申对那连禄说："时候不早了，你带太太回家吧。我也该回村公所了。"

那连禄说:"何爷你没事吧?要不要我先送你?"

何满申说:"不用了,不用了。我没事,你陪两位太太回家吧,好好感谢她们。"

看到两个女人的举止,那连禄早就气得牙根疼了,气哼哼地对她们说:"都还不快给我,滚回家去!"

何满申一个人回到村公所,一进门就朝狗腿子们大声地嚷嚷:"弟兄们,你们谁去准备几个菜,老子还要喝酒!"

一个狗腿子说:"何爷,还要喝呀?在三分局不是喝过了吗?"

何满申说:"谁说的,喝过了就不能再喝了?"

狗腿子说:"不是怕爷喝高了嘛。喝高伤爷的身体呀。"

何满申一听,原地朝狗腿子做了个扫堂腿的动作,吓得狗腿子连退两步,他哈哈大笑两声,说:"你看我这像是喝高了吗?"

这时又有一个人来说:"何爷,厨房里煤火灶都已经封了,炒不了菜了。"

何满申发火了,骂道:"老子想喝酒,你们就费这么多口舌,怎么着?你他妈的想找不舒坦是吧?马上把煤火灶给我捅开!另外,把酒先给温上!"

忙菜忙酒的人去了,这时又一个人过来,小声问道:"何爷,要不要小的们去把那爷给请回来,等会陪您一起喝?"

何满申把手摆得像风刮杨树叶子,说:"请什么请?不用请,他等会自个会来。"

狗腿子说:"外面又下雪了,下得还不小,恐怕你不派个人去请他是不会来的。"

何满申肯定地说:"你知道个屁!今天晚上就是下刀子,那连禄都会来找我。我备着酒,就是要等他呢!"

何满申说得很肯定。他算是把那连禄摸透了,也吃定了。

那连禄带着两个太太进了自家大门,等下人在身后把门一关,他回头朝两个女人狠狠地一人甩去一巴掌，骂道："两个骚货！当我的面也敢那样黏乎，他妈的让老子的面子往哪搁！"

虽然各人挨了一大巴掌，可两个女人好像一点也不怕。

大太太说："哎哟，你看到什么了？还有你没有看到的呢！"

那连禄一听，更是气不打一处来，暴跳如雷，吼道："你们他妈的要是给老子戴了绿帽子，我可饶不了你们！"

大太太好像一点也不生气，又说："老爷好大的脾气呀！什么叫戴绿帽子？这么多年你不碰，还不许别人碰啊？再说了，那可是'皇军'，是你恨不能跪下喊爹的'皇军'啊！"

二太太好像也一点不生气，又跟着说："是呀！你先前不是说过吗？只要把皇军陪好，你还要奖励我的呀！"

那连禄被气得浑身发抖，脑子仿佛一时出现了空白，一时竟然不知道该如何处置了，出人意料地狠狠地给自己两个大耳光，说："丢人哪！我那连禄丢人了啊！"打完自己，又指着那个女人说，"骚货！你们给我等着！看老子怎么收拾你们！"

两个女人并没有被他吓住，说了一堆不堪入耳的话。那连禄实在听不下去了。这时，他三步并作两步冲到了二楼，先进了三太太的房间。他先看到三太太是躺在床上的，还盖着被子，可一见他进来，三太太从床上一跃而起，拎起预备在床头的一根扫把，朝他拼命打来。而且！而且！三太太此时全身一丝不挂！

三太太完全像是疯了一般，一边劈头盖脸地向他挥舞着扫把，一边骂道："你个天打五雷轰的东西，这个时候死回来了，早干吗去了？自己想戴绿帽子，也不该把老娘送给那群畜生啊！"

那连禄先是用胳膊抵挡着三太太挥舞过来的扫把，后趁机将扫把夺了过来，一把抱住赤身裸体的三太太，并摁在了床上。这时他才看见女人浑身上下，布满了一道道的血痕。

三太太虽然被那连禄摁住了，可嘴没有堵上，还是在歇斯底里地骂不绝口。

那连禄这时脑子突然清醒了，立即放开三太太，往四太太房间里冲去。

初看，四太太和三太太一样，也是平躺在床上，身上盖了被子，不同的是，四太太不像三太太发疯般朝那连禄撒野，而是像死了一般，一声不吭，在低声饮泣。那连禄掀开被子，先看到的也是女人全身伤痕累累，不同的是，在女人的屁股底下，一大片鲜红的血迹，几乎浸透了半边床铺。

人说，男儿有泪不轻弹，那是没到伤心处。这句话用在这个杀人不眨眼的那连禄身上，再恰当不过了。

当看到女人屁股下的那摊血，四太太没有疯，他那连禄疯了。他抱着女人柔软的肉体，呼天抢地大放悲声：

"我的孩子啊！我的孩子啊！"

17

雪落无声。那连禄冲出自家大门，冒着大雪深一脚浅一脚，跌跌撞撞地往村公所走去。

村公所里，灯火辉煌。

酒已经温好，四个菜也摆上了桌。何满申自斟一杯，慢慢地开始喝着。一杯不曾下肚，门被突然撞开，一个雪人般的身影闯了进来，"扑通"一声倒在了他的脚前。

"何爷呀，我那连禄没有脸在世上活了！你让人一枪崩了我吧！"

这一幕让村公所的人全都惊呆了，唯有何满申一点也不觉得意外。这是他早就意料之中的事情。

何满申让人把倒在地上的那连禄扶起来，扫干净身上的雪，拉坐在他的身边。

那连禄刚一坐下，"刺溜"一声又滑到了桌子底下，抱着何满申的腿，继续喊起来："何爷啊！你让我去死吧！你让我去死吧！我没有脸再活了！"

何满申只好再次让人把他从桌子底下拽出来，并顺势一只胳膊搂紧那连禄半边臂膀,用另一只手端起酒杯,递到那连禄嘴边,说:"兄弟!来,先把这杯酒喝了!"那连禄根本没有抬头也没有接杯,更没有张嘴。何满申提高了声又叫:"兄弟!我再叫你声兄弟!听到没有?我何满申以前从来没有这么叫过你!"

这时那连禄才把脸朝向了何满申,睁大那双血红的眼睛,嘴唇动了动,什么话也没有出口,又想往桌子下滑去,却被何满申死死抱住了。抱住也不行,那连禄还要挣扎,可这时何满申把手一松,那连禄一下子闪倒在了身后。旁边几个人又要上前去扶,何满申怒吼道:"你们谁也不要伸手!他想躺地上就让他躺着吧!"

何满申这一招,收到了奇效。那连禄在地上又躺了一会,谁也没有想到,这次他自己从地上爬了起来。何满申似乎仍然是余怒未消,说:"躺着呀!起来干吗!"边说边做了个让屋里其他人都出去的手势,这才又走上前把那连禄扶坐下,说:"今天晚上这事,你要心里有什么不痛快,慢慢地给我说嘛,犯得着来找我叫板吗?"

那连禄终于开口了,说:"何爷,我不是来给你叫板的呀!那几个女人!唉,我说不出口啊!"

何满申这时再次端起一杯酒递给那连禄,话音也放低了,说:"有什么说不出口的?我又不是没有看见,你那两个太太在路上分手时,恨不能把自己拴在太君的裤腰带上,我都看到了。这有什么嘛!来,把这杯酒喝了,咱兄弟之间慢慢唠。"

那连禄接过何满申递到嘴边的酒杯,一仰脖子喝个底朝上,说:"何爷,你看到的那不算什么!那两个骚货,就不提了,我是说,家里不是还有两个的吗?"

家里那两个怎么样,何满申不知道,但是他不可能想不到是个什么情况,说:"别急别急,咱兄弟俩一边喝一边说。说实话,我今天可是把你当兄弟呀。你说,就今晚这事,我哪有一点对不住兄弟的吗?请太君去你家喝酒,不是我强迫你的吧?都是你乐意的呀!让你的太太陪着见个面,我是说过这话,可是我也没有让她们——"说到这里他停顿了一下,"事情已经到这一步了,你要是觉得我何满申对不住兄弟了,该骂两句就骂两句吧,兄弟我听着就是了。"

那连禄这时好像是情绪上有些恢复正常了,自己主动端起酒杯,还和何满申的杯子碰了一下,喝干后,说:"瞧你何爷说哪里去了,我怎么会怪你呢?我就算是一条狗,也知道何爷你对我好呀。只是,你不知道,那个四太太肚子里的孩子,十有八九是没了。这些年,我过手了那么多女人,一个都没有怀上啊。这次好不容易怀上,又出了这样的事。何爷你说,这不是要让我断子绝孙吗?"

何满申说:"前面那些女人没有怀上,那是女人的问题,这个四太太能怀上,说明你本身没有问题嘛。有了这一条,你怕什么?能给你怀上孩子的女人,别说天底下有多少,就是咱'爱本村'三十六个屯子,不一抓一大把呀?"

何满申这些话说到那连禄心里去了。

那连禄说:"话虽这么说,可家里都圈着四个了,我还能再没完没了地往家里折腾啊!花钱不算什么,也累人不是!再说,那四个怎么办?"

何满申说:"叫我看很好办。我先问你一句,你说是那四个女人对你重要,还是'皇军'的关系对你重要?"

那连禄想都不想,说:"那还用问吗?当然是'皇军'重要。"

何满申把大腿一拍,说:"看来兄弟是个明白人。等忙过这一阵子,我看你就把那四个女人,全卖到天边地沿去得了。像奉天呀,旅顺呀,那些地方远着呢,让她们日后想回来都摸不着路!"

两人越说越投机,又是几杯酒下肚,何满申说:"我再给你透个消息,东红旗的关高粱你不会不记得吧?前几年他在国兵里当团副,现在又升为了国兵正式的上校保安旅长!手下人马没有三万五万,万儿八千的总会有吧?当年你逼死他双亲,强占他妹妹的事,你以为他会忘记吗?说不定什么时候就会回来找你算账,捏死你不像捏死个蚂蚁一样容易呀!"

这话还真把那连禄给吓蒙了,可他嘴里好像还在装无辜,说:"何爷,他关高粱的妹妹关柳枝,我可是没有挨着呀!我是把她抢回家了不假,可她认死不从。我当时想，一天不从，我等你一天，两天不从，我等你两天，你一个月不从，我还可以等你一个月，就养着你，我就不相信你能撑半年一年的！结果，第三天就给她跑了！"

何满申喝了一口酒又夹上一筷子菜，边在嘴里嚼着边说："这话你现在给我说没有用，到时候，关旅长用枪口指着你的脑袋时，你给他解释去。"

那连禄一听，心惊胆战，拿起桌上的酒壶"咕咕嘟嘟"灌嘴里半壶，然后"扑通"跪在了何满申面前，泪流满面哀求说："何爷，我求您了，您可不能见死不救啊！"

何满申倒很平静，像没事似的，说："起来，快起来！兄弟你的事就是我的事，我怎么能做出那种见死不救的事呢！"看那连禄又坐回去了，何满申接着说，"我是要管，不过，人家是旅长了，他也不会听我的不是？最终还是得找'皇军'，只有'皇军'能够压得住他关高粱，求别的什么人，都是瞎扯淡。"

这话那连禄信，说："那咱们去求'皇军'吧，'皇军'不就在咱这里吗？"

何满申不紧不慢地说："你别急呀，求也不是这个时候嘛。喝酒喝酒。"说着又给那连禄倒上，说，"你今天晚上做了一件对你自己的将来，可以说是很关键的大事，自己有点损失，那不算什么，让'皇军'高兴了不是？明天早晨咱们一起去送'皇军'开拔，到那时，再和他们联络联络感情，找翻译官要到他们部队的番号地址，以后有事了，不就可以去找他们了吗？"

那连禄感激涕零，说："那爷，你就是我的再生父母！往后我如果对您有半点外心，我就是头朝下走路的东西！"说着，拿起酒壶又要往嘴里灌，被何满申挡了回去，说：

"今晚的酒不再多喝了，明天一早还要去送'皇军'呢。"

何满申说不再多喝了，其实当时两人早就喝得八九成了。

当晚，那连禄没有回家，就在何满申的脚头上凑合着睡下了。

两人喝多了酒，本来睡的时候就晚，鸡已经叫了头遍。这一睡下，就不知道什么时候起床了。等有人来叫他们时，天已经快大亮。两个人穿上衣服就往东红旗的折家大院跑，可是已经晚了。

整个折家大院空空荡荡，一个日本人的影子都没有看见。连昨天还堆得像座小山似的粮食，也搬得干干净净，只在雪地上留下两道显然是汽车辗过的深深辙印。

何满申傻了。

那连禄也傻了。

两个人你看看我，我看看你，谁都一言不发。

"汽车！汽车！"

不知"傻砖"从哪里冒了出来，朝他们两人喊着还比画着。

"好大好大的汽车！两辆！两辆！"

听"傻砖"这么一喊一比画，何满申对那连禄说：

"那么大的两辆汽车开来，我们竟然不知道。"想了想，又说，"不对，他们肯定是没有从村公所那条路上经过！要不，要不就是我们真是酒喝多了。"

"是呀！当时喝了酒，我往你脚头那地方一靠，就睡着了，什么也不知道。"那连禄垂头丧气，说，"这可怎么办呀，'皇军'都走了，咱们以后上哪去找他们呀！"

"你想找'皇军'？那不难，到长春，到沈阳，三条腿的蛤蟆不好找，两条腿的'皇军'满街都是。"何满申话音落地，知道这样比喻不妥，自己往脸上打了两巴掌，"瞧我这张臭嘴！"

"不是我要找'皇军'，是你昨天晚上说的要找'皇军'。"那连禄说。

"我说过吗？喝多了，不记得了。你告诉我，当时我有没有说，我为什么要找'皇军'？"

"你说了！说关高粱当了旅长，要回来找我算账，只有找'皇军'才能把事情摆平。"那连禄竭力地向何满申解释。

"关高粱当了旅长？什么旅长？谁告诉你的？"

"何爷，是你喝酒时亲口对我说的呀。你还说，关高粱要拿枪对着我的脑袋。"那连禄说着伸出一根手指，指向自己的头。

"会有这事？是你酒喝多了，做的梦吧？"

听何满申这么说，那连禄彻底崩溃了！

这时两人已经走到了东红旗往西红旗去的大路上，何满申继续往前走，那连禄却停了下来，漠然地望着何满申渐渐走远的背影，心中五味杂陈，不知是酒还是别的什么，搅和在一起，翻江倒海一般闹腾。过一会，他好像实在忍受不了了，于是，像冰天雪地上的一头饿狼，朝着何满申去的西北方向，发出一声绝望的号叫：

"何满申！我操你十八辈祖宗！"

何满申听到了，但肯定没有听清，回过头来朝他挥了挥胳膊，显得十分庄重，也十分友善。

那连禄再次嚎叫起来：

"何满申！我操你十八辈祖宗！"

冬日的清晨，连二红旗死一般的寂静。那连禄的号叫声，裹进了刺骨的寒风中，吹得四处飘散，没有发出一丝回响，也没有一点儿反应……

"大胆！竟敢骂何村长！"

背后传来一声大吼，倒是把那连禄给吓了一跳。他一回头，看到又是"傻砖"！这时，他把心中所有的愤怒发向了"傻砖"：

"你这个傻瓜！老子今天要把你扔到坑里去！"

"有人背后骂何村长了！"

"傻砖"又喊了一声。

"你个傻屄！老子今天，非要把你扔坑里不可！"

那连禄一边骂着一边去追赶"傻砖"。"傻砖"见状，拔腿就跑，边跑边喊道：

"不劳那二爷动手，我自己这就跳了！"

说罢，只见他扶了一下塘边的柳树，然后一个鲤鱼打挺，顺势滚进了坑里。

那连禄忘记了,但"傻砖"还记得。

一夜的大雪,两个大坑封得严严实实,但一尺厚的雪下面,是早已经冻得结结实实的冰层,少说也有一两米那么厚。别说是一个人,就是一辆三套的马车从上面辗过,又算得了什么事呢?

"傻砖"从雪窝里面爬起来,朝那连禄做了个鬼脸,两只脚一前一后做着滑冰的姿势,动作潇洒自如。

眨眼工夫,"傻砖"滑到了对岸,然后在那连禄的视线里,消失得无声无息、无影无踪……

下篇　春归

第 7 章 苦尽甘来

1

我记得很清楚，那一天是：
1945年8月18日。
一辈子也不会忘记。

早饭后，我像往常一样背着书包去上学。我娘把我送到东红旗与西红旗连接的那条大路旁，说："娘就不往前送了。你记住，放学后别在外面贪玩，早点回家。"

我已经上五年级了，四年多来，娘每次只送我到这个地方，也总是说着这样的一句话。

至于娘为什么每次只送我到这个地方，后来我知道了。娘是个十分聪明的人。虽然我爹，还有小秋叔叔把我们的生活都安排妥了，可是为了避免节外生枝，我娘平时几乎是日不出户，尽量避开人多的地方，很少在村里公共场合出现。特别是西红旗的地界，我娘基本上不会踏上半步。

我娘是这样，她也要我这样，常对我说，人多的地方咱不去，再热闹的事咱不去看。

就连我上学，开始的时候娘也是不同意的，后来是小秋叔叔一次回来，办完他该办的事后，临走时给我娘说："天英不小了，该让他上学了。"

我娘有她自己的想法，说："虽然去上学的路也不远，而且不用交学费，别人家的孩子也都上了。可是我想到他爹高梁不在，我怕他这么小，在村里，特别是在学校，要是惹出个什么事，我一个女人家，又不好出头露面，咋办呀？"

小秋叔叔说："嫂子，你多虑了。天英从小就很听话，不淘气，不会惹什么事的。再说，像天英他们这样的孩子，以后长大了还要干大事呢，不读书不识字可不行。至于学校不收费，那是日本人以长期统治中国为目的，想着把我们的下一代，都培养成他们日本人的良民。我们心里知道就行了。"

正是在小秋叔叔的劝说下，当年娘便给我报了名，但她没有忘记每天都在我耳边叮嘱一遍又一遍。例如，在学校不要逞能，不要和别人家的孩子争高低，更不能欺负比自己小的孩子。还有，无论是什么时候，无论是遇到什么事，无论受多么大的委屈，也不要顶撞老师，老师说啥就是啥。

上了四年学了，我牢记娘的叮嘱，的确没有让娘更多地为我操心。因为左手写字，被老师打过骂过，我从没有流过一滴眼泪，也没有回家告诉过娘，怕她为我伤心，更怕她不放心，再不许上学。

在我上二年级的时候，有一次因为日语考试我没有过关，被校长李维华用一把尺子把我手都打肿了，还罚我放学后不许回家，一直在教室外站立，胳膊和腿都要紧贴墙壁，并放出话来，说："没有我校长的话，不准走动，更不准离开！"

眼看天都黑透了，我心里十分焦急，因为我知道，该回去而没有回去，娘一定在家挂念了。正不知道该怎么办时，是我的一位叫郎青山的同学来了，对我说："天英同学，你可以回家了。"虽然他这么说，可我还是不敢。他又说："是白老师让我告诉你的，而且让我陪着你回家。走吧。"

听他说是白老师让我回家的，我这才和郎青山一起安心地回家了。否则，我是不敢的。因为是校长李维华不让我回家的，就算是别的老师，谁也不敢违抗他的意志。再说了，我这次又是因为日语不及格才受惩罚的。除了白老师,也没有另外任何一位老师敢私下里说句让我回家的话。

这其中的原由,皆因为大家都惧怕李维华。李维华身为校长,别的课他一概不管不问,唯独日语,他不仅兼全校所有班级的课,而且对每个学生的日语成绩了如指掌,每一次大小测验,他一定亲自批改,不会有一丝的马虎。对学生们,如果是国语和算术,还有音乐美术体育等,就算是考零分,他都是不会去追究的,可一旦你日语学习不认真,或考试成绩没有达到他的要求,必定重罚!

我在前面说过一件事。就是我的同班同学,名叫刘恩,正黄旗人,也是上二年级的时候,因年龄小,脑子有点笨,学习成绩不太好。一次因日语没有考及格,被李维华一拳打过去,当即掉了两颗门牙,然后脖子上挂个十斤重的木牌子,在教室门前一站一个上午。这么小的孩子遭到如此羞辱,精神上完全无法承受,从此辍学。不管是家里人还是村里人,谁说让他上学的话,他马上躺倒在地,两眼发直,口吐白沫,不省人事。

还有一件事发生在郎青山同学身上,也就是被白老师派来陪我回家的这位郎青山同学。一次,李维华上课时,发现郎青山的日语课本的书皮破了,便找了一张过年时祭拜祖先的年画,把课本包了起来,李维华当即大发雷霆,骂道:"你这是对大日本帝国的大不敬!是对优秀的东洋文化的亵渎!"郎青山当即被李维华扇了两个耳光,导致左边耳朵"嗡嗡"叫了半年之久。

像我这次,还是轻的,只是不让我放学按时回家而已。

李维华不仅把学生当成自己的敌人,对其他的老师也同样如此。他在学校一手遮天,说一不二,甚至是"顺我者昌,逆我者亡",任何一位老师都不敢在他面前说一个不字。

曾经有一个教国语课的老师,因为上课占用了他的日语课时间,也就是十分八分钟的,被他骂得狗血喷头。那位老师当时只顶了他一句,说:"我教的是国语,你教的是日语,上次你无端地占了我的国语课半个小时,我并没有说什么。而我这次只占了你的日语课几分钟,何至让李校长如此大怒呢?"

这一反问,问得李维华张口结舌,也更让李维华恼羞成怒,完全顾不得作为一校之长的身份和作为一名教书先生所应有的斯文,破口大骂起来:"你教的国语算个屁！你信不信我他妈的明天就把国语课给取消了？我看你还教个鸡巴毛！"

这位老师当时也在气头上，一时忘记了这位校长平时的厉害，竟然挖苦起他来，说道："取消国语课？好哇！这样我不就可以休息了吗？谢谢李大校长！"

结果是不难预料的，一个普通国语老师与李维华作对，本就是拿鸡蛋碰石头，或是用自己的细胳膊去和人家的大腿较劲。第二天，国语课倒是没有被取消，但是这位国语老师，不是像他自己想的那样可以休息了，而是卷铺盖滚蛋了。

像这样被李维华打骂和处理过的老师和学生，数不胜数。所以，在中心学校这片本应充满朗朗读书声的校园里，无论教师还是学生，平时一提到李维华校长，那真是到了谈虎色变的程度。

但凡很多事，总会有个例外。老师们中间，唯一的例外就是白老师。

白老师是位女老师，名叫白静。

白老师人长得就如同她的名字一样好看。也就是我上二年级时，刚调来。听说白老师是从哈尔滨来的。很年轻，看样子也就只有二十多岁，不仅人长得很漂亮，说话也好听，就像唱歌一样好听。白老师来之前，学校里虽然开有音乐课和美术课，但因为没有专职的老师，别的老师谁有空就来顶一下，所以两门课如同虚设。白老师来后，就成为了全校的音乐课和美术课的专职老师。以前，这两门课学校不重视，学生们也视之无关紧要，上这两门课时，大家借机常在课堂上玩耍和打闹，李维华不管，更没有哪个老师在意。可自从白老师来后，情况发生了变化，学生们不仅上课的积极性提高了，课堂纪律好到让别的老师都感到不可思议。毫不夸张地说，同学们一听说今天要上白老师的音乐课或美术课，高兴得就像要过年了。

从此，因为校园里有了歌声，使整个学校真正有了读书学习的氛围，也增添了许多健康向上的勃勃生机。

据说白老师的父亲是伪满洲国松江省的大官。一个高官为何同意自己的女儿到这么偏僻的地方教书，谁也不知道。

按正常情况来说，本来在连二红旗甚至是"爱本村"，这么个穷乡僻壤的地方，突然间出现一位从城市里来的天仙般的女老师，一定是特别扎眼。所谓的扎眼，首先是给那些心地善良、感情真挚、纯朴的乡亲带来很多很多的欣喜、惊奇和爱慕。但同时，也让那些本就习惯于横行霸道、灵魂肮脏的人，萌生出很多很多淫邪的占有欲，甚至幻想着何时能够向其伸出罪恶的魔爪。

当然，是白老师显赫的家庭、社会背景和她美丽中包含着的那种不容侵犯的高贵，让一切邪恶对她是望而生畏，也让所有暗存的险恶，都在她这里化为了乌有。

不仅是在校园里高傲与霸道的李维华不敢对白老师有半点为难，甚至还常常显得毕恭毕敬，就算是像何满申、那连禄和唐六，以及什么"南霸天""北霸天"等"爱本村"的大大小小的恶霸无赖，都把白老师当成公主看待，没有人敢打她的主意，更没有谁敢在白老师跟前有丝毫的轻狂。

但白老师对学生们很好。她经常把郎青山这样年龄大些的学生，叫到一起，讲一些连二红旗村之外的世界，她还借些书给同学们看。同学们一有空都喜欢围在她身边。她还会讲很多古今中外的故事，大家听得津津有味，放学了都不愿回家。

校长李维华对白老师整天和同学们泡在一起，很不满意，但也只能委婉地提醒，说："小白老师呀，那些农家的孩子，爹娘没有什么教养，穿得破破烂烂，浑身上下脏兮兮的，臭不可闻。你不要和他们走得太近，接触太多，免得把你也给熏脏了。"

李维华的这些话，白老师压根就当没有听见。

白老师还有个习惯，下午放学后，或礼拜天，有空了喜欢到村子里走走，也喜欢和村民们打招呼，很有礼貌，说话和气、中听。但开始的时候，大家都有种心理，觉得高攀不起，所以敬而远之，不敢和她太亲近，时间长了，见的次数多了，发现她的热情与亲切是出于真心，乡亲们慢慢也愿和她接近和说话了。

有一次在村里碰到了何满申。何满申凑到白老师跟前，没话找话地问候几声，寒暄几句，然后也劝她说："这些村民没有什么素质。白小姐，哦，白老师，以后还是少和他们打招呼的好。常言说，害人之心不可有，防人之心不可无。你是没有害人之心，但是，人心隔肚皮，谁知道他们那些人会不会对你产生什么不好的想法呢。这可是谁也说不准的事啊。"

何满申的这些话，白老师同样是压根装作没有听见。

再回到8月18日那天吧。

我娘把我送到东红旗与西红旗连接的那条大路旁，说了声，"妈就不往前送了。你记住，放学后别在外面贪玩，早点回家"。听妈说完这句话后，我蹦蹦跳跳地往学校跑去。一进校门，便被一位同学指引着来到了紧挨操场的一角。那里围了很多同学，几位高年级的同学正在搜每一位同学的书包，不问为什么，也不说为什么，便把所有同学书包里面的日语课本掏出来，狠狠地扔在一边的地上，还有的直接扔进了旁边不远处点起的火堆里。

高年级同学中，领头的就是我的学长，那个因为上日语课迟到，被校长李维华在教室门外罚跪两节课的郎青山；也是因为把日语课本书皮搞破，用一张年画包起来，被李维华打两耳光的郎青山；还是被白老师派来带我回家的同学郎青山。

当然不只是我，所有的同学们开始都不明白，不知道到底发生了什么，不少同学最初还不愿这么把书全交出去，因为没有了日语课本，被校长李维华发现了，那可是件天大的事情。

这时只听郎青山同学大声地向大家解释说：

"同学们！三天前，日本军国主义已经向全世界宣布：无条件投降了！伪满政府也跟着垮台了！从今天开始，我们就不用再读日本人的书，也不再说日本人的话了！"

听了郎青山的话，很多同学仿佛一下子明白了，那些曾不情愿交出日语课本的同学，主动自己从书包里掏出日语课本，扔进了火堆里，更多的同学跟着郎青山一起高声呼喊：

"日本人投降了！日本人投降了！"

1945年8月15日，这是个令四万万中国人激动的眼泪能够汇成大江大河的日子！这是九百六十万平方公里的中华大地，熬过了八个严冬，终于见到了太阳的日子！这是在日寇铁蹄下，被踩躏了整整一十四个春夏秋冬的东北大地上，从此冰雪消融、春风荡漾的日子！这是世世代代把脑袋埋进黑土地里，披星戴月、辛苦劳作，但仍然是衣不蔽体、食不果腹，却还要受尽像何满申、那连禄一样披着人皮的虎狼们，百般地压榨万般地欺凌的连二红旗父老乡亲们，可以站直了腰说话，可以昂起头来走路的日子！

日本投降的消息最先是由阿城传来的，而且得到消息最早的就是中心小学的老师。

虽然说中心小学是李维华的天下，他一手遮天，独断专行，为了贯彻他的日本汉奸的教育方针，强制性地推行日语教学，并对稍有异议的师生实行最为严厉的法西斯教育。但是，学生们年纪尚小就不说了，在老师们中间，却没有一个与他完全站在一起的人。全体老师对他那一套教学宗旨和管理方法均不认可。有的只是惧怕他的淫威，敢怒而不敢言，还有的早就暗地里组织了起来，悄悄地宣传抗日的思想。特别是在白静老师来到以后，正式成立了共产党的地下支部，白老师就是支部书记。

由于李维华是单枪匹马，也由于白老师他们开展的活动非常隐秘，地下党组织一直在健康地发展，很快在教师们中间发展了第一批党员。他们有：朱永让、沈文彬、吴士林、代秀娥、王子衔等，并培养了组织外围的积极分子。这里面就有了年龄大些的同学，郎青山就是白老师的第一批发展对象。

就在8月17日那天，白老师为首的党支部就正式接到了日本无条件投降的消息。

当晚，白老师他们便连夜组织进步师生，先开了一个党支部书记扩大会，把这一消息通报给大家，然后大家一齐动手，把这一特大消息写成大字标语，在校园里四处张贴。还有的老师开始动手刻印传单，准备明天散发到连二红旗和"爱本村"的每一个屯子，目标是：家喻户晓，人人皆知。

张贴标语已经是公开的行动了。有位老师不放心，问白老师："我们是不是要回避一下李维华的住处和校长办公室？"

白老师胸有成竹，笑着说："我们的李大校长一定是比我们还先得知消息了。往后，我们想要见到他，可就难了！"

听白老师这么说，郎青山按捺不住激动的心情，说："白老师，我们现在就去李维华那里打探打探虚实，可以吧？"

白老师说："当然可以。不过，估计他已经离开学校，而且走得很远了。"

听到白老师这么说，郎青山和两位同学立即跑了出去。不一会他们气喘吁吁地回来，说："白老师说得很对。李维华的宿舍和办公室，大门紧闭，黑灯瞎火，见不到一个人影。"

白老师这时对大家说："日本侵略者投降了，满洲国当然也就随即垮台了。像李维华这样的铁杆汉奸，没有了后台，还不成了丧家之犬吗？不赶快溜之大吉，更待何时呢？"

白老师的一句话，引起在场的师生们会心大笑。

白老师又向大家交代说："今晚的活动，还只限在校园里面。因为外面什么情况，我们并不清楚，暂时不要走出学校大门。"

郎青山兴奋地说："李维华都逃之夭夭了，我们还怕什么！"

白老师严肃地说："上级组织有明确指示，斗争要讲策略，要保护大家的安全！像何满申他们，不知现在是个什么状况，是和李维华一样闻风丧胆，脚下抹油溜了，还是依然做困兽犹斗？他们手里有枪，我们师生却是赤手空拳，不能在这个胜利的时刻，让大家付出流血牺牲。明天一早，大家要做的工作，首先是把同学们的日语课本给收了烧毁。这些还只限在全体师生中间进行，之后视情况我们再考虑和全校学生一起，到乡亲们中间去宣传。"

2

对白老师的安排，大家都没异议，但是郎青山和吴纯良、赵得利三位同学，当晚并没有完全照她说的去做，还是悄悄地走出了学校大门，来到对面的"爱本村"村公所。

村公所，十几年来在连二红旗的人们心中，象征着最高权力的地方，以前曾是那样神圣不可侵犯，像郎青山这样的穷孩子，只能远远地望上一眼，从没有也不敢踏进半步的。现在的情景却完全超出了他们的想象。那么大个院子，没有一丝光亮，也看不到一个人影。他们鼓足勇气把"日本鬼子投降了"的标语，贴到了大门上后，又进到院里面溜达了一圈，终于在最里面的厨房里，见到一个平时给何满申做饭的厨子，在慌慌张张地收拾东西。

郎青山参着胆子问道："何满申他们呢？"

厨子抬起头，看是两个学生，眼珠都没有转一下，似乎根本不屑去理他们。看这样，另一位同学对郎青山说："别浪费时间了，我们再到里面去看看，到底是个什么情况。"

厨子这时开口了，说："还看什么看？跑了，早就全跑了！比兔子跑得都快，你们想撵也撵不上。"

听他这么一说，郎青山松了口气，但是他还是饶有兴趣地又问道："既然他们都跑了，你为什么不跑？"

厨子瞪了他一眼，没好气地说："我干吗像他们一样跑？他们是替日本人办事，捞到了好处，我有啥？！一个做饭伺候他们的下人，平时受够了他们的窝囊气。现在好了，他们跑了，我也可以回家了！"说着掂起手中的一个小破包袱，连回头看郎青山他们一眼都没有，蹒跚着走出了村公所。

吴纯良同学不知是出于什么想法，是开心？还是调侃？这时朝厨子喊了一声："哎！你就这么走了，什么都不管了吗？村公所大门要不要锁上啊？"

厨子只顾自己走，根本没有理他，逗得郎青山哈哈大笑，说："咱们再去警察所看看！"

警察所就在村公所隔壁，情形和村公所一样。

他们又跑到位于东红旗的警察分局，情形也完全一样。

从东红旗往回走时，郎青山他们三个人兴奋异常，也感慨万分：

"以前看他们高高在上，耀武扬威，现在老百姓还没有怎么他们呢，怎么被吓成了这个样子！"

"这就叫树倒猢狲散！可恨的是，他们本来也是中国人，却仗着日本人骑在我们中国人脖子上拉屎拉尿，作威作福，日本人一倒，他们的下场也就不言而喻了。"

"他们也算是中国人？他们就是日本人养的一群狗！这样的下场，理所当然！"

他们边走边骂，走过那条通向西红旗的斜大路时，突然赵得利提出来说："我们是不是可以到那连禄家看一看？他的家就在这里，说不定他还没有跑呢。"

郎青山说："是呀，他想跑，往哪跑呢？我都替他想不出个地方来。不过，这货可不好惹，心比锅底都黑，下手比狼爪子都狠，而且他有枪，咱可要小心点。"

赵得利同学毫不在乎地说："他心再黑，手再狠，这个时候他还敢把我们怎么样吗？"

郎青山说："狗急了会跳墙，兔子急了也会咬人，何况那连禄本就是一头青面獠牙的野兽，小心无大错。"

那连禄家的高墙大院，在连二红旗独一无二，给老百姓的感觉是冰冷和恐惧，谁也不会也不敢轻易地靠近。可现在不同了，郎青山和两位同学，凭着初生牛犊不怕虎的勇气，先把手里写着"日本鬼子投降了"的标语糊上了那扇平时让人望而生畏的红漆大门上，然后郎青山朝里面高喊了一声："日本鬼子投降了！"

喊一声，院子里没有反应。

他又喊一声，院子里还是没有反应。

接着，三个人异口同声地放开喉咙，连喊了三声，院子里依然死一般地沉寂。

吴纯良同学说："看样子，那连禄也跑了。"

赵得利同学说："说不定没有跑，是被吓死了！而且是一家人全死绝了！"

三位踌躇满志的少年，这时心满意足地迈着胜利的步伐，回到了学校。

郎青山他们在大门外高喊的那会儿，那连禄还没有跑。他正在家里收拾东西，当然没有被吓死，但如果说他被吓破了胆，也不为过。其实，他，特别是何满申，并非是今天才知道日本人投降的。近两三个月来，不断有日本人吃败仗的消息传来，他早就预感到日本人是兔子的尾巴——长不了了，自己也就成了热锅上的蚂蚁，整日地焦虑不安，更不再谈往日的威风了。何满申是早做好了准备，一有风吹草动就开溜。但是那连禄不同，他的家就在连二红旗，正像郎青山说的那样，"我都替他想不出能往哪里跑"。

　　郎青山想不出，他那连禄也确实想不出。可是没有地方跑，也得想方设法地跑。总不能真让那群穷小子把自己给摁在家里呀。真到了那一步，他这些年害了那么多人，毁了那么多家庭，被人点天灯？大卸八块？都不是没有可能，甚至还说不定当场就会被人撕碎，生吃了他！

　　当郎青山和三位同学回到学校后，连夜向白老师汇报了他们在村公所、警察分局以及那连禄家大门贴标语和前前后后的见闻。白老师首先批评了他们，这是无组织无纪律的行为，希望今后要一切行动听指挥，不可擅自行动。接着，白老师又表扬了他们，说他们敢于斗争，勇气可嘉。

　　所以，这才有第二天一早，我在学校大门口看到的那一幕。郎青山他们正是按照白老师头天晚上的安排，一早守在学校大门口，收缴每个同学书包里的日语课本。

　　当时，整个学校像开了锅一样地沸腾着。

　　郎青山看到我来了，叫我先把自己的日语课本丢到火堆里，然后去帮他的忙。郎青山对我的信任，让我很高兴，我非常乐意地去和他一起把后面来的同学的书包一个个检查，收缴日语课本。

　　郎青山比我大两三岁，也高我一个年级，但我们一直是好朋友。我们俩的感情建立，还得感谢白老师。用一位同学的话讲，我们俩都是白老师面前的红人。这话听起来有点酸，但不可否认，这是事实。也正因为这样，我沾了白老师的光，慢慢地也和郎青山成为了好同学、好朋友。

　　前面提到过，那次因为日语不过关，被李维华留在学校不让回家，就是白老师派郎青山陪我回去的。当时我还不清楚,郎青山同学已经是白老师他们地下党组织在学生中发展的积极分子了,只知道白老师对郎青山他们好几个大点的同学特别关注,联系频繁。为此,还曾一度让李维华对白老师有了看法。

如果说白老师对郎青山他们是特别关注的话,那对我就是特别关心。开始我也很纳闷。我认为,自己在同学们中间,一点也不出众,个子不高,学习也不是很拔尖,更不会像郎青山他们那样,是既能说会道,敢于出头露面,又擅长体育唱歌,学校开展什么活动都缺少不了的活跃分子。我不仅胆子小,什么事都是往后躲,甚至还常常拖着长长的鼻涕,邋邋遢遢,真不知道她为什么也会喜欢我,经常把我叫到办公室,询问我的学习情况。还经常问到我娘的情况,好像她对我家的情况很了解似的。

我也曾经在家里把白老师的情况讲给我娘听。我娘听了很高兴。我当然理解娘的心情了。我在学校有那么好的老师关照着,她当娘的自然会放心很多。我娘还给我说过:"听你把你们白老师说得那么好,我这个当娘的也很想见见她呢。"

我问娘:"妈,你是说想见我们白老师?你又不是白老师的学生,为什么要见她呀?"

娘笑着说:"她对我的儿子这么好,我好当面感谢她呗!"

我却觉得娘的想法有点可笑,说:"瞧妈你想哪去了?你以为白老师就对你儿子好呀?还有好多好多的同学,像郎青山啊,还有吴纯良、苏喜文、赵利得、赵志琴、赵志云等等,白老师对他们都和对我一样好。"

我一连串说了好几个同学的名字,有男有女。

我娘听了,仿佛恍然大悟,说:"原来是这样。那娘就不去想着见你们白老师了。既然老师对你们好,你们更要对老师好,听老师的话呀。"

娘想见白老师,是有点可笑,可是让我更加没有想到的是,白老师竟然也想认识我娘。

几天之后的一个下午,放学的铃声响了,我刚走出教室,白老师看到了我。她把我叫到跟前,低声对我说:"天英同学,你先在学校门口等一会,我有事给你说。"说完她就回她的宿舍了。看着她的背影,我心想,白老师会有什么事找我呢？我最近的学习成绩还可以呀，其他方面的表现嘛，也没有出什么问题呀。如果真是出了什么差错，我们班刚上日语课的时候，李维华校长就会亲自骂人了，也不会让白老师来找我呀？

我站在学校门口，心里七上八下的。

不一会，白老师迈着轻盈的步子来到我面前。

正是春寒料峭的季节，白老师刚才回去只是加了一件浅蓝色薄呢子大衣，朴素淡雅，但却把她的身材衬托得更加修长。

有人说，自从白老师来到我们学校，校园里从此多了一道绚丽多姿的风景，这话千真万确。本来白老师人就长得出众，平时她穿什么衣服，又都显得十分洋气，常常会惊呆我们这些没有见过世面的乡下孩子，就毫不奇怪了。就说她现在穿的大衣吧，在我们连二红旗是很稀罕的，女人穿大衣更是绝无仅有的事情。因此，当她穿着这么好看的大衣出现在我面前时，我感觉就如同是一片蓝色的云彩，随着微微的春风，飘动着，飘动着，渐渐飘进我的眼帘，我的脑海里顿时出现了一片神秘的空白，整个人傻瓜似的直挺挺地站在那里，好像连眼皮也不会眨了，眼珠也不会转了。

"天英同学，为何这么看着老师？"白老师弯下腰，亲切地抚摸着我的脸蛋问道。我这时才如梦方醒，自己觉得似乎做了一件对不起老师的事情，内疚、羞愧，结结巴巴地说：

"老师，你……你……真的，真的——"

"怎么老是真的真的，老师真的什么？"白老师这一问，我更加紧张起来，怎么也想不起一个适当的词来，憋了半天，才说：

"老师，您真的……真的很好看。"

"想不到，我们的关天英同学，小小年纪，也学会恭维老师了！"白老师抚摸一下我的脑袋，笑着说，"不过，我还是要谢谢你呀！走吧，陪老师到村里走走去。"

原来，什么事也没有出，就是让我陪着她去村里走一走。

既然这样，我心里仿佛一块石头落了地，也没再多想了。因为她平时就经常去村里走，有时她一个人，有时也是有别的同学陪她一起走，今天让我陪，当然也没有什么奇怪的。

真正奇怪的是，当我陪她走到西红旗与东红旗中间那两个大坑边上时，我对她说："老师，对不起，我家在东红旗住，还要往前走，就不陪老师了。"

她笑着说："关天英同学，再次谢谢你。但是，我还想让你陪着到东红旗去转转呢。"

漂亮的白老师笑起来就更好看了。我说："好。老师让我陪去哪我都乐意。"

白老师听我这么说，又笑了，说："那就好。咱们去东红旗吧。"说着她还伸出手，把我的手牵了起来。这是我完全没有想到的，我真有点不好意思起来。

我想把手从白老师的手里挣脱出来，可是白老师抓得很紧，加上她的手好温暖、好软和，我还真的舍不得哩。

就这样，白老师牵着我的手，走完两个大坑中间的那条大路，又在东红旗走了一阵子，最后我又说："老师，前面不远就是我家了。"我这样说，是想告诉她我该回家了。

白老师依然是笑容可掬的样子，说："呵，是吗？那你可不可以带老师去你家里坐坐呀？"

我有点犹豫了，真不知道应不应该带白老师去家里。想了想，说："家里没有别人，就我和我妈两人。"

白老师很爽快地说："那你就带我认识一下你妈妈嘛。"

我想起前天我娘刚说过想见白老师，现在白老师又说她要认识我娘，这让我脑袋里一时转不过弯来了，说："太好了！我妈妈正说想要见你呢？"

白老师这时显得很高兴，问我说："真的？你知不知道你妈妈为啥想到要见我呀？"

我想了想，说："我知道，妈妈对我说了。她说是因为在学校里你待我好，所以她要当面向你感谢。就因为这。"

白老师笑着说："呵呵，学校里好几百学生呢，我对哪位同学都好呀。

再说了，老师对学生好，那都是我应该做的，难道都让他们的家长来感谢我吗？"

我说："是呀，我也这么对我妈妈说的。所以妈妈后来就没有再说要见你的话了。"

白老师说："看来，天英同学还真会说话呢。不过呢，现在不是到了你家门口了吗？那就去见见你妈妈也是应该的。天英同学，欢迎不欢迎啊？"

我马上高兴地说："欢迎，当然欢迎。不过，我们家好穷，没有什么好东西招待老师的，咋办呢？"

白老师又笑了，说："我刚才还表扬你会说话呢，这句话说得可就不对了。在连二红旗，谁家不穷呀？不是穷人的家，我还不会进呢。再说了，我是你的老师，今天就是顺路来见一下你妈妈，还要你招待个什么呢。"

和白老师说话间，不知不觉已经到了我家的门口。这时，正好我妈从屋里出来，一眼看到了我们，喜出望外的样子，说："天英，是你们白老师吧？快到屋里来坐。"

白老师绝对是第一次到我家，也绝对是第一次见到我娘，可是她好像对我家很熟悉，对我娘也没有一点生分感。一进门，她便一把抱住了我妈，连声"嫂子嫂子"地叫个不停，弄得我娘一时手忙脚乱起来，说："白老师，我刚烧火做饭，身上落的都是灰，别把你的衣服给脏了呀。"

我娘越是这么说，白老师越是把我娘搂得更紧……

3

自从白老师那天到我家见到我娘，直到1945年8月18日我们得到日本投降的消息，已经过去一年多了。

这一年多的时间里，白老师没有再提出去我家，倒是经常向我打听我娘。诸如最近身体好不好，平时都做些什么呀，让我听起来，她这完全是没话找话说。

有一次，白老师还专门把我叫到她的房间，问了一些学习和生活上的情况后，还一定要我向她多介绍我娘。

我想，我娘就是我娘，有什么好介绍的呢？再说了，白老师不是已经见过了吗？

见我没有回答她，白老师微笑着说："说到自己的妈妈，不好意思是吧？"

我点了点头。

她接着说："那我问你，你妈妈和老师，哪个更漂亮？"

这个问题更难回答了。在儿子心中，娘肯定最漂亮。可是，面对白老师，我真无法分得出她们两个人究竟谁更漂亮了。这时，白老师呵呵地笑出了声，说："不用多想了，老师逗你玩呢。不过，我可告诉你，在白老师心中，是你妈妈更漂亮。你妈妈不仅人长得美丽，更有一颗美丽的心。你想想，这些年你爸爸不在家，你妈妈一个人带着你，又把你养得这么好，多么不容易呀。"

听白老师这么说，我又使劲地点了点头，说："可是，白老师，这和漂亮不漂亮有关系吗？"

白老师说："当然有关系了。一个人，只有心灵美丽了，人才显得美丽。你说是不是？"

我再次点了点头，但并没有完全听懂她话里的含意，问道："老师，你只见到我妈妈一次，怎么知道我妈妈的心灵是美丽的呢？"

说到这里，白老师的话更让我捉摸不透了。她说："这你就知道为什么我是你的老师了。如果亲眼见了一次，还不知道你妈妈是个什么样的人，那我这个老师不是让你白叫了呀！"

其实，不光是白老师在学校里经常向我打听我妈，我妈也常常在家里向我问到白老师，诸如，你今天有没有见到你们白老师呀，白老师又给说了啥没有呀，等等。

我觉得我娘也是没话找话说。

还有一次，白老师又单独问到我娘时，我突然想到一个问题，说："老师，你会唱歌吗？"

白老师说:"怎么想起这个了?老师是教你们唱歌的,自己不会唱歌怎么教你们呀。"

我说:"我妈妈也会唱歌。"

听我这么说,白老师显得很感兴趣,急忙问我:"真的吗?你妈妈都唱什么歌?你能唱给老师听听吗?"

我这时发觉,刚才是说漏嘴了,不该把我娘的秘密暴露给老师。这时我想改口,说:"错了,错了,我骗老师了。我妈不会唱歌,只是为了哄我睡觉,经常在我耳边哼哼就是了。而且,这些年我听到她哼哼的就是同一首歌。"

白老师似乎更加有兴趣了,问我:"是一首什么歌?你会吗?现在哼给老师听听好不好?"

我说:"歌名我不知道,但是,从我记事到现在,听娘哼了几千遍几万遍了,哪能不会呢?"

说罢,我便给白老师哼了起来:

一呀更里呀,
月牙儿刚出山呐,
谁家女人她难入眠,
梦儿还没做甜。
为何夜静心不静啊,
为何雨眠风不眠,
怎不叫那弯弯月儿挂在她梦里边。
五呀更里呀,
月牙儿要落山呐,
谁家女人她刚入眠,
梦儿还没做全。
为何星亮心不亮呀,
为何月安人不安。

怎不叫那圆圆月儿照亮她心里间。
女人是无边的水呀，
男人是浪上的船，
梦是风帆心在彼岸。
苦也别说苦啊，
难也别说难呐，
无限风光在峰巅呐，
月落五更艳阳天。
月落五更艳阳天……

白老师全神贯注地听我轻轻地哼歌，也许是怕打断我，从头至尾没有说一句话，直到我哼完了，看到她依然一动未动，好像是陷入了让我无法理解的深深的回忆之中。同时，我还发现，我印象中脸上整天挂着微笑的白老师，此时此刻，竟然热泪盈眶……

"老师，老师。"

我轻轻地唤了两声。

白老师这才如梦方醒，掏出手绢擦了擦眼睛，脸上又恢复了往日那标志性的笑容，说："对不起，老师的眼睛刚才不小心飞进了个小虫子，被迷着了。"

对她的话我半信半疑。我又问她："老师，我娘哼的这首歌您会吗？"

白老师说："你忘记了，老师可是教唱歌的呀，什么歌都会唱，你信吗？"

我说："信，当然信了。那你也把我娘哼的那首歌，哼一遍给我听好吗？"

白老师想了想，说："那首歌，我一定没有你妈妈哼得好听。这样吧，我现在给你哼一首几年前在北平读书时，我和我的同学们经常唱的歌吧。北平，你听说过吗？"

我摇了摇头，说："没有听说过。那是个很远很远，也很大很大的地方，对吗？"

白老师朝我点了点头，然后轻轻地哼了起来：

> 我的家在东北松花江上，
> 那里有森林煤矿，
> 还有那漫山遍野的大豆高粱。
> 我的家在东北松花江上，
> 那里有我的同胞，
> 还有那衰老的爹娘。
> 九一八，九一八，
> 从那个悲惨的时候！
> 九一八，九一八，
> 从那个悲惨的时候！
> 脱离了我的家乡，
> 抛弃那无尽的宝藏！
> 流浪，流浪，
> 整日价在关内流浪；
> 哪年，哪月，
> 才能够回到我那可爱的故乡！
> 哪年，哪月，
> 才能够收回我那无尽的宝藏！
> 爹娘啊，爹娘啊，
> 什么时候，才能欢聚在一堂！

显然，白老师完全陶醉在她自己的歌声里了。

我虽然没有把歌里所有内容听明白，但是，像"东北""松花江""九一八""大豆高粱""衰老的爹娘"等，我是听得清清楚楚的了。而且，最能打动我的是那悲壮的旋律，还有白老师那全身心投入所表现出的激情。

望着早已经是泪流满面的白老师，我只觉得浑身像被一团熊熊燃烧的烈火烘烤着，心在狂跳，血在沸腾……

白老师给我哼这首《松花江上》的歌，后来我又听她唱过一次，开始是她一个人唱，紧接着是很多人跟她一起唱，有老师，还有很多的同学。

地点：学校大操场。

时间：就是在知道日本人投降的那天，我被郎青山叫去和他一起烧毁同学们日语课本的时候。

操场那边几百名师生齐声高呼"日本投降了"和齐声高唱"九一八，九一八"的歌声，潮水般呼啸着，澎湃着，一浪高过一浪地传到我耳边，猛烈地撞击着我的灵魂。我浑身每一个细胞，再一次被那一连串浸血带泪的音符，深深地震撼了！

被震撼的同时，我又为自己的孤陋寡闻而惴惴不安：他们为什么都会唱这首歌？他们是什么时候学的？又是跟谁学的？

当我把这几个问题一口气向身旁的郎青山同学提出来的时候，他并没有觉得我提的问题突然，说："你当然不知道，如果连你都知道了，那还得了吗？"

我很不解："怎么我知道，就不得了？"

郎青山说："你想想，以前，准确讲，就在今天之前，在连二红旗，谁敢说日本人半个不字？若是让何满申之流听到有人唱这首歌，那还不被点天灯活剥皮呀！"听郎青山这么说，我好像有点理解了。他接下去继续说，"两年多前白老师刚来我们学校不久，就在非常保密的前提下，悄悄地教我们了。当时，李维华对学校管那么严，哪里敢公开地唱啊！为了保密，为了大家的安全，知道的人越少越好。像你这般年纪小的同学，嘴巴没有把门的，所以，不能让你知道；所以，你若是知道了，那就不得了了！"

郎青山比我大两岁，读书也比我高两个年级。或许正因为这样，或许并不完全是因为这样，在老师们的眼里，郎青山无疑各方面都是比较成熟、可以信赖的好学生。

不仅老师们都喜欢郎青山，在同学们眼中，他也有很高的威信和号召力。所以，他能成为与白老师走得最近的几个同学中的一个，也就不怎么奇怪了。同时，这也是在年龄上有差距，又不在一个年级一个班读书的我，愿意和他做朋友，喜欢和他一起玩的主要原因。其实，也不仅仅是我。

当然，李维华校长除外。这更不足为奇了。因为在李维华心中，在这个有四百多人的学校里，压根就没有一个好学生。他从骨子里看不起这些穷鬼的孩子。他从来就认为，这些孩子从生下来头上就长有反骨，与生俱来就不会真心和"皇军"一条心，要不然他也不会因为一次日语考试不及格就一拳把刘恩小同学的鼻梁打断，也不会因为日语课本书皮的事，两巴掌把郎青山的耳朵差一点打聋。他，李维华，作为一校之长，他非常清楚，自己最根本也最神圣的任务，就是要采取严格到恐怖的手段，把这些孩子从小往效忠大日本帝国的道路上引导，并以此实现他自己的人生最大价值。这就是他这个一校之长的最高理想。责无旁贷，义不容辞。

郎青山说："因为日本鬼子投降了，我才把这些告诉你的。等会我们忙完手头的事，我来教你。"

虽然他前面讲的话我很认可，说起要教我唱歌，态度显得也很真诚，但我还是对他那句"让你知道就不得了"的话，有些耿耿于怀。显然他只是把我当成他的"小同学"，和我说话时也多少带点居高临下的口气，而没有把我当成他平起平坐的朋友。那么，我也就不想告诉他，这首歌在半年多前，我就亲耳听到白老师给我唱过了。郎青山再怎么样聪明，我想他也一定不会想得到。

就在我和郎青山他们烧日语课本的工作快结束时，操场里的歌声和欢呼声依然此起彼伏，我突然听到远处有人叫我：

"关天英同学！关天英同学！到我这里来一下！"

我朝喊声望去，见是白老师站在远处正朝我招手。

郎青山对我说："天英，白老师叫你呢，这里的事也快完了，你去吧。"

4

白老师今天穿了一件红色的上衣，乌黑的短发上还别了一根红卡子，衬着她因为一直在领着大家唱歌而激动得脸庞绯红，越发显得俊俏也更加光彩照人了。

我跑到白老师面前，她什么也没有说，拉上我的手，穿过欢呼的人群，一直把我带到她的宿舍。

意外再次突然发生！

第一个意外。

我跟着白老师，还没有进门，就听她高兴地朝屋里喊道："亲爱的，我把关天英给你带来了！"

还没有弄清楚白老师在和谁说话，我就看到日夜思念的小秋叔叔从里面迎了出来。

这几年我是见过小秋叔叔好几次，但都是夜里。

最近的一次是两三个月之前。当然也是夜里。他临走时，我突然向他提出一个问题，说："叔叔，为什么你总是夜里来看我们呀？"

他似乎是不假思索，脱口而出，说："那叔叔现在就告诉你，咱连二红旗的天，咱东北老百姓的天，咱全中国人民的天，很快就要亮了！"他说这话时显得很兴奋。

虽然我已经是四年级的小学生了，但他这句话，我真是没有听明白，说："叔叔，你的话我没听懂啊。"

也许因为他急着要走，他没有时间给我解释，只是说："不着急，你很快就会懂的。"他走出门了，回头又补充一句，对我说道，"那我现在给你一个许诺：下次来看你，就一定不会是夜里了。一定是白天，大白天！"

果然，现在我看到他时，就是大白天！

白天和晚上看小秋叔叔，还是很有些不同的。我觉得此时我面前的小秋叔叔，比我印象中更显得魁梧英俊。他微笑的脸庞，棱角分明，透着刚毅，两眼炯炯有神，亲切而深邃的目光里，让我感受到了一种神奇的力量。

"天英啊，干吗老这么盯着叔叔呀，不认识我了吗？"

"不是，不是。叔叔，我好想你！"我脸一红，说。小秋叔叔笑着拉住我的手，又问道：

"认识我就好。那你再看看，这个人你认识不认识？"

听他这么一说，我才发现在小秋叔叔身后还站着一个人，个头与小秋叔叔差不多，很年轻，也就二十来岁的样子，脸上也是堆着微笑，并且目不转睛地望着我。我开始有些惶恐，似乎在有意无意地躲闪着他直射过的目光，可最终没有躲及，两人目光还是相遇了。在这一刹那，我立即觉得有一股热流传递了过来，并猛烈地撞击了一下我心灵的那根弦，让我全身都不由自主地抖动起来。但最终我还是朝小秋叔叔摇了摇头。

"我说得没错吧？他果真认不出你呢！"小秋叔叔对我面前的这个陌生人说。

"这也不奇怪，要不是你们都在跟前，我也认不出他呀。那年我走时，他还不满一岁哩！"陌生人这时上前一步，弯下腰，把我揽在了怀里，说，"天英，我是你哥，是你哥天志呀！"

"我哥？我哥关天志？"我简直不相信自己的耳朵了。

"那还会有错吗？就是你哥！"小秋叔叔说。

"还不快叫声哥！"白老师也在一旁催促我。

我当即搂着我哥的脖子，一句哥也没有叫出来，却"哇"的一声放声大哭起来……

我哥也哭了。

小秋叔叔和白老师也在一旁陪着我和我哥流泪。

痛痛快快地哭了一阵以后，我说："哥，妈妈好想好想你呀，眼泪都快流干了！"

我哥说："那我们马上回家！"

小秋叔叔说："好吧。我陪你们一起去。"

白老师也说："我也和你们一起去。"

小秋叔叔对白老师说："你先不能去。今天是我们中华民族的大喜日子，但还远没有到天下太平的时候。你要留在学校，把学校老师中的党员和骨干集中起来开个会，研究一下，怎样把全校师生今天这么高涨的热情，保护好，引导好，迎接下一步更艰苦更光荣也更伟大的斗争。"

白老师深情地望着小秋叔叔，不住地点头。

正像小秋叔叔说的，今天是全中华民族的大喜日子，何尝不是我们家的大喜日子呢！不仅是双喜临门，而且是数喜临门！见到了小秋叔叔和我哥，同时，一个一直令我困惑不解的问题，今天也终于水落石出，有了答案。那就是，为什么白老师会从一开始来学校，就对我特别地关心与关注。原来她是我敬爱的小秋叔叔的恋人啊！后来我又知道了，几年前他们一起参加了党的地下组织，白老师之所以从哈尔滨来我们连二红旗，就是小秋叔叔代表地下党给她的一项革命任务。至于白老师以前被人们说成的高官的家庭背景，也是为了掩护她开展工作，组织上给她设计的。正像我爹的满洲国国兵团副的身份一样。这就是斗争的需要。

关于我爹的事，还是后话。

我领着小秋叔叔和我哥，从学校出来，往家走。

这条路对我来说再熟悉不过了，可是对于他们俩却是十分陌生的。小秋叔叔虽然来我家好多次，但都是晚上，甚至是深夜，这样大白天走在西红旗往东红旗的路上，还是第一次。至于我哥，更不用说了，他离开时才七八岁，对村中的情况完全没有印象。所以这一路上，走到什么地方，看到什么景物，我都要给他们介绍一番。像一出学校大门，看到的就是路北的"爱本村"村公所。现在虽然已经是人去房空，但牌子还在门口挂着。我们走过去以后，小秋叔叔又停了下来，走回到村公所门前，亲手把村公所的牌子给摘了下来，随即放在脚下，使劲踩了几下，只听咯咯嘣嘣的几声，便碎成了几段。然后他对一旁的我和我哥说：

"从今天开始，这块招牌和上面写的'爱本村'，跟着满洲国一起，被扫进了历史的垃圾堆！"

往前再走几步，就是警察所。这时，没有等小叔叔动手，我哥抢先一步,把门口还悬挂着的"爱本村警察所"的牌子取了下来,像刚才小秋叔叔一样,三脚两脚踏成了两截。小秋叔叔对我哥说:"明天开始,检查一下在村里别的地方,还有没有类似这样的东西,一律摘除,不能让这些满洲国的污泥浊水,再继续污染连二红旗乡亲们的眼睛了。"

我们一行三人,边说边往前走。我哥好像看到什么都会感到很新鲜,甚至是很新奇的样子,一会问我,那是什么地方,一会又问那里住的是谁家。他问得很细,问到谁家,一定要问这一家是佃户还是财主。光问了还不算,有时,他还拿出钢笔和一个小本子,在上面记着什么。当我们走过两个大坑中间的那条大路,马上就到西红旗了,我问小秋叔叔:"叔叔,到这里你就知道家在哪了吧?"

小秋叔叔说:"到这里,我就不怕找不着家了。"

我说:"那就好。叔叔,哥,你们俩在后边走,我要先回家去告诉妈了!"说罢,我撒腿往前就跑。

只听小秋叔叔在后面朝我喊道:"别跑太快!小心摔跤啊!"

我听到我身后传来小秋叔叔和我哥一阵会意的笑声。

我一路跑一路想,娘要是知道我哥回来了,不知道要高兴成什么样子呢。

还没有到家门口,我就放开喉咙高喊起来:"妈!妈!"

听到我的喊声,我娘急忙从屋里出来,一脸的惊慌,也是大声地问我:"怎么了?怎么了?"

我气喘吁吁地跑到她面前,她把我搂进怀里,问:"天英,出什么事了?吓妈妈啊!"

我用袖子擦一把脸上的汗,说:"没有出什么事。"

听我说没有出什么事,娘嗔怪我说:"没有出什么事,你这么喊什么呢?你不知道吗,妈妈胆子小。"说着她进屋给我端一碗水,让我喝下,说,"还没有到放学的时间,你怎么这么火烧着屁股似的往家里跑?"

我几口水喝下去,心定了下来,说:"妈,出大事了!今天出了好几件大事!"娘的脸色一下子又变了,我赶紧又说,"不过,都是大好事!妈,你放心，都是大好事。"

娘说："你别这么一惊一乍的，有话慢慢给娘说。"

我故意想逗逗娘，说："好多呢，不知道先说哪一件呀。"

娘说："瞧你这孩子，跟妈妈玩捉迷藏呐？先说哪一件都行，快说吧。"

我说："第一件就是，日本人投降了！满洲国垮台了！"

我娘马上用手把我的嘴堵住，说："你瞎说什么？又这么大声，让人家听到了，还得了哇！"

我说："不是瞎说，是真的！不信，你去我们学校看看，大家都高兴得翻了天了！何满申、那连禄，他们昨天晚上就都跑了！"

听我这么说，我娘当然相信了。她突然双膝跪在了地上，仰起头，合起双手，向天上拜了三拜，又往地上猛磕了三个响头，然后把我紧紧地搂在怀里，说："孩子啊！谢天谢地，咱们老关家二十年的血海深仇，就要报了！"说罢，我看到她泪流满面。

这时，我用袖子把娘的眼泪擦了，说："妈，这么大好的事情，你咋哭了？我的话还没有说完呢。"

听我这么说，娘自己又擦了擦挂在脸上的眼泪，笑了，说："那你就赶紧说吧，把你知道的都说给妈听！"

我说："妈，我再说了，你可不能又哭哇！"

娘："别怨妈，刚才妈是太高兴了！你说吧，妈不哭了，一定不哭了。"说着，我看到她脸上又流下了两串热泪。

我说："妈，你真的不哭了？"

娘朝我点了点头，又笑了。

我说："那我就说了？"

娘说："瞧你这孩子！说吧，妈听着呢！"

我说："我哥回来了！"

我说这句话时，尽量显得很平淡，好像是说着玩似的。

看我漫不经心的样子，娘真的没有相信我的话，反而这样问我，说：

"孩子,你是不是生病了?发烧了?"说着把手心摁在我的脑门上,说,"不热啊。怎么说起胡话了?"

我说:"妈,我真没有说胡话,是我哥回来了。"

她这时才急起来,催促我说:"真的是你哥回来了?你不是哄妈的吧?"

我也急了,说:"妈,我没有哄你,真的没有哄你!还有'小秋叔叔',他们一起。我陪他们一起从学校白老师那里出来的,刚才是我先跑回来告诉你的,他们马上就该到了。"

我急着要把事情原委告诉娘,但也不知说清楚没有。但是,这时,只见我娘疯了一般,往外跑去……

我娘和我哥见面的情景,不用细说,那场面让我一生一世都不会忘记!十二年啊!我哥那年走时,还不满9岁,现在都是二十出头的大小伙子了。这十二年,一个母亲如何思念自己的骨肉,一个儿子如何思念自己的亲生母亲,即使没有体验过的人,也绝对能够想象得到。除非你是铁石心肠。

当天中午,我娘把她养的唯一一只下蛋老母鸡杀了。我看得出,别说是一只下蛋的鸡,为了招待十二年没有见面的我哥,如果家里有一头猪或一头牛,她也一定会舍得。

5

十二年了。这十二年,我哥怎么过来的?

简单说来,因为我哥一直有小秋叔叔和爷爷奶奶的呵护,所以这十二年,他基本上没有受太多的苦,比我和我娘在连二红旗强多了。先是读了几年书,后来中学毕业后,名义上是在小秋叔叔的药店里打理,其实是在帮助小秋叔叔做很多地下党的联络工作。我哥天生聪慧,能吃苦,又勤快,深得小秋叔叔和同志们的爱护与信任。组织上几次派他去长春、沈阳以及抗日联军的部队,传递情报、转送经费和药品,每次他都圆满地完成了任务。这次他回连二红旗,也是根据党关于日本投降后建立巩固的东北根据地的战略决策,组织上派他在家乡一带发动贫苦农民，为即将到来的在东北与国民党做最后的决战以及迎接土地改革运动，打牢群众基础。

无论工作再忙，但什么时候也没有忘记爹、娘和我。这种思念之苦也在时时地折磨着他的心灵。多少次，他在深夜里一个人躲起来暗自落泪。好在常能看到爷爷奶奶，也经常能得到小秋叔叔的安慰与教导，使他一步步走到今天。用小秋叔叔的话说是，"天志，你已经是一个合格的战士了"。这次被派到连二红旗，是小秋叔叔和党组织对他的一种照顾，更是一种信任。

十二年里，我哥见过一次我爹。那是几年前，抗日联军最艰苦的时候，我哥被组织上安排去抗联的一个秘密营地，转移两名伤员到哈尔滨。在那里他见到了爹。连二红旗的人都以为我爹是在满洲国的国兵里当团副，事实上，我爹一开始就在小秋叔叔和组织的安排下，加入了抗联。

当时由于战斗环境十分艰苦，两名伤员需要马上转移，我哥和我爹匆匆见了一面，话都没有来得及说上几句。当时，我哥看到我爹和他的战友们，衣服全是破破烂烂，吃的是野菜煮土豆藤，当即抱着我爹大哭起来。我爹不仅没有哭，反而一直朝我哥笑。我爹说："瞧你这个样子，还天志呢，志气到哪去了？哪像名战士呀！爸爸告诉你，革命战士，流血不流泪！"听我爹这么说，我哥马上止住了哭。我爹又说："日本鬼子和满洲国是秋后的蚂蚱，蹦跶不了几天了，我们老关家的家仇就要报了，咱东北老百姓被压迫被欺凌的日子也要结束了！"我爹充满信心，让我哥也顿时长了精神，擦干眼泪，立即告别我爹，带领两名伤员转移了。

就在这次要来连二红旗了，小秋叔叔给我哥交代任务时，也顺便说到了，说东北抗日联军已经更名为东北民主联军，我爹带领的一个团，今后主要的任务就是在双城、阿城和拉林一带地区活动，是清剿由原满洲国的汉奸组成的地方武装，为我们的大部队抢占东北，创造最为有利的条件。

小秋叔叔对我哥说："当年在榆树屯时，我就给你爸爸，我关高粱大哥说过，家仇一定要报，国恨一定要洗雪！我们终于要迎来这一天了。你这次回到连二红旗，过些日子，你爸也会带部队打回到这一带，你们一家人终于要团聚了！等到最后胜利的那一天，把你爷爷奶奶也接到连二红旗，走一走，看一看！你都知道的，他们两位老人，有多想你爸和你妈啊！榆树屯分别时，你弟天英才刚出生，现在他都上小学四年级了，可这些年，你爷爷奶奶一直没有见过你爸你妈和天英，你说，他们能不挂念吗？"

娘忙着给我们做午饭。我看她忙得不可开交，就过来帮她烧火。等到锅台上下都忙得差不多了，娘问我："你们白老师呢，她怎么没有和你们一起来？"

我说："'小秋叔叔'让她在学校给老师同学们开会呢。"

娘说："开会？开会也不能不吃饭呀。你现在回学校一趟，去把她给请家来。"

我没有动，因为是小秋叔叔安排白老师留在学校的。看我不动，娘不高兴了，说：

"今天是咱家大喜的日子，你白老师怎么能不在场呢？你要是不去，等会我把饭做好后，亲自过去请她。"

看我娘这么认真，我只好起身往学校去。小秋叔叔问我去哪里，我也没有给他说实话，怕他还不同意白老师来，那我娘就会说我不会办事，这点小事都办不成。

我一溜烟地跑到学校，一进大门，就看到郎青山带几个同学在打扫我们刚烧过日语课的地方，并信誓旦旦地告诉我说：

"从今天开始，我们要把全校的卫生彻底大扫除。日本鬼子投降了，我们的学校也要里里外外地彻底改变面貌！"

他一句话令我热血沸腾，真想和他们一起大扫除，可是想到娘交给我的事，便问看到白老师没有，他指了指校长室，说："白老师在那里开会。"

我跑到原来李维华的校长办公室门口，伸头往里看看，里面坐了好多老师，白老师正在讲话。我不便进去，就在门口等。等了多久也不知道，反正急得我上蹿下跳的。终于等到他们的会开完了，我把娘要她去我家吃饭的话说了，她二话没有说，就跟我一起走了。

一出西红旗，就看到我娘站在东红旗的大坑岸边，踮着脚往我们这边看呢。等我们来到她跟前，娘对白老师说："看天英去了那么长时间，我还担心他请不动你呢。"

白老师说："嫂子，我怎么会不来呢？学校还有很多事，一时脱不了身，要不然我早就跟他们一起来了。"

娘笑了，说："我说也是。"

听着她们俩边走边说，我们很快到家了。一进门，娘突然一手拉住我哥一手拉着我，说："天志，天英，吃饭前，先给你'小秋叔叔'和白老师跪下磕三个头。"

小秋叔叔急忙上前拦住我们，说："嫂子，你这是干啥呀！"

娘说："没有你这个当叔叔的，哪有他们的今天？没有你这个当叔叔的，我们老关家的人，骨头不知丢到了哪疙瘩让野狗叼了去了！"说罢，她自己先跪了下来。

白老师上前一把把我娘搀扶起来，说："嫂子，你的心意，我和飞凌心里领了，可是磕头就不用了。"

我第一次听人叫小秋叔叔的大名，而且是从白老师口中叫出来的，我觉得太新鲜也太陌生了，甚至有些滑稽，情不自禁"扑哧"笑出了声。本来是个十分严肃的时刻，被我这突如其来的笑声给打破了。

我娘有点恼羞成怒，朝我头上轻轻拍了一巴掌，说："你这孩子，怎么这么不懂事？不给你'小秋叔叔'磕头，笑个什么嘛？"

我说："妈，你有没有听到刚才白老师叫'小秋叔叔'什么？飞凌！我以后可不可以改口叫飞凌叔叔了？"

我这句话一下子把大家逗笑了。

我娘说："说了半天，你是笑这个呀。你'小秋叔叔'的大名叫夏飞凌，以后你不叫'小秋叔叔'改口叫夏叔叔也可以。不过呢，你以后叫白老师也不能叫白老师了，得改口。"

我又不明白了，问："白老师就是白老师，怎么改口？"

我娘反问我："你说，'小秋叔叔'，不，夏叔叔，是不是你亲叔叔？还有，他和白老师与咱们是不是一家人？"

我说:"当然是一家人,比一家人还一家人!"

娘说:"什么比一家人还一家人?就是一家人!既然是一家人就不说两家话,在学校你该咋叫还咋叫,但是在家里,你得改口叫白老师婶婶。婶婶,你明白吗?"

我早明白娘的意思了,但我还是故意地说:"什么婶婶?不明白,一点也不明白。"

我娘又拍了我一巴掌,说:"这孩子真是上学上傻了,连啥婶婶都不知道。就是——"

没有等我娘把话说完,早已经是满面通红的白老师打断娘的话,说:"嫂子,我们还没有正式结婚呢。"

我娘说:"啥是正式啥是不正式?当年,他们爹,也就是你们高粱哥哥,用一头比条狗大不了多少的毛驴,把我接到连二红旗,你说那是正式不正式?"

我娘本来说这话时是笑着的,可是说完,我看到她已经是热泪盈眶了。

我知道,不管什么时候,我娘一提到我爹和我哥,就会流泪,现在我哥回来了,就站在他的面前,可是我爹在哪里?她怎么能不伤心呢?

小秋叔叔立即接上说:"嫂子,我还没有来得及给你说呢。我哥已经跟着他们那支与日本鬼子血战十四年的光荣部队——老八团,杀回到了我们哈南地区了。不久以后,说不定哪一天,我高粱哥就会回家里来看你和天英的。恐怕到时候你都认不出他了呢。"

我娘最信小秋叔叔的话,他说我爹不久以后就会回来,那肯定就会回来,所以我娘听了这句话,转悲为喜。她高兴得不知怎样才好了,一会儿走过去抱着我哥,一会儿又走过来抱着我,反反复复不停地念叨:"听到没有,你们'小秋叔叔'刚才说了,您爹不久就会回来看我们了!"

我娘开始还是边流着眼泪边说,后来是边笑着边说了。她这时笑得是那样开心,那样灿烂。

说老实话,我已经十三岁了,可从来没有见她这么笑过。

这时白老师边把娘扶着坐下,边说:"嫂子,您笑起来真好看!不愧是当年连二红旗和榆树屯出了名的俏媳妇！等高粱哥回来，你们一家四口团聚了，往后你就天天这样笑吧！"

小秋叔叔也接着说："嫂子，往后，连二红旗的天，彻底地翻了个个了。不仅咱们自己一家人团聚了，日子过好了，连二红旗所有穷人家，都会团聚，都会过上好日子，喜事也会一个接一个地出现在我们的身边。到那时，你从白天笑到晚上，再从夜里笑到天明，都笑不够哇！"

哥哥离开我们十二年，终于回来了，而且这次回来，就不走了。他是接受小秋叔叔和组织上的安排，回到连二红旗，主要的任务就是发动群众，建立党的基层组织，配合武装斗争，迎接即将到来的土地改革运动。

第 8 章 穷途末路

6

那天晚上，小秋叔叔在学校召开了学校原有的党支部委员和连二红旗部分积极分子会议。

会议先是决定，原来的中心小学校党部改为连二红旗党支部，仍由白老师任支部书记，我哥作为正式党员，参加支部工作，并协助白老师做好组织的发展工作。

在这次会议上，决定成立连二红旗的农民协会。由我哥总负责，成员有佟有贵、富才臣、张树森。富才臣任会长，张树森任副会长。他们目前的主要工作，是不断扩大农会成员队伍，尽量把贫苦农民吸收进农民协会。同时，要组织一个精干的民兵队伍，准备担负起武装保卫连二红旗目前的胜利成果的重任。小秋叔叔告诉大家，组织上会尽快派人秘密送一部分枪支弹药过来。

小秋叔叔在会上还说："虽然日本鬼子投降了，以何满申为代表的连二红旗伪满洲国地方政权垮台了，但是，我们还远没有到最后庆祝胜利的时候。因为，人民还没有夺取最后的胜利。反动势力他们人都还在，心还没有死。例如何满申他们，不会就这么一跑了之，更不会甘心情愿地退出统治和欺压老百姓的政治舞台。而且，他们背后还有一定的势力在为他们撑腰。我们切不可麻痹大意。特别是现在,在连二红旗,我们还没有力量来阻止他们随时可能杀回来,进行破坏与烧杀抢掠;我们还没有力量保护连二红旗的老百姓们的安全,更没有能力消灭他们。甚至,我们每个人,都还处在危险的境地。所以,现在我们的一切活动,还只能秘密地进行。"

会上,有人向小秋叔叔提出,农民协会的牌子,什么时候正式挂出来。又有人说,原来的"爱本村"村公所,已经人去房空,现在正好挂上连二红旗农民协会的牌子,我们就可以在那里开会,组织活动了。还有人说,十几年前,刚兴满洲国的时候,原来的那套保甲长制度,说没有就没有了,但接着就有了"爱本村"村公所。现在"爱本村"没有了,就应该有个新的行政机构,正好我们有了农民协会来代替,把牌子打出来,顺理成章,要不然老百姓心里没有底,有了什么事,不知道该听谁的了。

小秋叔叔一一回答了大家提出的问题。他反复强调,现在形势非常不明朗,各种危险都还存在,为了大家的安全,我们做每件事都要谨慎小心。特别是原村公所,现在不能动,更不能把农民协会的牌子挂在那里,否则就会成为反动分子偷袭的目标。而且他说,像今天这样规模的会议,以后这段时间都不要举行了。大家的活动一定要在地下进行。谁是党员,谁是骨干,都不能暴露。

还是有人不理解,认为何满申他们早吓得屁滚尿流了,不是我们怕他们,而是他们更怕我们。再说,既然成立了农民协会,又没个牌子,群众不好发动,工作不好开展呀。

我哥这时说:"开展工作不一定要有牌子,我们可以悄悄地进行。例如,我们接头,开会,都可以选择在高粱地里进行嘛!"

我哥的话把大家逗笑了,有人说,那我们就是高粱棵里的农民协会了?

小秋叔叔也笑了,说:"话不中听,但意思是对的。就是这个意思。不过,这种状况不会太久。等到我们的主力部队开过来了,我们的民兵武装正式建立起来了,有了枪,有了子弹,到那时,我们就不用担心了。目前,还是以安全为主。"

最后,小秋叔叔说:"我们现在仍然处在黎明前的黑暗阶段,这个阶段尽管不会太长，但是，越是这样的时候越要高度警惕，大家睡觉都要睁着一只眼！"

小秋叔叔的提醒一点没有错。

长期的地下工作经验和他对哈南地区全局的斗争形势准确地把握，让小秋叔叔做出这样非常正确的判断和部署。最终，连二红旗的地下组织和刚成立的农民协会以及父老乡亲，在反动势力猖狂反扑时，没有受到任何损失。

也正像小秋叔叔预测那样，何满申，作为所谓的"爱本村"的头号汉奸，虽然及时逃跑了，但并没有走远。

日本无条件投降后，连二红旗的普通老百姓，对全国的形势当然是一无所知的。可是，像小秋叔叔这样的作为哈南地区共产党的一位重要负责人，在上级组织的正确领导下，对全国，特别是东北地区敌我态势，早已是了然于胸。

当时，国民党反动派一方面高喊和谈的口号，暗地里却争分夺秒地在做抢占东北的工作，把关外大批军队采取海陆空三管齐下的方式，纷纷调到东北，试图在最短的时间内，牢牢控制东三省。很快，国民党精锐部队便占领了辽宁、吉林一带所有的大城市以及战略要地，但在像哈尔滨以南的所谓哈南地区和白山黑水之间广大的农村，却无力或无意增派重兵，只靠网罗伪满洲国留下的一些残兵散勇，改头换面成为了国民党的地方武装，苟延残喘。这正好给共产党留下了建立根据地，发动群众、武装群众的空间。

连二红旗正是处在这样的环境之中。

日本无条件投降之后，正黄旗有一个叫于焕章的人，原本是伪满洲国国兵里的一个上校团长，在满洲国垮台的混乱之际，逃脱被缴械的命运，来到拉林一带，声称代表国民党，要接收这一带政府权力，并串连起当年为日本鬼子和满洲国效力的铁杆汉奸，以及在当地罪大恶极、有命案、有民愤的地主恶霸，要求他们看清形势，马上站到国民党这一边来。至于以前那些为满洲国效忠之经历，全可一笔勾销，全都可以网开一面。

当何满申带着唐六等五六个狗腿子，从连二红旗逃出后，完全没有目标，惶惶如丧家之犬，先是到了阿城，没有找到落脚之地，又转到拉林，走投无路之时，有人向他引见了于焕章。

一旦和于焕章接上了头，何满申如同捞到了一根救命稻草，当即又看到了希望，如同一头被人打瞎了眼的野狼，瞬间又睁开了仇恨的双眼，张开了血盆大口。

于焕章先是给他灌输了有关国军已经取代日本人和满洲国皇帝，成为了东北新主人的"大好局面"。他要求何满申，今后要像当年效忠日本"皇军"和满洲国皇上一样，效忠党国，并配合国军，扫清共产党势力，控制住那些阴谋跟着共产党跑的穷鬼。总之，以前怎么干的，今后还照样干，而且党国和国军也会像当年满洲国皇上和日本"皇军"一样，不仅不会亏待弟兄们，还会不断地给升官和发财的机会。机不可失，时不再来！

听了于焕章的一番"教导"，何满申当时就恨不能给他当场跪下磕一百个响头。

于焕章给何满申第一个指令，就是让他当晚就回连二红旗去，十天之内在原"爱本村"的地盘上组织二百人的队伍，武器由于焕章随时提供。

何满申热血沸腾，当即把胸膛拍得梆梆响，说："于长官放心，不就两百人吗？没有问题！"

于焕章大喜，拍着他的肩膀，说："当年威震一方的何大村长，真是名不虚传啊！用以前'皇军'的话讲，你，大大的！"

何满申当即又提出："请问于长官，仅限两百人吗？可不可以超过，例如三百人或更多，武器会有保障吗？"

听他这么说，于焕章简直惊喜万状，紧紧握住他的手，说："真兄弟也！如果你能拉出两百人以上的队伍，当然是越多越好，不仅武器不成问题，而且你就是党国的有功之臣！不久的将来，你就会是响当当的师长、旅长了！那可比你以前当个什么村长，强上一百倍、一千倍！不可同日而语，不可同日而语啊！"

如果说开始是于焕章在忽悠何满申，到这个时候却成了何满申忽悠于焕章了。

当晚，何满申辞别了于焕章，为了缩小目标，连夜只身赶回到连二红旗。他先偷偷摸摸地在村里转了一圈，整个村子安静得出乎他的想象，而且一切好像也没有什么太大的变化。不过，当他来到村公所，看到里里外外空空荡荡的景象，还真让他不由想起先前自己在这里耀武扬威、吆五喝六的情景，不禁恨上心来，伸出一脚，把被踩断的"爱本村村公所"的牌子踢出两丈开外。

何满申在连二红旗转了一大圈后，最后出现在了那连禄家的大门口。自从那次日本人到连二红旗后，何满申一度感到那连禄多多少少地有意疏远了自己，但毕竟他何满申还在台上，还大权在握，两人并没有彻底撕破脸皮。当时，那连禄虽然对何满申一肚子不满意，可也是别无选择，离开何满申，再没有他可投靠的人了。否则两人早闹掰了。这样面和心不和的状态，一直维持到得知日本投降的那一天。那天，何满申匆匆离开了村公所，走之前并没有和那连禄通报一声，那连禄也没有问他究竟要去哪里，就这样不欢而散了。到了今天，当何满申要遵照于焕章的命令，组织人马再立山头时，他首先想到的还是那连禄。

那天晚上郎青山三位同学来到那连禄家大门口，张贴日本投降的消息时，听不到院子里有什么动静，以为那连禄早像何满申一样溜之大吉了。

其实，郎青山他们完全估计错了。当时那连禄就躲在家里，吓得大气不敢出一声。他不是没有来得及跑，更不是不想跑，而是他根本没有地方跑。不仅当时没有跑，已经过去半个月了，他仍然躲家里，半步也没有离开。

那连禄的家也早和从前不一样了。家里已经没有多少人了，那四个被日本人玩过的女人，之后陆陆续续被他赶出了家门，是死是活他都不用管了。后来何满申也主动提出过，让他再找别的女人，也帮他张罗了几个。一是他没有相中，二是这样的女人如果往家里娶，根据以前的教训，动静太大，花费太高，不划算，玩过以后，一个也没有往家里娶。以后，何满申每次去阿城或拉林逛窑子，都带上他，去了几次，他才发觉这样也很好，裤子一提就此了断，快活也快活了，花费不高，还不留什么尾巴，少了很多的麻烦。至于一心想给那家留个后人的事，以后慢慢再说吧。

就这样，一直拖到了今天，家里除了几个用人之外，再没有什么人在身边了。

不过，这些天他虽然没有出门，也不是没有事情干。头几天他是很着急，像热锅上的蚂蚁，坐卧不宁。两天后，他想到往后很可能凶多吉少，再想不到还有什么人可以投靠了，但家里还有些东西，该藏的还是要藏起来，特别是前些年他家老三那连祯，从哈尔滨给拉回来的东西，光金砖都还有不少，两辈子都花不完。这也是他今后最能指望的东西了。于是他带着两个用人，彻夜在院子四个角里挖好四个地窖。他知道，不能埋在一起，分散埋才更安全。等把这些全处理好了。一天深夜，有人来敲门了。

半个月了，凡是听到大门外有什么动静，哪怕是风吹草动，他都会心惊肉跳。好在，还没有什么人光顾过。这次，这么晚了了，有人敲门，确实把他吓得胆战心惊。他趴在门口，听了一会，确实有人敲门，又确认外面并没有很多的人，心放下了一半。再仔细听一听，听到了何满申压低嗓门的叫声：

"兄弟，兄弟，开门，是我呀！"

确实是何满申的声音，那连禄这时把心全放下了。他马上把门轻轻地打开一条缝，让何满申斜着身子挤了进来。

何满申一进门就一把紧紧地抱住那连禄，说："兄弟，我好想你呀！"

那连禄这时却像根木头，完全没有何满申的热情，冷冷地说："想我？我如今已经成落水狗了，你还想我？"

何满申拍拍那连禄的后背，收回紧抱的胳膊，说："什么落水狗，兄弟你怎么能这么想呢？连二红旗的天不仅没有塌，而且往后还是你那爷说了算！好了，咱们进屋去，听我给你慢慢道来。"

那连禄把大门重新插好，然后两人进了正屋。一进屋，何满申说："怎么不点灯呢？快点上，点亮一些！"

那连禄说："世道变成了如今这个样子，不怕哥你笑话，我已经十多天不敢点灯了。"

那连禄以前叫何满申是何爷的，现在也改称哥了。何满申当然不会为这事和他计较，而且他称那连禄兄弟在先。

何满申说:"兄弟,我前面不是给你说了吗?连二红旗的天没有塌,咱东北的天也没有塌。虽然说日本人走了,满洲国也不再兴了,这又怎么样呢?作为我们来说,就等于换件外套罢了。往后我们可以投靠党国呀!我们投靠国军呀!我先把话给你说到这,你先把灯点上,最好弄壶酒,咱兄弟边喝边聊。"

那连禄亲自把灯点上,又让人把酒拿来再去弄两个菜,然后说:"我可是好多天没有闻过酒是什么味了呀。"

酒菜上齐了,何满申举酒杯,说:"兄弟,先干了这一杯!"两人喝下这杯以后,何满申继续说:"兄弟,不是说你,你太悲观了!一个人躲在家里,外面什么事你一概不知道,这样下去怎么行呢?常言说,天无绝人之路。还有人说,有奶便是娘。谁给咱奶喝,咱就叫谁娘。蒋委员长早就下令了,大批的国军,已经接手日本'皇军'在东北的所有地盘。以后,说句实在话,蒋委员长就是咱的娘,国军就是咱的爹!"

那连禄有些半信半疑,问:"那咱到哪去见蒋委员长呀?"

何满申又喝下一杯酒,说:"放心吧,兄弟,就在你一天到晚躲在家里的时候,你哥我可没有闲着。我现在已经接到国军长官的任命,要枪给枪要钱给钱,要我马上组织起一支咱们自己的队伍。有了这等好事,我第一个想起的就是兄弟你。不管将来我当多大的头,你就是我的得力助手,我要是当上了旅长,你那连禄起码就得是个团长;我要是当上了师长,你那连禄最小也得是个旅长。你说,咱们有什么可怕的?好日子还长着呢!"

一席话加上半壶酒,那连禄心中又燃起一股火苗,越烧越旺。他对何满申又一改先前的称呼,说:"何爷,蒋委员长他不认识我,我也不认识他。现在,我就只认你,何爷!你就是我的爹,你就是我的娘!今后,怎么干,只要你何爷发了话,我还像以往一样,鞍前马后,肝脑涂地!"

何满申又举起酒杯,说:"哎,兄弟,这就对了!干!"

这两个人,正应了"狼狈为奸"那句话。他们喝酒喝到天亮,之后何满申并没有马上离开那连禄的家。一连三天,把原"爱本村"管辖的地盘上,哪些人可以发展,哪些人可以利用,一一理了出来。像以前在"爱本村"村公所跟着他们一起干过的人，包括警察所警察分局的人，再加上一些地主恶霸、地痞流氓、二流子等，有四五十人，全列到了他们的名单上。

三天以后，何满申与那连禄分头去四处网罗，最后，能够组织起来的只有三十多人。

虽然没有达到何满申曾向于焕章吹牛说的三五百人，可于焕章不仅没有怪罪何满申，还狠狠地鼓励他一番，让他们打出"拉林地区第三分区大排队"的旗帜，并送给他们一批从日本人那里接收的武器和服装。到此，何满申与那连禄亲手建立起的这支反动武装，在连二红旗一带的乡村，又开始东游西窜，耀武扬威起来。俨然他们又成了这块土地上的主子。

同时，在于焕章的策动下，像何满申这样的"大排队"，在拉林及阿城一带，先后相继建立起了八支。

何满申兴奋地对那连禄说："看看吧，兄弟，咱们要当师长旅长的目标，很快就会实现了！"

7

1945年10月22日，也就是在连二红旗中心小学白老师他们得知日本投降的消息两个多月后，东北民主联军哈南军分区司令员王奎先、政委林诚率军分区独立第六团、第七团、第八团主力，先接收双城之后，又接连接收了阿城和拉林地区，为建立巩固的北满根据地，打下了坚实的群众基础。

1946年1月，中共东北局在拉林设立双东区联合办事处。

按照新的行政区划，连二红旗村和原来的"爱本村"属下的三十六个自然村，全属拉林双东区联合办事处管辖，连二红旗村单独设了一个行政村。

小秋叔叔被任命为拉林联合办事处主要负责人之一。白老师仍为中共连二红旗村党支部书记，我哥为连二红旗村村长。但因为以何满申为首的反动武装"大排队"仍然没有被消灭，经常出没在周边村庄，杀人放火，打家劫舍，实施破坏，所以小秋叔叔指示白老师和我哥，要求他们的活动，依然限于在地下展开，暂时还不能在群众中公开露面。

11月21日，哈南军分区独立第七团第一营，在连二红旗西北十多里的牛家屯，与于焕章纠集的"大排队"交战一个多小时，于焕章等败退至阿城北四十多里处的周家窝棚。

一个月后，已经进入了隆冬季节，在阿城郊外，发生了民主联军后勤分队的一部分军粮、被服被劫事件。经过侦察，这事是于焕章手下一个叫赵亚东为首的赵家屯正黄"大排队"所为。于是，没过几天，哈南军分区一部主力，很快把赵亚东和何满申两个"大排队"，将近一百人的武装，包围在了离连二红旗只有十华里的田家窝棚，何满申和那连禄、唐六及该"大排队"部分人马侥幸逃脱，赵亚东的"大排队"被全部解决，赵亚东当场毙命。

赵亚东死得很难看，子弹直接打中头部，整个脑袋大开花。

据说，战斗结束的当天夜里，当年在"爱本村"恶贯满盈的"南霸天"陈子新伙同那连禄，受何满申之命，偷偷赶到田家窝棚，先是拿件衣服把赵亚东被打烂的脑袋给盖上。第二天夜里又赶过去，草草把尸体掩埋了。

这事，后来在连二红旗公审陈子新和那连禄时，他们二人都供认不讳。这是后话。

也就是这一仗后，连二红旗及周边的地界上，平和了很多，人们再也不用提心吊胆地过日子了。白老师和我哥的工作，也逐渐开始走向半公开。

1946年初的一天晚上，东红旗张子元结婚。半个东红旗村的成年男人们，集中在张子元家喝酒、闹洞房。热闹之时，有人突然传来一个足以把人往死里吓的消息：一队全副武装的人马正朝东红旗方向开来，有人在柳树林的高冈上望见了，离连二红旗不到两里地，说到马上就会到。

听到这个消息，大家首先想到的是何满申的"大排队"来了。张子元家顿时乱了套，人们争相朝屋外挤去，生怕慢一步就会丢了性命似的。因为谁都明白，何满申这时候带队伍进村，必定会大开杀戒，恐怕谁都跑不了，凶多吉少啊。

正当人们纷纷四处躲避时，张子元的哥哥、年近四十但还一直没有娶过媳妇的张义，堵在门口朝大家喊道："不要跑啊！不要跑啊！大家接着喝酒啊！"

这两天，张义为弟弟娶亲忙前忙后，高兴得如同自己娶媳妇似的。可是突然间，屋里乱作这个样子，张义急得火上房似的。可是凭他一个人在那瞎喊，无法拦住众人。

这时"傻砖"不知从哪里冒出来了，怀里还是揣着半截砖头，和张义一起招呼大家，说："别跑了！都走了，走了！"

有人问他："谁走了？"

"傻砖"一脸正经地说："当兵的。当兵的走了。"

人群中有人说："一个傻瓜说的话，还能信！"说罢，大家还是一个劲地往外拥去。

正在张义和张子元兄弟二人无可奈何时，往外跑的人，又都停下了脚步。原来新的确切的消息是：刚才过的队伍，根本不是何满申手下的人。何满申的"大排队"，扛的家伙长短不齐，穿的衣服也五花八门。刚才过的队伍，完全不是那回事，一看就知道是训练有素，军容严整的正规军。而且他们只是从村里经过，并没有停下来，一直朝正西方向开去了。

这么一说，惊慌的人们才稍稍安定了下来。但经过这么虚惊一场，谁还有喝酒闹洞房的兴致呢？

又过个了大半个时辰，人们听到从正西方向传来激烈的枪声。连二红旗的乡亲们躲在屋里都能听得清清楚楚。多少人把心提到了嗓子眼，彻夜未眠啊。

第二天清晨，消息传到连二红旗，村里人这才真正把一直提着的心放了下来。

据可靠消息，原来昨天晚上过的部队是民主联军，半夜响起的枪声，是民主联军与何满申的"大排队"在交火。何满申那些临时拼凑起来的反动武装，全是些乌合之众，哪里会是民主联军的对手？两方面的人马一接上火，"大排队"很快就招架不住，个个丢下手中的长枪短枪，有的举手投降，有的四散逃窜，正像说书人说的，只恨爹娘少给生了一条腿。

这一仗，拉林一带"大排队"的总头目于焕章被当场击毙。遗憾的是，这次又让何满申与那连禄和唐六几个人侥幸逃脱了。

和这一消息同时传到连二红旗乡亲们耳中的，还有一个更令人兴奋但却难以置信的特大新闻：

指挥这次围歼何满申"大排队"的不是别人，正是我们连二红旗的关高粱！

这回，第一个喊出我爹名字的竟然是"傻砖"。

他一大早从东红旗跑到西红旗，又从西红旗跑到东红旗，边跑边喊："关高粱！关高粱！"碰见人了还向人家竖起大拇指。

我爹的名字，在连二红旗年纪大些的人中或许并不陌生，但很多年纪轻的并不一定很清楚。从我爹带着我娘第一次从连二红旗逃出，多少年了？我哥都二十岁了！中间虽然带我们回来过一次，把我娘和我们兄弟俩安置好后，几天时间，匆匆地就走了。这一走又是十多年。其间在村里也有不少有关他的传闻，说他当了"胡子"的有，更多的人知道他是在满洲国的国兵里当上团副。前两年还有人说，我爹在满洲国当了保安旅长。传闻毕竟是传闻，真正知道实情的人并不多。想想看，连坐镇"爱本村"十几年的何满申，都不摸我爹的真实底细，更何况普通老百姓了。

至于"傻砖"更不用说了，按理说他根本没有见过我爹。

所以，听到"傻砖"在一遍遍地高喊我爹名字的时候，有人拦住他问道："傻子，一大清早的，你老喊关高粱干什么？""你认识他吗？""关高粱在哪？""关高粱怎么了？"

对于人们的纷纷追问，"傻砖"一副爱理不理的样子，但口中却有了新的词："开心开心真开心，关高粱打败何满申！长枪短枪突突突，关高粱打败那连禄！"

当"傻砖"在连接东红旗和西红旗的那条大路上来回地跑了几趟以后，好像他突然又想到了什么，撒腿跑到了我家的小院外面，继续喊："开心开心真开心，关高粱打败何满申！长枪短枪突突突，关高粱打败那连禄！"

因为正是隆冬，天很冷，我还在被窝里没有起来，娘对我说："你听听,外边好像有人喊你爸的名字呢。"

我仔细听了听,说:"又是'傻砖'在那瞎吆喝哩。"

娘竖起耳朵听了听,说:"可不吗,真是他。他一大早喊你爹的名字干啥呢?"

我不假思索地说:"村里人都叫他'傻砖',他傻呗!"

娘听我这么说,认真了起来,说:"人家怎么说他,我们可不能够这么说。叫我看他并不像人家说的那么傻。有时我觉得,他比连二红旗的好些人都聪明着哩。天英你记住了,以后不能再不分场合地这么叫他'傻砖'了。"

我却大不以为然,对娘说:"大家都这么当面叫他,也没有见他和谁生过气呀。"

娘说:"人家怎么叫咱管不着,可咱不能当他的面这么叫。连人家折家二掌柜的都让他三分,咱怎么能瞧不起他呢。按辈分来排,你还应该叫他叔叔哩。"

我答应着娘,穿好衣服正要出去看看"傻砖"怎么回事呢,我哥推门回来了。

我哥自从日本投降后与小秋叔叔一起回到连二红旗村,就再没有走。这也是名义上的,其实他也没有多少时间待在家里,整天在外面忙,有时几天见不到人影,用娘的话说,"你哥就是个狗撑不上、鹰抓不住的人"。娘这话当然是开玩笑的,因我和娘都知道,我哥和小秋叔叔,还有白老师一样,他们都是在忙大事,而且还是不能让别人知道的大事。所以我和娘也从来没有向他打听过什么,只是暗暗地为他担心。

这一次他又是好几天没有让我和娘见到了,可没有想到,一大清早却神不知鬼不觉地回来了。

我哥一进门,娘先是别的没有说,便问他:"你刚才在外面碰到那个'傻砖'没有?他一大早就在那不停地喊你爹的名字,不知是个啥意思。"

看得出我哥这时异常兴奋,说:"我咋没有听见?全听见了。'傻砖'喊得没有错,是我爸回来了!"

我哥一句话,差一点没有把娘高兴晕过去。她立即去开门,并急切地问我哥："你爸回来了？他人呢？"

我哥说："妈，你别着急嘛！我爸可能晚上才能到家里来。不过，刚才你们都听到了，'傻砖'吆喝得没有错。"这时他模仿'傻砖'的口气，说，"开心开心真开心，关高粱打败何满申！长枪短枪突突突，关高粱打败那连禄！"

原来我哥在昨天夜里就跟着我爹的部队，参加了围歼何满申"大排队"的战斗。战斗地点就在原南区的范家窝棚。我哥也不是一个人去的，还带了十几个连二红旗的青壮年，都是他最近一些日子发展的民兵骨干。战斗结束后，虽然让何满申和那连禄、唐六跑了，可是缴获了一批枪支弹药。

战斗结束后，我哥才看到小秋叔叔也和我爹在一起。小秋叔叔和我爹商量了一下，然后告诉我哥，让我哥和连二红旗来的人，把那些缴获的武器，全部带到连二红旗去。结果，我哥带的那十几个人，每个人肩上背了好几杆枪回来。

临走前，我爹在集合部队，小秋叔叔对我哥说，他和我爹还有任务，这两天他们仍不能回连二红旗。另外小秋叔叔还交代我哥说，何满申和那连禄虽然漏网了，但他们的"大排队"已经被全部打垮，再没有什么力量祸害乡亲们了。小秋叔叔还说，现在你们手里也有枪了，就是来个三五个甚至是十个八个，你们也完全有能力消灭他们。所以，你们回到村里，可以公开地活动了。先把连二红旗村农民协会的牌子在原来的村公所那里挂出来，武装民兵连也要正规地建立起来，按原来定好的班排建制，抓紧时间训练，起码要大家尽快掌握基本的射击要领，随时准备投入战斗。

我哥他们回到村里时，天都快亮了。

听了我哥的介绍，我娘长长地出了一口气，说："我们终于盼到这一天了！"

我哥说："从今以后，连二红旗就是咱穷人的天下了，咱们干什么事也再不用躲着藏着了！"

我们娘儿仨说话间，娘已经把简单的早餐准备好了，可是没有等我们吃完，院里已经来了好几个人，都是找我哥的。有他们原先说的"高粱地里的农民协会"三人小组：会长富才臣叔叔、副会长张树森叔叔和骨干何文秀叔叔，另外还有几个民兵，个个肩上挎着枪，人人精神抖擞。

我哥说："我要去和他们一起忙了。"

我抢着说："哥，我也去！"

没有等我哥答应，娘说："你去干什么？不上学了？"

我说："前几天就放假了，妈，你忘记了？"

我哥说："妈，让天英去看看也好，反正他在家也没有什么事。"

听哥这么一说，我把嘴一抹就要往外跑，这时我哥又把我叫住了，说："天英，你等等。我看让咱妈也和你一块去吧。"

我娘愣了，问："天志，你说是我？"

我哥笑着说："是呀，妈，我们的农民协会，还有民兵连，今天都要正式挂牌了，你不想亲眼看看吗？"

8

我和娘一起从家里出来，走在去西红旗的那条大路上。

明晃晃的太阳从我们背后升起来，照在身上，暖和和的，很舒服。放眼望去，积着厚厚白雪的连二红旗，就像是一个充满神秘的童话世界，一栋栋低矮的房屋、一排排伸展着光秃的枝杈的杨柳、结冰的道路和两个大坑、围着木栅的一个个小院，还有远处一眼望不尽的原野，在阳光的照射下，反射出耀眼的光亮，仿佛一切都这么透明，那么纯洁，那么的令人心旷神怡。

看得出，我娘的心情特别好。因为，今天，是我们家的大喜日子，也是连二红旗所有穷苦农民的好日子。这一点，我娘比我更深有体会。眼前的一切景象，对于她，是熟悉的，但更是陌生的。不难想到，自从二十年前我娘被我爹牵着一头毛驴接到连二红旗，几乎还没有认认真真地看上一眼连二红旗是个什么模样，便和我爹一起远走他乡了。十年后重返连二红旗，先是在关帝庙里住了三天，之后虽然有了个安身的窝，却怕无端生事，她长年累月地深居简出，很少这样大摇大摆地在村里走动，更是从没有迈进西红旗半步。

二十多年了，像今天这样，第一次不再担惊受怕，第一次不再提心吊胆，第一次心中充满喜悦，第一次脸上挂着笑容地出现在人们面前，走在通往西红旗的路上，对我娘来说，意味着什么，那可是一两句话说不清道不明的了。

我没有想到，我和娘刚走到去西红旗那条斜大路上，就看到白老师也来到了大路的那头，很远就朝我们招手。后来才知道，是先来的我哥告诉她的，所以，听说我娘也要来，她马上放下手中的工作专门来等我娘的。

以前在连二红旗村民的印象中，白老师的形象是亲切、优雅，甚至是有点弱不禁风，可今天的打扮，不仅完全出乎我的想象，恐怕村里人谁见到她，都会大吃一惊。只见她一身灰色的军装，笔挺、潇洒，腰里紧紧扎着的武装带，把本来柔软苗条的身段，变得刚健、干练，少了许多女人味，却多了不少阳刚之气。特别是她肩上挂着盒子枪，更是显得英姿飒爽。

如果说，以前我看白老师就是一朵出水芙蓉，娇艳中含着清纯，那么现在再看她，就像是一株冰天雪地里傲然挺立的梅花，热切的目光中透着坚强，浑身处处充满着力量。

望着眼前的白老师，我简直不相信自己的眼睛了。

娘一定和我的感觉一样。她两眼直直地盯着白老师，说：

"大妹子，你把自己打扮成这个样子，嫂子我都不敢认了。"

白老师笑着说："没有吓着嫂子吧？"

娘说："那倒不至于。我问你，你背的那是真枪吗？"

"当然是真枪。"白老师笑着说，然后把手枪从枪套里取出来，很熟练地做起装子弹、拉枪栓的动作，接着把枪举到眼前，观察了一下四周，最后眯上一只眼，瞄准了大坑边上那棵老柳树杈的老鸹窝。吓得我娘赶紧把两只耳朵捂起来，喊道：

"大妹子，别开枪！"

白老师听娘这么喊，把枪收了起来，说："嫂子，你放心，我只是摆弄一下让你看看。每一粒子弹都是很珍贵的，我不会随便开枪的。"等她把枪装好后，又说，"嫂子，以前没有告诉过你，我来咱连二红旗之前，好几年我都是穿这样的衣服,而且一天到晚枪不离手的。"

听了白老师这番话,我和我娘的眼睛瞪得更大了。

其实,不仅白老师今天的装束让我娘眼前一亮,出了东红旗,眼前的一切,对我娘来说都是无比新鲜的。不难想象,十几年,第一次踏进西红旗的地界,娘该有多少感叹啊。

白老师陪着我们一起,先是来到了原来的村公所。

村公所,这个名字,我娘听起来或许并不陌生。可是,这里以前究竟是个什么样的地方,她却一无所知。她无法想象这里曾是何满申和那连禄们的天堂,曾是老百姓闻之发抖的魔窟,这里曾是点活人天灯、活剥人皮等一桩桩一件件骇人听闻的罪恶源头啊!

如今这里的一切,已经发生了翻天覆地的变化。大门口现在已经挂上了"连二红旗农民协会"的牌子,佟有贵、富才臣、张树森和农会的一群骨干们,张罗着正在院里忙着搞卫生,看到我们来了,大家纷纷跑上前来打招呼。

"嫂子来了!嫂子来了!"一片热情的呼唤声,把我娘叫得直掉眼泪。

接着,白老师又带我们到对面的中心小学。一进大门,就看到操场上,我哥正带着一队有三十多人的民兵,在操枪训练。

我们远远地看了一会,白老师说:"咱们走近去看吧。"

我娘说:"那不好吧?会打扰到他们的。"

白老师说:"没关系的。"

白老师话音刚落,我看到我哥朝队列里说了句什么,队伍马上解散了,我哥朝我们跑了过来,他身后还有何文秀和好几个民兵,老远就和我娘打招呼。有的叫我娘"婶",有的叫"大娘"。不用说,这些民兵,他们都比我哥年龄还小,有两个看样子比我也大不了多少,可是个个却显得十分精神。

我娘这时又对白老师说:"咱们快走吧。要不然就耽误孩子们的正事了。"

在娘一再催促下,我们离开操场,然后又在白老师的带领下,在学校里转了转。眼前的一切,对我是司空见惯,可是对娘来说,什么都是新鲜的。她还特别提出要看看我平时上学的教室，还在我的座位上坐了坐，这才心满意足地说："咱们走吧。大妹子，你也别老陪着我们了，你忙你的大事吧。"

最让我娘有了改天换地感觉的是，当天下午，我爹回来了。

我爹是带着部队回到连二红旗村的。

部队只来了一个连，住在折家大院里。就是几年前日本人来时住的地方，可是情况却完全不同了。那时日本住进来后，三步一哨五步一岗，不准老百姓靠近。我爹他们来后，一百多人放下背包和手中的武器，便是打扫卫生。没有到天黑，那么大个折家大院，清理得干干净净。随即乡亲们三五成群地拥了进来，围着战士们问这问那，就像是一家人一样。

虽然，来的这些人中间，除了我爹之外，并没有连二红旗的子弟，但不少是十里八乡屯子的人，所以说起话来，特别容易沟通。还有几个和连二红旗有亲戚关系的，闻讯后那些沾亲带故的人，拖家带口地赶来，院里院外，好不热闹。

最热闹的还是我们家。

白老师和我哥，还有农民协会的那些人，在折家大院把部队都安顿好后，他们才陪着我爹回家。

十三岁的我，虽然经常在梦里见到过我爹，此时此刻，当他站我面前时，完全是个陌生人。爹好像比和我想象中的样子还要高大威猛，还要和蔼可亲！

爹的力气很大。他一把把我抱住，然后举过头顶，并原地转起圈来，吓得我娘在一旁大叫起来：

"快放下，快放下！别转晕了！"

不一会，连二红旗的乡亲们闻讯，纷纷赶来看望，把我家小院挤得水泄不通。我爹让我娘摆上桌椅板凳，并倒上酒，还略弄了两个菜让大家能坐的坐下，没有地方坐的只好站着。我娘喜气洋洋，满面春风，忙前忙后地，一遍遍地劝大家喝酒。这热闹的场面，让人们不由自主地想到了二十多年前，我爹迎娶我娘那天的情景。特别是白老师这时的一句话，更是让在场的许多人触景生情。

白老师说："嫂子，大哥回来了，看把你高兴的，就像是刚过门的新媳妇似的。"

白老师是说者无意，因为她哪里知道二十年前我娘被我爹娶进门的那一幕啊？可是，我娘却是听到心里去了。二十年前那大喜转大悲的一幕，对她来说多么地刻骨铭心，一生一世也不会忘记啊！所以听了白老师这句话，我娘马上收去了脸上的笑容，接着是泪流满面，随即觉得天旋地转，手里的酒壶掉在了地上，整个人眼看就要一头栽下去，被白老师上前一步紧紧地抱住。

白老师不知道发生了什么事，吓得没有了主意，不停地喊着："嫂子，嫂子，你怎么了？你怎么了？"

这时我爹马上走过来，把我娘扶稳，在她耳边呼唤了两声："麦子，麦子！"我娘站稳以后，慢慢睁开眼睛，接着一头扎进了我爹的怀里，号啕大哭起来。

我娘哭得撕心裂肺，让在场的乡亲们无不动容，个个跟着一起落泪。也有人上前来劝我娘，说："天志他妈，别难过了，现在咱们穷人不是翻身了吗？和当年不一样了！"也有人说："你看看，高粱回来了，你们一家四口也团聚了，该笑才是呀！"

白老师开始并不知道，为什么自己一句话让我娘那么大的反应，当有人简短地向她介绍了当年我爹我娘结婚时，那连禄上门，抢走我姑姑，打死我奶奶，气死我爷爷的事情，白老师这才彻底明白。于是她又走到我娘跟前，说："嫂子，现在连二红旗的天，是我们穷人的天，连二红旗的地，是我们穷人的地，再不用担心有人欺负咱们了！"到这里，她转向周围的人群，继续说："你们知道这是因为什么吗？"说着她下意识地拍了拍挎在腰间的手枪，说，"因为我们也有了枪！有了高粱大哥带领的我们自己的队伍！前天，何满申与那连禄的人，大部分已经被高粱大哥他们消灭了！虽然那两个罪大恶极的坏蛋暂时逃脱了，那也是躲过了初一躲不过十五，就像是秋后的蚂蚱，蹦跶不了几天了！让他们偿还血债的日子不远了！"

白老师的一番话，引起乡亲们一阵热烈的掌声。我娘也完全恢复了先前的情绪。她拉着白老师的手说："大妹子，我们盼这一天，已经盼了二十年了！"

我爹和他带的部队，只在连二红旗住了一天。

这一天，我爹带领我娘和我哥，加上我，一家四口人，首先去了我爷爷和奶奶的坟头。

一切程序都是按照连二红旗老百姓的祭祀规矩，从家里带上必需的供品。这些供品都是我娘头天晚上提前准备好了的。到了我爷爷奶奶坟前，我爹亲手把供品一一摆好后，双膝跪地，焚香磕头，说了一句："爹、娘，别怪儿子不孝，没有经常来看望两位老人家。今天我和麦子，还有你们的孙儿天志和天英，都来了……"

话只说到这里，我爹泣不成声。

我娘又像昨天晚上一样，等我爹把供品刚摆好，她不是跪下，而是全身扑在了我爷爷奶奶的坟上，放声大哭起来。

我和我哥分别跪在我爹和我娘的两边，只知道和他们一起流泪，至于别的，我哥好像不是太懂，我也更加不懂了。

从我爷爷奶奶坟地回来以后，我爹和我娘又带我和我哥去了我姥姥、姥爷当年的老家田家窝棚。

后来我才知道，每年我娘都会悄悄地来姥姥家田家窝棚几趟，什么也不做，只是看一眼，也从来没有带过我。我们到后，看到的正像我娘去之前说的一样，我姥姥家早就什么也没有了，老房子的地方是一片荒凉的废墟。

我爹就在废墟边上简单清理出一片地方，把供品摆上，一家四口跪在那里焚香磕头。

我娘或许是在我爷爷奶奶坟前把眼泪哭完了，来到我姥姥家这边，她只跟着我爹默默地做着一切，一滴眼泪都没有掉。等四个人都磕过头起身之后，搂着我和我哥说了一句话：

"天志，天英，记住，这里就是姥姥和姥爷的家，也是你妈长了十八岁的地方。今后不管到了啥时候，也不管我们家过到什么样子，你们每年都要抽时间来这里看看。"

听了我娘的这句话，我"哇"的一声扑在她的怀里大哭起来。我哥见我哭了，紧紧地抱着娘，泪流满面，但没有像我这样哭出声来，后来还是说了一句："妈，孩儿记住了。"

一旁的我爹啥话也没有说，只是默默地站在那里。我想，爹一定也在流泪。只是，他的泪是流在了心里。

我爹明天就要带部队离开连二红旗了。走之前的这个晚上，我爹和白老师一起，召开了一次连二红旗地下党员、骨干、农民协会领导及积极分子以及武装民兵连参加的大会。因为人多，会议是在中心小学操场上开的。会议最后，我爹代表部队，给连二红旗武装民兵连赠送了十条新枪。会后还再三嘱咐我哥，越是这个时候，越要提高警惕，严防何满申、那连禄等人做垂死挣扎，偷袭连二红旗，危害我们刚刚建立起来的新生政权。

9

白老师说得没有错，何满申、那连禄就是秋后的蚂蚱，真的没有再蹦跶几天。

三天后的那个晚上，月黑风高。

我爹带一个连，包围了拉林一栋民居。

据可靠消息，何满申和那连禄、唐六几个人，惶惶如丧家之犬，正躲在那里，密谋做最后的反扑。

我爹把大部分人都布置在外围，只带了一个班悄悄摸到了院子里。屋里没有点灯，院子里漆黑一片。我爹轻轻潜到窗口边，隐约可以听到屋里人的说话声。声音压得很低，模模糊糊听到他们是在商量下一步的去向和行动计划。

有一个人说："完了，完了，彻底完了！就咱们这几个鸟人几杆鸟枪，还有什么行动计划？让我看，不如明天就缴械投降，说不定还能留条活命。"

又有一个人说："你放屁，你以为投降了，他们会饶你不死？别做梦了，你当年犯下的那些人命，他们会善罢甘休？"

还有一个人说："现在是大难当头，为了避免被他们赶尽杀绝，不如明天就远走高飞，去长春，去沈阳，投奔国军大部队，说不定还能有卷土重来的机会。"

听到这里，我爹借助厚厚积雪返映的微弱光亮，看到一个身影从屋里走了出来了，他小心翼翼地把门打开条缝，但只走到门口，一条腿在门里一条腿在门外，站在那里往外嗞尿。

这个人正是何满申。

用"风声鹤唳，草木皆兵"来形容何满申等人此时的心境，再恰当不过了。

何满申的尿还只撒到一半，这时一阵风把房顶上的一团积雪刮了下来，正好砸到他的头上。何满申如惊弓之鸟，没有弄清怎么回事，也没有把尿尿完，提起裤子便想跑，边跑边胡乱放了一枪。屋里面的那连禄他们，听到枪声，知道大事不好，便从屋里冲了出来，朝四处仓皇逃窜。

我爹早把口袋扎得紧紧的了，跑是跑不了的。但是我爹已经提前告诉大家，不到万不得已，不要开枪，一定要全部抓活的！

前后只有十分钟不到的时间，而且只有何满申开始放那一枪，再没有听到枪声，可是六个人当场活捉到了五个。

跑掉的是那连禄。

后来有人说，当时之所以那连禄能再次逃脱，是因为我爹有意暂时放他一马。不为别的，我爹是想要在最适当的时候和最适当的地方，亲手把他给逮住。

听到这种说法，我爹表示否认。我爹说，不让大家开枪，这话他确实说过，但若说有意放那连禄一马，完全不合乎常理。虽然我爹确实是想亲手抓住那连禄，但是天很黑，从屋里出来的人是往不同方向跑的，根本看不清哪个是那连禄。

当战斗结束后，经辨认，被抓的人中唯独没有那连禄。我爹当时狠狠地说了一句话："让你跑吧，你今天无论如何也逃不脱我关高粱的手心了！"

我爹交代人把何满申还有当年所谓的"南霸天"陈子新、"北霸天"张亚杰，还有另外两个当年"爱本村"的狗腿子，五花大绑起来，好生看管，然后他带了两个人去追赶那连禄。

茫茫黑夜，茫茫雪原，那连禄单枪匹马，会跑向哪个方向？去哪里才能把他一举捕获？

别人不清楚，但我爹心中有数，而且十分自信。他果断地对两位战士说："走！我们去连二红旗！"

我爹断定那连禄会回到连二红旗，是因为他知道那连禄与何满申不同，除了连二红旗他的老窝，他无处可去。再说，他现在除了手里还有一把枪外，已经身无分文，要往更远的地方逃，也得先回家拿些值钱的东西才行啊。

我爹估计得十分准确。

那连禄黑暗中逃出包围后，像只被打蒙的独狼，在拉林城里毫无目标地转了一圈后，最后还是下决心要回连二红旗一趟。他知道，现在的连二红旗已经变天了，回去也是凶多吉少，可是，现在哪里还有他的藏身之地？起码他还挂念着他亲手埋下的那些金条金砖，真要像他们说的去长春、沈阳投奔国军，几百上千里路，在身上带两块金砖，也不至于饿死在半路上呀。

这里需要交代的是，当初那连禄跟着何满申离开连二红旗加入"大排队"时，他没有忘记从家里拿了几根金条揣在了怀里，为的是有备无患，给自己留条后路。可是在后来的日子里，何满申一天找他要一根，过几天又找他要一根，就这样一根一根地没有过多久，就全部被何满申给挤走完了，他那连禄根本一分钱也没有花到。不过，对此他无话可说，因为何满申也给他算过账，要招兵买马，要购置枪支弹药，这么伙人要吃要喝，钱从哪里来？特别是自从于焕章被打死以后，他们也就更是没有任何别的经费来源了。中间，他们也去打劫过几个屯子和几家地主老财，但因为世道不平和，财主们也不傻，早把值钱的东西转移或藏起来了，他们几乎没有什么收获。那么，大家要活下去，就全指望他怀里的金条了。

那连禄想回连二红旗一趟，被我爹猜个正着。他们这两个生死对头，在这个问题上可以说是不谋而合，完全想到了一个点子上。这就决定了他，那连禄，这个双手沾满连二红旗乡亲们鲜血的恶魔，离死期越来越近，命该绝在连二红旗。无疑，这也预示着，埋藏在我爹心中二十多年的血海深仇，二十多年啊！家破人亡的血海深仇啊，就要一朝洗雪了！

这正应了那句老话：不是不报，时候未到！时候一到，一定要报！必定会报！

说我爹料事如神，那是夸张。其实就在几天前，我爹就已经想到过，那连禄很有可能会在什么时候潜回连二红旗，这并非说明我爹早知道那连禄会回家取金条，而他凭直觉，连二红旗总有那连禄牵挂的东西。故土难离，这对好人坏人，都是一样的。所以，那天我爹离开连二红旗时，他在告诉我哥他们严防"大排队"随时可能来偷袭的同时，还特别交代说，要一天二十四小时在那连禄的家，里里外外和周边的大道小路，布设暗哨，安排足够的民兵，不间断地潜伏监视。一旦那连禄出现，便可实施抓捕。我爹也这么强调过，不到万不得已不要开枪，最好活捉！

对于我爹的嘱咐，我哥不敢有半点的疏忽大意。他带人到了那连禄早已空无一人的家里，里里外外查看得一清二楚，然后从大门到院子里，再到堂屋，设了三道岗。而在那连禄家的大门之外，到村里村外的几条小路上，也都有人把守。可以说是万无一失！只要他那连禄胆敢踏进连二红旗半步，就立即会被无数双明亮的眼睛死死盯住，同时，无数个乌黑的枪口，也就瞄准了他的脑袋！

在拉林城里活捉何满申等人之后，本来我爹是在后面追那连禄的，但由于那连禄在城里犹豫不决耽误了些时间，加上冲出包围的时候，又慌不择路，一脚踏空狠狠地摔了一跤，崴了脚。所以，我爹很快赶在他的前面，先一步到了连二红旗。

我爹和我哥碰面以后，简单问了一下我哥情况，我爹说："时间紧迫，你们的计划不变，各个位置上的民兵依旧原来的部署，严阵以待。"

说罢，我爹提着早已经上了膛的手枪，亲自把守在那连禄家大门内侧，就等那连禄出现了。

此时，狼狈不堪到了极点的那连禄，深一脚浅一脚地往连二红旗方向十分艰难地奔跑着。

本来天黑得就如同一口大黑锅扣在头顶，如果不是还有些雪地上反射出的微弱光亮，那真正是到了伸手不见五指的程度了。眼前根本看不见路，或者说是根本就没有路了，因为大雪早已经把所有的大路小道都覆盖得严严实实。好在他毕竟是土生土长的本地人，从拉林往连二红旗这条路上，他走了几十年了，少说他也走过上千趟了，早已熟记在胸。不夸张地说，就是把两只眼睛全闭起来，他最终也能摸回到连二红旗。

那连禄全是凭着记忆和不算太差的方向感，在雪地里艰难地跋涉着。之所以说艰难，不仅是因为月黑风高，也不仅是因为大雪掩盖了道路，而是心里无法驱赶和排除的恐惧和绝望。这与他以前在这条路上走了几十年走过上千遍时的心情，完全不能相提并论。他不会忘记以前走在这条路上，多么地耀武扬威！多么地风光无限！

有一次，他从拉林回连二红旗，路上碰到一个回娘家走亲戚的新媳妇。他挥舞着手里的枪，硬要把女的往高粱地里拖，新婚丈夫上前与他理论，他一枪打在了人家腿上，然后把女的摁在路边高粱地里，硬是给强奸了，随后提起裤子，扬长而去。

又有一次，他从连二红旗去拉林，路上一位老农赶着拉玉米的大车迎面走过来。路不是很宽，牛车挡在了路中央。本来他完全可以从牛车的一边侧身走过去的，可他偏不，非要人家把车赶到田里去，把路给他腾出来。老农再三向他哀求，说车很重，若往田里拉整个车会翻掉。他说，你的车翻不翻我不管，你挡了我的路就不中。说罢，往牛的后腿上就是一枪。牛中枪后，一使劲把车给翻在了路边。他看了，哈哈大笑，接着用枪指着老农说，这叫敬酒不吃吃罚酒，看你以后还敢不敢挡你那爷的路了！

还有一次，他和唐六带两个狗腿子，去"爱本村"南区区长陈子新那里喝酒，走的也是这条通向拉林的路。酒一直喝到天亮，回来时看到路边一片西瓜地，便停下来让种瓜的老人挑熟的切给他们吃。切了一个，他们每人咬了一口，说不甜，当即把整个瓜摔在了老人面前。接着，再让老人去地里挑。老人连切了十个，十个大西瓜啊，他们个个都是咬一口就摔。老人家心疼得直掉眼泪，不得不跪在他们面前，说，各位爷呀爷呀，你们高抬贵手吧，我们穷人家，就指望这些瓜活命了，实在伺候不起了呀。那连禄一听，破口大骂说，你他妈的一个老不死的东西！老子吃你一块瓜就把吃穷了吗？骂了后，好像还没有解气，又告诉那两个狗腿子说你们去，去把老东西的瓜秧给老子全拔了，让他穷就穷到底吧！

像上面这样的事，那连禄究竟干了多少，不光连二红旗，包括前些年"爱本村"三十六个自然村的老百姓，哪个人不是一数就是一大堆！就算是那连禄自己，也是不可能数得清楚的。用罪恶滔天和罄竹难书来形容，是最合适不过的了。

三十年河东，三十年河西。此刻命悬一线的那连禄，正如丧家之犬，落水之狗。路还是那条路，对他来说，却是到了穷途末路。想到当年的威风，想到眼前的绝境，他朝着迎面吹来的西北风，大声地号叫起来。连叫几声后，他却又担心被追赶他的人听到，只好趴在雪地里，抓起一把一把的雪，拼命地往嘴里塞。

在连二红旗，从来都是想让谁活谁就能活，想让谁死谁就得死的那连禄，现在也想到了死。他也想到过与其让别人点天灯活扒皮，真不如现在就死掉算了，像现在这样，趴在雪地里，永远不再站起来。想到这里，他突然觉得身下厚厚的积雪，没有那么冰冷了，甚至还能给他几丝的温暖。

如果真就这样，那连禄就不是那个杀人不眨眼的那连禄了。死的念头，充其量也就在他脑子里一闪而过。

他不甘心！他想到了，家里还埋着用不完的金银财宝！他又想到了，在长春，在沈阳，还有浩浩荡荡的国军可以投靠！他还想到了，有一天，还能骑着高头大马，带领一眼望不到边的国军队伍，呼啸着踏平连二红旗！

想到这里，那连禄的眼前似乎又燃起了一线希望之光。于是他咬咬牙，憋足一口气，使尽最后一丝力气，重新从雪地上摇摇晃晃地爬了起来，蹒跚着继续往连二红旗的方向走去……

那连禄赶回到连二红旗时，天已经蒙蒙亮了。

白雪覆盖的连二红旗村，还在沉睡。他第一眼看到的也是东红旗北面的那片柳树林。

不知为何，这时他却想起了几年前，在柳树林活剥北区孙承业时的情景，心中又陡升起一股寒意。他不禁在心里骂了一句自己：他妈的，什么时候了，咋还想到那个死鬼呢！

那连禄绕过东红旗西北角那座关帝庙，再沿着大坑北沿，悄悄地来到了西红旗。他一路走来，一直像个贼似的猫着腰，一步一回头地接近了自己家的院子。先是把身子紧贴着墙根，慢慢地移到了大门口。他没有忘记再往四周看看，没有发现任何异常，这才又把耳朵贴在门缝上，细细地听了听。当发觉院子里面也没有任何动静时，这才长长地出了口气，然后把身子站直，同时并没有忘记轻轻拍了拍肩上的雪花，轻轻跺跺脚上粘在鞋子上的雪，接着便像以前任何一次回家一样，从从容容地解开他走时绑在门环上的绳子，才用力推开了大门。

那天他与何满申离开家后，算起来已经过去一个多月了。在他走之前，家里已经就剩他一个人了。别的人，包括用人和长工，逃跑的逃跑，辞退的辞退，一个也没有留下。而且，他当时跟着何满申走的时候，自认为过不了几天，就会重新回来。何满申不是给他拍着胸脯许诺说，"过不了几天，连二红旗还是我们兄弟的天下"吗？哪里会想得到一走就是这么长的时间，而且连二红旗的天并没有变过来，才落得今天这个下场。还有，当初盖大门时，因为家里有好几个带枪的护院，每天任何时候都有人把守，所以只考虑到大门从里面上栓，根本没有想到也没有必要像别人家那样，还要从外面上锁。他走时发现这个问题但已经来不及了，把门关上以后，他只好临时找来一根绳子，把两个门环绑在了一起。这并不能防止有人进到他家的院子，一根绳子，什么人也不可能防得住，主要是防止风把门吹开，像猪呀羊呀还有野狗野猫什么的，窜到院子里祸害。

那连禄看清楚门环上系着的绳子，和他走时系的一模一样，连最后那道活扣都一样，这显然说明，并没有被人动过，他才更加放心了。当然，这也显然证明，自他走后这一个多月里，家里并有来过外人。于是，他活动活动冻僵的手指，把绳子慢慢地解下来扔在一边，再稍用点力，用两只手把两扇大门轻轻向里推开。

随着大门"吱"的一声，那连禄向前一步，跨了进去。

正是那连禄一脚门里一脚门外之时，突然双腿被狠狠地绊了一下，让他整个身子重重地向前趴去。标准的狗吃屎的姿势，把两个门牙当即就给磕掉了。

那连禄万分生气！破口大骂起来："哪个王八蛋干的！看老子不一枪崩了你！"同时往腰间去摸枪。可没有等他骂出口，更没有等他把枪拔出来，只感到一只大脚结结实实地踏在了他的脑袋上，同时，几只手上来按住了他的双手双脚。

这时，他似乎才知道让人给暗算了。可他不甘心，他想转一下头看看是谁，可他的头被那只脚死死踩着，根本动不了，只能嘴贴着地，磕磕巴巴地问了一声：

"你，你，究竟是谁！"

这时他耳朵里灌进来一个足以让他胆战心惊的名字：

"关——高——粱！"

10

没有等到天大亮，"傻砖"依旧是怀揣着半截砖头，顺着那两个大坑中间的大路，从东红旗到西红旗，又从西红旗到东红旗，来回地跑着，吆喝着：

"抓到了！抓到了！"

"傻砖"的吆喝声，惊动了还在熟睡的人们。

陆陆续续有人跑来向"傻砖"急切地打听：

"'傻砖'快说，抓到谁了？"

"还能有谁？那连禄呗！""傻砖"一边不停地跑着，一边回答大家，并掏出怀里的砖头，挥舞着。

"谁抓到的？"有人又问。

"傻砖"停下脚步，不屑一顾地看了对方一眼，说：

"你是真傻还是假傻呀？在咱连二红旗，还能有谁抓得到那连禄？关高粱呗！"

"你个兔崽子！说谁傻呢？！"问话的人顿时怒不可遏。但这时又有人问道：

"在哪抓到的？怎么没有听到放枪呀？"

"说你们傻，还不服气！关高粱想抓那连禄，还不是裤裆里抓鸡巴，一拿一个准！哪里还用得着开枪？啧啧啧！这点道理都不懂，你傻不傻呀！"

"傻砖"这句话真让刚才问他的人给气得两眼冒火，伸手就要去打他，可是手刚抬起来，"傻砖"把身子一闪，然后一溜烟地跑了，眨眼不见了踪影。

"和一个傻瓜你较什么劲呀！"这时又有人接上说，"咱们去村公所，不，现在是农协会了，看看不就知道了？"

"关高粱抓住那连禄了！"这消息像一阵风传遍了连二红旗。

农协会的院子里，早已经聚集了很多人，完全可以用人声鼎沸来形容。人们大声呼喊着：

"活剥何满申！"

"活剥那连禄！"

"活剥唐六！"

"点天灯！点天灯！"

那连禄还有何满申和唐六，三个人是被我哥带的武装民兵押解过来的。开始是被五花大绑跪在院子里，但后来发现，凡是有人来，便朝他们动手，三个人很快被打得嘴巴鼻子流血。加上天太冷，我爹知道后，让我哥叫人把三个人挪到原村公所的会议室，也就是之前何满申在这里发号施令的地方，身边各有两个民兵持枪指着脑袋，门口还有四个民兵把守，以便把愤怒的人们堵在门外。

越聚越多的人们，因看不到何满申与那连禄，蜂拥着往门口挤，把门的民兵朝大家高喊道：

"老少爷们，别往前挤了！今天上午，要在学校大操场召开公审大会，到时大家一定能够亲眼看到何满申，还有那连禄、唐六！他们的死期就要到了！他们的狗命就要结束了！"

听到说要在学校的操场开公审大会，不少人便往对面的学校里去了，但农民协会的院子里依然聚着很多人。这中间的人，有的挤到了门口，也有的挤到了窗户边，能看到一眼屋里跪着的何满申、那连禄，兴奋异常。

兴奋的人们不停地在议论着，有的说：

"真没有想到，何满申和那连禄也会有今天！"

"天真的变了！"

接着有人提出个问题：

"你们谁知道关高粱他们会给这几个人一个怎样的死法？"

"那还用问？一枪崩了呗！"

"那不就太便宜他们了？不行！绝对不行！你们忘记了他们怎样对待李老蔫的吗？你们忘记了他们怎样把孙承业整死的吗？你们忘记了老赵头那些个老人，是怎么被他们逼上绝路的吗？"

"我们谁也不会忘记！他们当年怎样对待我们穷人的，今天就怎样对待他们！"

"说得对！点他们的天灯！"

"活剥了他们！"

"说得好！我们这就去找关高粱，现在连二红旗，只有他说了算，让他不能对这几个畜生手软啊！"

"不用去找了！老关家和他们的仇恨，一点也不比别人少！你们年轻人可能不知道，关高粱的父母就死在那连禄的手里！他今天不会轻饶了那连禄！"

人们这样议论着，呼喊着。

有人干脆说："那我们还等什么！赶快去抱柴火到学校那棵大榆树下，

准备点天灯啊！"

"还有呢。把郑胡子找来，这回剥人皮还得让他动手才行！"

说干就干，有的人真的往学校那棵大榆树下堆柴火了。也有几个人，撒腿去东红旗找郑胡子去了。

这天早晨，我还没有起床，就听到有人在院子里叫我，仔细听听，是同学赵得利。

我赶快穿好衣服，跑到院子里。也许是跑着来找我的，赵得利脸冻得红红的，上气不接下气地对我说："天英，快走！那连禄还有何满申都被抓住了，我们一起去看吧！"

听他这么说，我高兴得跳了起来，说："太好了！在哪抓到的，谁抓的？"

赵得利说："我也不是很清楚，听说现在就关在农民协会里。有人说马上就会枪毙他们，去晚了我们就看不到了。"

听他这么说，我拉着赵得利的手撒腿就往外跑，听到我娘在后边喊道："天英！等等，吃了早饭再去呀！"

我边跑边回头对娘喊："不吃了！来不及了！"

我和赵得利来到农民协会院子里，人太多，都是大人，我们小孩子根本挤不进去，所以什么也没有看到，急得我们两个人团团转。后来，赵得利紧拉着我的手，两个人侧着身子，从大人们的腿缝里拼命挤，终于挤到了门口，看到了何满申三个人跪在屋子里，个个耷拉着脑袋，和死狗没有两样。

我哥也在屋里，正与几个民兵说话。赵得利在我耳边说："天英，快给你哥说说，让我们进去一下。"

我犹豫了一下，还没有等我与哥打招呼，这时我哥也看到我了，他走到门口，问我："天英你怎么来了？妈呢？"

我说："妈在家呢。"

正在我和哥说话的时候，赵得利乘旁边的人不注意，弯着腰从我哥胳膊肘儿底下"刺溜"钻进了屋里。负责维持秩序的民兵想拦他没有拦住。

赵得利几步便窜到了那三个人跪的地方，先是上前一口咬住了何满申的一只耳朵。

刚才还像死狗似的何满申，这时"哇"的大叫了一声，旁边的民兵立即上前来，想拉开赵得利，可是赵得利这时死死咬住，就是不松口，别人怎么也扯不开他。最后，赵得利生生把何满申的半个耳朵给咬了下来。这一幕让我不由得想起那年，就在大门外的马路上，赵得利抱着他爷爷的双腿，任他们使劲用鞭子抽他，他就是不松手的情景。我心里不禁为他叫起好来："得利，咬得好！咬死他！"

赵得利这时满嘴是血。他把咬下的何满申的半只耳朵吐到地上，马上又要去咬那连禄，但没有达到目的，旁边一个民兵把他拦腰给死死地抱住了。

赵得利一边挣扎，一边用袖子揩了一下嘴角，大骂起来：

"我操何满申老祖宗！我操那连禄老祖宗！你们害死我爷爷，我恨不能生吃了你们！"

听他这么一骂，我哥问我："他是不是赵品山叔叔的儿子？"

我点了点头，说："是。他叫赵得利，我的同学。"

这时我哥走上前去，亲切地抚摸着赵得利的脑袋，说："得利呀，放心吧，你们赵家的仇一定会报的！"

我哥说罢了，让我带赵得利出去，并嘱咐我说："天英，上午要开公审大会，让咱妈一定要来呀！"

我说："哥，不成啊。咱妈最不喜欢看热闹了，我可能叫不动她哩！"

我哥笑了，说："说啥呢？今天这哪里是看热闹呀！"

我和赵得利从屋里出来，先去了学校。首先看到郎青山等同学，在学校露天舞台那里布置公审大会的会场。

郎青山看到我们来了，喊道："关天英同学，赵得利同学，你们如果没有什么事，就来帮忙吧！"

我们两人高兴地跑过去，和他们一起拉横幅，刷标语。

大红的横幅上写的是"公审汉奸恶霸何满申、那连禄、唐六大会"。何

满申他们三个人的名字上全用红色,打上了大大的"×"。舞台两侧是两条红色对联:

> 劳苦大众的开心日,汉奸们的断头时!
> 有冤申冤有仇报仇,血债要用血来偿!

舞台四周,包括学校里很多墙上,都刷了标语:

> 小日本完蛋了!
> 严惩汉奸,打倒恶霸!
> 劳苦大众团结起来!
> 恶有恶报!何满申的末日到了!
> 报仇雪恨!杀了唐六、那连禄!
> 连二红旗的天亮了!
> 连二红旗的天晴了!
> ……　……　……

标语贴完后,郎青山又组织大家去教室搬桌椅板凳。郎青山让我们把桌子和带靠背的椅子放在舞台上,而平时学生坐的凳子,要全放在舞台下面,一共排了两排。

为什么要这样摆,我们哪里懂得!郎青山告诉大家,这都是白老师事先安排的。他说,舞台上的椅子是给主持会议的人和上台诉苦的人坐的,舞台下的那两排凳子,是给来参加会的老人们预备的,因为他们很多人年纪大了,站不久,甚至站不稳了。

没有想到白老师连这样的事都要管,可想而知,她这些天有多忙了。怪不得有好几天没有看到她了。

听郎青山说着这些时,操场西南角那棵老榆树底下,聚起了很多人,可以说是人声鼎沸。

赵得利兴奋地对我说:"好像是有人在那边准备点天灯哩。咱们去看看吧。"

我们也没有和郎青山打声招呼,便跑到了大榆树下。那里已经堆起一大堆晒干了的玉米秆,还有人陆续不断往这里搬。从高高的树杈上,已经垂下了三根很长很粗的绳子,有几个人在争论着什么。我们走近后,听到有人说:

"三个坏蛋一起点天灯,那才好看呢!"

但有人提出不同意见,建议:"还是留一个不要点天灯吧。柳树林里不是还要活剥皮的吗?"

不少人觉着这个建议很好。有人说:"活剥人皮,那还得郑胡子下手,要不然也剥不成啊。"

"是呀。时间不早了,也不知郑胡子在不在家呢。"

"现在就找他去!"

"对,找郑胡子去。上次何满申他们要活剥孙承业,他吓得屙了一裤裆,那是因为孙承业是我们穷人,是被何满申他们迫害的。这次不同了,这是要活剥何满申,他一定能撑得住!"

说着有几个人朝东红旗去找郑胡子了。

后来事情完全出乎我们的想象。直到审判大会结束,人都散去了,何满申他们中间没有一个被点天灯的,更没有一个被拉去活剥皮的。

正当我们在大榆树下等着看点天灯时,人们从学校大门口像潮水般往学校涌来。这是我有生以来,第一次看到这么多的人聚在一起。不用说,以前所谓"爱本村"管的三十六个自然村,都来人了,真是人山人海,一眼望不到边。

大会开始前,郎青山站在台上,带领大家一遍遍地喊口号。群情激奋,排山倒海。口号内容就是我们贴的标语上的。

我看到,小秋叔叔、白老师、我爹、还有农协会的几位叔叔都坐在台上。

后来是连二红旗农民协会的会长富才臣叔叔宣布:"公审何满申等汉奸

分子大会，现在开始！"

接着，我爹宣布："把罪大恶极的汉奸分子何满申、那连禄等人押上来！"

这时只见我哥带领全副武装的民兵，押着五花大绑的何满申、那连禄、唐六等人走进会场，跪到了台上。很多人没有想到的是，被押上台的，不仅是那三个人，还有当年"爱本村"南区区长"南霸天"陈子新、"爱本村"北区区长"北霸天"张亚杰，还有当年警察三分局区曾被"胡子"砍了一条胳膊的警长顾彪。

何满申等人被押进场时，会场里群情激奋，很多人冲到前面，拿棍子和石头往那几个人身上砸，局面一度有些失控。但很快被维持秩序的民兵们给控制住了。

大会一共安排了十个代表上台控诉何满申等人的罪行。说他们罪恶滔天，罄竹难书，十分贴切。有几个老人，说着说着，便当场晕倒在了台上。其中就有赵得利的奶奶。

连二红旗的人都知道，我家当年被那连禄迫害得家破人亡，所以大会也安排了我们家的人上台发言。我爹是大会的主持人之一，我哥又忙着带民兵维持秩序，没有时间发言。后来我听到主持会议的富才臣叔叔喊到我娘的名字：田麦子。我这时才看到我娘一直坐在会场的第一排。

我娘坚决不愿上台。富才臣叔叔连喊三遍她的名字，她都没有动一动。后来我看到白老师亲自从台上走下来，想把我娘扶到台上去，可是，没有等白老师扶稳，我娘已经瘫倒在了座位上。

何满申等六个罪大恶极的汉奸，最后全被押解到柳树林枪毙了。可以说，对他们来说，是罪有应得，死有余辜，对老百姓们来说，是扬眉吐气，欢天喜地。可是之后的好多天，连二红旗的老百姓们仍然有诸多的遗憾和颇多的不解。认为就这样把那几个人一枪崩了，实在是太不解恨，太便宜他们了。按老百姓的说法，他们当初怎么对我们老百姓的，也要一样对待他们！简单说，那就是要点他们的天灯，那就是要活剥他们的人皮，那就是要把他们大卸八块，甚至是零刀碎割。不如此，怎能解心头之恨？！

对于这个问题，小秋叔叔在不同的场合做过大家的工作。我清晰地记得他说过的一句话："日本侵略者和汉奸们，对我们人民群众采取的野蛮手段，我们不会'以其人之道还治其人之身'，因为，我们是人，他们是鬼！我相信，在我们中国的土地上，永远都不会再出现点天灯、活剥皮，大卸八块，包括砍头、剁手、活埋等非人的残忍的事情。我们共产党人信奉的是生命至上，人人平等，那种视生命为草芥，滥杀无辜的现象，将一去不复返了！"

第 9 章 春风化雨

11

1946年1月,中共东北局在拉林设立双东区联合办事处(拉林县前身)。连二红旗村归其管辖,但仍然是双城县属下。而双城不久便成为了东北野战军和东北局的第一个落脚点。

1946年,是连二红旗村发生翻天覆地变化的一年。

这一年,连二红旗村大事不断,喜事连连。

何满申与那连禄被枪毙,是在春节前。所以,1946年的春节,对连二红旗的老百姓来说,那是真正的过年了。人人脸上挂着喜庆的笑容,家家户户充满着祥和的气氛。

春节过后不久,共产党先遣工作队正式进驻了连二红旗村。工作队队长正是我敬爱的白老师。工作队员里还有早就被白老师喜欢和培养的高年级郎青山等同学。

从抓捕和公开审判何满申、那连禄那时开始,以前在连二红旗村民心中弱不禁风的白老师,就完全变成了一身的军人打扮,腰里扎着武装带,肩上挂着盒子枪,英姿飒爽。正式成了先遣工作队队长之后,她更是一天到晚风风火火,完全是打仗般的作风。连我娘都经常在我面前发出这样的感叹:

"看看你们白老师，完全变了个人似的。"

"这不是白老师变了，是时代变了。妈，你不能再用老眼光看人了。"娘对我的话似懂非懂。我接着说，"妈，你不觉得，你也像变了个人似的吗？"

"瞧你这孩子说的？我变了吗？我哪里变了？"娘用故作生气的口吻这样质问我。不过，我这时从她脸上看到的是她发自内心的喜悦。她又说，"就算你妈变了，再变也还是你妈！"

我可不是瞎说，娘真的变了。

最先让我感到她的变化，是上扫盲班。

白老师的工作队一开始，就在村里办起了扫盲班。就设在小学校，每天晚上学习两个小时。最早是工作队的郎青山通知我的，他拿了一张纸，上面写了好多人的名字，大多都是中老年人，其中就有我娘。他对我说：

"天英同学，让你妈也参加扫盲班吧。"

回到家，我给娘说了，她反复问我啥是扫盲，我就告诉她说，就是让你们这些不认识字的人，学文化。但她却死活不同意，说：

"妈都老了，还学认字？那不是吃饱了撑的吗？"

"妈，他们说了，让你参加扫盲班，是白老师的想法。"

"你不骗我吧？你白老师那么忙，还能管我认字的事？"娘一听说是白老师让她学的，没有再说不去的话，只是有点不相信。我认真地对她说：

"妈，真的没有骗你。不信你去问问白老师嘛。"

"要真是你们白老师让我去，我就去吧。"

向来小秋叔叔和白老师的话，在我娘这里最管用，几乎是说一不二。让我没有想到的是，娘去上了两个晚上的课，还真学上瘾了。开始还让我陪着，后来也不用我陪了，每天晚饭她都做的特别早，吃了饭，碗一推就对我说：

"天英，妈去上学了。洗碗的事就交给你了。"

娘本来是认识一些字的，也就是说，在扫盲班里基础是比较好的，加上她特别积极、认真，经常得到老师的表扬。每天晚上，从扫盲班回到家，还一定要拉上我坐她身边，听她读看她写，让我纠正她读的对不对，写的好不好。

有时我还跟她开玩笑说：

"妈，你还说你没有变，我看你变化可大了，什么时候我爸和我哥回来，怕不认识你了呢。"

"你又瞎说了。你爸你哥在外面干大事，我也得好好学文化，将来不能拖他们的后腿不是？"

娘在参加工作队提倡的扫盲班，真是表现不错，可是在另一件事上，却让很多人不能理解了。

工作组的一项重要工作就是在村里破除迷信。

破除迷信其中有一项内容，就是要拆掉建大坑东北角上的关帝庙。开始一些村民对拆除小庙很有顾虑，白老师耐心做了宣传工作，她对村民们说的一段话，起了关键作用。她说：

"咱连二红旗世世代代，大家天天到庙里来烧香朝拜，得到了什么结果，还不是上无片瓦下无插针之地？还不是要给伪满洲国交这交那？还不是要去给日本人做劳工，生老病死无人管？还不是要受何满申、那连禄那些汉奸恶霸的欺辱与压迫？从此以后我们不拜这些泥菩萨了，我们要拜自己，自己起来当家做主人。"

那一天，一群农会的干部和骨干分子，带头动手拆除小庙，不少觉悟了的群众，也跟着一呼百应，一拥而上。

正在这时，一个人挡在了前面，大声喊道："不许拆！谁也不许拆！"大家一看，是"傻砖"。

有人马上朝"傻砖"喊："傻货，快滚开！房顶上的砖头不长眼，小心砸了你的脑袋！"

"傻砖"根本不去理会，依然挡在大家面前，继续喊道："不许拆，就是不许拆。你们看谁来了！谁来了！"

人们这时才看清，有个人站在"傻砖"身后。来者不是别人，正是我娘。

我娘坚决不让拆除关帝庙，当然是有她的道理的。她没有忘记，十几年前，当我们一家四口人回到连二红旗时，天寒地冻，无家可归之时，正是在关帝庙待了三天。

我娘向大家诉说着当年的经历，声泪俱下，泣不成声，让在场的很多人停下了手里的铁锹、锄头，跟她一起流泪。

我娘说的我家的经历，村里人都知道，大家不知道的是对拆庙这事"傻砖"来凑什么热闹？

原来，人们有所不知，"傻砖"当年也是像我们家一样，乞讨到连二红旗后，在关帝庙里住过几天。连着几天都没有人发现他。又冻又饿，眼看就要死在小庙里了，他硬撑着，怀里揣一块半截砖头，来到了折景山家大门前，之后便倒在了那里，第二天一早才被折景水发现，让他捡回了一条小命。

"傻砖"的话没有人当回事，可是我娘站在那里，形势显然不同了。工作队的人看我娘这架势，谁也不敢上前给我娘说什么。情急之中，才有人想起来去请白老师。

白老师来后，把我娘叫到一边，说了几句话，我娘便没有再坚持下去了。这不是说白老师本事大，也确实我娘太相信白老师了。特别是白老师的一句话，一下子说到我娘心坎上了。白老师说：

"嫂子，你要相信，在我们连二红旗，今后永远也不会再有人走投无路，在小庙里栖身了。"

破除迷信的第二个行动，就是要揭穿在村里跳了一辈子大神的"丧门神"骗人把戏。

"丧门神"是折景山的寡妇嫂子。"丧门神"是工作队的人给她起的名子。她年已过花甲，无儿无女，独自住在折家大院西北角三间房子里。平时，折景山和折景水以及那些下人，只管她的一日三餐，别的一概不问。这位老人家平时也不怎么出门，很少人见她在村里出现。但这并不能说她很孤独和寂寞，因为她有"一技之长"，那就是她会"跳大神"。

所谓"跳大神"，就是帮人驱邪捉鬼，除病消灾。她自称是九天仙女下凡，天上大大小小的事情，无所不知。至于凡间俗人的那些前生后世、生死轮回，她更是无所不晓。她能掐会算，前三百年后五百载的事情，让她说起来，那是口若悬河，天花乱坠。

她这一套还真能迷惑村里人，谁家有了久病不愈、卧床不起的病人，会把她请上门去，好吃好喝地伺候，让她驱魔赶鬼；谁家遭了天灾横祸，也会走上门来，让她算上一卦，如何转祸为福。甚至是有人家丢了牛不见了猪不见了羊，也会找她问问她，去东西南北哪个方向上寻找才可能找得到等等。所以，别看她平时不出门，但她那三间屋子的门槛，曾一度被村民们踩得溜光。

工作队一开始就把她这一套定为是"标准的封建迷信"，所以也就给她起了个"丧门神"的绰号。

为了提高村民们的觉悟，工作队利用扫盲班等各种场合，从人们的生产生活中，很多以前无法解释的自然现象入手，向群众宣传科学思想，普及最基本的自然常识。例如，日出日落、月缺月圆、四季更替、刮风下雨、电闪雷鸣等等，这些平时司空见惯的自然现象，因为以前人们不了解其中的科学道理，便无法解释，所以在思想中便充满着迷信的色彩，相信一定是有一种超人的力量存在。

其间正好有一个普及自然知识的机会来了。这天，白老师从广播中得知，三天后的晚上8点钟，会有月全食出现。她马上把这一消息告诉了工作队的同志们，让他们在群众中广为宣传。人们千百年来，都认为月蚀是天狗吃月亮，那是天上的事，你们怎么可能提前三天就知道？所以很多老百姓听说后，压根不信。而三天后，正是农历的月中。那个晚上，天上的月亮很大很圆，有不少群众不相信真的会月蚀，所以很多人聚在一起，等着看工作队的笑话。然而白老师他们是深信不疑。果然，到了8点整，月蚀开始了，从这一刻起，连二红旗像是炸开了锅，人们敲锣打鼓，奔走相告。

就是这么一个简单的事例，让人们开始改变了对工作队的看法。对工作队的人，特别是白老师的话，他们从此不仅愿意听，也心甘情愿地去相信了。

还有，人们对生老病死、天灾人祸、富贵贫贱的看法，因为不了解其中的客观因素和客观规律，便很容易就相信，那是命里注定，是神鬼在控制着人的命运，谁也无法改变。

要改变人们的这一观念，不是一件事两件事就能解决的。

白老师想到了"丧门神"，要拿她作为反面教材，从她这里开刀，才能有说服力。

那天，工作组把一些村民召集起来，去登门拜访"丧门神"。她不是说自己天上地下的事全知道吗？她不是说自己能掐会算，前三百年后五百载的事都一清二楚吗？那好，现在用一件再小不过的事情，做个试验，看她是不是像自己说的那样神通广大。

可能是为了让我娘也亲眼看看，接受一下教育，那天，白老师把我娘也叫去了，一直跟在她的身边。

当时，"丧门神"坐在屋里，做闭目养神状，不管谁和她说话，谁问她什么，她都连眼皮都不抬一下，爱搭理不搭理的样子。白老师这时走到屋子外面，悄悄拿了一个笔记本放在了屋外窗台上，并让身边的人都看清楚，是个笔记本。我娘就在白老师身边，当然看得最清楚。然后白老师走进屋里，请"丧门神"算一算，她刚才在窗台上放的是什么。

"丧门神"这时才略微动了动眼皮，瞄了白老师一眼，看她一身军装，腰里扎着皮带，皮带上挎着盒子枪，沉思片刻，十分肯定地说："是一把手枪。"

白老师笑了。

我娘也笑了。

屋里屋外的人全都笑了！

就是这么一次小小的测试，也可以说是一次小小的交锋吧，"丧门神"就此败下阵来，从此一蹶不振，村民们果真信"丧门神"少了，她那里的再也没有了以前那种门庭若市的风光。

之后，白老师语重心长地对大家说："想想看，我们如果把自己的生死和未来交给这么一位愚昧的人，或听信她的胡说八道，那就不仅仅是她的过错，而是我们这些善良人的可悲了。"

白老师的这番话，语气并不重，声音也不大，但却像警钟般在连二红旗老百姓心中长鸣。

我记得娘就多次对我这样说:"往后呀,关公咱们不拜了,'丧门神'咱们也不信了,就听您'小秋叔叔'和白老师的。"

在普及文化和破除迷信的同时,工作队还在全村开展了减租减息的运动。

减租减息的动员大会,也是在折景三家的大院子里召开的。当时因为还没进行土地改革,没有划成分,只是把雇有长工与有田出租的人家和租种别人家田的佃户区分开来。这两部分人都参加了动员大会。当时,折景山正好就在村里,动员大会他是参加了的,会上工作队提出了共产党和新的政府有关减租减息的要求及标准,折景山本人没有提出任何异议。其他一些田地略少于折家的人家,更不可能提出任何反对的意见。

按照统一标准,在白老师等工作队同志的主持下,把三年之内财主们多收的粮食,如数退还给了佃户。

该减的租,一个人头一个人头地算,全都减了。可是,几乎每一家财主的粮仓里,仍然还有很多的存粮。真是不看不知道,一看吓一跳。在连二红旗,一边是很多穷苦人家都到了揭不开锅的程度了,可这些财主家的粮食却堆积如山,有的已经开始发霉变质。这让工作队和农会的同志们感叹不已。

工作队严令所有财主,特别是像折景山这样的大户,把自家仓库里大量多出的存粮交出来,无偿分给村里最为贫困,特别是那些仍然处于饥饿状态下的穷苦农民。

从前,佃户们都是把打好的粮食,一斗一斗一袋一袋地往财主家里扛,哪里见过穷人们从财主家把粮食一斗一斗一袋一袋扛回自己家中呢?这是连二红旗村的穷苦人世世代代想都不敢想、做梦都梦不到的事情啊。分粮的现场,很多人含着眼泪说:

"财主家的粮食,以前只有'胡子'敢抢,满洲国与日本人可以要,就是我们这些整日把头插在地垄沟里给他们种田的人,想多要一个籽儿,都不可能呀!不是有工作队的人逼着他们,就是把粮食放霉了、烂掉了,宁可拿去喂猪、喂狗,甚至是沤肥,他们也不会舍得扔给我们一口吃呀!"

自此，人民群众向往革命的积极性一下子如同干柴遇到火星，瞬间点燃了起来，在连二红旗形成了一股冲天的烈火。

这烈火，越烧越大，越烧越旺，直到烧出一个与祖祖辈辈完全不同模样的连二红旗来。

12

1946年的春天，是一个可以载入连二红旗史册的春天。

春天，本是万物复苏、万象更新的季节，可是对连二红旗大多数人来说，多少年，多少代，都是最难熬的一段日子。

"山好过，水好过，日子难过。"因为，一到春节那几天过后，大多数的连二红旗人，就已经开始过起了青黄不接的日子了。

1946年的春天，与以往的年年代代，截然不同。

当然，这首先是因为铲除了何满申、那连禄为代表的汉奸、恶霸，推倒了压在人们头上，让人们喘不了气的这座大山，从此不再无端地受人欺负、迫害，不再担惊受怕、提心吊胆地过日子，心里该是什么样的感觉？再加上，家家户户又都从财主家分得了足够度过春荒的粮食。这样一来，出门可以挺胸抬头走路，回到家里也不再为明日的三顿饭操心，这心中又是一种什么样的感觉呀！

除了以上这两条，一个普通的老百姓还能图什么？这不正是善良纯朴的连二红旗人最高的祈求吗？

其实没有等到春荒到来的时候，白老师他们把有些工作提前就已经开始做了。刚入腊月，白老师便带领工作队的同志，加上农民协会的领导、骨干，挨家挨户去走访、探望。对一些确实生活上还有不少困难的人家，大家想方设法伸出了援助之手。特别是对那些子弟在部队的军属，更是关怀备至。像当年在小秋叔叔动员下，最早参加抗联，后来家人又多次遭到何满申等人迫害的人家，白老师一定要亲自登门拜访，如赵品山家、白景泉家、代永和家等。

春节将至，白老师不断地向大家强调：从过年开始，直到整个春荒期间，不能让连二红旗有一家断炊，也不能让一个连二红旗的人挨饿、受冻！

就凭这一点来说，把1946的春天载入连二红旗的史册，便一点也不为过了。

民以食为天。只要不再为吃饭发愁，其他什么事都是小事，别的什么问题也就不成问题了。

大年初一那天，白老师率领工作队和农协的人，冒着刺骨的寒风，踩着没膝的深雪，排着队，挨家挨户集体给村民们拜年。后来有人把这种拜年的形式称作"团拜"。

他们全穿上过年才舍得穿的体面衣服，从西红旗到东红旗，一条街一条街地走，不能漏掉任何一个门口，哪怕是最低矮的小门；也不能漏过任何一个小院，哪怕是最破败不堪的小院。

因为全村人太多，他们也只能够路过谁家门前，站在门外与主人家寒喧寒喧，说上几句过年的祝福话。尽管只有几句话，却让那些世世代代当牛做马的庄户人家心里热烘烘的。因为，以前从来没有人见过，甚至没有人听说过，当官的给老百姓拜年的。虽然工作队的人谁也不会把自己当成什么当官的人，但在人们的心目中，工作队和农协的人，就是现在连二红旗的当家人。打个不恰当的比喻，那就像以前的何满申他们一样，在村民们面前一言九鼎，掌管着全连二红旗人的生杀大权啊！过去只有你去给何满申他们拜年，怎么可能让他走到你的门前为你送上祝福！

过年嘛，大年初一本就是个热闹的日子，当白老师他们刚从西红旗的农民协会出发不久，队伍后边便跟随了一群看热闹的孩子。所以他们这些人还没有到呢，孩子们就把消息传过来了，也因此他们每到谁家的门前，便有主人居家老少，早早地迎候在门前，有心的人家还放起了鞭炮，表示欢迎。大多数的人家，主人都会上前来，把白老师他们往家里拽，非要进去坐一坐，喝点什么吃点什么。不过，白老师一开始对大家有要求，一是不给人家添麻烦，同时也因为时间不允许，谁家也不进了，把祝福的话说到就达到目的了。

等他们到了东红旗时，队伍就更加庞大了。

几乎惊动了全村的家家户户。

像这样的事，我经常知道得比别人晚半拍。

初一那天早上，赵得利先来喊我，说："天英，外面好热闹的，咱们去看吧。"

我穿好衣服正要出门，就听到"傻砖"在我家院子外面喊："来了！来了！"

我娘正在屋里和面，准备包饺子，头也没有抬，便对正要出门的我说道："天英，看看是谁来了！"

我走到门外，这才看到白老师他们一行十几个人，正朝我们家的方向走来。我马上回头告诉娘："妈，快出来，是白老师他们来给你拜年了！"

一听说白老师他们来拜年了，我娘慌慌张张地带着两手的面粉跑到院子里。这个时候，还没有等我娘与白老师他们搭上话，"傻砖"却出其不意地在人们面前点着了一串鞭炮，吓得我娘想躲都没有地方躲了。震耳欲聋的鞭炮声，震得大家说什么也听不清，只能互相看到对方脸上那灿烂的笑容。

这次过年，我们家本应该和别人家一样，好好过一个难得的团聚年，可惜我爹不在家。他是在枪毙了那连禄、何满申以后没过两天，就带着部队出发了。我爹不能在家过年，我娘和我都有思想准备，因为他是队伍上的人，没有那么自由啊。可意想不到的是，我哥也不能在家过年。我哥已经是连二红旗的武装民兵连长，应该和我们一起过年的，甚至他这个时候应该和白老师他们一样，出现在集体拜年的队伍里才对。但就在过年前的三天，白老师来告诉我娘，小秋叔叔捎信来了，说爷爷奶奶想我哥了，让他去哈尔滨过年。本来小秋叔叔捎的信上也说了，让我娘和我，三个人一起都去的。听到这个消息，我娘又高兴又为难，她考虑再三，对白老师说，这连二红旗也是个家呢，今年又与往年不同，过年了不能关门走人啊。最后，还是只让我哥一个人去了，并让我哥把话捎过去，等过了年，我哥回来后，她再去哈尔滨看两位老人。

"傻砖"的鞭炮响过之后，白老师身边那些年轻人个个高喊着给我娘拜年，有叫"嫂子"的，也有叫"大娘""大婶"的，一时间好不热闹，把我娘感动得眼角噙着泪花，一个一个点着名要他们进到屋里坐坐。白老师笑着说："嫂子，我们就不进屋了，东红旗还有好多家要去看看呢。"

我娘当然不好勉强他们，最后说道："那等你们忙完后，一定来家里吃嫂子包的饺子啊！"

像白老师在连二红旗兴起的集体拜年这么个简单的活动，却开创了连二红旗崭新的历史，让老百姓亲眼看到了一个社会现实，那就是，世道变了，真的变了！

过年那几天，除了进行集体拜年，工作队和农民协会带领村民们举行了各种各样丰富多彩的娱乐活动。不少项目，自从有了满洲国后便不再时兴，现在又重新捡了起来，更是让人有一种天地全新的感觉。像二人转、踩高跷、放烟花等等，大多都是自发参加，人们热情之高，真是盛况空前。

过年，过年，年年都过年，可是以前到了过年，对很多穷苦人家来说，是害怕过年。有不少地方说，穷人过年就是过关，这话在连二红旗也一样适用。但是，1946年的这次过年，连二红旗的穷苦人才真正体验到过年的滋味。男女老少，欢天喜地，个个沉浸在欢乐的海洋中。

人们都说，连二红旗漂亮了！

人们还说，连二红旗年轻了！

过年那三天的热闹过后，到了初四初五，人们开始走亲戚会朋友，村里村外，大道小路上，喜气洋洋的人们，或提包或挎篮，前呼后拥，络绎不绝。这又是一番不一样的喜庆与欢乐的景象。

好日子总是过得那么急促。

很快到了正月十五。过了十五之后，连二红旗中心小学就要开学了。从时间上看，这在往年也是惯例，可今年却大有不同！

本来，学校到时候要放假，放完假要开学，是最平常不过的事情了。可是对连二红旗的中心小学来说，1946年春节假期后的开学，却非同寻常。按白老师的说法是，这次的开学，不仅要让孩子们以及他们的家长们，对学校的一切感觉到耳目一新，更重要的是让人们的心里发生深刻的变化，让大家从中感觉到，心中升起的是一颗崭新的太阳。正是在崭新的太阳光芒的照耀下，每位同学的脚下，是一条新的人生道路。

自去年日本投降后，中心小学和连二红旗别的方面一样，发生了翻天覆地的变化，这并不仅仅体现在开始那些天，只是让大家把日语课本给烧掉那么简单。中心小学是伪满洲国兴办的，除了非常突出日语教学之外，从办学宗旨，到学校行政管理，从每门功课的设置，到每一项规章制度的设立，处处都渗透着封建主义的毒素和日本侵略者的殖民主义政策。要把这一切全部清除掉，不是一天两天就能完成的工作，更不能寄希望于把日语课本一把火给烧了，便能万事大吉了。

当时，李维华跑了，从此无影无踪。何满申跑了，不久被抓获，枪毙了。但是学校并没有因此而停一天的课。原来老师队伍中的共产党员及骨干分子立即站了出来，组成了新的学校临时领导班子，把学校所有的教学秩序维持并管理了起来。

人们不会忘记当年"爱本村"实行的那一整套教学和管理方式，他们除了把学习日语作为学生学习成绩的唯一标准外，还有诸多做法，显然今后绝不可能再沿袭下去。

比如，"爱本村"中心小学每学期开学都要举行隆重的仪式，其中最重要的不是像中国传统的私塾那样，让学子们去拜孔夫子，而是校长李维华率领全校师生参拜伪满洲国皇帝训民与爱民诏书。这两道昭书用黄绸包好，由李维华手捧，按照日本人礼拜天皇的形式，供奉到全校最神圣的位置。其场面之宏大，气氛之庄严，对孩子们心灵之伤害，至今令人思之维恐。

另外，像那时学校对学生的管理，完全是按照日本军国主义那一套办法，严格到了不通人性的地步，小学生们稍不留神就会受到体罚，甚至是挨板子、拳打脚踢，司空见惯。

学校旧的一套要全面废除，可是一时尚没有新的教学方案和管模式可供参考，老师们便一边组织教学，一边彻夜加班进行商讨与研究，从各科的教材到学校的规章制度、纪律条文以及新型的师生关系，拟订了一套新的实施草案。到了春节期间，所有要改的地方也基本就绪了。

正月十六那天，阳光明亮，蓝天白云，把大雪覆盖下的连二红旗村映照得分外动人。

中心小学的操场上，就是公审何满申他们的那个露天舞台，早几天就被布置一新。"开学典礼"四个大字，悬挂在舞台的正中央。舞台两边挂着大红对联：

今天好明天好，老百姓不饿肚子才是最好；

忙这事忙那事，孩子们读书上学最大的事。

上午八点整，白老师、郎青山等工作队的同志，还有连二红旗农协会的领导登上主席台。

开学典礼由白老师主持。

白老师代表工作队，首先宣布了新的校长任命。

新任校长名叫齐增利。齐校长本就是原来和白老师一起工作的老师，也是白老师发展的第一批共产党员。他说话和气，对学生循循善诱，深得学生们的喜爱。

白老师接着又宣布了原来学校留下的几位老师。他们和齐校长一样，以前就深得学生们的爱戴与尊重。

这批老师中有：

朱永让老师、沈文彬老师、吴士林老师、代秀斌老师、王子衔老师等等。

接着白老师又向全校师生介绍了几位新教师，他们中有：裴素馨、李永合、张文才、保顺才、唐瑞林等老师。

最后，白老师又宣布从今天开始，学校成立了以高年级学生为主的学生委员会。学生委员会的主要工作和责任，就是协助校领导和老师，掌握学生的思想动态和学习表现，帮助家庭困难和学习成绩落后的同学，积极引导同学们团结向上，共同进步。

按照小学六年制划分，所谓高年级，也就是五年级和六年级，统称为

"高小"，而四年级以下就是"初小"。

第一任学生委员的主席就是我们非常熟悉的郎青山同学。这个我并不感到意外。就他各方面的表现，学生委员会主席非他莫属。但我没有想到的是，我的好同学赵得利也是学生委员会的委员之一，之前我一点消息也没有听到，现在听到白老师宣布他的名字，我很意外，但从心眼里为他高兴，甚至为他自豪。

郎青山同学比我和赵得利高两个年级，他本就是连二红旗工作队的成员，现在又是学生会的主席，并且下学期他就要毕业了。我最担心的是，他太忙了，本来我们以前经常在一起玩的，但自从他参加了白老师领导的工作队以后，我们就很少单独在一起了，因为他确实很忙。现在他又当了学生委员会的主席，不用说，往后和他在一起的时间会更少了。

开学典礼是在全校师生大合唱中结束的。唱的就是我们早已经熟悉的《松花江上》，台上指挥我们的仍然是郎青山。

随着郎青山那有力的手势，我们放开了喉咙："我的家在东北松花江上，那里有森林煤矿，还有那满山遍野的大豆高粱。我的家在东北松花江上，那里有我的同胞，还有那衰老的爹娘。九一八，九一八……"

台上台下几百人，人人都怀着满腔激情，唱着同一首歌，这歌声在连二红旗的上空回荡，如同掀起一股狂风巨浪，席卷而来，摧枯拉朽，又似千军万马奔驰而过，势不可挡……

我当时就觉得周身的热血已经沸腾，心脏似乎随时都会从胸膛里迸出……

13

新的学校、新的老师、新的教学方法、新的课本、新的学校风气，这一切都与以前完全不同。自此，每天从校园里传出的朗朗读书声和欢歌笑语，给连二红旗村增添了春天的气息与勃勃生机。

说老实话，前些年我是很怕上学的，怕去学校，怕见老师，特别怕见校长李维华。原因很简单，就是因为几年前刚上学不久，就为左手写字挨了李维华的板子，后又因为日语没有考好，多次被李维华罚站，放学了也不准回家。多年以后，想起那一段学习生活，仍然不堪回首，心有余悸。

可自从新学期开始，不仅是学校发生了变化，我对学校的感情得到了升华，读书学习的态度也随着发生了根本的转变。

连我娘都发现我与以前不同了。

每次吃饭，我都狼吞虎咽，生怕慢了耽误了上学。娘总是心疼地劝我说："慢点吃，耽误不了。"

还有几次，夜里下了大雪，天亮了还没停，娘这时会问我："这么大的雪，学校可能停课了，你今天不用去了吧？"

听娘这么一说，我更着急了，说："那绝对不可能。别说下雪，就是下刀我也得去学校。"

其实，班里也真有同学因为大雪而缺课的，但像我这样冒着大雪来的，不只是我一个人，也有很多呀！况且，我是班长，怎么能落在别人后面呢？

在开学的第一天，我被老师指定，然后同学们举手表决，被选为班长的事，一直没有告诉我娘。我觉得没有必要。

我似乎每天都处于亢奋的精神状态中。学习成绩自然也是在班里名列前茅，大小考试，基本每次都是5分。这些我也没有告诉我娘。这点小小的成绩，我觉得也没有什么必要告诉她。

我娘看到我上学那么积极，就别的什么也不问了，好像我在学校的一切她都无比放心。但是有一件事，她却一直忘不了似的，经常向我打听：

"你今天见到你们白老师没有？"

"你们白老师给你说什么没有？"

翻来覆去就这两句话，问得多了，我也烦了，说：

"白老师是工作队队长，很长时间都不直接管学校的事情了，我到哪去见她呀！"

"那她不是还在学校住吗？"娘好像不甘心，又问。

"反正我好多天没有见到她了。"我想了想，又说，"你要是想她了，你可以自己去找她嘛。"

听我这么说，娘不吭声了。后来我才摸清娘的心思。她明着是问白老师，真实的意图是想通过白老师那里了解我哥哩。也是的，过了正月十五，学校都开学了，我哥去哈尔滨与付大爷付大娘一起过年，也该回来了，怎么还见不到人影？

我可以不关心我哥啥时候回来，但我娘不可能不想这事。明白了这一点后，我便不再嫌娘烦了，每次到了学校还有意地多留个心眼，争取能碰到白老师。

我哥在哈尔滨还真能住，眼看正月快过完了，还不见他回来。也奇怪了，这段时间还真没有碰见过白老师。

有天下午放学后，我去找郎青山同学。他现在可忙了，工作队的事他还干着，开个什么会，跑个什么腿的事，少不了他；他还要管好自己毕业前的功课，不能与同学们拉得太远；同时他还是学生会主席，那里也一摊子事，等他处理。所以找到他也不是件很容易的事。最后还是赵得利告诉我，今天下午放学后，他们学生会几个领导要开碰头会，让我到时去那里，一找一个准。

按照赵得利的提示我顺利找到了郎青山，可是问到白老师的情况，他的回答让我大失所望，因为他也没有见到白老师，更不知道白老师最近这些天去哪了。郎青山对我说：

"我知道你们家与白老师的关系不一般，但是，你并不真正懂我们这位白老师。她从大城市心甘情愿地来我们这个穷乡僻壤工作，一来就是好几年，在连二红旗，天天和我们这些学生孩子打交道，像个孩子王，经常接触的也是村里那些老实巴交的穷人。这些不正说明了白老师不是普通人吗？"

郎青山这几句话，让我听得有点蒙。我又问他：

"那你知道她这几天去干什么了吗？"

"我刚才不是说了吗？白老师不是普通人，她心里一定有我们还理解不了的伟大的理想和崇高的目标，所以她干的都是大事。关天英同学，什么是大事，你懂吗？虽然白老师平时很信任我，但组织里的事，我也不可能都知道呀？你还小，不知道组织是什么，有情可原。告诉你吧，组织是有纪律的，不该知道的就不能打听。还有，不该说的就不能说。因此，我现在只能给你说这么多了。"

郎青山与我说话，显然带有居高临下的意思，让我似乎有点不认识他了。这还是我以前那位学长、朋友吗？我这时不仅脑子里有些蒙，甚至浑身上下都不舒服起来。不就比我年长两岁、高一年级吗？还真以为自己有多了不起了？

已经放学了，我闷闷不乐地往家走。走着走着，我心里慢慢地有些透亮了。换个角度想一想，好像又理解郎青山了。人家毕竟是学生会主席，工作队成员，就是比自己站得高嘛！站得高了，看得也就自然比自己远了嘛！这有什么想不通的？

想到这里，心中的一点点不快立马一扫而光。

到家门口了，还没有进门，我就能感觉到今天家里的气氛与往日有些不同。平时只有娘一个人在家，安静得很，可现在人还在院子里，就能听到屋里有好多人说话，似乎热闹得很。

我虽然不是一个爱凑热闹的人，但也最不喜欢家里冷冷清清的，没有一点热闹劲。

我三步并作两步，兴奋地推开门，屋里本来有几个人坐着说话的，这时全冲我站了起来，几乎把我吓了一跳。

"今天怎么回来晚了？"没有等我站定，首先就听到娘带有责备的口吻这么问我。没有等我回答，她又急着说，"天英，快仔细看看，今天咱们家都谁来了！"

这还用仔细看吗？我面前站着有我哥、白老师，还有小秋叔叔。好久没有见小秋叔叔了，我只和我哥与白老师笑了笑，算是打了招呼，便一下子扑到了小秋叔叔的怀里。

小秋叔叔亲切地抚摸着我的脑袋，说："妈让你仔细看看，说得没有错，还有客人你没打招呼呢！"

听小秋叔叔这么说，我才意识到，我忽视了家里今天来的两位真正的客人。

两位从来没有见过的老人，就站在我娘的身边。

其实我并不是有意忽视的，一进屋就看到他们了，但因为我从来在陌生人面前胆子小，所以就……

"这孩子，长这么大了，怎么没有一点礼貌！快叫爷爷奶奶！"我娘有点迫不及待，催促我说。

娘的这句话，一下子提醒了我！我扫视了屋里其他人，我哥、白老师、小秋叔叔，他们都朝我笑着，虽然没有吭声，但这时我确信不疑，两位老人就是经常挂在我娘嘴边的付大爷和付大娘。我不能再犹豫了，鼓足勇气放开嗓门大叫了起来：

"爷爷！奶奶！"

这时爷爷走过来，一下子把我揽在怀里，笑着对我娘说："麦子呀，别说天英不懂礼貌的话了，听这爷爷奶奶叫得多亲！"

没有等爷爷把话说完，奶奶又把我拉到她的怀里，说："在榆树屯分手时，天英才刚出生，现在都长成大小伙子了。过得真快，快十五年了吧？你说我们怎么不老呢？"

"爸，妈，你们不老！一点也不老！现在日子好过了，每人都要活个一百岁两百岁的，该多好！"我娘笑着对两位老人说。

本来这个年过得就够热闹的了，两位老人一来，我们家显得比过年那些天还热闹。

前些天，我每天急着往学校去，可是自从两位老人来后，一放学我就急着往家跑。连赵得利都对我有意见了，说："天英，有爷爷奶奶真好。看你爷爷奶奶来了，你都高兴得把我这个好朋友忘得一干二净了。"我不知道该怎么给他解释才好，因为我知道赵得利一直有块心病，那就是他永远记得自己的爷爷当年被何满申他们迫害致死的情景。其实那一幕别说他，连我都永远不会忘记。

虽然小秋叔叔第二天就离开连二红旗了，白老师和我哥也是各忙各的事，家里也就是我娘和两位老人了。那些天我发现，他们之间好像有说不完的话。

两位老人这次来连二红旗住得可不短,差不多一个月呢。这中间,我哥和白老师两个人就在连二红旗,不用说,肯定是经常和我们在一起,而且小秋叔叔也来过好几次。最难得的是有一天,小秋叔叔是和我爹一起回来的。

全家人都知道,我爹回来一趟很不容易,这让全家人高兴得个个合不拢嘴。

付大爷对我爹说:"高粱,看到你们都在身边,我怎么有种又回到了榆树屯的感觉了呢?"

付大娘也附和说:"那是的,当年在榆树屯的一家人,这下子全都到齐了。过去这么些年,高粱、麦子,你们都没有大的变化。变化大的是老的和小的。我和你爸都老了,而天志那时还是孩子,天英更不用说,才出生,现在都长大成人了。"

我娘说:"妈,你说得可不对,我看你们二老变化最不大,看起来比那些年还精神多了呢。另外,妈,你可是忘了?咱们家还有个特别大的变化哩。"

付大娘瞪大了眼睛,不解地问:"是吗?"

付大爷好像一下子也没有明白我娘的话,问道:"麦子,你指哪方面的变化,我咋也没有发现呢?"

一旁的我爹笑了,说:"爸,妈,麦子的话我可是听明白了。她一定是指我们家比在榆树屯,不仅是全部到齐了,而是还多了一个人呢!不信你们二老数一数!"

还是付大爷反应快,听我爹这一说,把大腿一拍,说:"瞧我这老糊涂!多了个人我都忘了!"

这时白老师满面通红,说:"大爷大娘,你们不老,也没有糊涂。嫂子说得没有错,但是,我和飞凌这不是还没有——"

我娘把白老师的话抢过来说:"什么还没有?难道你们俩离是一家人还差多远吗?"

付大娘这时彻底明白了,紧紧拉着白老师的手,说:"孩子,你就是我们家的人！当年在榆树屯我给你嫂子说过，你是我的儿媳妇，也是我的亲闺女。麦子，妈是不是这样说的？"

我娘赶紧回答说："是，是。妈，你就是这么说的。现在，你老人家又多了一个儿媳妇，多了一个亲闺女呀！"

白老师这时热泪盈眶，说："嫂子，还有高粱哥，我和飞凌早计划好的，等我们全东北的土地全解放的时候，等到东北所有的父老乡亲们都像咱连二红旗的老百姓这样翻身得解放了，我们才正式办结婚手续。但今天机会难得，请哥嫂你们做个证，从现在起，我和你们一样，你们叫妈，我也叫妈，你们叫爸，我也叫爸。你们能给我做这个证吗？"

我爹和我娘高兴得不知说什么好了，异口同声地说："快叫吧！我们一定做证！"

只见白老师这时一只手拉着付大娘，另一只手扯着付大爷，叫了声："妈！爸！你们同意吗？你们答应吗？"

两位老人一边抹眼睛，一边万分激动地"欸！欸！"着，说："同意！同意！""答应！答应！"

这时白老师又转向小秋叔叔，俏皮地笑起来，问道："还有，夏飞凌同志，你批准吗？"

这时我看到小秋叔叔满脸幸福地微笑着。我有点等不及了，所以还没有等小秋叔叔发话，我抢着说：

"我批准！我批准！"

我的一句话惹得屋里的人笑了起来。我爹抚摸着我的头，说："天英，这事与你没有关系，你批准不顶用啊！"

小秋叔叔说："哥，你说错了，天英完全能代表我。他批准了也就是我批准了！"

小秋叔叔这句话太给我面子了，我高兴地跳了起来，朝白老师喊道："白老师，批准了！批准了！"

我娘笑着说："既然你批准了，那往后就不能再叫老师了，要叫婶儿才对呀！"

听了我娘的这句话我也赶紧走到白老师面前，甜甜地叫了一声："婶儿！"

"欸！"白老师立即答应了我，说"天英叫得真好听。"这时我打量了她一眼，看到她脸上浮起一片红晕，那片红晕，红得像朝霞般美丽、动人。这时她转向我娘，说："嫂子，这些年听你讲了不少发生在榆树屯那个家的故事，我真想什么时候你带我回榆树屯住上一阵子才好呢。"

这次我又抢先说："白老师，哦，不，婶儿，不用让我妈带，学校放假了我带你去！你不知道吧，榆树屯对我来说，比连二红旗还重要呢，因为那可是我的出生地呀！"

我哥这时说："那可不光是你的出生地，也是我的出生地。可我知道榆树屯我们家是什么样子，大门外有棵很大的老榆树。你呢？你还连眼都不会睁呢！啥子也没有看到过，知道榆树屯在哪？东南西北都找不到。"

哥这句话让我很不服气，说："你说我找不着榆树屯？太小看人了吧？鼻子底下就是路，我还不会问呀？"

小秋叔叔完全站在我这一边，笑着说："天英说得没有错，我举双手赞成！等放假了，我批准你带你白老师，不，带你婶儿，去榆树屯看看。不过，也就只能是看看，认认地方，要想住几天，可能性不大了。因为，从今往后那里已经没有我们的家了。"

小秋叔叔的这句话，他们大人都明白是咋回事，就我还蒙在鼓里。当然，白老师也肯定和我一样。

原来，两个月前，小秋叔叔让我爹抽空专程去了一趟榆树屯，把榆树屯的房子和地彻底处理了。

我爹去时，郝家老人已经过世，郝一和郝二在日本人投降、伪满洲国垮台后，都先后回到了榆树屯，并都参加了榆树屯的农民协会。我爹按照小秋叔叔的交代，和郝家兄弟商量，把付家原有的土地和房屋，无偿地全部交给了农民协会，怎么分配由他们处理。临走时，还把郝二带走，跟着我爹到部队当兵了。

这一切，他们早通了气，好像就和我与白老师没有关系。没有人告诉我们,所以我们俩啥也不知道,多好笑,我和白老师还想着去榆树屯住几天呢。

不过,前几天小秋叔叔回来,把这件事一说,我娘和付大爷、付大娘三个人,他们感情上一时也是很难接受的。我娘当即抱着付大娘,哭得像个泪人:

"妈,爸,你们想过没有?难道从此往后榆树屯那个家,就再也回不去了吗?"

付大娘,还有付大爷,心里和我娘一样难受,甚至可以说比我娘更难受。我娘在榆树屯才生活了十来年,虽然有太多的辛酸,太多的欢乐,令她难以割舍,而两位老人呢,却是在榆树屯过了大半辈子啊,不是有更多难以割舍的情感吗?

14

爷爷奶奶两位老人在连二红旗住了一个多月,那是我有生以来最愉快的一段美好时光。可是我心里明白,他们终归有一天是要离开连二红旗的。每想到这一点,我心里就好不是滋味。

那天,看到娘在为老人家收拾行李,我便悄悄地对娘说:"妈,不要让爷爷奶奶走不行吗?"

娘说:"傻孩子,你以为娘想你爷爷奶奶走吗?娘就是有一万个心想留他们,也不顶用呀。可这里毕竟不是爷爷奶奶的家,要不,你去求求爷爷奶奶,看他们愿不愿意留下不走。"

我知道娘这话完全是哄我的。其实,爷爷奶奶也做不了这个主。后来我想过要不要去求白老师,或者小秋叔叔再来了我去求他。可是后来白老师一句话,让我心里豁然开朗了。

其实,当时我还没有向白老师开口,她仿佛已经看透了我的心思,对我说:"天英啊,有句古诗里这么说,'人有悲欢离合,月有阴晴圆缺。此事古年全。但愿人长久,千里共婵娟。'以后你长大了,像这样与亲人分别的事情,会经常遇到,坚强一些,不要因为和爷爷奶奶暂时的分手太伤心了。而且，爷爷奶奶走得又不远，有机会还会再见到他们的。"她说得很轻松，我点了点头。只听她又说，"对了，你不是说放假了要带我去榆树屯的吗？那就榆树屯先不去了，以后有机会了我带你去哈尔滨看爷爷奶奶。好不好？"

白老师的话，让我为爷爷奶奶的离去，心里想开了许多。

爷爷奶奶走的时候，我看到村里那两个坑里厚厚的冰，已经开始融化，岸边的柳树枝上，能看到米粒大的嫩芽。

两位老人走了，我们家一下子冷清了起来，巨大的失落感一直在我脑海里徘徊，久久挥之不去。

一天下午放学，刚出学校大门，我就看到"傻砖"搀扶着两位老人，远远地看见我就喊了起来："关天英！关天英！"

因为娘早就提醒过我，不能像村里很多人那样，把"傻砖"真的当成傻瓜看待，要多些尊重与善待，所以，一直以来，"傻砖"见到我也表现都很友好。

我听他叫我，赶紧跑过去问他什么事，他指着身边的两位老人，朝我喊道："关高粱！关高粱！"

我真不明白这时喊我爹的名字是什么意思。他又指着我，朝两位老人喊："关天英！关天英！"

"傻砖"前言不搭后语地喊了我爹的名字又喊我的名字，真的把我给越弄越糊涂了。犹豫间我认真打量了一下眼前的两位老人。他们年纪大约和刚离开我们的爷爷奶奶差不多，但衣着可就相差很远了，身上的棉衣破旧不说，显得非常邋遢。两人各背一个破旧的包袱，手里也各拄了一根木棍。

以后我才知道，那叫打狗棍。

我正云里雾里的时候，两位老人说话了。他们问我和关高粱是什么关系。我说，他是我爸爸呀！他们又问我，田麦子是谁你知道吗？我说，知道呀，太知道了！她是我妈妈！

说到这里，两人老人猛然上前一步，一人拉住我一只胳膊，像是怕我随时会跑掉，一跑掉就再也找不回了似的。

两位此刻声泪俱下,说:"孩子,我们是你姥姥、姥爷呀!"

听了这话,我一切都明白了!

"傻砖"这时一边喊着"田麦子,田麦子",一边往前跑了。我没有猜错的话,他一定是给我娘报信去。

果然,当我搀扶着姥姥、姥爷走到东红旗的大坑边上,我娘便疯了一般朝我们跑了过来。不,是朝我们冲了过来……

大悲大喜!

很多事情就是这样,你越是抱太大希望的事情,往往会落空,而认为完全没有希望的事情,在你毫无思想准备时,突然来临了。我娘早就不指望这辈子还能见我姥姥、姥爷了,可没有想到两位老人就这么似乎是从天而降,做梦一样重新回到了她的身边,这对她说来该是多么大的喜事呀!

开始那两天,我娘抱着两位老人,一会哭得翻江倒海,一会又笑得地动山摇。一旁的我和我哥也不知该如何表达心情,娘哭时,我们跟着她一起哭;娘笑时,我们跟着她一起笑。

我娘迫不及待地想了解,二十多年前的那天夜里,那连禄在田家窝棚放了一把大火,我姥姥、姥爷是怎么死里逃生的,以后这么些年吃了什么样的苦,受了何等的罪,最后又是如何来到连二红旗,安然无恙地回到我们身边,等等。可是,正如老人说的,麦子呀,那是十天半月也说不完诉不尽的啊!

同样,老人家也最想知道,从那天我们家出了事,我爹带着我娘去了哪里,后来这么些年又是怎么一步一步走到今天,而且如今日子过到今天的模样,两个孩子都长大成人了,等等。这些,我娘也只有同样的一句话,那是十天半月无法说得明讲得清的啊。

本来就是,二十多年间发生那么多事,谁记性再好,也不可能一下子说得清楚、道个明白啊。好在,往后日子长着哩,多少事留待以后慢慢说,有的是时间,不用着急。

两天过去了,哭也哭得差不多了,笑也笑得足够了,我娘才想起来对我哥说:"天志呀,你能不能想个办法,把姥姥、姥爷回来的消息,告诉你爸爸呀?让他抽空回来一趟。"

其实，我娘没有想到，姥姥、姥爷回来的当天晚上，我哥就告诉了白老师，白老师也通过有关渠道告诉了我爹。所以在第三天的晚上，我爹就真的回来了。

我爹和我姥姥、姥爷见面时的情景，用激动人心来形容，显然不够分量，我觉得用惊心动魄才更准确。

自从那一天我爹牵头毛驴把我娘从姥姥、姥爷手上接走，一别就是二十几年，是死是活音讯全无，几乎到了阴阳两隔的境地，如今却如同死而复生，那真是如同太阳从西边出来了！

当我爹双膝跪在姥姥、姥爷面前时，姥姥拉着我爹的手，问了一句："你真的是高粱儿吗？"我爹使劲地点着头，话还没有出口，我姥姥便晕死在了我爹的怀里。全家人呼天抢地折腾了很久，我姥姥才又睁开了眼睛。

就这样，一个晚上，我姥姥前后昏死过去了三回……

1946年的连二红旗村，不仅只有我们家喜事连连，从年头到年尾，村里大小喜事接连不断，全村人似乎天天在过年，家家户户都沉浸在欢乐的气氛中。

特别是到了年末，也就是1946年的12月，以张闻天同志为首的中国共产党东北局首长一行数十人，加上负责警卫的人员，差不多一两百人的队伍，来到了连二红旗村。与东北局首长一起来到连二红旗的，除了领导机关的人员之外，还有著名作家艺术家，例如大作家周立波、著名画家华君武、著名记者白朗等。用现在人们的说法，那真是名家云集，群星璀璨！

想想看，对于像连二红旗这样的普通乡村，一下子来了这么多大人物，那可是几十年甚至是上百年不遇的喜事啊！用盛况空前来形容，一点也不为过。这对连二红旗这么个黑土地上名不见经传的普通村子，是多么大的荣誉啊！

事实也是这样，自从那次以后，至今又过去几十年了，连二红旗的人再没有见过那么大的首长，那么多的名人，扎堆似的一起来到连二红旗了。

不过，当时在连二红旗普通老百姓眼中，"大首长"究竟是多大，"名人"究竟多有名,并不是十分清楚的。他们亲眼看到的这些客人,个个都一样,穿一样的军装,腰间都别着一样的盒子枪,一样的说话和气,一样的笑容满面。乍一看,人人都像大领导,个个都像大首长。至于他们都叫什么名字,没有人去关心,也没有人去打听。就算是知道了他们哪个人的名字,对连二红旗的乡亲们来说,也并没有如雷贯耳的感觉,因为他们之前本来就没有听说过。包括东北局的首长,当时连二红旗的老百姓并不熟悉,也可以说是完全陌生,闻所未闻。全是靠工作队的同志,特别是白老师不停地向乡亲们介绍、宣传,人们仿佛才明白,原来他们没有一个是普通人啊!

但是,如果说他们真的不是普通人,好像也不对呀!他们吃的是和村民一样的玉米碴子,连包饺子也是用南瓜做馅,没有一星点的肉。这让连二红旗的人大开了眼界。真是百闻不如一见,天底下真有这么好的大官和这么好的军队?除了穿的衣服和咱们不同,说话口音和咱们有所区别,其他方面,就和咱们老百姓没二样呀!

听到乡亲们这样议论,白老师说:"这就对了。他们本就是普通人,和我们老百姓完全一样的普通人!"

谁也没有想到,在东北局首长一行中,有一个人在连二红旗村引起了轰动。她就是我还从没有见过的姑姑——关柳枝儿。

那天东北局工作团到的第一个晚上,我们全家都睡下了,听到白老师来敲门,我娘让我先去开门。门打开后,我看到白老师后面还跟着一位穿着与白老师一模一样的女兵。

白老师一进门,就兴奋地喊道:"嫂子,快把灯点上,有客人来了!"我娘一边答应着,一边把灯点上后走了过来。没有走到跟前,白老师身后的客人上前一步把我娘紧紧地抱住了,同时放声大哭起来,边哭边说:

"嫂子,我是柳枝儿,我是柳枝儿呀!"

"柳枝儿!柳枝儿!苦命的妹子,真的是你吗?"

我姥姥和姥爷闻听后,也赶紧从里屋出来了,两位老人也是一遍一遍地问:"真的是柳枝吗?真的是柳枝吗?二十多年了,你爸爸妈妈死得好惨呀!"

一家老小抱在一起,哭作一团。

这天晚上,我姑就住在了家里,与我娘说了一夜的话。直到天亮了,一开门,看到连二红旗的乡亲们早把院子站满了,还有人放起了鞭炮,我娘、我姑一起朝乡亲们跪了下去……

简单说来,我姑当年从那连禄家逃出以后,先到了阿城,后去了哈尔滨,根本不是村里人传的那样,进了一个有钱有势的大户人家,而是被地下党的人出手搭救了。以后又被送到了延安革命根据地,在抗日军政大学读书后,随八路军到了山东,抗战胜利后再随主力部队渡海到了东北。

我姑姑关柳枝儿回到了连二红旗,尽管我爹当时不在家,但无疑已经证明了,二十多年前家破人亡的老关家,实现了真正的大团聚!

1946年底与东北局首长一起来的,还有从延安过来的赫赫有名的鲁迅艺术团的艺术家们。他们除了为周围村庄的群众演出之外,还帮助连二红旗村建立起了一个红旗文工团。

开始时,由于受封建思想的影响,女人不愿在舞台上抛头露面,红旗文工团里没有女孩子参加,全部是男人,女角色也由男人来演。例如演《兄妹开荒》时,兄和妹都由小学校两位男老师出演。后来,经过白老师和鲁迅艺术团的艺术家反复做工作,白老师还和一位男老师演了新剧《董桂兰劝夫参军》《挖坏根》《乐新年》等,这才逐渐让人们接受了。

特别是鲁迅艺术团的艺术家,根据我姑事迹临时改编的《月牙儿五更》,由白老师亲自上台演唱,熟悉的曲调配上新词,让老百姓听得如醉如痴,很多人边听边流泪。

> 一更啊里呀,
> 月牙儿出正东啊
> 关家女儿关柳枝儿呀,
> 想念亲人难入梦啊。
> 二十年前的血和泪呀,

二十年前恨难平。
家破人亡去逃命，
亲人何时再想逢。

三更啊里呀
月牙儿升正南啊，
关家女儿关柳枝儿呀
参加革命到延安。
枪林弹雨不回头，
烽火路上志更坚。
仇恨的种子要发芽，
吃人的社会要推翻。

五更啊里呀，
金鸡高唱亮了天啊，
关家女儿关柳枝儿呀，
荣归故里山河变。
受苦的人儿翻了身，
姑嫂相逢泪涟涟。
感谢恩人共产党，
天下穷人得团圆。

每一次演出，我娘都会去看。每次听到白老师唱我姑的那段，都免不了大哭一场。很快她也学会了，便经常在家里一个人唱，唱一遍哭一次。

有了白老师的带头，学校里一些女孩子也参与了进来。当时红旗文工团主要成员大部分是学校师生。他们中有赵文楼、吴纯良、王大士、苏喜文、赵利德、赵自琴（女）、赵景书（女）、赵文芬（女）、赵志琴（女）、赵志云（女）、赵殿阁等，加上乐队的人，共有二十多人。他们先后演出的剧目除了《兄妹开荒》，其他大多是自己编的，其中有：《吴寡妇卖地》《枪毙何满申》《儿童劳军》《问路》《两个胡子》等。红旗文工团不仅在自己村演出，还走出去到附近村庄去演，一直演到拉林镇，所到之处，无不受到热烈的欢迎。

红旗文工团从1946年底成立，1947年春节正式演出，一直演到1947年年底。

15

东北局工作团在连二红旗住了整整一个月。一个月里，连二红旗每天都比过年还热闹。这期间，他们除了经常组织乡亲们开大会外，还三五成群地冒雪踏冰地到穷苦农民家串门。也不仅是连二红旗，周边很多村子屯子，他们都会去。

其实就在我们中心小学校园里，也一样热闹。因为折家大院里住不下，一部分负责警卫的战士，就住在我们中心小学里。开始听到这个消息后，我们高兴得手舞足蹈，奔走相告。等他们住进来后，我们一天到晚都围着他们转，往往把放学回家吃饭都会忘记。他们排队跑步，练习刺杀、投弹，别提有多吸引我们的了！还有，我们特别喜欢他们集体唱歌，那么整齐，那么雄壮，真可以说是排山倒海，气吞山河！

因为还没有到放寒假的时候，为了不影响我们上课，他们在校园的活动，都是在早晨我们上学前或晚上放学后。白天学校的上课铃声，本来是响给我们听的，但是一听到了上课铃响起，他们无论在做什么，马上就会安静下来。

这一点让我印象特别深刻。从那时，我就暗暗下决心，我将来也要当兵，要做他们那样的人！

工作团在连二红旗期间，我爹匆忙从部队赶回来一趟。当然是白老师通过组织上把我姑的消息传给了他，他才专程回来的。兄妹俩见面，纵然有千言万语，也只能等以后再说了。我记得当时我爹对大家说的一句话。他说，"现在国共两方的军队都正在往东北集结，一场大战肯定难以避免"。

我爹只住了一个晚上，便于第二天又赶回了部队。

1947年1月，东北局工作团撤离了连二红旗。我同样记得，我姑走前给我娘说的最后一句话，"嫂子，等革命胜利了，全国解放了，我还回咱连二红旗，陪嫂子一起过安稳日子"。

工作团走后不久的这个春天，国共两军争夺东北的战斗，异常激烈。一天，小秋叔叔来到了连二红旗。他这次来的主要目的，是动员村里的年轻人参军入伍的。很快，由我哥率领连二红旗十名优秀民兵离开了连二红旗，正式加入了东北民主联军。后来大家习惯称为"东北野战军"。

后来的两年多时间里，连二红旗的子弟们英勇作战，为人民立下了战功。其中有的人牺牲在了全国解放的战场上，用鲜血与生命为连二红旗村赢得了光荣和骄傲，连二红旗人民世世代代永远记得他们的名字和他们所代表的翻身农民跟共产党走、为穷人打天下的伟大革命精神！这些都是后话。

也是在1947年的春天，东北局决定撤销双林县双东区联合办事处，成立拉林县，并下设五个区，连二红旗村属兴隆区，又称第三区。小秋叔叔任拉林县委主要负责人之一。不久，白老师也正式离开了连二红旗，去拉林县委工作了。

送白老师走时，我和我娘都哭了。

全村人都来送白老师，大家也都哭了。

白老师开始没有哭，反而是不停地向大家笑。

挨着一个个叫着"大爷大娘大叔大婶"，最后拉着我娘的手，笑着说："嫂子，哭个啥呀？我这又不是走多远，更不是今后不再来咱连二红旗了，不哭了，不哭了！"

说让别人不哭，还没有说完，我看白老师鼻子一抽，两行热泪也顺着脸颊流了下来。

白老师走后没有几天，根据松江省政府指示，连二红旗村和全县其他村庄一样，正式展开了土地改革运动。

正式开展土地改革之前，连二红旗村来了以陈树仁为首的土地改革工作组。村长是佟有贵。当年中心小学年龄大的同学如郎青山、张志等人，还有原农会的几位骨干，已经分别调到外地工作，有的参军走了，如我哥和关文治等人。

土地改革主要有两项内容，一是划分成分；二是把地主土地平均分给村民。

全村各家各户成分的划分，标准是按照所拥有土地的多少，分为地主、富农、中农、贫农、雇农等。

在连二红旗，与别的地方还有点小小的不同，多了一个"划中农"。这是因为在划分成分之初出现了偏差，有些本不该划为中农的因为极左影响划为了富农，后来小秋叔叔代表县里亲自到连二红旗指示纠偏，把这样的农户又改为了中农，所以被称为"划中农"。比较典型的是东红旗的汪长江家。

土地改革时，连二红旗村有耕地一万一千多亩。全村共有八百口人，每人可分得十余亩土地。土地分为三等，最好的一等土地，当然都分给了最穷的农民，地主、富农只能分到二、三等土地。这极大地鼓舞了穷苦农民积极生产支援前线的热情。

土地改革，分田分地，连二红旗又是一番新的喜气洋洋的景象。正值春天的脚步慢慢走来，村头、坑边的杨柳树，也已经开始发芽，被冰雪覆盖了一个冬天的土地，雪化了，解冻了，家家户户都在计划着新的一年的耕种，不分白天黑夜地忙碌着，打造和修理各种必需的农具。有些心急的人，一天要往自家新分的田边地头跑多少趟，真正是乐此不疲。他们的心情不难理解，多少人种了几辈子的地，从今年开始才真是在自己的土地上忙碌，那种喜悦整天浮在脸上，挂在嘴上，夜里睡觉做梦都会笑醒几回。

我们家也分得了属于自家的地。我爹和我哥虽然都到部队去了，但我们家还是按四人分的地，一共是四十多亩。我娘带着我也去地里亲眼看了两次。我发现我娘不像别的人那么高兴，甚至是满面愁容。在我的再三追问下，娘才这么给我说："种地，要靠人种。咱们家你爹你哥不在家，就剩咱娘儿俩，娘老了，你还没有长大。再说，咱家农具要什么没什么，就是把咱娘儿俩埋在地垄沟里，也长不出庄稼啊。你说娘怎么能不发愁呢？"

娘这么一说，我的心情也沉重起来。这时我想到了小秋叔叔，还有白老师，要是他们在，准可以帮娘想出主意。听说他们在拉林，远倒不是很远，那也有好几十里地呢，我和娘从来没有去过，总不能为这事跑去找他们吧？

我和娘从地里回村，一路上正发愁的时候，迎面碰到了村长佟有贵叔叔。正是有贵叔叔一句话，让我和娘一下子转忧为喜了。

佟有贵叔叔说："嫂子，我正有件事要告诉你呢。村里面根据上级的指示，成立了助工队，往后种地你就不用发愁了。"

我娘开始也没有听明白，问道："有贵，啥叫助工队呀？"

佟有贵叔叔接着说："就是村里把一些种地的好把式集中起来，专门帮助家里有子弟参加了咱们军队的人家干活的。咱连二红旗军属有二三十户，其中你们是咱们村必须帮助的第一户，因为你们家有两个人在部队，最缺人手。大家说好了，不先把你们家地里的活忙完，谁也不准去干自家的地里的活。"

我娘还有点不相信，又问道："这样行吗？如今谁家都分了地，自家的地放一边去帮别人干活，谁乐意呢？"

佟有贵叔叔这时把手一拍，说："嗨，嫂子，你怎么还不明白呢？咱连二红旗的人觉悟高着哩。嫂子刚才说的没有错，现在每家每户都有了自家的地，可是，大家的地哪来的？当然是分的像折景山一样的财主家的。但谁会不明白，若是没有高粱哥他们在咱们队伍里出生入死打天下，他们哪家财主会主动把地分给咱们穷人？你们家更是不同，不光高粱哥一个人，早些日子天志又到部队去了，你们是最该被帮助的头一户。目的就是为了让高粱哥和天志他们在前线安心打仗，打胜仗，要不然，别看咱们村里这些人，你今天分了地了，挺高兴，明天你就有可能种不成！"

划分成分是与斗争恶霸地主同时展开的。一些当年在伪满时期像那连禄那样罪大恶极的恶霸、地主、汉奸，不杀不足以平民愤，所以早被镇压了。但是，现在要开展斗争恶霸地主的运动，工作队专门在村里开了动员大会，群众的斗争热情如同被点着的柴禾垛，一下子烈焰腾空，熊熊燃烧了起来，最后出现了完全意想不到的情况，例如该斗的斗了，不该的斗的也斗了，甚至以前在村里口碑还不错的人，就因为地多了些，被划成了地主，也被拉出来批斗，甚至被斗死了。工作队已经控制不了这个局面。

其中，像折景三，虽说是连二红旗最大的地主，但多少年并没有恶行，更没有人命在身，减租减息他没有反对，把家的地分了，他也没有说什么，甚至表态拥护，可还是有人把他从哈尔滨抓回了连二红旗批斗。结果是死在了批斗现场。

这种情况还有：

地主那西林，被批斗致死。

地主折桂昌在批斗中被群众点天灯烧死。

地主富玉芳、关文胜，被翻身农民用马拉着在地上拖死。

还有：

原"爱本村"村公所姓葛的股长不忍群众批斗，自己吊死。

原"爱本村"劳工股长于庆涛，黄旗人，在批斗时当场被打死了。

在折景山被批斗死在现场的第二天早上，我刚睁开眼睛，就听娘问我：

"天英啊，妈怎么这两天越看越不明白了呢？"

"妈，啥不明白呀？"我反问娘。

"怎么给你说呢？说了你也不懂。唉！要是你白老师在就好了，问问她，这人都是怎么了，都一个个疯了似的？"妈一副忧心忡忡的样子。

我说："妈，啥事呀？看把你愁的，说给我听听呗。"

"妈这两天就想啊，有的人，以前坏事做得太多，斗死了活该。可有的，明明是没有做过什么伤天害理的事，也把人家给斗死了，你说这公平吗？"

我又问她："妈，你这是说谁呢？"

"说谁？不是一个两个。就说折景山吧，他家地是多，这大家都知道。现在把他家的地分了，他也没有说啥呀，那还非要把人家给整死，这是为什么？听说，还有人要把折景水给拉到台上斗呢，被'傻砖'不知给藏哪了，很多人正在找呢，如果被找出来，一个残疾人，更经不起折腾，离死也不远了。听说，当时还多亏了那个'傻砖'，把那些人给堵在了门外，没让人搜。"

妈说的事情，我也知道一点点。有人去抓折景水时我和很多人在一旁看热闹。当时，"傻砖"坚决不让带走折景水，他从怀里掏出一块半截砖头，谁上前他砸谁。有人要叫民兵来把"傻砖"给捆绑起来。这时村长佟有贵在工作队长陈树仁耳边嘀咕了两句，陈队长点了点头，有贵叔便对大家说："算了算了，一个傻瓜，不与他计较了，这可等等再说。"于是大家才散了。

"还有呢。"妈接着对我说，"那几个被点了天灯和被马拖死的，人家不冤吗？那连禄、何满申被枪毙前，也有人提出要点他们的天灯，你爸都没有同意。而这几个人，手里没有犯过人命，能比那连禄、何满申的罪恶还大吗？怎么能这样对人家呢？"

看娘越说越激动，我劝她，说："妈，这事儿我们管不了，你也别操这份心了。"

"那不行！我今天要去拉林！"

"妈，你从来没有去过拉林，现在要去做什么？恐怕连路都摸不着。"

"我去找你白老师把这事儿给问问清楚。路就在嘴下面，妈不会问呀？"

正在我和妈说话的时候，突然见小秋叔叔风尘扑扑地来了，一进门就喊道："嫂子，给弄口吃的，一大早跑了二十多里路，快把我饿死了。"

娘看到小秋叔叔来了，特别高兴，说："有！有！正好我和天英还没有吃呢，一起吃吧。"

小秋叔叔说："那要快呀，我还有急事。"

娘说："慢不了。"说着就去锅台那里一边忙一边说，"兄弟呀，这是你来了，要晚一步嫂子就去拉林找你们去了。"

听娘这么说，小秋叔叔问道："你去拉林？找我们？出了什么大事呀？"

这时娘把刚才和我说的话，都又说了一遍，小秋叔叔说："嫂子，我正是为这事一大早赶来的。我现在不是夸奖你，我们很多干部，要是有嫂子你这么高的认识，就不会有这些问题了！不仅是咱连二红旗，别的地方也不同程度地在斗争恶霸地主的过程中，出现了过激过火违反政策的情况，有的地方比咱连二红旗还要严重。昨晚上我们开了一夜的会，会一结束县里领导就分头下到各村去了，传达上级精神，立即纠正之前的错误做法。"

听了小秋叔叔这番话，娘长长地吁了口气。她把碗端到小秋叔叔面前后，小秋叔叔一边狼吞虎咽，一边对我说："天英，你去替叔叔把陈队长和佟村长叫到我们家里来。事情十分紧急，等会我就不到村委会开会了。"

我很快把他们二人叫来以后，小秋叔叔很严厉地批评了工作队陈队长，指出他在执行党的斗争政策上犯了严重错误，使工作出现了重大偏差。我看到当时工作队长陈树仁脸上一阵红一阵白，好像心里有很大的委屈，似乎又有苦难言。当他想解释什么的时候，小秋叔叔严肃地对他说："你什么都不要说了，你们两个人，马上去召集工作队和村委会骨干会议，传达县委的紧急通知，立即制止当前的过火行动！告诉大家，我们共产党人革命的目的是要消灭剥削阶级，但是——"说到这里，他加重了口气，"但是，消灭剥削阶级，不是消灭他们的肉体，而是消灭他们的剥削阶级思想。只有像何满申、那连禄那样的罪大恶极的地主恶霸，才能采取镇压的手段，而对那些虽然已经划为地主、富农的人，只要他们低头认罪，就要给他们改造思想、脱胎换骨、重新做人的机会。工作中，我们作为干部，要对群众的情绪进行正确的指导和引导，不能当群众的尾巴！"

陈队长和有贵叔走后，小秋叔叔也把早饭吃完了，他站起身对我娘说："嫂子，我马上还要赶到别的村，你还去拉林吗？我可陪不了你了。"

我娘笑着说："不去了，不去了。兄弟，啥也不说了，你赶快去忙你的吧，嫂子的一颗悬着的心已经落地了。"

由于小秋叔叔的到来，确实救了村里好几个人的命，像折景水、富秀才，虽然也被斗了好几回，可再也没有出现群众上台往死里打的现象。还有一位，原"爱本村"村公所青年股长方文忠，有人早说要点他的天灯，吓得他几次要上吊，被家里人救起了，最后也只被定为历史反革命分子。好歹留了一条小命。

在土地改革和斗争恶霸中，连二红旗还出现两件事，牵涉的人不多，但影响很大。

一个是与西红旗的地主那祖培有关。那祖培这个人有点眼光，日本投降不久，他便离开了连二红旗，逃到长春去了。最终下场也不好，两年后，在解放军围困长春时，被饿死在城里。这里要说的是，他在逃跑之前，埋在院子地下的金子没来得及带走。分到他家房子的贫农南国斌，也可能是早知道点消息，所以住进去没有几天，便把金子挖了出来。然后悄悄拿一部分金子到哈尔滨卖了。几天后，雇了一辆马车回来，车上装了不少东西，显得很排场。这便引起了人们的怀疑。村委会几个人一合计，派民兵把他找来，说是问问情况，实际就是审讯。开始南国斌嘴挺硬，咬着牙不吐口。后被揍了一顿，这才说出实情。随即，工作队把剩下的金子收归公有，之后又派人带到哈尔滨也给卖了。不过，这次没有把得的钱装进哪个人的口袋，而是把钱全用来买成了二十匹马回来，分给了村里最需要的贫农。

另一件事是，在批斗过程中，那些曾在"爱本村"村公所和警察分局干过事，特别是有恶行有民愤的人，该抓回来批斗的都抓了回来，唯独没有局警察分局警长孙三水的下落。工作队派人到他五十多里外的老家去调查，才知道一年多前，因为当时东北野战军需要大批兵员，他隐瞒了以前的历史，当兵去了。开始他们村里还没有人说得清他在哪一个部队，费了很大的劲才把他所在的部队找到。工作队到拉林县委，通过小秋叔叔开出了介绍信，派人到部队把孙三水要回到连二红旗，交代问题。孙三水当时已经是排长了，态度十分强硬，甚至还带了五个战士回来给他做保镖，气焰十分嚣张，拒不交代当年的罪行。后工作队多次与部队协商，终于没有再让他回到部队，并且根据他当年犯下的罪行，特别是在那年拉十三位老人冰天雪地里游街，死了三个人的事情中是主要执行者，应负主要责任。工作队召开了当年"爱本村"三十六个自然村的群众大会，公开审判，然后对孙三水判了极刑，当场枪毙。

尾声

春风吹醒了连二红旗这片古老而苦难的土地。

1947年底,连二红旗村又要送走一批自己的子弟参军,奔赴解放的战场。他们中有关德英、方文信、付云生、赵绪禄、赵绪文、佟恩良、佟恩福、苗良才等。

我已经十六岁了,下决心到部队去,并且不能错过这次机会。我开始没有敢对娘说,只是向村长佟有贵叔叔提出的。

可是有贵叔叔坚决不同意,而且马上告诉了娘,他的目的是让我娘阻止我。

有贵叔叔对我娘说:"嫂子,你们家就三个男人,两个已经在部队了,就剩天英了,还不到十八岁,说什么也不能让他走。他要是走了,以后你身边没有个人,哪不舒服了,连个端茶倒水、喊医生的人都没有,怎么行!"

有贵叔叔没有想到,我更没有想到,我娘的态度完全不是我们想的那样,她不仅没有向有贵叔叔想的那样劝我留下,而是反过来替我向有贵叔叔求情,一定要让我去。

我娘说:"有贵呀,我们老关家以前的事,你也听说过,不是这世道变了,我们家哪里会有这三个男人!别说你嫂子心狠,你嫂子要是有十个八个儿子,我一个也不让他们守在我身边,全部送到部队去,为咱穷人打天下!

将来他们谁能活着回来，是他们命大；他们要是回不来，你嫂子也没有半句怨言。"

我娘一席话，让有贵叔半天说不出话来。

我娘接着说："有贵呀，听嫂子一句话，你就让天英去吧。你可能还不知道，天英还在我肚子里的时候，他'小秋叔叔'，也就是咱拉林县夏县长就说过，要他长大后当大英雄，还给他起了关天英这个名字。有贵兄弟，算嫂子我求你了，让天英去吧。嫂子我还是那句话，让他去像他爸他哥一样，为天下受苦的人打天下，流汗流血，就是把命赔上，我这个当妈的，绝不会说半句后悔的话！"

离开连二红旗的时候，天正下着大雪。

我们一起走的共有二十一个人。

全村的人敲锣打鼓地都来送行了。

当我走过很远了，回头看到了我娘。她站在东红旗和西红旗之间的那条大路边坑北沿那棵柳树下，远远地朝我挥着手。她身上扑满了大雪，一动不动，一直望着我走远的身影……

2016年4月-12月第一稿于汉口北

2017年1月-7月第二稿于深圳、潮州、东莞

2017年8月第三稿于哈尔滨阿城区-拉林镇

后记：我与"连二红旗"的缘

释迦牟尼说："无论你遇见谁，他都是你生命中该出现的人，绝非偶然，他一定会教会你些什么。"

从佛学的角度来认识，这无疑是颠扑不破的真理。

我和一位名叫何宏继的相识，并通过宏继而与"连二红旗"结下的缘分，正是最好的验证。

（一）

1996年秋天。

为了赶写一篇原广州军区副司令员、开国中将文年生同志抗战时期战斗经历的报告文学，我到延安体验生活。

抗战初期，为了联合抗日，共产党领导的红军被改编为八路军和新四军，其中八路军下辖115、120、129三个师，每个师编制最初只有两个旅，每个旅是两个团。文老将军当时便是120师下面的一个主力团的团长。该团当时担负着坚守吴堡县的黄河西岸，防止日军从山西境内西渡黄河犯我陕北的重任。不说多的，有两件事，足以让人们记住文老将军率领的这个团当年那段辉煌历史。一是，延安著名诗人张光年（光未然）曾到这个团体验生活，《黄河大合唱》歌词便是在这里写成的。第二件事，自抗日战争开始，无论是国民党正规部队还是共产党的八路军、新四军，抓到的第一个日军俘虏，便是文年生团长亲自带领一个突击队，东渡黄河，夜袭日军时的斩获。

为了切身感受一下文老将军那段经历，在延安采访任务完成后，我专留了一天时间，去吴堡县城所在的黄河边看看。

从延安到吴堡两百公里多一点。我想，一大早坐班车，最迟中午也就可以到了，下午在吴堡活动半天，第二天一早再坐班车返回延安。因为军分区的同志已经为我订好了从延安回西安的火车票。这样，尽管时间很短，可即使是走马观花在黄河边走走，对下一步的写作也一定会有帮助的。

可是，事情却完全不是我所想象的那样。

两百多公里的路，从太阳露脸到晚霞满天，班车却走了整整十二个小时。这让我真正认识到了当时的"陕北速度"。一路上，班车拉着满满的一车人，就像是在陕北乡村串亲戚似的，走走停停。特别是像在清涧和绥德这样的大站，一停下就是一两个小时。当时我心急如焚，可是，你急他不急。最后也只好随遇而安了。

值得为之庆幸的是，正是在这十二个小时里，我结识了个朋友，一位来自东北黑土地上的汉子——何宏继，而且从此两人亲兄弟般心心相印，不离不弃，一晃就是二十余年。现在回想起来，真得好好感谢行驶在陕北黄土高原上的那趟速度如牛车一样的汽车班车。若不是它，我和宏继很可能会失之交臂。

当我对班车的速度不再抱任何希望之后，或者说我已经习惯了这种慢速度之后，便放松了心情，开始借此机会认真欣赏起一路上的风光来。陕北这地方虽然是革命圣地，名气如雷贯耳，但与广州相隔千山万水,来一趟也并不容易,这陕北高原的风景,之前也只是在电影和图片上领略过,实地零距离接触,机会难得呀。

我当时不离手的是一部照相机。每当汽车停下以后,觉得有好的镜头了,不免会拍上两张照片。但因那时数码相机尚未普及,我用的还是普通相机,彩色胶卷当时价格不菲,不可能看到什么就拍什么。倒是另一个宝贝,确实派上了更大的用场,那就是我随身携带的一部20倍的军用望远镜。

深秋的陕北大地,景色比较单调,连绵起伏的黄土高坡,很难让我一直保持高昂的兴致,唯有远处山坡上偶尔出现的柿子树,确实不失为一道独特的风景。这样的柿子树,不成排更不成林,单株而立,在军事地图上常被标为"独立树"。树冠上显然找不到一片叶子,映入眼帘的却是枝头上挂满的红红的柿子,一嘟噜一嘟噜的,可谓是硕果累累,煞是喜人。

在我手持望远镜,目不转睛地欣赏远处的柿子树时,突然身旁有个人伏在我耳边轻声地问了一声:

"解放军同志,能不能把望远镜借我看一下?"

我侧过身,看到了一张我并不太陌生的面孔。说不太陌生,是因为在车上,他的座位就在我前面一排,已经同车几个小时了,想不看到他都难。他身旁是一位年轻的女孩子。他们一路有说有笑,我判断这是一对新婚夫妇,大概是外出旅游结婚的。

后来证明,我的判断很正确。

也许是旅途太寂寞,自从因借望远镜两人搭上话后,一路上我们便开始语言交流起来。他告诉我他是带新婚妻子从哈尔滨出来旅游结婚的,先是去了西安古城,因为从小就向往革命圣地,便又到了延安。这是准备坐这趟班车到石家庄,从那里坐火车回哈尔滨。

关于他的籍贯,我却判断失误了。从长相上看,他们并不是我印象中东北人的形象。特别是他的新婚妻子,给人的感觉完全就是位来自江南水乡的大家闺秀的形象,人长得水灵、漂亮,而且小巧玲珑,言谈举止透着书香之气。至于他本人，中等偏上的个头，脸上始终挂着的微笑，给人以善良和纯朴的感觉。这与我想象中的粗犷的东北大汉，确有一些距离。

最后，我们互相留了姓名、通信地址和电话。因当时两人都还没有手机，我给他留的是广州单位办公室的电话。他留的电话是哈尔滨郊区乡下一个医院的。

他还告诉我，自己就在这家医院工作。至于他在医院具体做什么，他没有说，我也不便多问。我猜想他应该是位医生。我也告诉他，我从广州来，自己是部队一名现役的文学创作员。

或许他当时并不完全明白文学创作员的工作性质，但有两点他是完全清楚的：一、我是名军人；二、我的具体工作是和笔杆子打交道的。他打趣地说："老节大哥，毛主席说过，枪杆子，笔杆子，夺取政权靠这两杆子，保卫政权也要靠这两杆子。在部队舞文弄墨，正可谓是'上马杀敌寇，下马草君书'，您可是文武双全，枪杆子笔杆子都被您占全了呀。"

其实那时我才四十出头，应该还不算是很老，可他毕竟小我几岁，所以从一开始，就称呼我"老节大哥"，这一叫就是二十多年，从未改过口。

班车再慢，总有到的时候。当夕阳西下的时候，汽车终于停在了吴堡县汽车站。时间大部分已经浪费在了路上，车一停下，我就立即逃离般下了车，慌忙中竟然忘记和新结识的这位名叫何宏继的朋友道一声告别的话。

等我落实好下榻的旅馆并简单找地方吃了饭，天已经完全黑下来了。我马不停蹄地来到了黄河边。本来安排有一下个下午的时间，现在只能借助夜色看一眼梦想中的黄河了。

当我正漫步在河边时，突然有个声音从不远处传来：

"老节大哥！老节大哥！"

我一看，正是宏继朝我跑来。

我刚刚还为没能和他道别有失礼貌而内疚时，又一次看到他，似乎有种久别重逢的惊喜，赶紧问他："你怎么还在这里呀？"

他指了指前方不远的地方，说："你看那桥上，全被堵死了，汽车一步都动不了。"

我朝他指的方向看去，在黄河的上游，三百米外，横空架着一座大桥，把黄河东西两岸连在了一起，桥这端是陕北，那端当然就是山西了。也是我的疏忽大意，竟然没有想到，当年以文老将军为代表的八路军将士们，用血肉之躯保卫的吴堡一带的黄河，早已经改变了模样，一桥飞架，天堑变通途了。

接着，宏继陪我来到桥上，两人从车缝中一直走到了桥的另一头。我分明是站在了山西的大地上了，心中涌起几分莫名的兴奋。农历正是月中之后，我看到一轮明月懒洋洋地从东边的山头上升起，像一位情窦初开的少女，笑眯眯地望着我们。我脚下的黄河，深情地拥抱起如水的月光，把自己装扮成了一条银色的彩练，很享受般地躺在群山的怀里，静静的，不曾发出一点点声响。我的思绪，不由自主地穿越到了很久以前那个风高月黑的深夜。五十多年的距离，谁能说得清二者究竟有多大的反差！我耳边仿佛又响起了那遥远的歌声："风在吼，马在叫，黄河在咆哮，黄河在咆哮……"

宏继陪我又从桥东头回到了桥西头。我曾经乘坐了十二个小时的那辆车，静静地停在一边，车上的人大部分都靠在座位上休息。车上都是已经熟悉的面孔，所以不时有人透着窗口，朝我善意地挥手、点头。我让宏继赶快上车，安慰他说，说不定前面的路很快就会畅通，祝他一路平安。

第二天一早，我离开旅店先去汽车站买好返回延安的车票，随便吃点东西，时间还有差不多一个小时，正好还能再去黄河边走一走。当我刚到河边，背后又听到了那个熟悉的声音：

"老节大哥！老节大哥！"

当然，还是宏继。不用问，望一眼远处大桥上堵成长龙的汽车，就什么都明白了。等他气喘吁吁地跑到我跟前,我说:"这么耗了一夜,真是辛苦了。"

他无奈地摇了摇头说:"谁说不是呢?不过,这倒并不全是坏事,不然的话,怎么能够让我又一次见到你老节大哥呀。"

我这时取出照相机,说:"时间有限,让我给你照张相,做个留念吧。"他很高兴,但他环顾一下四周,有点遗憾地说:

"这怎么附近也没个人呢,不然的话让别人给我们照个合影,才更好呢。"

我说:"没关系,以后你如果有机会到广州来,我们再照合影。"

因为太阳是从河对面的山坡上升起来的,我让他把身体的一侧背对黄河,侧光、侧影,画面显得更有层次。他这时又把我的望远镜要过去,挂在自己胸前,并伸出一只手臂,指向黄河的下游,脸色凝重,等着我拍照。

"那么严肃干嘛?"我提醒他,他诙谐地朝我笑笑,说:

"这不更像你要写的八路军首长当年的风采吗?"

"哈哈哈!像,太像了!"

我笑着按下了快门。

(二)

不久,我回到广州,把照片洗好后给他寄去了。很快收到了他的回信。之后,通信不多,但他经常给我打电话,一般也没有什么事,问候问候就是了。第二年我有了手机,打起电话来就更方便了。

宏继是个很重感情的人。从哈尔滨到广州,何止是千山万水,一个在部队从事文学创作,一个在东北乡下行医,完全是八杆子打不着的两个人,可五年过去了,十年过去了,我们一直保持着联系,这主要是因为他对我的那份不离不弃的情感。这期间,他从百度上也不断查到了介绍我的有关资料，对我有了更多的了解，常在电话里说些鼓励的话。而且每年他都会提出要给我寄他家乡的大米。一共寄了多少次我已经记不清了。也正是从他这里我才了解到，他的家乡五常县出大米，而且出好大米。

2008年，我偶然在互联网上看到，他的名字竟然出现在"全国优秀乡村医师"的名单中，并受到国家卫生部和国家其他有关部门的表彰与奖励。惊喜的同时，让我产生了怀疑：他是我十年前在黄河边认识的何宏继吗？之后，我继续在百度上搜索，很快，在一些具体的介绍中，我便确信无疑了。

"何宏继，黑龙江五常市人，现任兴隆乡医院门诊部主任、兴隆乡连二红旗急救中心主任，兼任中华医学会临床学会专家委员、中国特效医术研究协会肾病学组组长、中国疑难病专家委员会委员、中国医药学会委员等职。"

他给我的通信地址，正是："五常市兴隆乡连二红旗急救中心"。如此一来，那还怀疑什么，不是他还能是谁！

关于他的事迹介绍，网上还有很多：

"何医师热爱卫生工作，从一位当年的赤脚医生开始，刻苦学习专业知识，努力钻研医疗技术，不断积累工作经验，仁心仁术、救死扶伤，不管白天黑夜还是酷暑寒冬，牢固树立全心全意为人民服务的思想，视患者为亲人，主动、及时、热情，得到患者真心赞许。为提高基层医疗保障水平和推进社会主义新农村合作医疗进程，做出了突出的贡献，在当地和业内，具有较高的威望和广泛的知名度。"

我打电话给他，说："宏继，你是真人不露相啊。原来你是医学界的名人呢！"

他说："什么名人呀！老节大哥可别这么说，你什么时候到我们这里来看看吧，东北可是个好地方呀！"

我说："东北是个好地方，这个我很清楚，而且我们认识之前，东北我也不止去过一回，很多地方我都到过。"接着我便如数家珍地向他介绍了我去过的地方：大连、沈阳、吉林市、松花湖、延边朝鲜族自治州的延边市、"鸡鸣三国"的珲春县、与朝鲜铁路对接的图们江市、牡丹江市、镜泊湖、哈尔滨、黑河，等等。

他听后，说："没有想到，老节大哥对我们东北还真的很熟悉呀。你们当作家的，就应该多走些地方。"

我也实话实说："宏继呀，不瞒你说，虽然我去过东北那么多地方，但都是沈阳军区创作室的同志安排的，走的全是部队这条线，没有脱离'走马观花''到此一游'的套路，真正要说了解东北，我还差得很远，连个皮毛都谈不上。"

听我这么说，他很干脆地回答我，说："那不正好吗？下次那你就来我们连二红旗吧。虽然我们这里与你们广州比，是标准的穷乡僻壤，可我保证，连二红旗绝对能给你提供很多很多的创作素材，不会让你白跑，信不信？"

其实，当时我对"连二红旗"的概念都没有搞清楚，但还是先答应他了。我笑着说："我信，我信，兄弟的话，我能不信吗？就冲你们的连二红旗，我一定要再闯一次关东！"

他说："你来一趟我们连二红旗，就知道了，你一定不会后悔。别看我们连二红旗不大，但当年的东北局首长，还有很多名作家，名艺术家，名记者都到过我们村，直到现在，老百姓还没有忘呢。"

我答应得很爽快，可真正要走一趟，谈何容易。一转眼又过去了好几年，期间他每次打电话，总忘不了问一句："老节大哥，你定了没有，什么时候能来呀？"特别是2009年，我正式退休了，他知道后，催得更急。他说："老节大哥，你当了一辈子兵，现在退休了，该有时间到我们连二红旗走走了吧？"

我不知道如何回答他，只能是实话实说："对不起，宏继，虽然作为军人我退休了，可我手头上现在还有不少有关部队生活的写作计划没有完成呢。正像你们当医生的，总不能说当了一辈子医生，退休了就不给人看病了吧？"

听我这么说，他稍作犹豫，说："老节大哥你这话说得对。不过，写作再忙，总有个空闲的档期。我们这里别的和你们广州比不了，可是有一点你们广州却不如我们，那就是我们这里的夏天，比你们那凉快。每年的七八月份，广州那边热得要死人的时候，我们这里可舒服了。你就先放放手里的活，到我们这边住个十天半月的，就算是避暑了，总可以吧？"

我说："当然可以。有宏继你这句话，我一定去！"

说一定，其实还是不一定。

我们认识这么多年了，我没有去他们那里，可他也没有来过广州。我知道，因他的医术在当地很有影响，方圆百里的老百姓慕名登门求医者，络绎不绝，所以平时他在单位特别忙。虽然每年也会有机会外出，去了国内很多地方很多城市。不过，他再没有像我们认识时小两口旅游那样随意，想去哪去哪，堵在哪算哪。那都是他必须参加的全国性医疗学术交流活动，而且这样的活动，不像作家聚会那么自由，地点、时间及路线，规定得很死，想独自脱离集体，绕道到风景区遛一圈，或借故去别的什么地方走亲串友，那是不允许的。所以，他没有来广州相聚，我完全理解。

2012年12月，我突然接到他的电话，说，第二天中午，他会从从澳门出拱北海关，问我能不能见上一面。当时，我正好住在珠海写东西，马上答应他说：可以，到时我在拱北海关出口处等他。

他的电话是从香港打来的，只说他是到香港参加一个医疗学术会，大会安排从香港到澳门参观半天，然后从拱北出关。其他事情，电话里我也不便多问，只等见了面再说了。

我的想法是，在拱北接到他后，留他在珠海住个一两天，然后我陪他回广州再停个一两天，有多少话也够时间说的了。可是，这次我又想错了。

我比他预告的时间提前了差不多两个小时，开车到了拱北口岸，一直守在入境旅客出口处。

拱北口岸是全国最繁忙的出入境旅客海关之一，那种人满为患的拥挤场面，与每年春运时的广州火车站有得一比。整整十六年了，我知道自己变化很大，他的变化肯定也小不了，所以，我真担心到时在潮水般的人流中，我还能不能把他认出来。

事实证明，我的担心是多余的。虽然两人都有太大的变化，可还是第一眼就互相认了出来。不过，让我完全没有想到的是，我之前的安排却全泡汤了。

问题出在他那里。当我们刚把手握在一起时，别的话还没有说两句，他便告诉我，没时间了，他马上要赶去深圳保安机场，接他们的大巴就在前面等着呢。开始我是大惑不解。在我陪他去找大巴车的短短两百米的路上，他告诉我，他们一行三十多人，来自全国各地，虽然会议结束了，可大会把他们返程的机票早订好了，当天下午全从深圳机场起飞，而且他是这三十多人队伍的头，他要负责把大家按时带到深圳机场。

既然这样，我再说什么也白搭了。在他上大巴之前，他又旧话重提，邀请我尽快安排去他们家乡连二红旗。

我记得很清楚，当时正值午后，拱北的气温是28度。晚上十点半，他在哈尔滨机场平安着陆时，打电话告诉我，说哈尔滨地面气温是零下二十八度。

两地温差五十六度，相隔有多远，便可想而知了。

（三）

拱北匆匆握手半年之后，即2013年的夏天，我决定应宏继之邀去他们家乡。再拖下去就难免有不够朋友的嫌疑了。

7月25日，我从广州直飞哈尔滨。

这次来，我带上了电脑，目的就是借他这里避暑，趁凉快完成手头的稿子。我是这么想的，可他是怎么安排我的，我并不知道，甚至是我压根没有想到。

当他把想法告诉我后，我当时有点蒙。原来他是想让我以他们连二红旗村伪满洲国时期的历史，包括之前张作霖统治和之后的解放战争，前后二十多年为背景，写一本书。他甚至把这本书的主题都想好了，叫："春风吹醒的黑土地"。

我说："宏继呀，不是老哥谦虚，你们连二红旗怎么回事我还没有弄清，还要写半世纪之前的事，你这是难为我呀！"

他想得很简单，说："不难为，不难为。现在村里还有两位当年从伪满洲国过来的老人，头脑清醒，说话很有条理，我让他们这几天陪着你，好好聊聊，多唠唠嗑，不就全清楚了吗？"

他的话让我哭笑不得，我说："有那么容易吗？靠唠几次嗑就能把你们村几十年前发生的事情给理清楚，写成一本书啊？"

他依然是胸有成竹的样子，说："老节大哥你的水平我知道，没有问题的。"我真不知道他对我的信任有何根据，只能无奈地摇了摇头。他接着说，"之所以急着要你过来，就是考虑村里就剩这两位老人，他们都八十多岁的人了，若是哪天他们也不在了，那可真是断茬了，麻烦更大了。"

看得出，这决不是他的一时心血来潮，他大概已经想了几年甚至是很多年了。可我还是觉得这事悬乎，说："宏继，我说真的，你从一个当年的赤脚医生，经过自学，白手起家，成为了今天造福一方老百姓的好医生，并自己出资建成这么个乡村医院，确实很了不起。如果你让我写你的这些经历，我觉得自己会更有把握一些。"

他立马打断我，说："谢谢老节大哥。我个人，就不用写了，你说那些都是我应该做的。要是把我们连二红旗的那段历史写下来，留给后人，那要比写我个人意义大多了。"

我还是不明白，问："那，写出这本书，和你个人有什么关系？或者说与你现在所追求的医疗事业，与你创办的医院今后的发展，有什么关系？"

他回答得很干脆，说："与我个人没有关系，与我这个连二红旗医院，也没有任何关系。"

我真猜不透他，说："既然是这样，那为什么非要写这本书呢？前前后后肯定少不了一大笔费用开支，而且还要花那么大的精力，你觉得这样做有价值吗？"

他仍然回答得很干脆，说："当然有价值，而且价值大了去了。你想，我是连二红旗的后代，这里的一草一木一砖一瓦，都是我的最爱。如果在老节大哥的帮助下，把连二红旗那段最不该忘记的历史，写成了一本书，永远留给我们的后代，其价值与我现在办的这个能为乡亲们救死扶伤的医院，本质上是一样的。"

正是他这句话，让我似乎开始有点明白了，也可以说是被他感动了。原来他心里装着的不是小我而是大我，他之所以坚持要我来写这本书，也不是出于他对连二红旗的小爱而是大爱。

我决定在他这里的这些天，放弃自己手头的写作，步入宏继给我设计好的工作程序与节奏。那就是，每天都与一位叫关文义、一位叫富成芳的老人座谈，用宏继的话是叫唠嗑。所幸两位老人虽然都八十多岁了，但个个都很健谈，记忆力也很好。

同时，宏继还安排了村里另外一位叫周玉刚的老人参加了座谈。周玉刚老人比前两位要小十多岁，也就长我五六岁吧。所以，我称呼关老、富老的同时，称呼他为老周大哥。老周大哥与他们不同的不仅是年龄，还有就是，他不像关老和富老，包括宏继，他们都是世代的连二红旗人，也就是满族旗人，老周大哥是在十岁那年才从山东老家随父母来到连二红旗的。这样推算，伪满洲国那些年，他才刚出生，当时也不在连二红旗，对那些年发生的事情，他当然没有亲身经历过。但是，老周大哥毕竟也在连二红旗生活了六十多年了，加上他读过初中，在村里算是个文化人，关于连二红旗在伪满洲国时期发生的很多事情，他知道的一点也不比关老和富老少，甚至可以说是有过之而无不及。所以常常出现这种情况，关老或富老讲到一件事情，无法说圆满时，经老周大哥一补充，就更细也更准确了。再加上他还不是很老，腿脚还很好使，他不厌其烦地带我在连二红旗实地认证。例如，东红旗与西红旗当年的地界划分、东红旗的折家大院、西红旗的那家老屋、"爱本村"村公所、村中心小学、警察分局、关帝庙等等几个重要的地标位置，一一讲给我听，指给我看，让我脑子里的连二红旗的轮廓越来越清晰了。这便大大丰富了我和老人们"唠嗑"的内容。

一个星期时间的座谈，收获超出了我的想象。接着我把座谈得到的东西用几天的时间整理出一个两万字的座谈纪要，交给了宏继。我对他说："你的第一步计划，目前基本完成。东西都在这，跑不了了。可是，我最近一两年确实腾不出精力考虑这本书。"

我的实情他表示理解，对我们座谈的效果也比较满意。

这次一共是二十天。二十天后我回到广州，马上进入到了另外一种工作状态和生活节奏中去了，关于连二红旗，对不起，我已经无法顾及，又全部丢到了脑后。

因为我有言在先，宏继在以后的电话里，也没有再催促我的意思。直到2014年7月，他打电话对我说，当年那段历史的一位重要知情人，名叫郎青山，现在在昆明，很多年前厅级领导干部位上退休，目前身体还行，被他找到了。并说，他已经向郎老发出了邀请，老人也同意了，7月底回连二红旗一趟。

他的意思很明白，就是在郎老回连二红旗的时候，我一定也要在场才行，这是个十分难得的机会，过了这个村，就没下个店了。

既然是这样，我所有推脱的理由都无法说得出口。

于是，我二话没有说，马上订了机票，第二次飞了过去。

这次前后也是二十来天。宏继把我和郎老安排在五常县城住了几天。之后我又到连二红旗，再和关老、富老，加上老周大哥，多次展开座谈。可以说，关于连二红旗那段历史，在我脑子里越来越厚实，也越来越条理化了。这次走之前，我又给他留下一万多字的有关座谈和采访的纪要。我还是这么对他说:"宏继,对不起,现在我还是腾不出手马上进入咱们连二红旗这本书的写作。你再给我一年的时间,一年后,我争取全力以赴。"

2015年7月28日,我从武汉第三次飞了过去。

当时我刚完成一部写部队现实生活的报告文学,可以稍微喘口气了。这次也是二十来天的时间,我先住在五常县城,把前两次来时的座谈纪要从电脑里翻出来,捋出一个粗线条的创作提纲,包括主题思想、初步设计的十几个主要人物的小传,以及全书构架中几个重大的主要事件的起因后果和来龙去脉。共三万字,我让他印出来后,带到连二红旗,用三天的时间,一条条征求两位老人和老周大哥的意见。他们非常认真,提出了很多宝贵建议。根据他们的建议,我又进行了完善,最后把书的总体设想基本上确定了下来。

这时我告诉宏继,等我回到广州后,第一步我要在年底前写出一个大约五万字的较为详细的全书的分章提纲,反馈给你们后,看大家还有什么建议。之后,我就开始一个字一个字在电脑上敲了。

一切按计划进行。

2016年,完成了第一稿的写作。其实在写作过程中,每完成三篇中的其中一篇,我便会发过来让他们先看,每次他都会打电话给我鼓励加油。同时我让他多找几个人看,等到全部写完,再把他们的意见汇总后给我,我进入第二稿的修改。

2017年初,他们的意见全部回到了我这里。这一年,有一个很大的变化,他一直没有告诉我,等到我第二稿修改得差不多了他才对我说,关老、富老、郎老,三位老人,一年之中全部走了。

这让我很遗憾,三位老人十分关切的这本书,没有在他们生前最后完成。不过,令我十分欣慰的是,在他们尚健在的时候,由于宏继的努力,他的为连二红旗无私奉献的精神,他的只争朝夕的工作风格,他对我的催促、给予我的鞭策,让三位老人头脑中有关连二红旗的宝贵财富,有幸被抢救了下来。

2017年8月2日，我带着完成的第二稿第四次飞了过来。宏继这次安排老周大哥全程陪同我。从阿城到拉林，我写这篇后记，老周大哥逐字逐句地看三十万字的稿子。我们两个老人家，朝夕相伴，和谐相处，共度了一段难得而难忘的美好时光……

前几天我在微信上看到一位高人的一段话，我觉得可以拿来，作为最后的结束语：

"无论我走到哪里，那都是我该去的地方，经历一些我该经历的事，遇见我该遇见的人。"

2017年8月22日于五常市拉林满族镇